花火
魅丽文化 花火工作室

以我今生所有甜

六盲星 著

江苏凤凰文艺出版社
JIANGSU PHOENIX LITERATURE AND ART PUBLISHING

图书在版编目（CIP）数据

以我今生所有甜 / 六盲星著 . -- 南京 : 江苏凤凰文艺出
版社 , 2020.10
ISBN 978-7-5594-4329-8

Ⅰ . ①以… Ⅱ . ①六… Ⅲ . ①长篇小说 - 中国 - 当代
Ⅳ . ① I247.5

中国版本图书馆 CIP 数据核字 (2019) 第 300194 号

以我今生所有甜

六盲星 著

责任编辑 李龙姣 张 倩
特约编辑 丏小亥 白 鱼
装帧设计 殷舍 Design
出版发行 江苏凤凰文艺出版社
南京市中央路 165 号，邮编： 210009
网 址 http://www.jswenyi.con
印 刷 湖南天闻新华印务有限公司
开 本 880mm × 1230mm 1/32
印 张 10.5
字 数 371 千字
版 次 2020 年 10 月第 1 版
印 次 2020 年 10 月第 1 次印刷
书 号 ISBN 978-7-5594-4329-8
定 价 39.80 元

目录

CONTENTS

目录

CONTENTS

第一章
你的命比我的重要

闻到一阵诱人的蒸糕香味时，邵乾乾正戴着耳机玩游戏。她聚精会神地盯着电脑屏幕，操作着里面的游戏人物在险境中摸索前进。已经临近下午一点，还有半个小时，这学期老严的第一堂课就要开始了。然而在“是否吃鸡”的紧要关头，她怎么可能舍得挪动屁股，起身去学校？

房门猛然打开，声响很大，但戴着耳机的邵乾乾压根儿没听到。方潭一进来就看到这样一个场景：某人盘着腿，微蜷着身体，精神高度集中地对着话筒说着什么。

她对此见怪不怪，几步上前，把那人左侧的耳机往外拉了一点儿，冷静且克制地说道：“邵乾乾，给你五分钟时间把这东西吃了，再给你五分钟时间把衣服换了，十分钟后你还没站在门口，那我们就此诀别。”语毕，把手中的一盘小米蒸糕放在了键盘边上。

“哎哎哎，你等我一会儿，就一会儿，我马上就好了。”

三分钟后，圈已经缩小到即便把地图放到最大限度都基本看不见的地步，游戏中所有的生存者也只剩五人。

邵乾乾看了眼时间，嗞……真的要迟到了啊，老严的课可不是开玩笑的。她皱起眉头，操作着角色猛地从石头后蹿出来：“鬼哥跟上！”

“就这么跳出去？！”

“别磨叽，我要迟到了！打啊！”

左边石头后，离圈比较远的玩家开始跑毒。邵乾乾边奔跑边毫不犹豫地攻击他。而右边那队人马看邵乾乾这队人正在攻击别人，趁机插上一杠子，想坐收渔翁之利。

然而，鬼哥也不是吃素的。

“哎哟，吓死人了！”鬼哥一边夸张地大叫，一边干净利落地干掉右边的一人，另一人则被他的攻击压得出不来。

整个操作也就是在电光石火之间，邵乾乾把左边的玩家消灭后，迅速将攻击方向转向右边。所剩人员三，己方存活二，但对方那一人有掩体，所以两边都不占好。

对方那名玩家看邵乾乾这边的两人离他越来越近，深知如果这两人跑到他面前，他绝对是吃亏的，但他也不甘心坐以待毙，举起武器就跟邵乾乾这边对打起来。没掩体，鬼哥被打中，血掉了一半，不过好在对面那人也再次被压回石头后。

“走墙后摸过去！”鬼哥道。

“摸什么摸！等不及了！”邵乾乾揣起一枚手雷丢过去，对方因躲避手雷跳出来，就在这千钧一发之际，邵乾乾迅速将那倒霉鬼干掉了。

画面一停，然后跳出几个大字：“大吉大利，今晚吃鸡！”

鬼哥：“很厉害啊，瓜瓜……不对啊，我这是又被妹子带吃鸡的节奏？”

邵乾乾“嘿嘿”一笑，不再理他，火速退出。她一边关电脑，一边拈起一块小米蒸糕塞进嘴里，然后以她能达到的最快速度跑到衣柜前换了一身衣服。

而此时，正在直播的鬼哥的电脑已经被弹幕很默契地刷屏了。

要你这吃软饭的有何用？

要你这吃软饭的有何用？

……

在这一片和谐的嘲讽中，也有一些茫然的群众。

妹子雷厉风行啊，鬼哥从哪儿找来的外援？

再说一遍！妹子是新晋主播，直播账号是卖瓜皮的小仙女！

方潭在门口看着手表的秒针走到了最后一格，不早不晚，在房间里捣鼓了一通的邵乾乾一个冲刺跃到了她面前。

“准备完毕！”

两人换上鞋子，匆匆出门，临出门的时候，邵乾乾对着躺在沙发上做面膜的时瑜闻吼了一声：“整理一下这满地的衣服！”

时瑜闻有气无力地看了她一眼，然后将目光转向自己的手机：“知道了。”

邵乾乾此时也没空跟她再计较了，跟上方潭就往校门口跑。

这套两室一厅的房子位于学校边上，是读大二的邵乾乾和读大四的瑜闻一起租下来的。时瑜闻在另外一所高校就读，租房子是因为她开了一家淘宝店，且是一个美妆博主，需要一个地方供她工作和放置衣服。而邵乾乾搬到这里是因为她是一名游戏主播，常常直播到很晚，寝室规定的作息时间和按点断网的制度实在有碍她工作……或者说玩。

两人租下这个地方已经有半年时间。身为邵乾乾大学同班同学兼学校寝室室友的方潭，时常会来这里看望一下吃饭基本不能自理的邵乾乾。

“还有几分钟啊？”邵乾乾和方潭一路小跑来到了教学楼前。

“十分钟。”

“噢，那还好，那还好，不会迟到了。”邵乾乾松了一口气。

老严是学院出了名严苛的老教授，他的第一堂课要是迟到了，那铁定会让你吃不了兜着走。想着时间绰绰有余，两人也就不由得放慢了脚步。

“啊……”眼看再有个十几米就到教室了，方潭突然大叫一声，皱紧眉头，一副难以言说的模样。

“怎么了？”邵乾乾见她不对劲，忙问道。

方潭看了她一眼，一脸痛苦难耐的表情：“我要上厕所。”说完，小跑几步溜进教学楼走廊尽头的厕所里。

邵乾乾追过去，在厕所门口等着方潭。好一会儿，都不见方潭出来，邵乾乾看一眼手机，还有两分钟就上课了，她反应过来后，急得在厕所门口原地打转：“你还有多久？”

方潭回道：“肚子疼……快了快了，要不你先去教室？”

邵乾乾知道老严特别看重教学的仪式感，学生不遵守课堂纪律，在他看来，就等同于藐视他。

“我去教室，你怎么办！”

“我自己想办法了……”

邵乾乾要被方潭急死，她的内心在姐们儿义气和被老严收拾之间猛烈地斗争。就在她犹豫不决的时候，一个人从她身边走过。一个想法快速地闪过，邵乾乾身体比脑子更快地做出了决定，她几步追上去，叫住了眼前的人。

“林嘉措。”这大概是她第一次叫他的名字，纵使他们已经同班一年半了。

那男生停住脚步，循声回头看过来。他穿着一件黑色的大衣，回身的时候，衣摆在空气中划出了一个小小的弧度，干净、利落，带着让她心口紧缩的能力。

邵乾乾几乎是立刻就后悔自己叫出了这个名字。

“有事吗？”他目光落在她的脸上，声音略低沉，有一种说不出的好听。

邵乾乾眼神飘忽地回视，即便随意一瞥，也清楚地看到他比她高出整整一个头，他垂着眸子看着她的时候，睫毛微微扑闪，帅得引人嫉妒。

“也，也没什么事，就是好巧，哈哈。”邵乾乾说完，就想抬手抽自己一下，什么烂借口？

林嘉措嘴角微微弯了一下："不巧吧，今天上课的教室不就在前面吗？"

以厕所为背景，邵乾乾站在走道的风口处凌乱着。

就在这时，上课铃声响了。

林嘉措抬手看了眼手表："邵乾乾，上课了，你还不走？"

他说这话的时候，语气十分温柔，听起来就是很诚恳地提醒邵乾乾赶紧去教室。放在往常，邵乾乾恐怕要在心里尖叫几声，毕竟这是她一向只敢远观，不敢亵玩的男神。但今天一听到铃声，她立马想起了窝在厕所即将与学科平时分错过的方潭。那可是经常给她做美食的方潭！此时不救，更待何时？

"林同学，方潭肚子疼在厕所！"

"嗯？"

邵乾乾咬牙道："她今天看起来脸色特别不好，可能是……是那个，她平时很容易因为那个晕倒的，我怕到时候我一个人拖不动啊，你能不能……"

"那个？"林嘉措眉头皱了一下，关切地朝邵乾乾身后看了一眼，"那个是？"

邵乾乾一脸真诚，压低了声音道："就是例假……刚才她脸色苍白，可把我吓坏了。"

林嘉措愣了一下，但很快调整了神色："这样啊……那你进去看看她。"说完，他又补充了一句："我在这儿等你。"

男神果然是男神，绅士！善良！有爱心！邵乾乾感动得差点儿眼泪横流，忙不迭点头，然而就在她回头的瞬间，方潭神清气爽地从厕所出来了……

"我就跟你说昨晚别点那么多海鲜吧，你还……"

话音戛然而止，方潭看着两个站在一起的人，蒙了一会儿，道："嗨？"

邵乾乾背对着林嘉措朝方潭挤眉弄眼。

方潭："你脸抽筋？"

邵乾乾转过头摆了摆手，不想说话了。

身后传来那人含着一丝笑意的声音："看来没事。"

邵乾乾上前，一把拉住方潭的手往教室方向拖："真的哎，方潭，你这么快就没事了？那，那我们赶紧上课去啊。林嘉措，那个，你也快点儿……"说罢，她生怕林嘉措再多说一句就露馅，快速离开现场。

教室就在前面，经过走廊向右拐就是了，邵乾乾拉着方潭赶到教室门口时，老严已经站在讲台上翻开点名册了。

"上课这么久了才到，你们这群学生就是没有时间观念，学号是什么？！"老严果然眼尖地逮住了想要偷偷摸进去的邵乾乾和方潭。

邵乾乾干笑一声，忙道：“老师，您的课我们怎么敢迟到，就是刚才她突然肚子疼，然后我们因为这个耽误了一点儿时间……”

“肚子疼？你们倒花样百出！”

“没百出，没百出，这是真的！”邵乾乾唰的一下指向正好也走到教室门口的林嘉措，“他可以做证的！”

林嘉措愣了一下，低眸看向了站在他左前方，个头小小，眼睛却很亮的邵乾乾。时间算得正好，场景算得正好，原来如此。林嘉措眸光一闪：“老师，方潭同学人确实不舒服，刚才我们在路上遇到了。”

老严原本严肃非常的神色在看到林嘉措的时候明显柔和了下来，他皱了一下眉：“你们这群学生啊……行吧行吧，都给我进来。”

老严开口放行，邵乾乾和方潭都松了一口气，一溜烟地跑到教室最后排坐下。坐下后，邵乾乾看到林嘉措也朝后面走来了。他精致的眉眼间带着一丝笑意，只是看向她的时候明显有些意味深长。邵乾乾眨巴着大眼睛，十分生硬地挪开了目光。

林嘉措在她左前方，隔了一条走道的位子上坐下了。

“喂，什么情况，你们俩刚才在厕所门口干吗呢？”方潭压低了声音问道。

邵乾乾：“还不是要救你的学分吗，林嘉措是老严捧在手心的宝贝疙瘩，有他开道，老严哪还会怪我们！”

方潭扬了扬唇：“行啊，邵乾乾，聪明啊。”

邵乾乾横了她一眼，泄气地趴在书上：“你还说呢，你让我对男神说了谎，我在他心里形象都崩塌了。”

方潭一脸问号：“人家跟你很熟吗，你在他心里什么形象？”

邵乾乾：“哇，他刚才都叫出我的名字了好不好！”

方潭伸手戳了戳她的脑门：“同学一年半了，记不住名字才是他智商有问题。”

邵乾乾：“你懂什么，他刚才还对我笑了……哎，你说林嘉措人怎么这么好啊，聪明帅气，性格又好，简直不要太优秀哦。”

方潭翻了个白眼：“是啊，要不怎么是你男神？”

“嘻嘻，说得是。”

在邵乾乾和方潭碎碎念时，刚准备认真听课的林嘉措收到了一条微信。

“菜鸟！说好明天来我家玩游戏的，别忘了。”

菜鸟？林嘉措冷嗤一声，快速打字回道：“以后你别崇拜我崇拜得叫爸爸就行了。”

“哟，第一次玩口气就这么大啊，我这游戏主播是当着玩的吗？”

“哦，那刚才是谁说被一个小姑娘带着才吃了鸡？”

“哇，那小姑娘是真的不得了，你明儿过来，我介绍你们认识认识。”

“不用。”

“用的用的，我让她带带你。”

“嘁……”

邵乾乾跟方潭聊了个够后便默默地拿出了手机，打开微博，发现自己的粉丝量又翻了一倍。从半年前成为吃鸡主播开始，她的粉丝一直在慢慢增长，不过速度并不快。最近粉丝量突然暴涨还要感谢鬼哥。鬼哥以前是职业电竞选手，退役后当起了主播，他本来就有粉丝基础，再加上他搞笑逗趣的直播风格，那是平台绝对的一线主播。

邵乾乾是在机缘巧合下和鬼哥认识的。当时她在微博上发表了一条长微博，是关于吃鸡游戏画面调整和快捷键自定义调整的攻略。

她本来是写给自己的粉丝看的，没想到被网友转发了一万多次，也引来了鬼哥的评论。两人简直一拍即合，鬼哥便拉她一起玩游戏。

几盘游戏下来后，鬼哥就和她建立起“生死之交”和“互相嘲讽”的关系。很多人也通过鬼哥的直播间认识了一个叫“卖瓜皮的小仙女”的新主播，是个妹子，枪法不错，说话特逗。

刷了一会儿微博，邵乾乾突然听到台上的老严点了林嘉措的名字。她默默地将手机压在了书下，抬眸看向从座位上缓缓站起来的林嘉措。其实老严刚才已经点了好几个人的名字，只是没有人能回答出来他的问题。每到这个时候，林嘉措总会成为那个问题终结者。

邵乾乾支着下巴，看着林嘉措轻轻松松答出让老师满意的答案。

好看的人能让人喜欢，长得好看又温柔的能让人心动，而长得好看又温柔并且聪明的人那就不是喜欢和心动了，更多的是仰慕。一种不敢明目张胆地靠近，但是会默默花痴的仰慕。

林嘉措从大一刚入校就引起了众人的注意，以省高考理科状元的成绩进来不说，人还帅得直接挤掉了上届校草的位置。刚入学那会儿，作为和林嘉措同班的学生时时受到别班女生的“贿赂”，连一向低调的邵乾乾都没能幸免。

之前有好几个跟她关系比较熟稔的学姐问她要林嘉措的微信号，她说她没有，她们还不信，觉得她只是想自己独享。后来邵乾乾实在扛不住，在班级群里找到林嘉措，然后一咬牙发送了好友申请。出乎意料的是，他很快通过了，并且非常礼貌地跟她说："你好，邵同学，以后请多指教。"

当时，邵乾乾看着那行字，强装镇定地回："你好，林同学，多多指教。"

后来……后来就没有后来了。他们的对话停留在这里，从大一到现在，再没聊过一句话。

之后，她听说那俩学姐在她这儿要不到微信号后，就去找别人要了，至于有没有加上林嘉措，她就不得而知了。不过她觉得应该能加上，既然林嘉措脾气那么好，肯定心也特别软。

吃完饭回到寝室，林嘉措收到了一条微信消息。头像：一个动漫形式的吃瓜的大脸妹；备注：邵乾乾；内容：林同学，今天的事谢谢你了！

林嘉措看完内容，面不改色地回复："挺机智！"

邵乾乾收到信息后，一个翻身从床上坐起来，盯着他回复的三个字，越发后悔今早叫住他了。

这话应该不是夸奖，而是……嘲讽吧。邵乾乾欲哭无泪，发了个"跪地叩拜"的表情包。

林嘉措："还好，老严今天心情不错，没批评人。"

邵乾乾立刻回复："大概跟心情没什么关系，都是偶像你的功劳！"谄媚地夸一波，为今天自己不太光辉的形象挽回一点儿颜面！

林嘉措："偶像？"

邵乾乾："当然是偶像！一直以林同学为标杆努力着！"

林嘉措往椅背上一靠，短暂地笑了下："还算眼神不错。"

旁边的室友闻言看向他："谁？谁的眼神？"

林嘉措慢条斯理道："吃瓜少女的眼神。"

邵乾乾上完课后没回寝室，而是去了学校边上租的房子。

"瑜闻大美人？在家吗？时瑜闻？"一进门，邵乾乾就把一袋子泡芙放在茶几上，四处张望。

"干吗干吗？叫魂啊。"时瑜闻敷着面膜从房间出来。

邵乾乾："带了泡芙，吃不吃？"

时瑜闻深吸了一口气："我最近减肥呢！你少拿这些玩意儿诱惑我。"

邵乾乾嘴角抽了抽，上上下下打量了她一番，时瑜闻这身材绝对无可挑剔——高挑曼妙，凹凸有致，堪比名模。

"你这样的还减肥，是要我去死吗？"

时瑜闻看了她一眼："你跟我能比吗？我是靠身材吃饭的，谁像你靠手速就行了。”

邵乾乾：“……好好说话，别污里污气的。”

时瑜闻意味深长地笑了一下：“我说什么了？”

邵乾乾翻了个白眼，拎上泡芙走进自己的房间，关上房门，打开电脑。这台电脑是她年初刚买的，专门为了《绝地求生》这款游戏而备，所有的性能都是绝顶，价格高得不得了。

因为昨天跟鬼哥约了游戏，所以她登上微信后直接调出了和鬼哥的聊天框。邵乾乾：“我来了，双排吗？”

一分钟后，鬼哥回复了：“稍等稍等，我朋友还没到。”

邵乾乾：“朋友？”

鬼哥：“所长和一个小菜鸟。”

“噗。”邵乾乾手上拿着的一个泡芙被她挤爆了，奶油四溅。但她没管这些，全身心都被鬼哥回复的“所长”二字吸引了。所长真名叫魏潇，是平台数一数二的主播之一，他在吃鸡技术上和鬼哥不相上下。但是——魏潇的声音超好听啊！作为“声控”的邵乾乾，完全拜倒在魏潇的声线下，她一直视他为偶像来着，没想到今天竟然能跟偶像一起玩游戏了！

这边，邵乾乾在激动中凌乱着。另外一边，林嘉措按了某公寓的门铃。

“哎哟，林大公子，你可算来了啊，就等你了呢。”

林嘉措面无表情地看了眼来开门的表情夸张的人，淡定地从他旁边走过。

“嘿，一个多月没见，你就这么空手来的啊。”

“张天临，你家有没有一天是不乱的。”林嘉措没理会他，嫌弃地扫视了一圈便在电脑椅上坐了下来，那模样，跟在学校时的温润礼貌相差十万八千里，“就你这儿，我带着东西来都放不下手。”

“哪有那么乱，讲话实事求是好不好？”张天临，也就是鬼哥，在他边上坐下，“你用那台电脑吧，所长和妹子都在等着了。”

林嘉措微微屈身按了开机键：“妹子？你还真喊女生来？”

林嘉措是认识所长的，所以也没有多问。

张天临“嘿嘿”一笑：“当然要喊妹子一起玩了，跟你们这种大老粗有什么好玩的，我跟你讲，她可好玩了。”

林嘉措很是不屑地轻嗤一声。

张天临：“而且你也该学学怎么撩妹，母胎单身我都看不下去了。”

林嘉措：“一边去，我需要你操心？”

张天临“啧啧”摇头：“对对对，你是谁啊，哪里轮到我操心？你就眼高于顶呗，看着人模狗样、温文尔雅，实际上谁都不放在眼里。奥斯卡怎么没颁奖给你？”

林嘉措冷哼了一声，转移话题：“赶紧的，还玩不玩了？”

“玩玩玩，我开个直播，叫一下乾乾和所长。”

林嘉措搭在鼠标上的手滞了滞：“乾乾？”

“嗯嗯，就我说的那个妹子，特别有趣，前段时间加了微信号，这是她告诉我的真名。”张天临说起这个的时候，显得非常得意。

林嘉措沉默了一瞬，突然问道：“姓什么？”想到的可能性太荒谬，不过他还是下意识地问了一句。

张天临边打字边回道：“姓邵。咦，难得你有兴趣啊。”

林嘉措眼中闪过一丝明显的诧异，他滑动椅子到张天临边上，凑过去看了一眼张天临电脑界面上某人的头像。下一秒，他迅速打开自己的手机，在聊天列表中找到了邵乾乾，头像是一个啃西瓜的大脸妹。

见鬼了，竟然一模一样。

“你放心好了，我跟她说好了让她带带你的，你可以跟人家聊聊。那我再多说一句，我在朋友圈看到过她本人的照片，超可爱，绝对清纯妹子一枚！”

“她长什么样还需要你跟我说？”

“嗯？”张天临疑惑地看向他。

林嘉措垂眸看了眼手机，淡淡道：“还真是意外。”

张天临登录YY，创建了一个房间：“你怎么神经兮兮的？”

林嘉措没理他。

张天临：“别愣着了，进来吧。哦，对了，你账号什么的都准备好了吧？”

林嘉措点了点头，突然又道：“喂，我记得你有个变声器吧？”

张天临随口应了声：“有啊，怎么了？”

“给我用吧。”

张天临震惊无比地看着他：“看不出来啊，林嘉措，你还有这等爱好？”

林嘉措往椅背上一靠，声音略低沉：“男声，听起来不像我的就行。”

“为啥？”张天临一脸迷惑，“你别自恋到觉得有人能认出你吧，大明星啊你？”

林嘉措睨了他一眼：“如果真有人呢？”

张天临：“哈？”

叫谁不好，偏偏叫了一个同班同学，打游戏让人知道是小事，但打游戏打得菜就是大事了，他林嘉措怎么能跟“菜”字挂钩？

直播开始之前，邵乾乾看到了鬼哥给她发的YY房间号，于是她登了进来。一进来就发现YY房间里人都已经到齐了，她迅速将视线放在了所长的账号上，好一会儿没敢吭声。

张天临："喂喂喂？都能听得到吧？"

魏潇："能，你声音小点儿，耳膜疼。"

真的是所长的声音！好好听！

张天临："哪里大声了？真的是……哎？乾乾？能听到吗？"

邵乾乾深吸了一口气，又咽了好几口口水，保证自己的声音够干净悦耳了才道："我听得到。"

"那就好，那就好，那我邀请你们啊。"

魏潇："这就是瓜瓜吧？你好，我是所长，久仰大名啊。"

邵乾乾在电脑前一下子红了脸："不敢不敢，我才是久仰大名呢。"

魏潇："别客气，近段时间可一直听说咱平台有一个女神枪手呢。"

邵乾乾："别别别，所长您可是我的偶像呢！'神枪手'这称号我哪里敢当啊。"

魏潇："哈哈，那可是我的荣幸了。"

嘤嘤嘤，所长的声音怎么这么有磁性，这么撩啊！邵乾乾开心地想。

"魏潇，虚头巴脑的有完没完？赶紧上游戏。"突然，耳机里传来一个陌生的声音，声音听起来很有朝气，像是十几岁的少年人。但是他这种声线说出以上那句话听起来有点儿怪怪的，小屁孩强行装老成的感觉，而且直接叫所长真名……所长在她心里那可是前辈级别的存在，这小鬼懂不懂礼貌？！

就在邵乾乾愤愤不平时，只听张天临说道："乾乾啊，刚才说话的人是魏潇表弟，我们今天带上他玩。"

噢，原来是所长的表弟，难怪呢。不过这表弟着实不招人待见，连哥都不叫，没大没小的。唉，没办法，爱屋及乌喽，可得好好照顾照顾表弟。

邵乾乾把声音调到慈爱的频道："原来是所长的表弟，表弟好哦。"

林嘉措示意张天临关了语音，然后把自己的语音也关了才道："什么表弟？占谁便宜呢？"

"刚才我和所长私聊，说起了乾乾是你同学的八卦，本来我说让你扮我表弟，结果这货非得跟我抢。"

林嘉措："你们俩什么毛病？"

张天临笑得贼兮兮的："这不想听你叫声哥吗？你还真别不满意，你刚那声音听起来幼稚得不行，没说让你扮大侄子，已经是给你面子了。"

林嘉措冷哼了一声，不想理他，戴上耳机登录游戏去了。

林嘉措跟张天临是打小认识的。想当初，《穿越火线》《魔兽世界》《梦幻西游》……两人都是肩并肩一起战斗过的。升入高中后，林嘉措因为家里的干涉玩得少了，张天临却慢慢在游戏领域发展开来。这次还是因为家族企业准备进军游戏领域，林嘉措才亲自试水这款最新最红的游戏。

游戏开始了，张天临开了房间，拉了三人进来。

林嘉措瞥了邵乾乾的人物一眼……嘁，昨天还标榜他是偶像，今天就换目标了，敢情全世界都是她偶像，廉价，真廉价。

另外一边，邵乾乾已经开启了直播，她拿起手边的水喝了一口，缓解一下紧张的心情。说实在的，她有点儿担心自己在偶像面前表现不好。

游戏开始后，她直接进入了广场等待上飞机。四人在广场上乱跑，张天临逮着林嘉措就是一顿乱揍。张天临从小被林嘉措欺压，一直苦于没有还手之机。所以趁现在林嘉措还是新手之际，他就拼了命地嘲笑他。

张天临："表弟，你应该事先了解过具体怎么玩了吧？"

"嗯。"

"不过了解是一回事，玩起来又是另一回事。对了，游戏过程中你要是从头到尾看不到一个人，然后又死得莫名其妙，请记住，那绝对不是这游戏的漏洞，而是你太菜。"

林嘉措："呵呵……"

《绝地求生》这个游戏说简单点儿其实就是：杀杀杀。

一局游戏有一百名玩家参与，玩家跳伞至孤岛的各个角落，然后开始在岛上搜集各种资源，比如枪械、防弹装备、药品。然后玩家要在不断缩小的安全区域内对抗其他玩家，让自己生存到最后。随着时间的流逝，安全区会不断变化，玩这个游戏想取得胜利，策略与枪法同样重要。

五、四、三、二、一……画面转换，一架飞机飞入小岛上空。

邵乾乾："我们跳哪儿？"

张天临："跳离航线远点儿的位置，表弟新人，不能让他一下去就死。"

魏潇："是，我们今天的任务就是关爱表弟。"

邵乾乾觉得有道理，认真地思索了一下："跳Y城吧，离航线有点儿距离，不过物资够丰富。"

"行，标个点。"说完，张天临又贱兮兮地道，"表弟啊，你会飞吧？跳伞不会还没学会吧？表弟，你可别太丢人啊。"

邵乾乾刚想说什么，耳机里就传来"表弟"隐忍的声音："你可闭嘴吧。"

邵乾乾笑着接道：“就是啊，既然是所长的表弟，就算是新人，技术肯定也是过关的呀，鬼哥，你嘴可别损了。”

然而，邵乾乾还是话说得太早了。因为今天晚上这位“表弟”用实际行动告诉了她，新人吃鸡时的游戏模式只有三种：捡垃圾模式、送快递模式以及落地成盒模式。

几局游戏下来，邵乾乾只听到这个表弟不停地重复：我在哪里？哪有车？谁打我……

往往听完这些，就看到屏幕上“表弟”的账号“Ldadadada”血条变空。邵乾乾本着爱屋及乌的原则，一直很有耐心地在他旁边护着，但最后也只能是一声叹息。

张天临和魏潇却异常开心。

邵乾乾耳机里传来的鬼哥的笑声，完全可以用幸灾乐祸来形容了：“哎哟，你这死亡速度比我当初入门的时候还快啊，你不行了啊。”

魏潇：“哈哈哈……没事没事，来，我们活着的集体自爆，下一局开始。”

邵乾乾：“咯咯，表弟啊……要不你躲房子里？”

林嘉措听着耳机里女孩颇带嫌弃的声音，抬腿就往鬼哥的椅子上踹了一脚，然后盯着电脑屏幕，冷冷道：“躲房子里哪来的游戏体验？”

“咦，不是死太快游戏体验才不好吗？”邵乾乾疑惑道。

鬼哥和所长又是一阵爆笑，仿佛“表弟”被损，他们就能得到极高的愉悦度。

邵乾乾咳了一声：“那啥，其实这个游戏苟活最重要。表弟，听姐姐的，哪怕像狗一样也要好好活下去。”

耳机那头的林嘉措一脸问号。

最后一局游戏，三位大佬好不容易让“表弟”活到了倒数第三个圈。

“要缩圈了，有点儿远。”所长一边在房子里搜东西，一边说道。

邵乾乾：“那边有辆车，我去开。”

“等下，我也去。”林嘉措突然从房子里跳出来。

张天临一看他出来就炸了：“哎，你出来干吗？！回去！躲好！”

林嘉措冷静道：“我要开车。”

张天临：“你开啥啊！《跑跑卡丁车》玩得好可不代表这车你也能开啊。”

林嘉措：“张天临，你嘴巴给我闭上！”

张天临：“瓜瓜，你可千万别让给他啊，要不然我们都得出车祸。”

邵乾乾：“……但是他比我离得近。”

林嘉措的位置确实比邵乾乾近，他坐上驾驶座的时候，邵乾乾还在往这儿赶。最后林嘉措将车发动了，邵乾乾便停下来，所长和张天临此时也从房子里跑出来在路边等了。

所长："你行不行啊，要不你开过来我来开。"

张天临："当然不行了！新手上路不是蹭就是翻。"

所长："也是。"

张天临："更何况咱表弟还是新手中的菜鸟呢！"

所长："哈哈哈……对啊！"

邵乾乾默默地站在路边等着，表弟的车已经开过来了，她刚准备上车，就见表弟开着车"唰"的一下从她脸上擦过。

"哎？"邵乾乾还没反应过来，下一秒，就听耳机里传来所长和鬼哥惨烈的声音："喂！"

发生什么了？邵乾乾一看生命条，所长和鬼哥都已经趴下了。

"你撞我干吗？！我可是你兄弟啊！"

就在几秒钟前，林嘉措开着车从两人身上碾了过去。邵乾乾目睹了两人被撞伤趴地上的惨状，而耳边也传来了表弟异常冷漠的声音："你们太吵。"

邵乾乾站在路口凌乱了，不过很快，表弟便将车开到了她面前："上车。"

"那他们？"

"等死吧。"

张天临："不！表弟，我错了！"

所长："都是鬼哥骂的！我没说一句不好听的话啊！"

张天临哭道："魏潇，你叛变啊！"

所长："都怪你话多心黑！"

邵乾乾默默点了乘坐，而此时，毒圈也已经缩过来了。

张天临："快啊，快啊，表弟来救我！"

林嘉措："新手上路，不小心的。不过现在毒圈来了，来不及救了，你们就先死吧。"

张天临："这叫新手上路？"这新手撞得还真准！《跑跑卡丁车》没白玩！

晚上游戏结束后，林嘉措和张天临一起去吃夜宵。

两人刚在烧烤摊坐下，张天临就收到了邵乾乾的信息："刚才那个人真的是所长的表弟？"

张天临："是啊。"

邵乾乾："所长的表弟为什么这么菜？"

张天临笑得一抽一抽的："所长的表弟就一定要牛？照你这么说，所长放的屁都是香的？”

邵乾乾：“别这样，我没闻过。”

邵乾乾：“不过菜归菜，人好逗啊。”

鬼哥：“逗？你发烧了吧？”

林嘉措点完菜回头的时候，就瞥见张天临手机屏幕上“乾乾”两个字，他又瞄了一眼，然后状似无意地问道：“你笑得这么白痴做什么？”

鬼哥看了他一眼，快速将邵乾乾夸他“有趣”的言论删了，然后一脸兴奋地将手机屏幕怼在他脸上：“因为有人说你菜啊！”

邵乾乾这学期体育课选的是网球，她从没碰过网球，选这个完全是因为觉得打网球的人很帅。

周三下午是体育课，邵乾乾和方潭分开，各自往自己选择的运动项目场地去。

邵乾乾没想到会在这里碰到林嘉措，更没想到，原来林嘉措连网球都能打得这么好。她到场地的时候，网球场边上已经围了一圈女生，再往里走，她便看到了正和网球老师对打的林嘉措。

因为是体育课，他穿了一身白蓝相间的运动服。白色的运动服往往让人看上去显胖，他穿身上却是将修长的身材勾勒得淋漓尽致。初春的暖阳倾洒在场上来回奔跑的人身上，运动的荷尔蒙和青春的气息结合得恰到好处。毫不夸张地说，运动场上的男生简直就是少女杀手。

在女生们的欢呼声中，林嘉措一个急速前进，飞快地将弹起的网球击出。

“砰砰！”网球落地有声，网球老师竟没能接住。

“啊！”旁边女生的尖叫声吓了邵乾乾一跳，不过她没有怪那女孩子，因为，她也蛮想尖叫的。

快上课了，场上的两人没有继续打下去。

林嘉措走到场边，俯身拿起放在地上的矿泉水，打开盖子，仰头喝了一大口。随着他这个动作，汗水顺着脸庞滑下来，滑过颈部，最后没入了领口深处，看起来……分外性感。要不然，这群女生也不会集体凑上去了。

“林嘉措，你网球怎么打得这么好啊，什么时候学的？”

“高中。”

“你好厉害啊，能不能教教我？”

“等会儿老师会教的，其实挺简单的。”

虽然女生们问题不断，但林嘉措依然很有礼貌地回答着。不骄不躁，不撩不逗，虽然是被一群女生围着，但画面看上去无比和谐。

“来来来，排一下队，上课了啊。”网球老师终于发话了，女生们依依不舍地走上前去排队。

前半节课是老师做基础的讲解和训练，后半节课则分了组，自由训练。分组由老师来决定，根据技术水平的不同，按照优差互补的原则。邵乾乾想，她今天真是运气爆表，因为……她竟然被分到林嘉措那组去了。

一组五个人，两男三女。林嘉措在小组里俨然一副组长的派头：“我们小组有初学者吗？”

邵乾乾偷偷看了一圈，竟然没人举手！她蒙了，大家都是刚来学网球的，怎么就她一个人是初学者？

“没有？”林嘉措再次问道。

邵乾乾一副生无可恋的模样，默默地举起了手。

林嘉措看了她一眼，然后对着其他人道：“那行，你们三个人循环练吧，她跟我。”

“啊？”小组里的一名女生又是羡慕又是嫉妒地看着邵乾乾。

邵乾乾嘴角抽了抽。她这人，其实非常不喜欢成为别人的关注点，虽然说她视林嘉措为偶像，但是跟他这种满身发光的人一起行动，那她还真是一百万个不愿意。

“她不会，我也打不动了，正好我给她喂喂球。”林嘉措说完，看着邵乾乾，“走吧，去那边练。”说罢，他也不看其他人什么反应，拿着球拍往另一个场地走。

邵乾乾愣了片刻，硬着头皮跟了上去：“林嘉措。”

“嗯？”他一边走一边应道。

邵乾乾：“我看你也累了，要不你就去休息吧，我跟他们打就好了，这样咱们小组正好四个人。”

“你想让我被老师骂啊？”

“啊？”

“大家都在练，我怎么坐一边闲着。”林嘉措勾了勾唇，“再说，喂球不用多少力气，你过来吧。”

“哦。”

邵乾乾在网的这一边，林嘉措走到了网的另一边。他脚边放着一个网球桶，站定后，他俯身拿了一个球。

“我打过去，你再打过来，砸在线内就算过。”

虽然隔了点儿距离，但邵乾乾还是清楚地听到他说了什么。她握紧了手中的网球拍，整个人都处于一种紧绷状态。

“不用紧张，很简单。”

很简单……吗？她差点儿信了，如果不是她一个球都打不完整的话。

接下来的一段时间里，林嘉措喂了一个又一个球，时而左边，时而右边，就没一个稍微正常点儿，让她能轻松打回去的。

邵乾乾跑来跑去，没过多久就冒了一层汗。

“邵乾乾，还行吗？”

不行啊！你喂的什么球啊，我一个都接不到啊！

“还可以吧……”

“这样，那我继续了？”

邵乾乾硬着头皮点了点头。

接下来她倒是能接到几个了，但是很少能完整地打过来。哇，她怎么会差劲成这样，早知道就不选网球了，真的是丢脸丢到家。

练到后来，邵乾乾直接累得坐到地上，站都站不起来。

可林嘉措似乎还是一副喂球的姿势，邵乾乾忙抬手示意：“我累了，我累了，林同学，你要不跟其他组员练练吧。”

“累了？”

“嗯！”邵乾乾十分诚恳地点了点头。

“行。”林嘉措将手中的球丢回桶中。

邵乾乾松了口气，坐在地上休息，并且打算就这么偷懒坐到下课。突然，不太强烈的光线被挡住了，自己坐的地方落下一片阴影。邵乾乾略带茫然地抬眸，正好对上林嘉措似笑非笑的眼睛。

“邵乾乾，是不是没有一点儿游戏体验？”林嘉措屈膝蹲了下来，右手拿着的网球拍抵在地上，左手则闲闲地搭在左腿上。

他这样离她就有点儿近了，阳光顺着他的发丝晃到了她的眼，让她有那么一瞬间看不清他的模样。邵乾乾下意识地往后拉开了一点儿距离：“什么？”

“我说，这打得是不是很没有游戏体验？”

“是有点儿，我没学过……”

“那就对了。”

对、对啥？

“一个人刚学一样东西，菜是正常的，很菜也是正常的。”林嘉措声音有点儿严肃，见她没反应又道，“知道吗？”

邵乾乾：“你在安慰我？”

林嘉措好看的眉头皱了一下，脸色莫名有些不自然："也是在教育你。"

邵乾乾："啊？"

林嘉措没再说什么，起身了。

"嘟！"网球老师那边吹了一下口哨，号召学生集合。

邵乾乾还在思考林嘉措的话是什么意思时，眼前突然伸过来一支球拍。

黑蓝相交的颜色，是林嘉措的球拍。

"这就站不起来了？"邵乾乾还没答话，就听林嘉措又莫名有些得意地说道，"那你还真的挺菜的……看什么，起来吧。"

"好，谢谢……"邵乾乾伸手拉住了球拍的一边，林嘉措一个使劲，她便借着这个力站起来了。惯性有些大，邵乾乾险险地停在他前面，鼻尖再往前一点儿，就碰到他的胸口了。林嘉措也愣了一下，他低着眸看着近在咫尺的小姑娘，嘴唇下意识地抿了抿。

林嘉措："也不矮。"

"啊？"

邵乾乾退了一步，只见后者伸手在她头顶比了比，道："我说身高。"

"我有一米六三呢！"

"哦。"

这个"哦"带了一点儿笑，邵乾乾觉得是嘲笑，于是忙道："女生中是不矮的。"

"是啊，我也说不矮，你急着辩解什么呢？"

"哦。"

林嘉措转身走了。

邵乾乾拿上自己的球拍，等到他走出有十多米了，才跟了上去。

进队之前，邵乾乾偷瞄了林嘉措一眼。这会儿，他正和旁边的男生说话，也不知道是说到什么有趣的事，他眼睛笑得弯弯的，露出一排白皙整齐的牙齿。好看是好看……只是，以前没接触过不知道，现在才发现这人说话怪怪的啊。

大学二年级的周二、周四是有晚自习的，但要求不是很严格。邵乾乾坐了一节课，把财政学老师留的作业写完了，刚收拾好，张天临的微信消息就进来了。鬼哥："乾乾！来不来？"

邵乾乾："哦，来了。"

"方潭，我先溜了。"

方潭"哦"了一声："要走就赶紧走。"

下课铃还没响，邵乾乾把书留在桌上，假装自己要去厕所，起身往教室外走去。邵乾乾是从后门走的，林嘉措和几个男生就坐在门口的位置，他看到她走出门，然后自己的手机响了，滑开屏幕，是张天临发来的微信消息。

此时的手机屏幕上赫然显示："快来，快来，鬼鬼哥哥和乾乾姐姐要带你吃鸡啦！"

林嘉措："呵……"

"嘉措，早上那道题你写完了吗？给我看看。"坐边上的吴远凑过来说道。

林嘉措随手将书和草稿纸丢给了他，说："等会儿顺便帮我把书带回寝室吧。"

吴远点点头："你这是要溜啊？好。"

晚自习的教学楼十分安静，楼道里灯光幢幢，一个人都没有。邵乾乾走到楼梯口，刚要往下走的时候，突然瞥见身后悄无声息地出现了一个人影。

"啊……"即将爆发的尖叫在看清来人之后被硬生生地咽了下去，邵乾乾愣了一下，往旁边移了几步，"巧啊。"

林嘉措："巧。"

"你这是……要溜了？"

"你什么表情？"林嘉措看着她震惊的模样好笑道，"你不也是吗？"

邵乾乾干笑了两声："哈哈，真难得，你也有提前开溜的时候……"

一片寂静，没人再搭话。

邵乾乾本想等着他先走，可是他似乎没有先走的意思。

林嘉措："你不走？"

邵乾乾："我走啊。"

"那你干吗不动？"

"我这不是礼貌，让你先走吗？"

"其实谁先走都一样，"林嘉措似是笑了一下，低声呢喃了一句，"反正都得等。"

"什么？"

"没什么，先走了。"林嘉措还是先下了楼梯，走了几步，他又想起什么一样回过头，"邵乾乾，你这么慢吞吞的，可别让学生会那些人抓到了。"

邵乾乾"哦"了一声，跟着他往楼下走："抓到的话，学生会副主席会开个后门吗？"

林嘉措脚步一停，回头看她："在你眼里，我会这么徇私枉法？"

"不止。"

“什么？”

“还知法犯法。”

两人一前一后出了校门，林嘉措打车走了，邵乾乾则步行到出租房。她登录了游戏和 YY，发现鬼哥不在线。

邵乾乾立刻发微信：“人呢？”

鬼哥：“抱歉、抱歉，突然有急事，我得出门一趟。”

邵乾乾：“哦……”

鬼哥：“不过没事，表弟已经到了！你们俩先开！”

邵乾乾想起表弟在游戏中的种种表现就有点儿想笑，刚想回复鬼哥的时候，突然听到耳机那边传来了“表弟”的声音。

“你怎么这么慢？”

邵乾乾关了和鬼哥的聊天框，咳了一声，道：“啊？我怎么慢了？”

“张天临不是早让你上线了？”

邵乾乾愣了一会儿，才反应过来张天临指的是鬼哥，回道：“哦，我刚才饿了，回去后跟室友一起吃了点儿东西。”

耳机那头停顿了好一会儿，然后又道：“他说晚点儿来你知道吧？”

“知道，已经跟我说了。”

“那你现在来不来？”

“来啊，上吧。”

怎么说也是所长的表弟，不看僧面看佛面，冲着所长的面子，也得跟表弟搞好关系啊。所以表弟说来，那肯定是要来的嘛。邵乾乾想。

游戏等候区，双排。

邵乾乾还记得上一次玩的时候，表弟落地不久就成盒的模样，语重心长道：“表弟啊，等会儿你跟着我知道吗？别乱跑。”

林嘉措：“跟着你我捡剩下的吗？”

“不是啊，我一定会让着你的。你说你喜欢什么枪，我看到一定叫你。”

林嘉措有些别扭：“你别表弟表弟地叫了。”

“啊？那我叫你啥？”

林嘉措放在键盘上的手滞了滞，他想了片刻，最后还是无奈道：“算了……你随便叫吧。”

“得嘞。”

游戏开始了，飞机飞过小岛上空。

邵乾乾：“我们今天的战略是农村包围城市。”

“嗯？”

“呃……简单点儿来说，就是从贫困区开始搜，我怕我们去大城市，你会直接死掉。”

耳机那头，林嘉措眯了眯眼睛：“我在你眼里就这么弱吗？”

“是啊！不过你不用担心，姐姐一定带着你好好活着。”

游戏正式开始，邵乾乾和林嘉措跳到了野外人烟稀少的地方。虽然这儿物资匮乏，但是两个人逛着逛着也积累了不少东西。

“表弟，这里有三级头！你快过来拿！”

“马上。”林嘉措从一间屋子里跳出来，跑到邵乾乾的屋里，可找到三级头戴上后，突然就不动了，“你的是一级头？”

“对啊。”

“我不要了。”林嘉措脱下三级头就往外走。

邵乾乾：“喂，你去哪儿啊？三级头捡起来啊！”

“你戴吧。”

“啊？”

“你的命比我的重要。”

分明是有些青涩的男声，这一刻却让人听得心扑通一跳。邵乾乾站在原地愣了好几秒，在这个游戏里，谦让这玩意儿几乎不存在的啊。前几回跟鬼哥抢三级头，拿枪抵着他的脑袋都没能把它抢过来。

邵乾乾是开了直播的，听见林嘉措这句话，网友纷纷发弹幕刷屏。

现在的男生都这么会撩了吗？

本直男心动了，表弟，跟我来一盘！

瓜瓜出息点儿，别被一个小屁孩撩得动不了好吗！

……

邵乾乾没看到群众的意见，默默地捡起三级头走出屋子。

“表弟，你几岁了啊？”

林嘉措：“干吗？”

“这么会撩，在学校是不是经常勾搭女孩子啊？”

“胡说八道。”

“我的命这么重要吗，表弟你真会说话，要是你再长几岁，我一定要嫁给你。”邵乾乾说完哈哈大笑。

这头的林嘉措闻言愣了一下，他看着电脑里在围墙外鬼鬼祟祟的游戏人物，干巴巴地道：“想得还真是多，我的意思是你死了谁来救我。”说完，他想起今晚在楼梯口那个小矮子一惊一乍的样子，人在网络和现实中怎么能差那么多，那会儿看起来小心翼翼的，在游戏里倒是大胆得很。林嘉措撇了撇嘴：嘁，还嫁给我，放在现实，给你几个胆你才敢说这种话。

毒圈缩到了 R 城这边，存活人数剩余二十人。邵乾乾不知道耳机那边那人心中的小心思，只知道……表弟竟然还没死。

“表弟，你的技术好像有点儿进步啊。”

“你是觉得我学不会吗？”

“没有、没有、没有，果然是所长的表弟啊，就是聪明。”

“跟他什么关系，我靠的是自己的智商。”万分嫌弃的声音。

邵乾乾讪讪，青春期的男孩子还真是有想法啊。

“是是是，你智商高、你智商高，未来肯定是强得不得了，完全不需要我……”

话音刚落，她就听到耳机里传来有点儿破音的声音。

“邵乾乾！过来！过来！过来！楼上有人！有人！”

好吧……看来离“完全不需要我”还有一大段距离。

邵乾乾镇定道：“有人你倒是打啊！智商这个时候干什么用啊！”

“我怎么打！你过来，他们两个人！”

邵乾乾：“叫爹地就马上到。”

林嘉措：邵乾乾，你狗胆这么大吗？！

“哈哈，开玩笑的，你可是表弟！来来来，哪儿呢？”

“125 方向……”

“收到！”

邵乾乾对着几个窗口，“嗖嗖嗖”地往里扔手榴弹。

“靠后点儿啊，放心，我不会让他们伤到你一根寒毛。”

林嘉措嘴角下意识一扬，但下一秒又觉得这会儿笑有哪里不对劲，于是又费力地压了下来：“说大话啊。”

Maiguapi 用手榴弹杀死 Ucbegag。

Maiguapi 用手榴弹杀死 789789ddddd。

没说大话，她扔了十几个手榴弹进去，最终把屋里那两个人逼得无处可躲，落个被炸死的下场。

淘汰那两个人后，邵乾乾后知后觉地皱了皱眉头："你刚才，叫我什么？"

林嘉措一顿，这才发现自己情急之下直呼其名："哦……张天临跟我说了你的真名。"

邵乾乾："难怪，不过你这家伙要讲礼貌啊，要叫就叫姐。"

"……不可能。"

"怎么不可能，你一高中生，我肯定比你大。"

"谁告诉你我是高中生？"

"难道是初中生？"

林嘉措懒得回应这个话题了，而他的不吭声大概在邵乾乾那里就变成了默认。于是林嘉措发现，接下来的几场比拼中，自己被花样守护了。

"谁打你？这是在伤害祖国花朵吗？我去打他！"

"去捡，去捡，别害怕，我给你架着枪呢，来一个给你杀一个。"

"表弟，你作业做完了吗？以后记得做完作业再来打游戏啊。"

这感觉对林嘉措来说太新鲜，因为从小到大，他就没有什么事是需要别人来帮着他护着他才能完成的。现在，他竟然要一个小姑娘保护了？

张天临办完事回到住处的时候，林嘉措坐在电脑前玩得正激烈，他悄悄地走近，刚想拍一下林嘉措的肩时，突然看到某人脸上奇怪的表情——那是种明明想笑却刻意克制的表情。

"赢了吗，这么开心干吗？"

邵乾乾带着表弟吃到了表弟人生中的第一次"鸡"，游戏退出来后，弹幕一片"恭喜表弟"飘过。邵乾乾得意一笑："就跟你们说我认真起来这整座小岛都要害怕，你们不信。"

"看到没？表弟再菜，我也能把他扶起来。"

"你们为什么都恭喜他，不是应该恭喜我们俩吗？"

林嘉措微笑着听她得意扬扬的声音，等到邵乾乾自夸累了，消停了，他才关了语音，回头看向张天临："什么时候回来的？也不吭声。"

张天临倚在椅子边上："我声响不小啊，是你没听见。"

"哦。"

"你们俩玩得挺好啊，乾乾这么厉害吗？竟然带着你这个菜鸟都能吃到鸡。"

林嘉措赏了他一个白眼："这叫配合得好，懂吗？"

"一个罩着一个躲吗？"

林嘉措悠悠往后一靠："是啊，不像你，连罩着你的人都没有。"

张天临一脸问号："你这得意的语气是怎么回事？"

昨晚同张天临和表弟玩游戏玩得很晚，第二天有早课，而且还是她爸的早课，于是邵乾乾十分艰难地爬了起来。有两个室友说想吃她家楼下蛋糕店的面包，于是她打包了两块夹心面包和两瓶鲜奶进了学校，边走边吃的时候，一辆黑色的轿车停在了她边上。

"乾乾。"

邵乾乾一惊，手中的面包都差点儿掉了。

"啊……爸。"

此时坐在车内的邵广语正皱着眉头看着她："一大早的，为什么从校外进来？"

邵乾乾僵僵地嚼着嘴里的面包："我……我那个，我喜欢吃外面那家店的面包，所以出来买了！"

她在外面租房，且当了游戏主播的事，她爸并不知道。

邵乾乾的爸爸是学校的教授，因为课不多，所以不常出现在学校里。之前父女俩几乎没在学校打过照面，但不巧的是，邵乾乾这学期的沙盘课是他教的……因为今天早上就是他的沙盘模拟实训课，所以她才会战胜睡神从床上爬起来。老爸的课，她哪敢迟到。

"一点儿精神都没有，昨晚是不是在寝室里玩游戏玩得不知道睡觉？"

"没没没，怎么会，学校十一点就断网了，我怎么玩游戏啊？"邵乾乾忙否定。

"哦，那你就是玩手机游戏了。"

"哎哟，爸。"邵乾乾苦了脸，"您怎么就知道说我玩游戏啊？"

"谁让你就知道玩游戏？"邵广语沉声道，"高三的时候，要不是我把你的电脑封起来了，你能好好学习？你能考到这所学校来吗？乾乾，你不笨，别整天就知道玩，好好学习听到没？"

又来了，又来了，每次见面都要说教。

邵乾乾耷拉着眼皮："知道了，爸。"

"你别不乐意听，你……"

"邵老师。"就在这时，身后突然传来一个男声。

邵乾乾回过头，只见林嘉措不知什么时候出现在了她的身后。

邵乾乾："林嘉措？"

“是嘉措啊。”邵广语原本严肃的表情在看到这位优秀学生后瞬间温和了下来，“这么早怎么在这儿呢？”

林嘉措恭恭敬敬地说道：“昨天家里有些事，所以回去了一趟。”

“这样啊。”

“邵老师来得真早，早饭吃了吗？”

邵广语：“吃了吃了，你吃了吗？”

“我还没有，不过现在去吃早饭的话可能有点儿来不及了，所以我打算晚点儿吃。”

“那怎么行，你们年轻人就是不爱惜身体。”邵广语说罢，看向邵乾乾，“乾乾这儿有面包，你先吃点儿。”

邵乾乾背后一凛，三好学生果然是三好学生啊，她爸真是给予无微不至的关心！

林嘉措：“不用了，老师，这怎么好意思？”

“有什么，你们不是同班同学吗？互相帮助是应该的。”邵广语横了邵乾乾一眼，“乾乾，有多的吧？”

邵乾乾：“有有有。”给林嘉措吃，怎么可能没多出来的呢。

“喏。”邵乾乾从袋子里拿了一块夹心面包和一瓶鲜奶递给林嘉措。

林嘉措：“真不用。”

“拿着吧，你不吃，他能安心吗？”

林嘉措低笑了声，见邵乾乾坚持，也就接了过来：“谢了。”

“不客气。”

邵广语甚是欣慰地看了眼两人：“那我先走了，你们快去教室吧。”

“好的，邵老师。”

“知道了，爸。”

邵广语的车开走后，林嘉措便将东西往邵乾乾面前递了递：“给室友买的吧，还给你。”

“啊？没没没，你吃吧，我室友……都吃过了。”

“是吗？”

“嗯。”

“好吧。”

上早课的教学楼就在不远处，邵乾乾本来想等他离开后，自己再过去。可这人走了几步又回过头来：“要上课了，你还不赶紧走？”

“哦……”没办法，她只好跟着他一起走了。

一路无言，只是邵乾乾觉得跟他站一起压力甚大。好不容易到了教室门口，邵乾乾立马松了一口气，径直往两个室友的位子奔去。

“方潭，小唯！你们来得挺早啊。”

柯小唯往她身后看了一眼：“乾乾，你跟林嘉措一起来的？”

“瞎说什么，门口碰到的。”

“哦。”柯小唯扬起笑脸跟林嘉措招了招手，“林同学，早啊。”

“早。”林嘉措也对她笑笑，然后在她们旁边的圆桌边坐下。

方潭：“我饿死了，面包给我。”

方潭和柯小唯拿过袋子，两人同时往里一看：“哎？怎么只有一瓶奶、一块面包？”

邵乾乾一本正经地装健忘，压低声音道：“哈？真的吗？我少买了吗？”

方潭：“一大早起来脑子就被门夹了吗？这也能少买。”

邵乾乾：“睡眠不足导致脑子不太好使。”

方潭无话可说，掰了半块面包吃起来。柯小唯却是狐疑地看了邵乾乾一眼，然后转头看向林嘉措拿在手里的早餐。

“邵乾乾，你是不是把我的早餐献出去了？”

邵乾乾差点儿被口水呛到：“什么献出去了？”

“林嘉措手上的不是……”

“你瞎说什么呢，我是这种人吗？！”邵乾乾满面激昂，“我难道是这么重色轻友的人吗？”

柯小唯想想也是：“我谅你也不会这么大胆，敢这么讨好林嘉措。”

“咯……”什么讨好啊！那不是我爸逼着我给他吗！我才不是怕他饿着！

不知道是不是听她爸训话听多了，现在在她爸讲课的时候，邵乾乾只想打瞌睡。

沙盘模拟实训课是通过模拟企业的经营来培养学生的团队精神，全面提升学生的管理能力。模拟教学以一套沙盘教具为载体，沙盘教具主要包括沙盘盘面六张，全班学生分成六组，代表六个相互竞争的模拟企业。

在一节课的基础知识讲解之后，邵广语在第二节课安排了自由模拟，让学生们摸索一下沙盘的操作。

邵乾乾歪在柯小唯边上看着她操作，柯小唯看似很懂的样子，实际上他们这小组的模拟收益很不理想，再这么下去，肯定是要亏本的。

“嘉措，你们经营到第几年了？”就在邵乾乾这组进退两难的时候，他们看到雷茵茵一脸愁苦地从自己的小组走到林嘉措那边。

林嘉措是组里的指挥，闻言道："第四年了。"

"你们挺厉害啊，我们那边遇到坎儿了，能不能帮我们看一下呀？"

柯小唯回头看了一眼，低声在邵乾乾耳边道："看到没，会撒娇的女人最好命，不会就应该跟林嘉措撒撒娇，让他来帮咱们一把。"

邵乾乾："哦，那你怎么不去撒撒娇，让他来帮个忙？"

柯小唯："我哪能跟雷茵茵比啊，她敢去，我可不敢。"

邵乾乾："这有什么啊……"

"你这话说的，那你倒是去跟林嘉措说说，让他也来帮我们把这关过了。"

方潭在边上干笑了一声："得了吧，她也就敢在寝室咋咋呼呼地说什么男神，真要让她去讲句话，溜得比兔子还快。"

邵乾乾："谁说的啊，我有那么没胆吗？"

方潭，柯小唯："有。"

邵乾乾翻了个白眼，立马就站了起来。彼时，林嘉措正好忙完自己组的模拟操作要起身。

"林嘉措。"

林嘉措和雷茵茵同时回头看她。

邵乾乾："呃……"看热闹不嫌事大的方潭和柯小唯努力憋笑。

林嘉措："怎么了？"

邵乾乾："你……你们组做好了，这么厉害啊。"

林嘉措定定地看着她，这声线太熟悉了，昨天这个声音的主人虽然一直在保护他，可嘴上也不饶人，一直在说他菜，说得他简直开始怀疑人生。

可现在，这个人竟然是来夸他吗？

林嘉措嘴角一勾，有点儿得意，不过他掩饰得很好，淡定地道："还好。"

"怎么会还好，我们都不太好，还是你聪明，一下子就明白了。"邵乾乾硬着头皮夸。众人听着皆觉得浮夸得不着边际，然而林嘉措嘴边的笑意越发明显。

"你能不能来教教我们组啊，我们都快破产了。"雷茵茵的视线太过热烈，邵乾乾顶着巨大的压力把最终的目的说了出来。

三组人目光灼灼地盯着林嘉措和邵乾乾，不过他们都觉得林嘉措肯定是要先帮雷茵茵解决问题的，因为雷茵茵不仅是系花，还先开口。

邵乾乾也是这么想的，她现在开口其实只是预约一下，且想向方潭和柯小唯证明她不是那么没胆。可出乎所有人意料的是，林嘉措眉毛一扬，竟然顺手把邵乾乾的椅子拉出来，然后坐了下去。

林嘉措看着他们的沙盘，道："哪里出问题了，我看看。"

方潭和柯小唯对视一眼："啊？"

雷茵茵愣住了，站在原地好一会儿没反应过来。

邵乾乾一惊，反应过来后讷讷地拍了拍柯小唯："说话，哪里出问题了？"

柯小唯："啊……这，这里不太明白。"

林嘉措非常认真地帮他们解决起了问题，而柯小唯等人也从一开始的"怎么回事？林嘉措竟然帮我们做"变成"好好听好好学，不能在林嘉措面前表现出没脑子的糗样"。

雷茵茵冷着脸回到了自己的座位，邵乾乾则有些不好意思地站在林嘉措边上。

"你们开拓市场是挺快的，但是在战术层面产品研发缓慢，生产落后，销售产品太单一了，市场大也没有用。"

方潭："是啊，刚刚你们谁非要开拓亚洲市场的？"

众组员："邵乾乾。"

林嘉措抬眸看向邵乾乾，似笑非笑。

邵乾乾被林嘉措这一眼看得喉间一梗，她不敢去看他，只能盯着这几名损友道："怎么怪起我来了，我刚才说的时候，你们也没坚决反对啊。"

方潭："反对了。"

邵乾乾："但没坚决！"

方潭："某些人说，连亚洲市场都没有这么低级，所以坚决要开发，拦都拦不住。"

林嘉措："嗯，想法很远大。"

林嘉措继续调整他们的各条模拟生产线，边调整边耐心地讲解，上课一直没怎么听的邵乾乾竟然也懂了大半。

"好了，现在差不多了，虽然收益还是不高，但至少不会破产。"林嘉措从位子上站起来。

柯小唯："谢谢啊！"

"没事。"说完，林嘉措突然侧眸看向邵乾乾，"听懂了吗？"

一组人都在听他讲，结束后他却只问邵乾乾，邵乾乾被问得一蒙："啊？"

"没听懂？"林嘉措和邵乾乾视线相对，见邵乾乾没回答便"反省"道，"是我讲得有问题？"

邵乾乾忙摆手："不是不是，是我自己理解慢。"

邵乾乾发现自己刚这么一说话，林嘉措就露出了毫不掩饰的笑意。怎么形容这种表情呢，就好像你笨你不会，他就得到了极大的满足感。

嗯？大神都是这样的吗？

“看来，你不会的东西还挺多。”林嘉措用安慰的眼神看着邵乾乾，“不过没关系，都正常。”

邵乾乾看了柯小唯一眼，又看了方潭一眼，这是被鄙视了？

林嘉措看起来依然十分愉悦，他转身走向自己组的时候突然又回头道：“对了，你早上给我的早餐挺好吃的，在哪儿买的？”

早上的……早餐……柯小唯猛地怒视邵乾乾。

边上听到这话的同学也诧异地看向两人，很多人给林嘉措送过吃的没错，但林嘉措都很委婉地拒绝了，还没有收下的先例。可这回，他是吃了邵乾乾买的早餐吗？！群众的眼中闪着分外八卦的光芒。

邵乾乾在这波犀利眼神的注视下，感觉仿佛被车轮轮番碾轧，于是她再开口时就显得有些艰难：“校门口有家叫‘wait’的面包店……”

“谢了。”

“不用……”

等林嘉措回到自己的小组，邵乾乾刚在自己的位子上坐下来，就被柯小唯狠狠捏了一把。

“骗子！大骗子啊！”柯小唯压低声音道。

邵乾乾：“我可以解释，今天早上那早餐……”

“我不听，我不听，邵乾乾你说，你什么时候背地里跟林嘉措这么熟了！”

邵乾乾分外无辜：“冤啊，大姐，你哪里看出我跟他熟了？”

柯小唯哼了一声：“就是有啊，吃你的早餐，还帮我们解决难题，而且他最后只问你懂不懂，他怎么不问我们明白了没啊？”

邵乾乾一脸惊恐：“这只是巧合，还有那早餐是因为路上碰到了我爸啊，他非让我给他！邵老师出场，林嘉措敢不收吗？”

柯小唯拍拍方潭：“你信吗？”

方潭上上下下扫了邵乾乾几眼：“不信也得信，要不然能是什么，林嘉措对邵乾乾有意思啊。”

邵乾乾面无表情：“我求你别说了，我还想在我们学校多活几年。”

柯小唯笑出声：“哈哈哈，说得也是啊。”

第二章
网恋？离谱！

晚上，林嘉措在学生会开了个会后回到寝室。洗完澡换了身衣服，他坐在书桌前，随手打开了电脑，就在这时，手机响了。

“嘉措，要不要来我家玩游戏啊？”张天临在电话那头说道。

林嘉措：“不去了，今天有点儿累。”

“啧，年纪轻轻的怎么老是说累，你这身体不太行啊。”

“有事没事，没事挂了。”

“有有有，想问问你跟乾乾怎么样了？”

林嘉措一愣：“什么怎么样？”

“你们一起玩游戏的时候不是很开心吗，怎么？现实中还没怎么样呢，等等……不会还没讲过话吧？”

“怎么没讲过话，”林嘉措愉悦一笑，“今天上课还碾轧了她的智商。”

张天临：“……啥？”

林嘉措靠在椅背上，懒洋洋地道：“邵乾乾文化课不太行。咝……不过也正常，毕竟每个人都有自己擅长的，是吧，她在游戏里能赢我，不代表在其他方面也能赢我，对吧？”

电话那头沉默了良久，最后张天临用不可思议的语气道：“所以你又发病了吗？”

林嘉措：“嗯？”

张天临扶额：“你这老毛病怎么还改不掉，别人赢你一回，你就得想办法赢回来是吧？”

“有意见？”

“没没没，你可是林大少爷，我哪敢有意见……”

虽然张天临嘴上这么说着，眼睛却快翻到天上去了。相识十多年，别人不了解林嘉措，张天临怎么会不了解。林嘉措的性子就是经商家庭熏陶出来的，争强好胜不服输。你拿走他一块肉，他必须抢走你一盘肉。从小到大，林嘉措的成绩就一直处于学校的金字塔顶端。不对，不仅仅是成绩，其他方面他也不会允许自己处于下风。如果有一天有人让他处于下风了，那他肯定是要从各方面弥补回来的。

张天临挂了电话，默默地为自己“哀悼”——活在这种人身边这么多年，真的不容易。

唉……可内心这么极端的人，大家却都觉得他善良又可爱。也是，这人特别懂得如何在人前露出无害纯良的一面，不太熟的人只会感觉这人特别有礼貌、特别好相处，但熟起来就会知道，压根儿不是这么一回事。

接下来一段时间，邵乾乾又拎着林嘉措玩了好几次游戏，林嘉措的技术也在她的花式嘲讽中突飞猛进。

某天，两人刚打完一局游戏，邵乾乾突然问道：“表弟，我都教了你这么多了，你是不是该叫声师傅呀？”

林嘉措差点儿以为自己听错了：“师傅？你占我便宜？”

“你这孩子咋这样呢？翻脸不认人，亏我还带你玩呢，叫声师傅怎么了？”

林嘉措：“你一小丫头片子，还想当师傅？”

“小丫头片子？你毛都没长齐的，敢这么叫我？”

林嘉措立刻反驳：“谁的毛没长齐？哪哪都长齐了！”

邵乾乾：“……行，行吧，你说长齐就长齐了吧。”

“那个，也不早了，我今天先下了。”林嘉措主动示好，让邵乾乾莫名觉得一阵脸红，脸红过后又想，不过是一个比她小的小男孩，有什么好脸红的！

“表弟，我们下次再一起玩啊。”邵乾乾努力用愉快的语气道别，假装刚才什么事都没发生。

林嘉措淡定地说了声“好”，然而在伸手去拿旁边的玻璃杯时直接将它撞倒了，水洒了一桌子，他慌乱地起身去抽纸。

邵乾乾：“你怎么了？”

林嘉措胡乱地抽了一堆纸擦桌子：“没事，下次再联系吧。”

“好……不过表弟，我好像也不知道怎么联系你。”

林嘉措擦桌子的动作一滞，说起来，每次都是张天临说她在线上，然后等他登录了，她才联系他，他们从来没有直接联系过。

“我，我等会儿让张天临给你我的微信号。”

“那也行。”邵乾乾笑了笑，突然道，“表弟，出师了记得请我吃饭啊。”然后最好把所长也带来！这样就能知道所长的庐山真面目了！

别有用心的邵乾乾没有想到，她随口的一句话让对面那人愣在了当场。请吃饭吗？合适吗？

张天临睡到了日上三竿才起来，昨晚他又通宵了。

“你没在打游戏啊？乾乾呢？”走出房门，张天临看到在发呆的林嘉措。

林嘉措：“她下线了。”

“哎呀，你们再等等我就好了，咱们一起打。”

林嘉措懒得理他，过了一会儿又突然起身走向他：“我刚在微信给你发了一个好友申请，你加一下。”

“啊？”

“打开微信，快点儿。”

张天临一头雾水，但还是依言打开了微信。点开好友申请列表，果然有一条待审核的信息。他问道：“这谁啊？”

“我，你加一下。”

“啊？你原来的号呢？”

林嘉措难得有些别扭地移开了目光：“让你加你就加，加了之后发给邵乾乾，就说这是表……表弟的微信。”

张天临瞪大眼睛看着他，一脸“你说啥，我怎么听不明白”的表情。

林嘉措横了他一眼：“看什么啊，发。”

张天临合上嘴：“你还真是当表弟当上瘾了，直接告诉她你是谁不就好了，还作到要去搞一个新号？”

林嘉措比个了“拳头”：“你管我啊！”

张天临：“啦……难道是怕她知道你是谁，就被你美色诱惑了？或者是怕你这么菜，被她知道，要被她嘲笑？还是……你们要开始网恋？”

林嘉措一个踉跄，惊得差点儿把手机直接砸在他脸上，网恋？离谱！

“只是因为这样方便，你管那么多干什么！”

最后，林嘉措还是在张天临又是嘲笑又是八卦的眼神中添加上了邵乾乾的微信。

因为第二天是周末，所以林嘉措没回学校，而是开车回了家。回到家先去洗了个澡，洗完澡出来的时候，他看到随手丢在床上的手机屏幕亮了下。此时手机界面有两个微信图标，这还是他特地上网搜索了如何用同一个手机登两个微信号。第二个微信的图标显示有新信息。

他打开后，发现是邵乾乾通过了申请，然后发来了消息：“表弟？”

林嘉措在床边坐下来，故作冷淡地回复了一个字：“嗯。”

邵乾乾：“好。”

然后……就没有然后了。林嘉措等了好一会儿，都再没有她的消息，他眉头一皱，带着一丝莫名其妙的怒意将手机扔回了床上。

就这样？好？好什么？啧，还真是高冷哦。

另外一边，被戴上“高冷”帽子的邵乾乾正盘着腿坐在餐桌边，忙着吃时瑜闻带回来的鸭架。

“明天跟我一起去逛街吧？”坐在她对面的时瑜闻道。

邵乾乾两只手戴着手套吃得很过瘾：“不了，我这周末要回家。”

“回什么家啦！我下周要去参加我们公司的聚餐，那些个女人肯定都穿得花枝招展，我不能输啊。”

“你不会输，你穿啥都好看。”

“我呸！你少敷衍我了。”

“但是我这周真的答应我妈回家了。”邵乾乾脱掉一只手套点开微信，“这样，我问问方潭，她应该有空陪你去。”

时瑜闻睨着她：“哦，那你帮我问一句。”

方潭的聊天框正好在表弟的聊天框下面，邵乾乾这才想起自己没再跟表弟聊什么了，不过他也没回什么，嗯……应该是有事，现在的初中生学业也挺忙的。这么想着，邵乾乾鬼使神差地点进了表弟的朋友圈。哎？空的？

“她回了没，有没有空？”时瑜闻问道。

邵乾乾回过神：“哦哦，等等啊。”

退出表弟空荡荡的朋友圈给方潭发了信息，不过发信息时，邵乾乾纳闷地想，表弟不会是……屏蔽她了吧。

第二天，邵乾乾在中午饭开始前赶回了家。

“乾乾，回来了啊，妈妈给你准备了好多好吃的哦。”一进门，邵乾乾就看到在厨房忙碌的女人，保养得宜，身材苗条，露出的肤色不算白，是那种很健康的小麦色。

“妈，好久没见你了，你好像有点儿黑了。”邵乾乾笑嘻嘻地走上去，从后面抱住了葛晴的腰。邵乾乾和自家母亲大人已经好几个月没见面了，倒不是因为她没回家，而是葛晴是撰稿人，前段日子因为公司要出旅游篇的稿子，她跟着团队一起去了非洲。

“是黑了吧，我跟你爸说，他还说没有，什么眼神哪。”

“爸的眼里你最美嘛，黑了他也觉得美。”

“去去去，去客厅等着，别在这儿贫嘴。”葛晴嘴上这么说着，脸上却满是笑意。

邵乾乾应了一声，从厨房走出来。邵广语坐在客厅看他那些高深莫测的书籍，看到邵乾乾过来便开口道：“乾乾，课上的东西有没有听懂？”

邵乾乾：“我……”

“姐肯定没听懂，或者说她根本就没有听！”邵乾乾话还没说出口，就被一个从房间里冲出来的臭小子打断了。

邵乾乾回头转身就去揪他的耳朵：“你哪只眼睛看见我没听啊，我很认真地听了好不好！”

“哎哟，你给我放手！邵乾乾！再不放手，我把你整个拎起来丢出去，你信不信？”

“你敢！”

事实证明，邵坤是敢的。十七八岁的年纪，他的身高已经有一米八，他虽然看上去有些青涩，但是在外形上完全压制了一米六出头的邵乾乾，所以邵乾乾直接被丢到了沙发上。

“邵坤！我跟你拼了！”反应过来的邵乾乾抄起拖鞋就往前跳去，邵坤到底还是不敢真的对邵乾乾用劲，于是被邵乾乾打得到处乱窜。

“行了，行了，你们俩别闹了。”葛晴从厨房出来象征性地喊了句后，又忙自己的去了。邵广语放下书，看了两人一眼，皱着眉头，继续拿起书看起来。十多年了，打来打去，见怪不怪，骂不动了。

闹腾了好一阵，最终因吃饭而收场。

吃完饭，邵乾乾回到自己的房间，打开电脑准备看会儿视频的时候，正好接到了体育部一学姐的电话。

“乾乾，明天晚上咱部门和文艺部一起出去聚餐，你一定要去哦。”

邵乾乾震惊：“学姐，你饶了我吧，我都不熟，去干吗？”

“我家里有事去不了，你也知道我们体育部女生是凤毛麟角，部长下令让我必须把女孩子都叫上，你就当帮帮我，拜托拜托。”

“可是……”

“我下次请你吃饭！”学姐好声好气地劝着，“要不这样，你就去走个过场，然后中途偷溜掉就行了。”

“你确定能溜？”

“没问题的啦。”

挂了学姐的电话后，邵乾乾陷入“当初真是不知道挑”的忏悔中。大一刚开学，听说加入学生会有额外学分加，于是她颠颠儿地加入了最好通过面试的体育部。在体育部确实蛮清闲，平时没什么事干，就是外出聚餐的时候，女部员总是会被叫上，美其名曰充场面。以前有学姐罩着，邵乾乾可以找各种借口不去，这回好了，学姐罩不了，她不去也得去了。果然啊，出来混总是要还的。

看了一会儿电视剧后，邵乾乾又收到了信息。不过这次不是那学姐，而是所长的“表弟”，点开信息，看到表弟道：“明天晚上吃鸡？”

邵乾乾苦着脸回：“吃不了，我有事。”

表弟：“什么事？”

邵乾乾：“学校部门有聚餐，我得去。”

表弟：“哦。”

林嘉措收起手机继续吃饭，坐他对面的张天临见此便问道：“乾乾怎么说，明天约不约？”

“她有事，不来。”

“好吧，看来就只能我们俩打了。”

“我也有事。”

张天临瞪他：“是你提议的打游戏，怎么这会儿又有事了？！”

林嘉措淡定地夹了一块肉：“学校部门有聚餐，他们请我去了。”

“你以为我刚才没听到你打电话啊，你不是拒绝说不去的吗？”

“是啊，本来不去的，但是刚才他们又发信息来了。”林嘉措随口胡诌。刚才他拒绝了是事实，部门之间聚餐，并不是学生会的所有成员都非去不可，所以他们并没有勉强他。而且，刚才那些人也没有再发消息来。只是为什么他自己突然又想去了……大概是因为那个人不在，他觉得自己在游戏里会被张天临嘲笑得体无完肤吧。

哼，绝不能给张天临这种机会。

张天临不知道林嘉措内心的想法，只一个劲儿地挽留：“有什么好去的，别去了，那比得过吃鸡的快乐吗？”

林嘉措一本正经地说：“身为副主席，他们需要我，都非常想让我去，并且觉得我去了他们会更开心，所以我觉得还是去一下比较好。”

张天临：“……不装不会死。”

两个部门的聚餐说起来是聚餐，其实就是变相的联谊。文艺部那边大多数是漂亮的妹子，而体育部这边的男性友人各个荷尔蒙爆棚。两者一接近，自然有着难以言说的氛围。

至于邵乾乾，一不是文艺部那边的漂亮妹子，二不是体育部这边的英俊男性，就如学姐所说，她纯粹就是来充场面的。

邵乾乾在家楼下打了车后就直奔学姐给的地址，路上有点儿堵，她迟到了十多分钟。

聚餐的地方叫琉金宫，是一个消费对于学生来说相对较高的娱乐城场所。共有两层，一楼是开放式的，有驻场歌手和舞池，二楼是包厢式的 KTV，每到夜晚，这里就人声鼎沸，热闹非凡。

邵乾乾拿起手机打了个电话，在门口晃悠了一会儿后，体育部的一个学弟下来了。

“学姐，这边。”

钟桥是邵乾乾在体育部里难得比较熟悉的，所以见着他便很亲切地打了个招呼：“学弟啊，你今天这样挺帅啊。”

钟桥今天难得没穿运动装，而是一身衬衫黑裤搭配，虽然看着有些不自然，但他这样子倒是比以往帅气了许多。

钟桥轻推了她的肩膀一下，把她领着往里走：“今天要见那么多漂亮小姐姐，我当然不能随便穿了。”

“啊，漂亮小姐姐真的很多吗，有没有看上的？”

钟桥闻言竟然脚步停了停：“你别说，还真有。”

“谁啊？”邵乾乾的眼睛一亮，满是八卦的意味。

钟桥：“她嘛……你等会儿进去就知道了。”

“难得有学弟看得上眼的，那我可得好好瞧瞧了。”邵乾乾打趣道。

两人一边说着话，一边走到了包厢门口，钟桥推门的瞬间震耳欲聋的音乐声就传了出来，邵乾乾听清了这曲调——蔡依林的《说爱你》，而且拿麦克风的人唱得还不错。

“她在唱歌了。”钟桥眼睛一亮，侧身附在邵乾乾耳边说了句。

邵乾乾意外地看向钟桥：“钟桥，你看上的是雷茵茵啊。”现在拿着话筒唱《说爱你》的就是她们班的雷茵茵，也是她们的系花。

“是啊，早听说是你们班的，你可得帮帮我啊。”

“什么？”音乐声太大，邵乾乾没听清。钟桥只好靠在她耳边吼：“我说，你得帮帮我！给我打探打探消息啊！”

“可我跟她不熟！”

“多聊聊就熟了！拜托了！学姐！”

林嘉措知道邵乾乾是体育部的，因为大一的时候，邵乾乾参加过一次聚餐。

那会儿，他也因为她是他班上的同学而留了点儿印象，不过后来的聚餐邵乾乾就再没出现过了。

今晚他到得比较晚，跟在场的人打了招呼后，他便在沙发上坐下了，看了一圈没有发现邵乾乾，正想着她是不是不想跟自己打游戏，才故意说要去参加部门聚会的时候，就看到邵乾乾进来了，跟在她边上的还有体育部大一新生钟桥，两人站在门口咬耳朵，看上去实在是……亲密无间。

哦，就是因为有钟桥这层关系？难怪她这么个游戏痴怎么突然就不玩游戏要出来“社交”了。林嘉措端起面前的酒杯抿了一口，虚假微笑的脸上隐藏着对邵乾乾深深的嫌弃——为了一个男的不和“出生入死”的好队友一起去并肩作战，真是好样的！

邵乾乾进门并由钟桥领着在边上坐了下来，体育部除她之外还有一个女生。那女生是铅球运动员，有点儿彪悍，但为人十分爽朗，跟文艺部几个跳舞的男孩子聊得很起劲。

邵乾乾刚一坐下，就看到了斜对面的林嘉措，他正微侧着脑袋跟边上的人说话，嘴边扬着的那抹笑意仿佛能将整个昏暗的包厢点亮。他竟然也在这儿？邵乾乾惊讶过后又想，他毕竟是副主席，出现在部门的聚会里也不奇怪。

“学姐，雷茵茵没有对象吧？”钟桥凑到她旁边问道。

邵乾乾抬眸看向雷茵茵，此时她的歌曲已经接近尾声，她的目光渐渐落在了某个位置，邵乾乾顿了一下，顺着她的目光便看到了林嘉措。

此刻的邵乾乾眼前是英俊的青年，耳边是雷茵茵似告白似含蓄的歌声：“是从天而降的梦境，直到确定，手的温度来自你心里，这一刻，我终于勇敢说爱你。”歌曲最后的旋律飘扬，邵乾乾忽然想起，柯小唯曾跟她说过的八卦——雷茵茵对林嘉措有意思。

“钟桥，你确定……要喜欢雷茵茵？”

“怎么了？有男朋友了？”

“那倒没有。”

“那不就得了，那为什么不能喜欢？”

邵乾乾有些为难地说道：“只是她好像喜欢的是林嘉措。”

钟桥一瞬间就没声了，他盯着邵乾乾，好一会儿才道：“那又怎么了，我，我就喜欢挑战。”

“好吧。”

林嘉措跟朋友聊完后回头，又看到邵乾乾和钟桥腻腻歪歪地靠在一起，他再次端起酒杯喝了一口酒，在心里重新将邵乾乾的“恶行”翻出来嫌弃了一遍。

接下来就是轮番地唱歌，唱了一会儿，体育部长见有些人只是无聊地待着，就将那部分人招呼过来一起玩游戏。游戏是KTV最常见的——掷骰子，玩游戏的总共有十人，一直没唱歌的邵乾乾和林嘉措都被拽进来了。

“部长，游戏规则是怎样的？”雷茵茵问道。

“咱们这个游戏很简单的，一句话说，就是根据摇出的骰子数字来决定是自己喝酒还是别人喝酒。十人分成两组，大家围成圈坐，A组和B组每个人都交叉坐，然后我们以一杯酒起始。总共两颗骰子，如果摇出的是六以下就不用喝，六反向，七加酒，八喝一半，九喝完，十一可指定一个人喝完桌上倒出来的一半酒，十二指定一个人喝完全部。”

“哦，这样啊……”

“大家听明白没？”

没玩过的几个人都一脸迷茫地摇了摇头。

部长大手一挥：“没事，你们听不懂也没关系，玩一轮就明白了！边玩边解说，咱们开始吧。”

说开始就开始，大家抽签分组。分完组后，邵乾乾一边替钟桥开心，一边又替钟桥感到绝望。他和雷茵茵分到同一组了，可悲惨的是，林嘉措也是他们那一组的。雷茵茵应该是喜欢唱歌的，可现在来玩游戏……这意图，邵乾乾觉得挺明显的。

三角恋啊……邵乾乾低着头玩着桌上的骰子，心里想着虽然有男神可以看，可男神看也看不来，这爱恨情仇的世界啊……还是回去玩游戏有趣一点儿。可无奈的是，她现在也走不了。

游戏开始了，体育部长在桌上倒了一杯酒。然后由林嘉措开始掷骰子，他掷了一个五，不用喝酒，轮到下一个。第二个人掷了一个七，加酒。这人下手挺狠，一下子就加了五杯酒，这么一来，桌上就有六杯酒了。

第三个人是雷茵茵，她丢下骰子后，骰子上的数字加起来恰好是九，“九”意味着她要把酒全部喝完。

众人欢呼一片，她惊讶地捂着嘴，一双美眸无奈又可怜地看着众人。对一个酒量不怎么样的女生来说，这六杯酒喝完基本上就上头了，但这个游戏有个“友善”的点，就在于可以求组友帮忙喝。

雷茵茵这种受欢迎的女生，一开口自然就有人帮她喝酒了。钟桥最殷勤，第一个站出来灌了三杯。现场一片起哄声，另外一个男生也仗义地喝了两杯，剩下的一杯雷茵茵自己喝了。

六杯变一杯还算不错，不过，她看起来并没有很开心。邵乾乾十分八卦地猜测，大概是林嘉措没有积极主动帮她喝酒。

游戏继续，接下来也有几人轮番中招，但是顶多积五六杯，没有太多。不像这一轮……竟然积累到了十二杯。邵乾乾将传递到自己这里的骰子捏在手里时心头直打鼓，千万别中招啊，这十二杯可不是闹着玩的……

不过墨菲定律是真的存在，你越担心某种情况发生，它就越可能发生。就比如现在，她，投掷到了，九……

“乾乾，你厉害啊，运气真棒！”

邵乾乾一头黑线：“过奖了。”他们这组的运气可真是不好，前面几轮已经喝了不少，而且两男三女的组合，也比不上雷茵茵那边三男两女能喝。

“乾乾，你跟浩子撒个娇，别看他刚才喝了那么多，但女孩子一撒娇，他就是再喝二十杯都没问题。”体育部长笑道。浩子是文艺部的一男生，跟邵乾乾同组。

林嘉措看了眼邵乾乾，眉头轻蹙了一下，这家伙会撒娇？还是跟个陌生的男生撒娇？不堪入目！

撒娇？邵乾乾在网络上能屈能伸，能男能女，能娘能刚，能装萌跟小哥哥撒娇，能装猛汉罩妹子……可这一切的前提是——她乐意。现在让她为了几杯酒跟一个陌生的男生撒娇，她不乐意，光想想就能鸡皮疙瘩起一身。

“莉姐，讲不讲义气？帮我来一杯？”邵乾乾没有如众人所想那般去找组里的男生帮忙，反而向同组的女孩子求助，被体育部长点到名的叫浩子的男生脸色微微一变。

被邵乾乾求助的莉姐就是体育部的另外一个女生，刚才她中招的时候邵乾乾也帮她喝过，于是此刻她手臂一挥，十分豪迈地说道：“没问题啊，我帮你喝……两杯！”说罢，她凑到邵乾乾边上：“我也上头了！”

邵乾乾：“没事，你悠着点儿来。”

莉姐拍拍她的肩，“咕咚咕咚”灌了两杯下去。

眼前还有十杯，全喝了邵乾乾依然是扛不住，于是她道：“各位同组的兄弟，你们……看着办啊。”

“行啊。”那个叫浩子的男生突然开口了，他看向邵乾乾，眸光微闪，“你先喝，喝不下的我们绝对帮忙，不过，你至少得喝四杯啊。”

邵乾乾真是特别后悔答应学姐来参加这么一个活动，不过世上没有后悔药，只能眼睛一闭，拿起眼前的几杯酒喝了下去。

真的，非常难喝啊。喝到第四杯的时候，邵乾乾已经有一股子饱腹感和恶心感，她皱着眉头，只听得见身边众人的起哄声，看来这一杯是怎么都得咽下去了。邵乾乾又喝了一口，然而嘴巴鼓着，酒怎么也咽不下去了。

“行了。”突然，一只手压在她拿杯子的那只手上，她的杯子被这只手压到了桌子上，和琉璃材质的茶几碰撞发出一声清脆的响声。

邵乾乾愣了一下，抬眸看向压着自己的手的人，而众人也诧异地看向那只手的主人，竟然是林嘉措。林嘉措很快收回了手，他往后一靠，慵懒的声线中带了丝玩笑的气息：“你们组很不团结啊，这么多酒都让女生喝？你们俩男的太丢脸了啊。”

打趣的话配上他含笑的眼睛并不会让人觉得不舒服，反而，场上的人因他这句话跟着附和起来：“就是啊，浩子、原哥，你们两个太不靠谱了啊。”

雷茵茵不动声色地看了林嘉措一眼，然后笑着接道：“剩下的你们两个男的分了，不能这么欺负乾乾的。”

“说得对，说得对，我们喝，我们喝。”

一局结束，中场休息，大家吃东西的吃东西，唱歌的唱歌。

林嘉措起身去了一趟厕所，刚要进门的时候，听到里面有个熟悉的声音传出来。是那个叫严浩的，外号浩子。

“不是说你们体育部的女生都是歪瓜裂枣，让我们部门跟你们来个联谊？我看未必啊，那个叫邵乾乾的挺可爱的。”

“我哪知道啊，她好像从来没参加过部门聚餐，要是早知道我们这儿有这样的美女，我就下手了好吧？还轮得到你。”

严浩：“别别别，我们部门这么多漂亮女孩可以介绍给你，你把邵乾乾介绍给我。你有她微信吗？给我。”

“我都说了我之前没见过她了，哪会有微信，不过她人就在那儿，你直接去要不就好了？”

“有道理啊。”

“但她看起来对你没兴趣啊，刚才人都不跟你撒娇哦。”

“滚滚滚！都是装的，这种女孩子就是故作高冷懂不懂，人前那样人后可不一定。”

邵乾乾酒量不好，一局游戏结束后，她差不多喝了十来杯，整个人都是晕晕乎乎的。迷糊间，她听到有人道：“等他们从厕所回来我们继续玩！”

“刚才唱歌的那几个，你们也来啊。”

还玩？还喝？这坑爹的游戏竟然还有第二局？

邵乾乾一下子从沙发上蹿了起来，包厢里的说话声、音乐声、碰杯声交杂，听得她耳朵都疼，她稳了下身形，摇摇晃晃地走出了包间。包间外是一条长长的走廊，走过去就能下楼，下楼后她就可以打个车回家……不，回学校，这个样子回家大概会被老爸骂死。反正不管怎么样，她得走，她绝对不要再喝了。

“邵乾乾！”刚到楼梯口，就听见有人叫她。

邵乾乾迷茫地回过了头，只见两个长得一模一样的人正笑意盈盈地看着她。邵乾乾闭了闭眼，重新睁眼时，那两个人已经合为一体。

邵乾乾：“哎？魔……魔术？”

“什么魔术？”严浩歪着脑袋看着她。

邵乾乾踉跄地退了一步：“没……我可能有点儿晕了。”

“你现在去哪儿？要走了吗？我送你吧？”

邵乾乾摆了摆手：“不用，我自己能走……”

“没事，我送你，你一个人回去多危险。”

“不用了。”

严浩似乎没听到她的拒绝，坚持要扶着她下楼。邵乾乾醉酒后脾气很大，看到并不熟悉的人非要拉她，她脑子一热便一巴掌甩过去。不过遗憾的是没甩到他的脸，只是打在他的肩膀上。

“怎么啦？”这一巴掌对严浩来说跟挠痒痒似的，他笑嘻嘻地道，“你别乱动，要不我背你？”

邵乾乾瞪眼：“我说不用你……”

“邵乾乾。”

话才说了一半就被人压了回去，邵乾乾愣了一下，看向不远处突然出声的某人。

“你……”邵乾乾歪了歪脑袋，“林嘉措？”

“你们要去哪儿？”林嘉措上前，双手插在口袋里，垂眸看着邵乾乾。

严浩：“是副主席啊，乾乾喝多了，我现在送她回去。”

邵乾乾眉头一皱，立刻道：“我不要你送我回去，我自己能回去。”

“你喝多了，你这样走，大家怎么放心。”严浩道。

林嘉措的目光在严浩抓着邵乾乾手臂的手上停了停，他从口袋里伸出手，拉着邵乾乾另外一条胳膊往自己这边拽了拽：“是啊，你这样怎么让人放心，邵老师刚才打电话说让我带你回学校，他找你。”

严浩一愣：“邵老师？什么邵老师？”

林嘉措笑着看他：“邵广语，经管院的，你不知道邵乾乾是他女儿很正常。”

严浩愣了一下，下意识松了手，他这一松手让本就站不稳的邵乾乾撞在了林嘉措的手臂上。

“嗯……疼。”

林嘉措看了她一眼，然后一把揪起她就往楼下走。

严浩有些迟疑，但是在林嘉措面前他也不敢造次：“喂，她……”

林嘉措头都没回：“人我带走了，麻烦你帮我跟他们说一声，我先走了。”

严浩：“哎……”

林嘉措拎着邵乾乾的手臂走出了这个喧嚣的地方，走出门的时候有一阵凉风吹来，春天的夜晚，还有一丝冷意。林嘉措转了个方向，挡住了风口。

“别，别晃，我想吐。”

林嘉措看着某人以他为支点荡来荡去的模样，嘴角微微一抽：“我没晃，是你在晃。”

“别晃，别晃，别晃，我真的想吐。”

林嘉措嗤笑了一声，双手搭上她的肩膀，把人拎着站好：“别动了，我打车。”

邵乾乾仰着头看他：“哎？你，你好像林嘉措。”

林嘉措稳住她，然后抽空点开了手机软件。输完目的地后，他看了眼晕乎乎的邵乾乾：“不能喝还喝那么多，醉成这样，真有你的。”

“你在训我吗？林嘉措在训我吗？林嘉措会训人吗？！”三个问句，喊得一句比一句大声。

“我没聋。”

“你真的是林嘉措？林嘉措怎么会训人？林嘉措很温柔的。”各种喋喋不休。

林嘉措看了一眼手机，司机还在八百米之外。

“你别晃了，我晕……”

“我没晃。”

“哎，你是林嘉措哦……你长得挺好看的。”

林嘉措抚了抚额，觉得要送她回学校的自己真的十分善良且多管闲事。

“你别说话，一身酒气。”

“你也喝酒了，你也一身酒气！”

“没你多。”

“呸，明明酒气很浓！”邵乾乾摇摇晃晃地凑到林嘉措胸前闻。她凑得太近了，近得他觉得她的呼吸透过薄薄的布料渗进了肌肤。

林嘉措惊了，几乎是立刻伸出手捂在她的脸上把她往外推。不偏不倚，掌心捂在了她微微嘟着的嘴上，凉凉的，很软很软。

“嗯，你干吗……”不清晰的声音从掌心里传来，林嘉措垂眸间，只看到她露在外面的两只大眼睛，一眨一眨的，还带着酒后的醉意。别说，这人脸还蛮小的，他一只手捂着都看不见她了。

“嗯嗯，林嘉醋……”

“是林嘉措。”林嘉措转开了目光，故作淡定地说道，“安静点儿，车马上来。”

“嗯嗯嗯，我，我……”

“安静。”

“可我……呕！”

马路上排排路灯，灯光幽幽。车流穿梭，留下了若干刺耳的鸣笛声。可是，林嘉措觉得此刻的世界都是安静的。当看到不明液体挤出他的指缝，顺着手背流下来的时候，他觉得空气都凝固了。清风掠过，手上的肌肤充斥着水分蒸发特有的凉意。

什么抱歉的表情都来不及做，邵乾乾一下推开林嘉措，反身就在路边吐起来。林嘉措僵硬的手在空气中微微颤抖，手掌上，某些不明掩体继续滴落。他脸色顿时变了，青一阵红一阵，宛如不远处十字路口的红绿灯。

“哎，是你叫的车不？手机尾号 9800？”

叫的车到了，可林嘉措此时根本听不见司机的声音，他瞪着眼睛看着蹲在地上的罪魁祸首，什么风度，什么礼仪，什么温柔全部忘了。

“邵乾乾！你给我过来！”

一阵混乱后，林嘉措黑着脸和傻兮兮的邵乾乾一同坐上了回学校的车。然而，方才拽着她回到琉金宫的厕所清洗了一通的崩溃场景还在他脑中挥散不去。

“手机给我。”林嘉措睨着邵乾乾，没好气地说道。

后者靠在车窗边，迷迷糊糊，也不知道是睡着还是清醒。

见人没反应，林嘉措只好自己去她衣服口袋里找。可才碰到她的衣服，本像是陷入迷醉的人就突然蹿了起来，一脸警惕地看着他：“你干吗！”

林嘉措吓了一跳，憋了半天才道：“把你那好像要被轻薄的表情收回去。”

邵乾乾抿着唇，饱含惊恐的眼睛似蒙了一层雾：“你别欺负人啊！我，我有钱！要色没有！要钱很多！”

林嘉措差点儿被她气笑：“哦？要钱很多吗？多少啊，你倒是拿出来看看。”

“在我卡里呢！”

“是吗？”

“你不相信吗？你自己去看啊，给你看！密码是 199……嗯嗯！”

银行密码说到一半被满脸黑线的林嘉措捂了回去：“你是不是傻？！”

“嗯……”

这声太熟悉，林嘉措吓得立刻缩回了手：“你又要吐？！”

邵乾乾没回答，只是直勾勾地看着他，然后晃、晃，再晃，最后，直接倒在了他的大腿上。

前排司机看了眼后视镜，笑道：“小伙子，你这女朋友可真有趣。”

林嘉措正从她口袋里拿出手机，面无表情地道：“师傅，您说笑了，这不是我女朋友。”

“啊，不是啊？我看你们两个还挺般配呢。”

林嘉措拉着她的手去解指纹，闻言微微一顿：“师傅，您还是专心开车吧。”

第二天，邵乾乾从床上爬了起来。

“我的头……”邵乾乾按着太阳穴，五官难受到变形。

“醒了？”方潭踩在她的椅子上，一脸严肃地看着她。

柯小唯见此，也拉着自己的椅子和方潭并排站上去，两人目光炯炯地看着邵乾乾，看得后者背后一阵凉意。

“醒了啊，你们干吗？”

方潭：“昨天部门聚餐？跟林嘉措聚到一起了？”

柯小唯：“乾乾，你知道吗？昨天是林嘉措送你回来的。我们下去接你的时候，你还趴在人家腿上睡觉呢。哎，他腿是什么味？”

邵乾乾一脸问号。

柯小唯：“啊呸！我的意思是什么感觉？”

趴林嘉措腿上睡觉？再给她十个胆子都不可能啊！

邵乾乾惊恐地看着柯小唯：“我什么时候做这种大逆不道的事了？”

“昨天喝醉了没错吧？”

邵乾乾回忆了下，好像是这样的……

“林嘉措送你回来的没错吧？”

继续回忆，她当时从包厢出来要出门打车的时候，是碰到林嘉措了，当时他说啥来着，说什么她爸要找她？然后，然后就出门了……再然后……

柯小唯：“然后他送你回来的路上，你就狗胆包天地蹭在人家大腿上睡觉了对吧？！”

再然后，她是不是，吐了？

“乾乾！乾乾！什么感觉啊！啊！我也想抱大腿啊！”

“啊……”邵乾乾惊呼，开始惊恐地望着天花板，“完了完了，完了完了完了！”

方潭睨着她：“哪完了，你不是天天意淫人家肉体吗？哦，是不是觉得当时不是清醒的，所以太遗憾了？”

邵乾乾已经快哭了：“我倒是宁愿我完全不清醒啊……”

后来的几天，邵乾乾开始花式绕开林嘉措。想来也是，在男神面前吐得昏天暗地就算了，关键还吐人家手上！

恶心吗？恶心！丢人吗？非常丢人！

不过再怎么躲，也有躲不过的时候，就比如网球课。网球课上，老师让大家按照以往的分组方式自己练习一会儿。之前邵乾乾是跟林嘉措同一组的，所以听到这个指令后，她立刻拉上了同组的另外一个女孩一起练，压根儿不给林嘉措开口安排的机会。

林嘉措看着跑得比兔子还快的邵乾乾，嘴角微扬：“还知道丢人。”

就在这时，同组的另外一个女生走近，俏生生地问道：“嘉措，一起打球吧？”

不远处，邵乾乾瞎挥舞了一阵，没接到球，颠颠儿地去捡球了。林嘉措眼中笑意更甚：“怎么能这么菜。”

“啊？什么？”

林嘉措回身，这才发现有人站在自己身后：“哦，没什么。”

女生抿了抿唇，阳光下的脸颊泛着一丝粉红：“那，一起打球吗？”

林嘉措眸光微动，淡声道：“不合适，我们力道差太多了。这样，你跟小艺一起打，你们实力相当，更好进步。”

林嘉措口中的小艺正是被邵乾乾拉走的女生。

女生道：“可是，小艺跟乾乾一起呢。”

“没关系，邵乾乾交给我就好了。”

女生一愣：“啊？”

林嘉措笑了笑，精致的眉眼越发明朗：“她技术太差，还是别祸害别人了。”

女生愣怔间，林嘉措已抬脚离开。

邵乾乾打得正酣畅，忽而看见林嘉措朝她们这边走了过来，她站得远，只看到林嘉措走到小艺边上说了句什么，然后小艺就走了。

“哎？你去哪儿啊？”邵乾乾一脸蒙。

小艺指了指林嘉措：“你们俩打。”

邵乾乾：“啊？”

她还没反应过来发生了什么事，就听球网对面的男生挥了挥网球拍：“邵乾乾，等什么呢？捡球。”

捡什么球啊！我是来打球的！

邵乾乾站在原地，满脸错愕地看着林嘉措：“为什么我跟你打啊？”

林嘉措微一扬眉，拿着球拍朝前走了几步，不过他没走过来，只在网球杆边就停下了。他靠在杆上，抬起被阳光浸染的绚烂眉眼：“小艺技术比你好很多，还是让她们两个切磋吧。”

“那你的技术不是更好吗……”邵乾乾讪讪道，“我们俩打也不合适吧？”

“当然不合适。”林嘉措挥了挥球拍，笑道，“只不过跟上次一样我想偷个懒，所以给你喂喂球最合适了。”

“这么懒得打，干吗来报这个班啊……”邵乾乾嘀咕道。

林嘉措语调上扬：“你说什么？”

“没，没什么。”

“没什么的话就开始吧。”林嘉措道，“我们组也就剩我们俩了，不打的话等会儿要被老师训了。”

“……哦。”

自由训练是一节课的时间，但邵乾乾觉得这一节课愣是延长到了两个小时似的。跑前跑后，跑上跑下，跑得她汗流浃背，手都抬不起来。

“林嘉措，我们能不能休息一下了？”关于休息这件事，她已经提议三次了，可每次他都给她反驳回来，还说什么她这技术必须得好好练，要不然期末测评肯定过不了。真要信了他的鬼话，她明天估计又要全身酸痛。

“真累了？”

“真的真的。”

“嗯，那行吧，休息。”

邵乾乾眼睛一亮：“太好了，我去找小艺她们！”

“邵乾乾。”林嘉措叫住打算马上跑路的邵乾乾。

邵乾乾：“啊？”

林嘉措没说下一句，只是拿球拍颠着一个球，十分悠闲地走到了她面前。

眼前人一如既往的俊朗温和，但邵乾乾莫名感觉到一股寒意：“怎么了？”

“你跑那么快做什么？”

“我……”

“那天喝了那么多，后来没事吧？”林嘉措不再颠球，任由那个黄色的网球落到地上，一下一下，跳动得宛如邵乾乾此刻的小心脏。

“后来……没事的。”

“我看你酒量不太好，以后出去，还是不要喝那么多了。”

面对林嘉措依然“善意”的笑容，邵乾乾更加想挖个地洞钻进去了：“我听方潭说，那晚是你送我回来的。”

林嘉措点头，然后有些意外地问道：“怎么，你断片了？”

“断了，断了，断了！我什么都不记得了！”

林嘉措“哦”了一声，意味深长地看着她：“这样？”

“是啊！”邵乾乾是打死都不敢重提自己吐了他一手的那个画面，“如果那天晚上我做了什么大逆不道的事，真的对不起，你千万别放在心上啊……”

林嘉措笑了一声，笑声很短暂，邵乾乾抬眸看他的时候，他嘴角那抹笑意已经消失了。

“没关系。”林嘉措道，“不过是吐得我满手都是，喝醉酒的人都这样，我不会放在心上的。”

晚上，邵乾乾回到自己的出租房。

时瑜闻今晚有聚会出门了，也不知道什么时候回来。邵乾乾走到沙发前，将她乱丢的衣服往旁边一扔，然后瘫在了沙发上。经过下午的那一场网球课后，她一直兴致索然。那天喝醉酒后的事，她是记不太清了，但是那个呕吐的画面像刻在脑子里一样。

哎，林嘉措说不放在心上，应该也只是安慰她吧，毕竟她是个娇滴滴（你确定？）的花样少女，总是要点儿面子的。

“叮——”手机显示来了消息，邵乾乾拿起来一看，竟是好几天没联系的表弟。

表弟：“上游戏？”

邵乾乾耷拉着脑袋给他回：“行，鬼哥在吗？”

表弟：“在吃饭，先来吧。”

邵乾乾：“哦，不过你作业写完了吗？就玩游戏？”

表弟：“你说呢？”

邵乾乾：“没写完我可不跟你玩啊，省得说我带坏祖国花朵。”

表弟：“少操心，担心担心你自己的成绩吧。”

邵乾乾：“我成绩有什么好担心的！”

表弟：“你的成绩都不用担心的话，我的就更不用担心了。”

没再回信息，邵乾乾从沙发上爬起来，回到自己房间开了电脑。先是开始直播，然后登录游戏和 YY 账号，最后把表弟拉了进来。

第一局游戏，邵乾乾标了个P城，两人跳下去后看到附近有密密麻麻的人跳下来。

“赶紧找枪。”

邵乾乾和林嘉措分别进了一间屋子，只是悲惨的是，邵乾乾这屋里没枪。她搜了一圈，只背了一个包，穿了个一级甲：“枪都没有，连游戏也要搞我是不是！”

林嘉措捡到了一把枪，随口道：“什么叫也？”

“生活在搞我啊，班上的男神也在搞我！”

林嘉措一脸问号。

脚步声越来越近，有人来了。邵乾乾忙躲到小角落里，对着话筒道：“喂，表弟，你愣着干吗？快点儿过来啊，姐姐要死了！”

林嘉措被她喊得一下子从那个“搞”字中清醒过来，然后他忙扛着枪从门口出来。出门的那一刻，他正好看到有一人要进邵乾乾那屋，于是他二话不说抬手把那人打倒了。

邵乾乾：“还有没有人？”

林嘉措将视线往四周放：“好像没了。”

“哦，那我拿他装备了。”

邵乾乾刚走到门口，就被从不知名的地方过来的攻击打趴了。

邵乾乾：“……说好的没人呢？”

林嘉措有些尴尬，只能硬着头皮说道：“我说没人你就以为没人啊，你自己要看啊。虽然说我越来越厉害了，可是马有失蹄！”

邵乾乾：“表弟，你脸可越来越大了。”

“没你大，什么班级男神搞你……”林嘉措咳了一声，道，“哪个男神这么不长眼？”

邵乾乾瞪眼：“喂喂喂，你这死孩子怎么说话的呢，我男神是谁你知道吗？怎么就不能搞我了？”

林嘉措一脸无语。

第一局游戏，邵乾乾死得早，林嘉措自然也撑不了多久，所以两人很快进行下一把。

第二局游戏，邵乾乾依然选择跳人多的地带，以往带“表弟”的时候，她都会为了让他多点儿游戏体验跳野区，不过因为今天心情不妙，所以她直接往人多的地方冲，而且一副“老娘要大开杀戒”的模样。

不过邵乾乾认真起来确实技术了得，观看的网友们常常还没看清楚，就见屏幕上蹦出了击杀提示，那反应速度，堪称开天眼。但相比于平时，大家发现邵乾乾今天要安静得多，除了指挥，骚话几乎没有。林嘉措也发现了这个状况，因为以往她还时不时会嘲讽他打得菜。

“你今天怎么了？”

“什么？”

林嘉措：“你怎么都不说话了？”

邵乾乾“哦”了一声：“下午打网球累个半死，要不是还要直播，我都想直接趴着睡了。”

林嘉措想起今天网球课上某人的模样，嘴角不自觉地微微弯起：“打个网球就能累得半死，你体力真不行。”

邵乾乾翻了一个白眼：“什么不行啊，对面那人瞎喂球，我一新手接都接不到。”

“瞎……喂？”林嘉措按着键盘的手指滞了滞，“明明是你菜吧。”

“胡说，肯定不是我菜。”

“你都说自己是新手了，还不菜？人家肯给你喂球，你就该烧高香，还啰里啰唆。”

“可是他打得那么飘，我是真接不到。”

“哼，就是你菜，要是我，分分钟接他个十招八招。”

邵乾乾一听就不乐意了，林嘉措她可以吐槽，但是别人那是绝对不能随意说她男神一句坏话的。

“你可少说大话，你个小菜鸟，怎么打得过人家大神。”

林嘉措也不乐意了，他最讨厌的就是别人说他“菜”。

“嗬！我小菜鸟，我打网球还没遇到过对手。”

“哈哈哈，配合你笑几声，”笑完立刻露出一副冷漠脸，邵乾乾嘲讽道，“你要是能打趴下大神，那我给你磕头叫爸爸。”

“成……”“交”字愣是被林嘉措压回喉咙里。等等，哪里不对劲……打趴自己？有毛病？

邵乾乾听他不吭声，以为他认输了，于是她扬扬得意地开了一辆小皮卡：“啧，小孩子家家怎么这么狂。算了，别说这个，先上车，缩圈了。”

林嘉措嘴角抽了抽：“行，我狂，我打不过那大神行了吧。”

邵乾乾“嘿嘿”一笑，莫名其妙就开始了一种“王婆卖瓜”的语气：“正常正常啦，我家大神那厉害劲儿直冲云霄，一般人还真攀比不得。”

林嘉措一愣，手指突然失措地往下一按，这一按正好戳在了跳车键上，电脑里的游戏人物突然就跪倒在地。

“嗯？”邵乾乾，“你跳车干吗？打不过我家大神，也不至于羞愧到自杀啊。”

“表弟，你还小，你还有成长空间的。”

“你们这些小孩就是心理承受能力不行啊！”邵乾乾一边碎碎念，一边下去施救。

救完后，林嘉措默不作声地操作角色打了个包，并且喝了一瓶饮料。

毒圈已经快接近了，两人重新上车后，邵乾乾迅速启动了车子。皮卡穿过草原，翻过高山，在触及安全区的线时，邵乾乾突然听见耳机那边传来低低的一句：“什么时候变你家的了……”

方潭和柯小唯说，这学期邵乾乾走了狗屎运，哪哪都能跟林嘉措搭上边。之前的网球课，后来的醉酒事件，又到现在的沙盘同组。

邵乾乾也觉得很邪门，之前整整一年半，她都跟这位大神搭不到边，最近却很频繁地接触。柯小唯说，这也许就叫缘分。

也许吧……可有了之前的呕吐事件，她觉得这缘分可以称为孽缘，她这么丢人的行为，可真让自己在男神面前抬不起头来。

说回沙盘同组这件事，起因是她伟大的父亲大人邵老师打乱了全班原来的组合，然后随机再拼，以此形成新的组合。邵乾乾和林嘉措还有班上另外几个同学成了一组，现在她旁边坐的就是林嘉措，扰得她听课都不敢瞎走神。

“在沙盘里，组员之间的交流协调非常重要，我之所以将小组打乱，就是因为不想让你们和熟悉的人一起。”邵广语道，“下个月我们这边四个班级将进行一次小型比赛，前十组期末加分，具体加分规则，我会让学委发到你们班级群。”

“好的……”一片有气无力的应和声。但邵广语也见惯学生们如此景象，说了句“下课”就拿着书出去了。

“太好了，咱们跟嘉措一组，这不是妥妥前十吗？”小组里的一个男生欣喜道。

“对哦，对哦，今天运气真好！”

“嘉措，我不太懂，麻烦你教教了。”

林嘉措笑道：“不懂问题也不大，之后抽时间出来好好练练就行了。周末晚上有时间的话可以过来，你们觉得呢？”

“好啊，周末最闲了不是。”

“对啊，对啊，我们这么菜，是得练练。”

看着谈论得很激情的组员们，邵乾乾心中一阵哀号，抽周末时间来练习，那可是我无比珍贵的直播时间哪……

大概是邵乾乾愁苦的表情在一众欢乐的人群中太过亮眼，林嘉措下一秒便转头对她说道："怎么，邵同学有问题？"

邵乾乾一愣，侧了侧脑袋，朝他靠近了一点儿："啊？什么问题？"

林嘉措见她没听清的模样，有点儿好笑，又有点儿无奈，她怎么做到不间断走神的？

"我的意思是，你愁眉苦脸的好像有点儿为难。要是你为难的话可以说，我们换个时间。"

另外几个人听罢，目光炯炯地看向她。

邵乾乾咽了口口水，突然觉得如果下一秒她敢说"为难"，那他们就敢拿起键盘砸她。真的，林嘉措在的地方就是他的一言堂，他开口说的话就是圣旨，谁反对谁就会被旁边蹿出来的脑残粉拖出去斩首示众。

邵乾乾干笑了一声："那还是不用了，跟随群众走嘛。"

林嘉措："哦？"

邵乾乾忙点头，以示自己真的不会做团队里的老鼠屎。

林嘉措心满意足地收回放在邵乾乾身上的目光，对着其他人说道："那具体时间就再定，到时候电话联系。"

短暂地讨论过后，大家便准备各自散了。邵乾乾是走得最快的，她收起桌面上的书籍和手机，一下就没影了。不过走到走廊拐角的时候，她被人迎面拦下了。

"乾乾学姐，我来迟了吗？"钟桥探头往她后面看了看，"茵茵走啦？"

来人是那天在 KTV 表达了对雷茵茵满满爱意的钟桥，他大概是刚从训练场上过来，身上穿着运动服，额上一层薄汗，一举一动间充盈着运动少年的美感。

"走了吧，你干吗？"

钟桥不太好意思地挠了挠后脑勺："其实吧，我是想约她出去吃饭。"

"有想法啊，小伙子。"

"当然了，我到时候还准备送她花呢。"

邵乾乾拍拍他的肩，欣慰道："打算什么时候约？"

"过几天，清明节不是有假吗，我想……"

"等等，稍等一下？"邵乾乾端起一副"你在干什么玩意儿"的表情，"清明节送花？你脑子短路了吗？"

"那有什么，这是我的心意。五一劳动节我也送的啊，还有母亲节，我都打算给她送康乃馨，作为我未来孩子的妈……”

“神经病啊，你！哈哈哈哈……”

林嘉措和室友走出教室的时候，正好听到了邵乾乾的笑声。他脚步微微一滞，抬眸望了过去。他清楚地看到邵乾乾像是染上了春光的笑容，清丽热烈，让人看着也不自觉地想笑。当然，前提是她边上没有个碍眼的人。

林嘉措和他们还有一段距离，他听不到他们在说什么，只是看到那个叫钟桥的人又比画了几下后，邵乾乾瞪了他一眼，做了个很嫌弃的表情。说是嫌弃，但其实是熟悉的人之间的一种无所顾忌。

林嘉措眉头皱了一下，想起刚才课堂上邵乾乾的模样，好像在他面前，她一直很规矩来着。

“嘉措，看什么呢？”一旁的吴远问道。

林嘉措收回了目光，看似很随意地道：“那个人叫钟桥吧。”

吴远朝前看了看，回答道：“是啊，大一新晋小鲜肉嘞。”

“哦。”

“前几天还听我们班女生讨论他，对了，听说他喜欢雷茵茵。”说到这里，吴远意味深长地看着林嘉措。

林嘉措没接收到这种信息，只自顾自地道：“是吗？”

那天在 KTV，一开始他以为钟桥喜欢邵乾乾，但后来玩游戏的时候，看钟桥那么拼命地为雷茵茵挡酒，他就改变了想法。不过，既然喜欢雷茵茵，为什么和邵乾乾的关系又那么好？

“嘉措，你不是该有所表示了？”

林嘉措看了他一眼，莫名其妙：“什么？”

“雷茵茵啊，咱不能让一小学弟抢先了吧。”

林嘉措扯了扯嘴角，笑里带着一丝玩味：“既然你这么想，那你倒是去追啊。”

“我不是说我啊，我说你，你去追啊。”

“我？我不喜欢她为什么要去追？”

“咱系花这类型你都不喜欢，那你喜欢啥样的啊？”

“我吗？”他目光落到了前方某个笑得傻兮兮的女孩身上，于是嘴角不自觉地勾出一抹阴森森的笑容，“我反正不喜欢一直傻笑的。”

吴远：“啊？”

第三章
她这么不喜欢他，他怎么能喜欢她啊？

周末在邵乾乾眼中就是个可以补直播时间的日子，以往她都会将自己埋在电脑前整整一天。这回不行了，明明是周六，她却要去学校当一个三好学生，刻苦钻研学业。

邵乾乾到沙盘教室的时候，小组的其他成员都已经到了。

“乾乾来了，我们可以开始了。”

邵乾乾在空位上坐下：“不好意思啊，久等了。”

“还好，没迟到。”林嘉措看了她一眼，心里想着这人刚才肯定又在打游戏。

“好不容易有学霸指导，哪敢迟到啊。”邵乾乾道。

林嘉措：“哦？这么努力？”

邵乾乾一脸真诚：“必须的，我一向这样。”

林嘉措不置可否地笑了一下。

说起来好像会很认真努力的样子，但实际上，这人也就是表面功夫做得好。林嘉措给众人讲解一些细节的时候，就看到某人目光恍惚地盯着桌面。他不知道她在想什么，只知道她微垂的睫毛一颤一颤的，像春日里飞舞的小蝴蝶。

“啊！原来是这样啊，我懂了，我懂了！”一同学突然发出恍然大悟的声音。于是林嘉措就看到某人突然惊醒，她睁着一双无辜的眼睛看着众人，腮帮子鼓鼓的，随着旁人的话语赞同地点点头。

他发誓，这人根本不知道别人在说什么，只是瞎点头。林嘉措在别人看不到的角度无声地笑了下，这人在学习上不是一块好材料，但在演戏上绝对能拿奥斯卡大奖。

邵乾乾好不容易熬到了结束，刚准备打道回府，又有人提议一起去吃饭。邵乾乾推辞了几句，但最终还是被热情的组员拖着一起走了。

他们去的餐厅就在学校边上，五个人入座后，点了满满一大桌的菜。

邵乾乾看着桌子中央那盘鲜亮红润的大猪蹄默默地咽了一口口水，这家餐厅的招牌菜就是猪蹄，时瑜闻经常打包回去跟她一起啃。

不过……她是很喜欢这盘猪蹄没错，可她也知道吃这个形象真的不是很美。所以说，她能在林嘉措面前这么吃吗？显然不能。于是，邵乾乾默默地夹着前面的几盘一口能吃下去的菜肴，完全没去碰最诱惑她的那盘猪蹄。

坐在邵乾乾旁边的同学见她没动过猪蹄，便道："乾乾，你不吃吗？"

"啊？"邵乾乾夹了一口土豆丝，矜持道，"我，不是很喜欢吃猪蹄。"

"这样啊，那太可惜了，这家店最好吃的就是这个。"

"哈哈，是吗？"

"哎？嘉措，你也不吃啊。"

林嘉措看了那盘猪蹄一眼，在外面吃这个，那他还有形象可言吗？

"我也不是很喜欢吃猪蹄。"

邵乾乾下意识地看向林嘉措，但她没想到，后者也正好看向了自己，两人视线一对上，她突然就听到胸口激烈地蹦了几下。男神果然还是男神，随便看还是不行的。邵乾乾立刻移开了目光，低着头搅着碗里的饭。

就在这时，手机响了。邵乾乾放下筷子，按了接听键。

"喂，邵坤……什么？你在派出所？"

邵乾乾一下子从椅子上站起来，作为一个五好公民，她连派出所的门口都没踏进去过，现在邵坤突然说他在派出所，她立刻就慌了。

"你怎么在派出所，是杀人放火还是乱撩妹子了？"

在场众人都是一脸问号。

手机那头的邵坤："我在你眼里有没有一点儿好！"

"都进派出所了，你跟我谈什么好！别说这些有的没的，我不听……行了行了，我知道了，我马上过去，地址给我！"

听完邵坤报的地址，邵乾乾拿上一旁的包就要出去："那个，我现在有点儿急事先走了，你们慢慢吃。"

"乾乾，你没事吧？什么派出所？"一旁的同学关切地问道。

邵乾乾："是我弟弟，我现在也不知道具体什么情况，我先去看看。"

"啊……那你一定要注意安全啊。"

"好，我知道。"

邵乾乾朝他们点点头，走出了餐厅的包间。

"邵乾乾，你等等。"她正打算拿手机打车，突然听到身后有人喊她。

邵乾乾回头，只见林嘉措正站在收银台前给收银员递去了卡，见她看了过来，林嘉措便道："我开车送你去。"

邵乾乾微微睁大了眼："啊？"

林嘉措："你一个人能行吗？"

"我……"

"看样子是不太行，你还是跟我走吧。"

林嘉措将账结了，抬脚朝她走来，越过她的时候，邵乾乾又听到他轻声问："你弟在派出所的话需要叫你爸妈吗？"

邵乾乾忙摆手："先别了，我去探探情况再说，你也知道我爸那人……他要是知道邵坤被抓了，一定得爆炸的。"

林嘉措扬了扬眉："那行，你在这儿等我，我去开车。"

林嘉措的车就停在学校边上，邵乾乾着急去找邵坤，所以除了一开始看到林嘉措的豪车心中震惊地颤了三颤后，就全身心地担心邵坤去了。

林嘉措一路上也没多说什么，只是问了地址便专心地开车了。很快就开到了派出所，邵乾乾马不停蹄地往里跑，一眼便看见了坐在墙边的邵坤。

"姐！"邵坤见到她欣喜得眼睛发亮，可下一秒又想起自己闯的祸，有些别扭地垂下脑袋。

"怎么回事，啊？"邵乾乾上上下下打量邵坤，发现他左脸和两只手的骨节处都有明显的瘀青，"你受伤了？"

"没事。"

"怎么没事？你这儿都肿了。"

"我……"邵坤还来不及说什么，警察就走了过来。见警察来了，邵乾乾也就暂时没追问下去。

"你好，警察同志。"

警察到了跟前后，先是打量了邵乾乾一番，然后有些狐疑地道："你是这孩子的……"

"我是他姐姐，亲的。"

警察"嗯"了一声："你成年了吗？"

邵乾乾："嗯？"

林嘉措看到邵乾乾被这句"成年了吗"问黑了脸，明明是不合时宜的，他却是真的……想笑。眼前的女孩被气得脸都鼓了，一双眼睛睁得圆圆的，怎么看怎么有喜感。

"警察同志，"林嘉措还是克制了一下，走上前道，"她确实成年了，这位邵坤是她的亲弟弟。请问一下，现在是什么情况？"

林嘉措这形象说起话来倒是让警察信任了些："哦，邵坤在学校外面跟三个男孩子打起来了，把人家孩子都打伤了。医药费这方面肯定是要负责的，最好的解决方法就是和解，这样对孩子都好……”

邵乾乾闻言，震惊地看着邵坤，她知道他脾气不是很好，可是做人办事十分有原则，他是绝对不会无缘无故跟人干架的。

“为什么打架？”

邵坤抬头看了她一眼：“他们几个勒索小晴，你说我打不打？”

“你……哎？小晴，女，女朋友？”

邵坤横了她一眼：“正经点儿。”

“哦。”邵乾乾正色道，“所以你打人是因为见义勇为？”

“要不然我闲着没事干啊，”邵坤闷声道，“可是又没人能证明我的意图。”

“那个小晴呢？”

“不知道……后来就没见到她，打电话也不接。”

警察“小姑娘，现在和解是最好的办法，你弟弟这样已经属于故意伤害了。”

“可是我弟弟是事出有因啊。”

“但那毕竟是他的一面之词，对了，另外几个男生和他们家人就在里面，要不你们先谈谈吧。”

谈当然是要谈的，但是邵乾乾没想到对方这么暴躁。

“你看看你弟弟把我家宝贝打成什么样了，我们必须去医院鉴伤，到时候告你们！”

“什么勒索？我儿子怎么可能干这种事，你可别污蔑人！”

“你这小姑娘怎么回事啊，你家大人呢？我跟你可没什么好谈的。”

七嘴八舌，吵得邵乾乾脸都绿了：“别吵吵了，就说你们都想怎么样！”

“想怎么样？我儿子这可不是什么轻伤，当然要赔钱啊，医药费、精神损失费、名誉费，这些都要你们赔！”一个打扮时髦的中年妇女立刻道。

“凭什么！”邵坤从后面冲过来，但是被警察拦住了，于是他隔着警察跟他们对喊，“什么精神损失费、名誉费？我还要污眼费呢！调戏小姑娘还非要人家拿钱出来，有脸没脸！”

“瞧瞧，你瞧瞧他这什么样啊，警察同志！”

“行了，你不许吵。”拦住邵坤的警察推搡了他一下，然后转而笑着对那个中年妇女道，“刘女士，您放心，这事会有一个交代的。”

邵乾乾闻言眉头一皱：“等会儿啊警察大哥，我弟弟打人是不对，医药费我们也会赔，但是前因后果我觉得应该要搞清楚，谁对谁错还不一定呢。”

“你这姑娘什么意思，看伤势就一目了然，你弟弟浑身上下就一点儿小伤，我儿子可是都流血了……”

“那你儿子打不过我弟弟，还怪我弟弟咯？”

“你！你这样我可是要叫律师的！你弟弟这样子绝对得让学校开除！”

邵乾乾愣了一下，她不是傻子，虽然气愤，可从警察的态度中不难看出这事偏向哪边。开除……那是绝对不可以的，邵坤已经高三了，现在开除对他以后会有很大的影响。

邵乾乾斟酌着道：“女士，我们应该要调查清楚事情的真相……”

“真相？什么真相？真相现在都摆在我们面前了！什么都别说了，你们赔钱！要不然我就叫律师，到时候告得你赔钱不说，还得让你弟弟退学！”

说来说去不就是赔钱吗？！能给你赔出一朵花来啊！

邵乾乾怒气腾腾，可是现在一点儿证据没有，她也不敢拿邵坤的前途开玩笑，正准备问要赔多少钱他们才满意的时候，身后突然传来一个熟悉的声音。

“行，你叫吧。”

所有人的目光都看向了突然开口的林嘉措，而那个被唤作刘女士的中年女人直接道：“你是谁？”

林嘉措没回答她，只是走上前淡淡一笑：“不是要叫律师吗？那你快叫吧，巧得很，我们这边也准备叫律师了。”

刘女士一愣：“什么？”

林嘉措垂眸看向邵乾乾，声音听起来莫名有些凌厉：“邵乾乾，律师马上就到了，等会儿让你弟弟把事情经过再清楚地讲一遍。”

邵乾乾蒙了，压低声音道：“你什么时候叫律师了？”

说到底，邵乾乾还是个不谙世事且普通的大学生，律师、官司这种离她很远的东西她陌生得很。可是现在，突然有个人说叫律师就叫律师，跟菜市场买菜似的……实在是让她觉得有点儿不真实。

“刚才大致听了听，我觉得有必要叫律师，毕竟你弟弟是无辜的，不是吗？”

林嘉措说得太自然，邵乾乾调整了一下呼吸，心情有些起伏：“你、你相信我弟弟？”

林嘉措奇怪地看了她一眼：“你不是说了吗？你弟弟是事出有因。”

所以，是相信我？邵乾乾抿了抿唇，心口似乎被柔软的羽毛挠了一下，有点儿痒，有点儿麻。

“你们还叫律师？”刘女士和另外两个家长面面相觑，然后说道，“这事实都摆在眼前，你们还……”

“事实是怎么样的你说了不算，毕竟你是当事人的亲属。”林嘉措打断了她的话，“还是等调查清楚了再说。”

林嘉措不再理会她，转而对邵乾乾和邵坤道："这边我看也不用交流了，先去那边等着吧，律师马上能到。"说着，他先走到旁边的椅子上坐了下来，那悠闲淡定的模样，看得众人一愣一愣的。

邵乾乾最终还是跟着林嘉措安静地坐了下来，邵坤坐在两人之间，往左偷看几眼林嘉措，然后又往右打量了自家姐姐几下。循环几次后，他终于忍不住用"我真的不敢相信我的眼睛"的语气道："姐，你这男朋友是从哪里找的？"

邵坤脸上的一点儿瘀青在问了关于"男朋友"的话题后又加重了一点儿，邵乾乾打的。

三人安静地并排坐着，过了一会儿走进来四个人，四人皆是西装革履，面色肃然，看着就感觉十分不好惹。

"嘉措。"进门后，为首的那名男子看向了坐在一边的林嘉措。

林嘉措抬眸看他，倒也没起身，只扬唇道："来了。这位就是邵坤，这是他姐姐邵乾乾。"

"你们好，这三位是公司最专业的律师，希望能帮上你们的忙。"为首的男子说话虽然很有礼貌，但面色十分冷淡。

邵乾乾起身，跟他握手："啊，你好你好，那个……谢谢你们啊。"

三位律师？阵仗是不是有点儿大了？

邵乾乾不知下一步怎么做，于是回头看向林嘉措。

林嘉措抬眸瞬间，正好撞上了邵乾乾求助的眼神，他没有看过她这种神态，只觉那眼神有点儿依赖，有点儿迷茫，让人看了……心情大好。

"邵乾乾，让你弟弟跟他们去，我们在这儿坐着等就好，别添乱。"林嘉措伸手拉住邵乾乾的手腕，把她拉到椅子上坐下来。

邵乾乾："可是……"

"没问题的，对他们来说这只是非常小的事。"语毕，林嘉措看向为首的那个男人，"秋迟，交给你了啊。"

被唤作秋迟的男人冷飕飕地看了他一眼，便带上人往里走去，然而走了一步，他又停了下来，回头看向林嘉措："有点儿礼貌，叫小叔。"

林嘉措瞥了他一眼，不置可否。

林秋迟和邵坤还有三位律师进去了，邵乾乾先是听到了那几个家长扯着喉咙谩骂的声音，但后来声音慢慢弱了下去，最后，彻底安静了。

相较于里间，邵乾乾坐着的这个位置一直很安静，空空荡荡的，就她和林嘉措两个人。也许是因为里面终于安静了，也许是没了起初的那份紧张，邵乾乾终于发觉，她今天似乎和林嘉措走得有些近了，而且还麻烦到他了。

“林同学啊。”邵乾乾清了清嗓子，觉得自己还是应该说点儿什么。

“嗯？”

“今天谢谢你啊。”

林嘉措看了她一眼，幽幽道：“没事，都是同学，帮帮忙很正常。”

邵乾乾抿了抿唇，被感动了！你说，怎么会有这么好的人哪，平时基本没交流，普通得不能再普通的同学关系也这么帮……男神果然没认错啊。

“不过，这律师是突然从哪里来的？”

林嘉措：“林秋……就是我小叔，刚才走前面那个，我说我在派出所遇到了点儿麻烦，就把你弟弟的事简单地说了一下，他带来的律师。”

“那你小叔好像很厉害的样子。”

林嘉措勾唇一笑，没说话。

邵乾乾侧了侧脑袋，有些困惑地说道：“你小叔看起来好年轻啊。”

“爷爷老来得子，只比我大几岁。”

邵乾乾：“……哦。”

林嘉措说事情可以很快解决，他没说谎。没多久，邵坤就跟着其中一个律师出来了。

“怎么样？”邵乾乾立刻上前问道。

邵坤脸上有一丝喜悦：“我可以先回去了。”

邵乾乾：“真的？”

“是的，邵小姐。”邵坤边上那个律师道，“这件事缺少证据，令弟也属于未成年人，再加上里面那几位已经答应和解，所以你可以先带他回去。接下来关于双方的责任和赔偿，我们这边还需要再商量一下。”

“他们答应和解了？”

林嘉措：“不答应也得答应，他们说告上法庭也就是吓吓你，他们只是想要钱。”

律师点头：“您放心，接下来的事我们会处理，到时候给您答复。”

“啊……谢谢。”

出派出所的时候，天色已经不早了，林嘉措回头看了一眼，然后对邵乾乾道：“你们在前面等我，我回去一下。”

“好。”

邵坤今天晚上一直很规矩，直到林嘉措转身朝林秋迟走去时，他才一把揪住了邵乾乾的肩膀：“太牛了，他请来的人好厉害，三两句话就把那些大妈大婶堵得脸色发青！姐，你说他是你同学？”

邵乾乾丢开他的手：“是啊。”

邵坤：“啊……都是同龄人，怎么看起来差距这么大？”

邵乾乾瞪了他一眼，咬着牙道：“我也不明白，都是男人，怎么看起来差距这么大？”

邵坤：“……所以，你们为什么会一起出现？”

“他送我来的。”

“特地送你来的？”邵坤压低了声音道，“难道是在追你？”

邵乾乾差点儿被自己的口水噎住，怒道：“你想象力能不能再丰富一点儿！等会儿在人家面前可不要这么乱说话！”

邵坤：“哟……我怎么觉得你在他面前拘谨得很，你们都是同学啊。”

“你懂什么。”邵乾乾回头看向不远处的林嘉措，她也不知道为什么自己在他面前这么拘束，他明明个性那么好那么温和……或许，是因为一直以来把他当作遥不可及的男神？

此时，被供到神坛的林嘉措正站在刚出来的林秋迟面前，他很随意地伸手拍了林秋迟的肩膀一下：“谢了。”

林秋迟越过他看了邵乾乾一眼，说：“那女孩，女朋友？”

林嘉措一愣，然后好像他说了什么了不得的趣事一样笑了两声：“同学而已。”

“同学？”林秋迟冷哼了一声，“普通同学还需要你火急火燎地让我带人过来？”

林嘉措差点儿翻白眼：“喂，注意用词啊，什么火急火燎啊，我不就是那么随口一说吗？”

“啧，是吗？以前怎么没见你这么随口一说？”

林嘉措眉头一蹙，不满道：“你这什么语气啊，帮个同学不是我善良本质的体现吗？你在怀疑什么？”

林秋迟面色冷峻：“无事献殷勤。”

林嘉措：“嗯？”

林秋迟：“装模作样。”

林嘉措：“呵呵。”

送走林秋迟后，林嘉措送邵坤回学校。邵坤是第一次坐如此豪华的跑车，一路上，他都在滔滔不绝地表达自己的喜悦。他话不停，林嘉措便也和他聊，而且兴致还很高。邵乾乾安静地坐在后排，表示不太懂男人的兴奋点儿。

终于到了校门口，邵坤下了车，站在车门边依依不舍：“嘉措哥，那我们下次再聊啊。”

“行，你要是这么喜欢车的话，可以直接打我电话，反正我刚才也给你号码了。”

“好啊好啊。”

“好什么呀。”邵乾乾瞪了邵坤一眼，“赶紧进去，别再惹事了啊。”

邵坤完全忽视她，跟林嘉措挥挥手后，便转身进了校门。

邵乾乾腹诽：这是亲弟吗？

送完邵坤，林嘉措和邵乾乾便回了学校，邵乾乾不打算回寝室住，就在出租房楼下下车了。

邵乾乾：“今天谢谢了。”

“不用客气。”

“那，那我先走了？”

“行，注意安全。”

邵乾乾走后，林嘉措并没有马上开车离开，他坐在驾驶位上，不紧不慢地掏出手机。点开微信，然后再点开聊天列表里唯一的一个对话框，他开始用“表弟”的语气打字：“喂，不是说好今天晚上打游戏吗，你敢迟到？”

消息发出去没多久就有了回应：“今天我弟弟出了点儿事，所以才没能及时回来。”

林嘉措开始装模作样：“什么事，还好吗？”

邵乾乾：“现在好了，有人帮忙。”

林嘉措：“谁？”

邵乾乾：“我家男神呀！”

林嘉措眉头微微一挑，继续回复：“哟，男神帮忙呢，看把你得意的，谢过人家没有啊？”

邵乾乾：“关你什么事？我当然谢过了，还用你这个小屁孩提醒。”

林嘉措：“那我不是觉得你这没学识的样子，不知道怎么谢吗？”

邵乾乾：“呵呵。”

林嘉措：“老师说过的，道谢最基本的就是请人家吃餐饭。”

邵乾乾：“你们老师还教这个？”

林嘉措：“对啊，一看就知道你们老师没教你。”

邵乾乾：“……”

看完邵乾乾回复过来的省略号后，林嘉措心情大好，本来想直接开车走了，可放下手机的那刻又突然迷茫了。

他在干吗？噢，想让她请吃饭。

他有毒吗？

林嘉措拍了一下方向盘，有点儿懊恼的样子。可懊恼过后仔细想想，帮了忙让她请吃餐饭完全是情理之中啊，对，情理之中。想通了后，林嘉措对着后视镜微笑了下，然后踩下油门，跟阵风似的消失在街道末端。

经过这么一晚上折腾，邵乾乾回到家后，也没力气再去开电脑玩游戏了。她瘫在时瑜闻边上，跟她讲了今晚所有匪夷所思的事情。

时瑜闻听到林嘉措动动嘴皮子就请来了三个律师的事后，一把捧住了邵乾乾的脸："我说，之前听你提起你家这男神的口气，让人感觉你简直是少女病，现在看来，那果然是男神啊。"

邵乾乾搓了搓手："你说我要是请他吃饭像不像在抱大腿？"

时瑜闻戳了戳她脑门："你是不是傻，这大腿此时不抱更待何时啊。再说了，你不是天天说自己多喜欢人家，现在这不是机会来了嘛。"

"哎哎哎！"邵乾乾从沙发上跳起来，"这喜欢不是那种喜欢，有差别的，我说的喜欢跟你喜欢明星是一样一样的。"

时瑜闻抬眸睨了她一眼："我对那些明星有非分之想。"

关于要不要请林嘉措吃餐饭表示一下自己的谢意，邵乾乾反复思考了一个晚上，还是没下定决心。后来去学校上课，两人也在教室里打过照面，但是除了点头打个招呼，好像也没多大变化。或许对他来说，出手相助真的只是一件再小不过的事情。

邵乾乾莫名松了一口气，但也有点儿小失落。

这天选修课下课，柯小唯拉着邵乾乾和方潭一起去体育馆。三人刚到体育馆门口，就听到里面传来声嘶力竭的呐喊声。

邵乾乾："这是干吗呢？"

柯小唯："篮球赛啊。"

邵乾乾转头就要走，得亏柯小唯死命拉住了："你去哪儿啊？"

方潭在边上幽幽道："她是宁愿在电脑上玩扫雷，也不愿来看这种比赛的。"

邵乾乾拍了拍她的肩，脸上仿佛写着"懂我"两个字。

柯小唯："别啊，今天是我们学校篮球队和外校篮球队的比赛，林嘉措也在的！"

林嘉措？邵乾乾停住了脚步，回过头问道："他是篮球队的吗？"

柯小唯："他不常打比赛，但是其中一员，今天难得打比赛呢，要不然你以为今天体育馆为什么这么多女生啊。”

方潭：“不过还是看不懂，乾乾，要不我们回……”

“我们去看看！”没等方潭说完，邵乾乾已经以迅雷之势跑进了体育馆。

柯小唯早就让同学帮她们占了位置，三人到的时候，直接在看台第一排最中央的位置上坐下来。而坐在她们旁边的，是雷茵茵和她的几个好朋友。

柯小唯嬉皮笑脸地跟雷茵茵等人打了个招呼，然后回头道：“林嘉措在的场合，雷茵茵真的是没一次缺席的。”

邵乾乾随意道：“这不废话吗，人家喜欢他啊。”

柯小唯：“有啥用啊，林嘉措要是对她有意思，早就接受了，好吗？”

邵乾乾支着脑袋，看着在场上奔跑的林嘉措。他穿了一身白色的运动服，露出的手臂和小腿修长紧致、线条流畅，似乎随时能爆发出惊人的力量。

“嗯……也是啊。”

柯小唯：“不过说起来，林嘉措的眼光真的很高啊，雷茵茵长得这么漂亮，他都不动心。”

邵乾乾：“嗯……也是啊。”

柯小唯睨了邵乾乾一眼，正想问她有没有别的话说的时候，正好被观众突然爆发的尖叫声打断了。

场上，刚进了球的男生似乎充耳不闻，他侧着头跟队友说了一句什么，双手比画了下，各个位置的队友便很默契地往旁边散去。他带着篮球，先是在地上拍了两下，然后快速往前跑去。一身白色的运动服在紧张的球场中一闪而过，传球，移位，再接球，绕过对方两个防守的球员，纵身一跳，又是轻而易举地将篮球送入篮筐。

“嘟！”全场沸腾的时候，裁判吹响了口哨。

中场休息的时间到了，球员们各自走到自己的休息区喝水休息。邵乾乾看到林嘉措也朝休息区走过来，只是还没坐下，就被几个女生堵住了。那群女生手中要么拿着水，要么拿着一些补充体力的东西，皆是想要林嘉措收下。

柯小唯：“哎呀，我们都忘记买水了，献殷勤的机会都没了。”

方潭：“买了水也献不出去，浪费什么钱。”

邵乾乾认同地点了点头：“有道理。”

“学姐！”就在这时，一个同样穿着白色运动服的男生朝她们走来。

柯小唯眼睛一亮：“这个不是你们体育部的‘小鲜肉’吗？”

“是啊。”邵乾乾朝来人招了招手，“钟桥，打得不错啊。”

钟桥笑嘻嘻地站到她边上：“学姐，你注意到我了？”

邵乾乾奇怪道："我又不瞎。"

钟桥不好意思地笑笑："毕竟大家都是奔着林嘉措来的嘛。"

邵乾乾看了他一眼，突然有点儿同情他了，她咳了一声，转移了话题："这水自己买的？"

钟桥："不是啊，是一个学姐给我的。"

邵乾乾八卦道："哦，是雷茵茵吗？"

钟桥立刻露出了沮丧的神色："不是。"

"那你还敢收，不怕人家看到误会了？"邵乾乾玩笑道。

她随口一说，钟桥却是一副恍然大悟的模样："啊……我咋没想到呢！我现在去跟她解释！"

"哎哟……"邵乾乾刚想拉住他，就被他扔过来的水吓了一跳。

钟桥边跑边回头："先放你这儿，我去跟她要水喝。"

邵乾乾："喂……"

林嘉措接过队友扔过来的毛巾，一边随意地擦了几下额头，一边往看台下的休息区走，不经意地抬眸间，他看到坐在看台第一排的邵乾乾。

此时她怀里拿着一瓶水，正抬手和谁挥了挥。林嘉措顺着她的视线望去，只见钟桥蹦蹦跳跳地在跟她做手势。

林嘉措眉头一皱，收回了视线。

哼，莫名其妙。

休息区和看台的第一排只隔了几米的距离，雷茵茵直接下了看台，拿着一瓶运动饮料走到林嘉措边上。

"嘉措，给。"

林嘉措刚才已经拒绝了一大票女生送过来的水了，此时又有人来干扰，心中难免有些不耐烦，可是他并未表现出来，只是回头对她客气地笑了笑："谢谢，不过不用了，我不喝饮料。"

雷茵茵微微一僵："啊，没关系，那我去拿水。"说罢，她也不等林嘉措回应，便再次跑上看台。

柯小唯见此，拍了拍方潭和邵乾乾的肩："瞧见没？林嘉措对雷茵茵真的没啥意思。"

方潭："可能是人家正好不喝饮料呢。"

柯小唯："得了吧。"

邵乾乾："唉，一个追一个，钟桥从她那儿要水都要不到，真是作孽啊。"

柯小唯："是作孽……林嘉措。"正好林嘉措回过头来，柯小唯便热情地跟他打了个招呼。本来以为他肯定只礼貌性地点点头就不管了，没想到他竟然起身走了过来。

柯小唯：“哎？”

林嘉措在台下站住了：“你们也来看球？”一上一下，隔了白色的栏杆，邵乾乾能看到他额间的一层薄汗，还有唇上的一抹矿泉水渍。

“倒是从来没见过你们啊。”林嘉措又道。

柯小唯回答：“我经常来的，方潭也来过一次，就是乾乾吧，她这个大宅女确实是第一次来。”

邵乾乾不动声色地拉了拉柯小唯的衣摆，咬着牙道：“你住口吧。”

林嘉措将她的小动作看在眼里，勾了勾唇，道：“哦，那是什么吸引邵同学来体育馆的？”

邵乾乾虚伪地笑了笑：“当然是运动精神……”

“当然是因为要给你送水啊！”柯小唯及时抢答。

邵乾乾一脸问号。

“送水？”林嘉措看了眼邵乾乾怀里的水，“你这水，给我的？”

“不是、不是、不是。”邵乾乾忙摆手。

林嘉措微微眯了眯眸，想起自己等了这么多天，结果邵乾乾压根儿就没提起要请吃饭的事，他眼神不自觉地露出一点儿不满来：“邵乾乾。”

“啊？”

“你过来。”

“过，过哪儿啊？”

“来这儿。”林嘉措抬手点了点栏杆。

座位和栏杆有一点儿距离，她们坐在位子上，和林嘉措直线距离不足一米，说话什么的是完全听得见的，但此刻他叫她走上前去，好像有什么悄悄话要说。

邵乾乾看了看四周，只觉得所有人的目光都集中在了他们这块，自己要被那些赤裸裸的目光杀死了。

“……不好吧？”

“什么不好？”林嘉措微微侧了侧头，一抹淡笑在嘴边勾得人心痒痒，“快点儿过来。”

见他一副不过去就不罢休的模样，邵乾乾咬咬牙，只好起身上前蹲在了栏杆后：“……什么事？”话音刚落，邵乾乾就发觉自己随手拿着的矿泉水被抽走了。

林嘉措也不多话，扭开矿泉水，仰头便喝。咕噜咕噜几下，水立刻就下去了一半。

邵乾乾："……你干啥？"

林嘉措喝完放下，重新拧紧盖子，将瓶子放回她的手上："同班同学特地来给我送水，我当然得领情说谢谢了。"

邵乾乾深吸了一口气，不知道怎么开口，犹豫了半天还是道："不是……那个，啊……那个喝过的。"

刚才钟桥给她前已经打开喝过，尽管只喝了一小口。

林嘉措眼里明显闪过一丝错愕，但他善于表情管理，只是强装淡定地看着她道："哦，喝过了。"

难怪瓶盖有点儿松，原来是她喝过了。不过不是要送给他喝的吗，难道是不好意思送他，就干脆自己喝了？没想到脸皮还挺薄。

林嘉措定定地看着邵乾乾，此时此刻，邵乾乾面上的尴尬在林嘉措眼中自然而然地成了娇羞，他咳了一声，回身往休息区走，走了两步又觉得该说些什么，于是回过头道："都是同学，没关系。"

邵乾乾暗想：我确实是没关系，就是怕你有关系啊……钟桥喝过的水被林嘉措喝了，不过两个都是大男人，应该……不会介意的吧。

邵乾乾起身，僵硬地坐回到位子上。

"什么情况？他喝你的水了？"柯小唯难以置信地问道。

邵乾乾："不是啊……这不是我的水，是钟桥的。"

方潭意味深长地看着她："可他又不知道是钟桥的。"

邵乾乾："那我哪知道啊，大概是……他渴了？"

柯小唯："渴了不喝别人给他的水？刚才雷茵茵都已经去拿水了，结果眼睁睁地看着林嘉措喝了你的水。"

邵乾乾："这，这不怪我。"

柯小唯怪笑了一声："不怪你还怪林嘉措？你眼睛往旁边瞅瞅，多少个女生在看你。"

邵乾乾眼神定定地看着前方，没敢往旁边瞥："要不我先走了？"

"走什么啊，好好坐着，咱们也高调一回。"柯小唯得意地抬高下巴，"不过乾乾，你跟林嘉措的关系可越来越好了，你都干了啥啊？"

邵乾乾欲哭无泪，她怎么不知道他们的关系越来越好了，到底从哪里看出来越来越好的了？啊？

下半场开始了，前期很激烈，但打到后来，分数越拉越大，外校的篮球队估计信心都被打没了，最后那几分钟就跟放弃了差不多。本校的篮球队最后果然赢了，邵乾乾看到林嘉措和队友们互相击掌庆祝。球场上，他脸上那种笑意是她很熟悉的，意气风发，自信中或许还带着一丝……桀骜。

“学姐！我们赢了！”钟桥颠颠儿地跑过来，几步上了台阶，“怎么样，刚才我那最后一球帅不帅？”

邵乾乾：“帅帅帅，瞧把你得意的。”

“那可不。”钟桥清了清嗓子，转向坐在一边的雷茵茵，“茵茵，我们篮球队晚上要搞庆功宴呢，你来吗？”

雷茵茵抿了一下唇：“你们篮球队的庆功宴，我去干吗？”

“没事的呀，队长刚才说了，可以带……朋友去。”

“是吗？”雷茵茵看向了不远处的林嘉措，“你们队的人都会去？”

“嗯嗯，队长说人多热闹，大家一起庆祝。”

“哦……”

“反正你要是有空的话就跟我说，我一定来接你。”

雷茵茵看了他一眼：“知道了，谢谢。”说罢，她起身走下台阶。

柯小唯看看雷茵茵又看看钟桥，最后语重心长地拍了拍钟桥的肩：“小学弟啊，你这道阻且长啊……”

邵乾乾摊摊手：“行了，你别跟他说这些，我说得已经够多的了，可人家坚持不放弃啊，没办法。”

钟桥：“我当然不能放弃啊，她从来没跟我说过她喜欢林嘉措，也从来没说过她不喜欢我。”

邵乾乾：“你看吧，我们叫不醒一个装睡的人。”

“乾乾，你打什么哑谜……哎哟。”钟桥捂着被打了一下的后脑勺。邵乾乾瞥了他一眼，说：“学弟要有学弟样，叫学姐。”

“哦……”钟桥撇了撇嘴，伸手便将邵乾乾手里的水拿了过去，“这是我的水吧。”说罢，他拧开便要喝。

“哎哎！”

钟桥停了下：“怎么了？”

邵乾乾：“别喝，喝过了。”

“你喝了？没事，我不介意。”说罢，他仰头便开始灌。

邵乾乾张了张口，还保持着要劝阻的姿势，不过钟桥行动太快，她什么话都来不及说。也许上天是嫌这场景还不够诡异吧，林嘉措不知道什么时候走了过来，一边和旁边的队友说话，一边朝她伸了伸手。

邵乾乾茫然地看了他一眼，不知道他想干什么。

林嘉措没拿到东西，只好停止和别人说话，转头看向她，道："水给我一下。"

邵乾乾："啊……"

林嘉措："我刚才喝的水，给我。"

邵乾乾一下绷直了背，也不知道是不是脑子抽筋了，她伸出食指指向了钟桥："他喝了。"

林嘉措愣了愣，也是到现在才发现钟桥在邵乾乾边上，他看了看钟桥那张无辜的脸，再慢慢地移向了他手里的矿泉水。

"邵乾乾，这是我刚才喝的那瓶水？"

邵乾乾："是啊，但是……"

"你把我的水给他喝了？"林嘉措的声音拔高了些，明显是难以置信。

邵乾乾见此连忙道："误会误会，其实这瓶水就是钟桥的。"

"是啊，学长，这本来就是我的，什么叫你的水？"钟桥本来就看林嘉措不爽，跟他抢雷茵茵就算了，水也要跟他抢？简直无理取闹！

林嘉措心头一阵翻滚，他握了握拳头，强行把涌上头的怒火压了下去。这水本来是钟桥的？什么意思！这水不是送给他的吗？！见鬼了吗！

林嘉措冷飕飕地看了邵乾乾一眼，所以她刚才说的喝过也不是她喝过，而是说钟桥喝过？这节奏是……他自作多情了！

邵乾乾已经感受到空气中莫名的紧绷气氛了，她往后退了退，幽幽道："林嘉措，其实我刚才就想跟你说，这水，是钟桥的……不过没关系啊，你要是想喝，我现在就去给你买，为咱们篮球队服务嘛，应该的应该的。"语毕，就被林嘉措沉沉的眼神吓着了，邵乾乾闭了嘴，不敢再说话。

怎么感觉林嘉措好像在生气啊？他竟然……会生气啊。

一众人盯着两人没说话，最后林嘉措淡淡地说了"不用了"三个字，便转身朝体育馆门口走了。

邵乾乾全程一脸蒙，回到寝室后，她接到了一个电话。

"邵小姐，我是你弟弟的律师，上回咱们在派出所见过。"

"哦哦，是我弟弟的事有什么进展了吗？"

"是的，邵坤的事已经解决了，我们找到了那个叫小晴的姑娘，她当时被威胁了，所以才躲起来，不敢出来做证，我们也调取到了当时的监控，你弟弟是清白的。关于赔偿，你弟弟所有的医药费对方全部出。"

"啥？"邵乾乾微微瞠目，"所以到最后，我们一分钱不用赔，他们还得赔我们啊……"

"是的。"

“谢谢，谢谢，太感谢了。”

“不用，您是林先生的朋友，应该的。”

林先生，说的是林嘉措还是林嘉措他小叔啊。不过，不管说的是谁，她都得感谢林嘉措，要不是他帮忙，她肯定就只能任人宰割了。邵乾乾想起方才在体育馆里发生的事，她也真是不靠谱啊，他都这么帮她了，她没请吃饭就算了，连瓶水竟然都不给喝！

寒心！太寒心了！这么一想，邵乾乾立马点开微信打算跟林嘉措发点儿什么，可是删删减减，竟不知道要说些什么……

这边，邵乾乾正在纠结，另外一边，林嘉措的几个室友也面面相觑，偷偷瞄着坐在电脑前的林嘉措不敢说话。

“他怎么了？球赛输了？”吴远拉着一名室友到寝室外才敢问。

室友道：“没啊，我去看了，赢了。”

“赢了？他怎么脸色这么黑啊？”

“不知道啊。”

“难得啊……”吴远伸着脑袋往里看了一眼，外人都说林嘉措人特好，性格特温和，他承认，林嘉措人品是很好，但走得近了，就会知道，其实林嘉措并不如表面上看的那样。他记起仇来可是谁都招架不住啊，要不然，他们这一众男生怎么就没人敢得罪他呢？

可看他现在这样，显然是有人得罪他了……

啧，谁啊，这么没眼力见儿，这不找死吗？

“嗡嗡嗡——”手机响了，林嘉措看了一眼，拿起手机走到阳台上。

“什么事？”

“你这么凶干吗，谁惹你林少爷啦？”手机那头传来张天临的声音。

林嘉措不耐烦了：“有事没事？”

张天临惹不起这祖宗，忙道：“有啦有啦，你上次不是让我帮你配一台高性能的电脑吗？我弄好了，你要找人搬到寝室去吗？”

“先放你那儿，有空去取。”

“哦，不过我说你买啥电脑，干脆在我这儿玩不就得了？而且，你不是要跟乾乾一块儿玩吗，你难道要在寝室弄个变声器啊？给人家看到，还以为你是变态……”

“谁说我一定得跟她一块儿玩了！”

“哎哟，这么激动干吗，难道……你跟乾乾吵架了？”

“没有。”

“一听就有，说说、说说，怎么回事？”

“你这么八卦干什么？”

“我这不是八卦，我是关心你们，你和乾乾都是我哥们儿啊。”

“还哥们儿……”

张天临理所当然道：“当然了，咱们可都曾一起出生入死，那就是兄弟，就是哥们儿。”

“哼，”林嘉措冷笑了一声，“哥们儿会一口水都不给喝吗？”

张天临：“啥？”

林嘉措冷飕飕地讲了一下体育馆里发生的事，他说得很严肃，手机那边的人却笑得越来越激烈。最后，他说不下去了，压着嗓子道：“你笑什么？！”

张天临：“哈哈哈，你谁啊你，人家手里的水就必须给你？你是不是自信过头了？还是说，你觉得人家在游戏里宠着你护着你，在现实里也必须这么做啊？林嘉措，你这习惯不行啊，游戏是游戏，现实是现实，她又不知道你就是游戏里的小表弟！”

“哎，你觉不觉得你这样很诡异啊，占有欲这么强，”张天临沉默了会儿，试探道，“难道……你喜欢乾乾？”

邵乾乾犹豫了好半天，还是发了条信息给林嘉措：“我弟弟的事情解决得很完美，林同学，十分感谢。”

过了许久，没人回应。

就在邵乾乾想着要不要打个电话的时候，微信终于有了回音：“嗯，怎么谢？”

邵乾乾愣了好一会儿，然后快速回道：“你觉得怎么谢合适，你要是有什么事需要我帮忙的尽管说。”

林嘉措：“那倒没有。”

邵乾乾：“那……”

林嘉措：“请吃饭吧，也省得你觉得欠了我什么似的，一直跟我说谢谢。”

邵乾乾盯着这一行字呢喃：“请吃饭吗……”

“请吃饭？请谁啊！哎哟，大主播，是不是要请我吃饭？”柯小唯凑到她边上。

邵乾乾下意识地将手机往胸口盖了盖，确认她没看见后，干脆利落地爬上了床：“就知道吃吃吃，你怎么没成饭桶呢。”

柯小唯：“你躲什么呢？手机里有什么见不得人的秘密？”

“哪有啊，别瞎说。”邵乾乾趴在枕头上，看着林嘉措的聊天页面。他哪是什么见不得人的秘密，只是怕柯小唯看见了，大喊大叫非说他们俩有什么，她和林嘉措能有什么……

“方潭，你看看她，肯定在跟男孩子聊天！不给我们看到！”

方潭将脑袋从电脑前转过来：“小唯啊，你是不是该去找个男朋友了？”

柯小唯：“啊？”

方潭：“三句话两句不离男孩子，我觉得你缺阳气。”

柯小唯一脸问号。

方潭笑了笑，往邵乾乾那儿看了一眼，彼时邵乾乾正端着脑袋一脸严肃地看着手机屏幕。方潭眸子微微一眯，若有所思，不过她也没多说什么，继续回头看视频去了。

邵乾乾觉得林嘉措说得有道理，请吃饭确实也是她应该做的。于是她便回复道：“行，你什么时候有空跟我说。”

她答应得很快，没想到对面那人决定得更快：“现在。”

邵乾乾：啊？

林嘉措：“你到我宿舍楼下等一下，我马上下来。”

邵乾乾一下子从床上弹了起来：“说走就走吗？！”

“啥啊，你神经兮兮的。”柯小唯被她吓了一跳。

“我出去一趟。”邵乾乾从床上爬下来，在柯小唯和方潭疑惑的眼神中换了鞋，拿上手机往外走。

方潭：“乾乾，你去哪儿啊？”

邵乾乾：“还债！”

同个专业的男女宿舍楼距离不远，邵乾乾走了五分钟，便到了林嘉措的宿舍楼下。宿舍楼下男生来来往往，正是饭点，很多人都提着外卖进出。

“乾乾？”一个同班同学走过，看到是她，又往回走了几步，“真是你啊，你在这儿干吗呢？”

邵乾乾：“啊……我等人。”

“等谁啊？不会是男朋友吧？”该男同学笑嘻嘻地问道。

邵乾乾故意倒吸了一口气：“男朋友这生物是说有就能有的吗？”

“可以说有就有啊。”男同学指了指后面的宿舍楼，“单身狗多着呢，你要是肯出马，好多人会响应的。”

“别别别，你们这些大才子哪看得上我。”

“乾乾，你这话说得很虚啊。”男同学拍拍她的肩，“应该是你看不上我们吧。”

“哈哈哈，怎么会呢？”邵乾乾跟他打着哈哈，余光看到林嘉措从门口出来了。

不过男同学背对着他没注意到：“乾乾，还没说呢，到底等谁啊？”

“等我。”微沉的男声从他后面传来，男同学一愣，回过头去。

邵乾乾点点头：“对对对，我等他。”

该同学微微瞠目：“你等嘉措？你们……”

眼见该同学表情越来越八卦，邵乾乾摆手：“你想啥呢？我等他有事。”

“哎哟，有猫腻哦。”

“沙盘课上的学习问题，有啥猫腻啊。”邵乾乾说起谎来面不改色。

男同学眨了眨眼：“哦……对哦，你们是同组的。”

“是啊。”邵乾乾拉了拉林嘉措的衣服，不想在这里多留了，“走了，我们得去教室了。”

男同学看着邵乾乾和林嘉措远去的身影，默默地摇了摇头：“还说不会呢，跟林嘉措走这么近，哪还看得上这栋宿舍楼里的谁啊。”

拐过路口，宿舍也看不见了。邵乾乾转头看他：“对了，你想吃什么啊？”

林嘉措目视前方，没回答这个问题，而是问道：“你刚才说谎干吗？我们什么时候要去教室了？”

“这个啊……”邵乾乾理所当然道，“说我们去吃饭那多奇怪啊，我请你吃饭是因为你帮了我，可别人不知道啊，要是误会了怎么办？”

“误会？”

“是啊，你也知道大家对你的事都特别八卦，要是误会了我们的关系，我可是要被这学校的女生丢去浸猪笼的。”

林嘉措终于侧目看她，可是张了张口，竟一句话也说不出来。因为，这人的表情真的是十分后怕且谨慎，她这副样子，完全就是不想跟他扯上任何关系。

真是太好笑了！之前玩游戏还口口声声叫男神叫偶像！有这么对男神和偶像的吗？！林嘉措气得想就此站住，一点儿形象也不管地捏死她！

“你还没说你想吃什么呢？”身旁的人突然眨巴着大眼睛，很认真地盯着他。

黄昏，夕阳的光线温柔又澄澈，她站得离他很近，五官和表情都十分清晰，甚至，脸上极其细微的绒毛都清楚得很。她的皮肤很好，白白的，看着还有点儿嫩……

天天对着电脑，这人皮肤没长斑、没变黄，还真是走运。

“林嘉措？”

“嗯。”林嘉措回过神。

“我不太会选餐厅，你喜欢吃什么，你喜欢哪个，我们就去哪个。”

林嘉措故意道：“这么说，多贵都行？”

“行啊，为了这顿饭，我已经把所有的卡都带上了！”邵乾乾咬牙切齿，俨然一副要割肉的样子。

林嘉措险些被她逗笑了：“你当喂猪？”

“你硬要这么想，也可以。”

最后，林嘉措挑了一家很有名的中餐厅，这家餐厅口碑确实很好，而且就在学校附近，邵乾乾前段时间还跟方潭她们说要来吃一回。

“你吃辣吗？”入了座，邵乾乾问道。

林嘉措：“随便。”

“那你点吧，点你喜欢的。”邵乾乾把菜单递给他。

林嘉措看了她一眼：“你点吧。”

“那哪能啊，我请你吃饭，当然要点你喜欢的。放心啦，你点的我肯定都喜欢吃。”

这话听着很顺耳，林嘉措抬眸看了她一眼。后者支着脑袋，见他看过来，弯了弯眉眼。

因为不是周末，菜很快就上来了，点了很多，最后邵乾乾都吃撑了，桌上还剩了一大半。

“吃饱了？”林嘉措看她不再动筷子，便问道。

“嗯。”

“那就走吧。”

“行，不过稍等一下，我去下卫生间啊。”邵乾乾起身，刚才饮料喝太多了，现在肚子很不舒服。

邵乾乾从卫生间回来的时候，包厢已经空了，她走出去张望了下，发现林嘉措已经站在门口了。

“你已经出来了？等一下啊，我去付钱。”

“不用了。”

“啊？”

林嘉措：“刚才你去卫生间的时候，服务员过来问我是不是结账，然后我就结了。”

邵乾乾蒙了：“那，那你怎么不告诉他，我来结啊？”

林嘉措勾了勾唇："结都结了，而且你觉得我跟他说让那个女孩子结，像话吗？"

"像话啊。"邵乾乾没觉得有哪里不对劲，"本来就是我请你吃饭，肯定要我来付钱啊。"

林嘉措沉吟了会儿，说："但我觉得在服务员眼里不太像话，嗯……那你下次再补回来好了。"

"补？"那不是意味着，还要跟他吃一顿饭？邵乾乾想了下，这是赚了？

出了餐厅后没多久，林嘉措接到一个电话。

"嘉措，你人呢？我们都开始大半个小时了，你怎么还不来？"

林嘉措看了一眼在他旁边走着的人，现在正经过学校后门的小吃街，她的脑袋这里转转那里转转，就是没定型。

"我在送一个幼儿园小朋友回家。"

"啊？"

邵乾乾也从对那些小吃的观望中转过头看他，送幼儿园小朋友？嗯？

林嘉措勾了勾唇："好了，我马上过来，你们不用等我。"

"怎么可能不等我们的功臣啊，快点儿来啊。"

"好。"说罢，林嘉措挂了电话。

邵乾乾见他把手机放回了口袋才道："你在撒谎吗？"

林嘉措："撒什么慌？"

邵乾乾摊摊手："哪来的幼儿园小朋友？"

林嘉措扬了扬眉，指向她。

邵乾乾："啊……"

"好了，学校就在前面，我还要去篮球队的庆功宴，就不跟你一起进去了。"林嘉措道。

邵乾乾猛然惊觉，对啊，今天篮球队要开庆功宴啊！

"刚才的电话，就是篮球队的人来催你的？你怎么不早说啊，我们其实可以换个时间。"

林嘉措："突然想吃饭。"

"哦……"

"你快回去吧。"

邵乾乾："行吧，那再见啊。"

邵乾乾转身走了，林嘉措一直看着她小跑向校门口，等她的身影彻底消失了，他才皱起了眉头。

突然叫她出来吃饭，是因为电话里张天临说的混账话，他说他喜欢她。为了证明自己心如止水，他立刻找她出来吃饭以测试自己的定力。不过刚出门，他就被她那副划清界限的模样气着了，也就忘记了自己究竟是出来干吗的。

至于喜不喜欢……一向心比天高的林嘉措气呼呼地想——

她这么不喜欢他，他怎么能喜欢她啊？

邵乾乾回到寝室的时候，寝室空空如也，方潭大概跟男朋友约会去了，柯小唯很可能是跟人逛街去了，另一个不常出现在寝室的室友，一定又在图书馆当学霸了。

邵乾乾想着自己在这儿也没什么事做，于是收拾了几件脏衣服，打算带回出租房里用洗衣机滚一滚。刚准备出门，手机就响了起来，邵乾乾接起，是钟桥的电话。

“学姐、学姐，你在干吗？”

“没干吗，你讲话为什么神秘兮兮的？”

“因为我现在在包厢外面啊，我有事要偷偷地拜托你。”

邵乾乾直觉没好事：“你什么事啊？”

“我不是一直在等时机跟雷茵茵表白吗？我觉得择日不如撞日，我今晚就告诉她！”

“你喝多了？”

“我没……哎呀，是喝了一点儿，不过喝点儿酒可以激发我的胆量，我觉得我今晚必须说。”

邵乾乾：“那你说就说呗，打电话给我干吗？”

“不是，我想拜托你帮我买一束花过来，就我们学校边上那个花店，我打听到茵茵特别喜欢那里的蓝色妖姬！”

邵乾乾面无表情：“再见，朋友。”

“别别别！求你啦，学姐！你要是答应我，我给你做牛做马，请你吃饭，吃啥都行啊！”

“不。”

“我真的……这辈子的幸福就交到你手上了，我……”说着说着，对面传来几声哽咽的声音。

邵乾乾瞪眼：“喂，钟桥，你好好说话，哭哭啼啼的干吗！”

“我一想起，我追不上她，可能是因为这一束花，我就想哭……”

“嗯……”

“学姐，没事，算了，我知道你也不容易，就这样吧，我没事。”

“喂？”

“嘟嘟嘟——”电话挂了。

邵乾乾看了一眼手机，再抬头望了望天花板，她这是造了什么孽哦。

半个多小时后，邵乾乾出现在篮球队庆功宴的包厢外面。

是的，她最后还是受不了一个人高马大、八块腹肌、扔铁饼跟扔纸片一样的体育生在她耳边抽泣。她只好一只手捧着花，一只手拿手机打了个电话。一会儿，一个男生就从不远处急匆匆地跑过来了。

邵乾乾：“你不在包厢里？”

钟桥：“我去厕所稍微整理了一下仪容仪表嘛，这花真好看。”

“钟桥啊，不是我说，你确定要表白？”邵乾乾想起雷茵茵对林嘉措的那份感情，她就觉得这白表得将会很不靠谱。

“学姐，我就是想让自己看清楚。”邵乾乾一愣，钟桥又道，“再说了，不勇敢走出一步，怎么知道一定不行。我也不见得比不过林嘉措，对吧？”

邵乾乾抿了抿唇，突然觉得钟桥的形象异常高大。也是，不试试怎么知道一定会失败。

“行吧，那，那你加油。”

“谢谢学姐啊。”

“不用谢，记得你做牛做马还要请吃饭就行了。”

“得嘞，不会忘。”

说着，钟桥从邵乾乾那里接过花，抓了两下头发就推门进去了。只是推开门之后，钟桥站着好一会儿没动。

“进去啊，你干吗？”邵乾乾以为他突然胆怯了不敢进去，就在后面推了下，“你倒是进去啊，花都给你送来了，你要是说你怕了，你试试看！”

因为被邵乾乾推了一把，包厢的门彻底地打开了，邵乾乾从钟桥身后探出个脑袋看向里面，这一看之下，她也愣住了。

包厢门突然被打开，大家都下意识地看过来，人很多，男男女女都有，可最瞩目的还是站在最中央的林嘉措和雷茵茵。此时他们俩的眼神也是往这儿看的，本来很正常，如果……雷茵茵的手没有拉着林嘉措的手的话。

“你们，玩什么呢？”钟桥一步一步走了进去，面上带着笑，眼中却毫无笑意。

篮球队有几个人是知道钟桥对雷茵茵有意思的，可包厢内也是事发突然，谁都没想到本来是玩个游戏，雷茵茵还真的跟林嘉措表白了。

于是他们只好打岔道："这酒都没了，钟桥，咱们出去再买两箱。"

"没酒了，叫服务员就好了。"钟桥推开他们，依然看向雷茵茵，"你们在干吗？"

雷茵茵已经没在看他了，她抓着林嘉措的手不肯放，似乎是继续说她剩下的话："嘉措，行不行？"

"不行。"包厢内灯光闪烁，林嘉措的脸色也由一开始的错愕变得异常冷漠，他抽了一下手没抽出来，见雷茵茵不肯放，他只好用力地甩了一下。

雷茵茵踉跄了一下，钟桥眼疾手快，立刻扶住了她。

"为什么……林嘉措，你给我个理由。"烈酒壮人胆，雷茵茵几杯酒下肚，也没了往日里那副高高在上的女神模样，她不甘心地盯着林嘉措，眼含泪花。

"不为什么。"林嘉措皱了皱眉，尽量控制住自己那不耐烦的感觉，"茵茵，你也知道男女朋友该互相喜欢，我并不喜欢你，所以我当然不能说行。"

"可我真的很喜欢你啊……"

"那我也只能跟你说抱歉。"

包厢内的音乐已经停了，一片寂静，没有一个人敢开口说话。就在大家想着该怎么圆场的时候，钟桥突然松开了泪流满面的雷茵茵，一拳揍在了林嘉措的脸侧。

"砰！"猝不及防的林嘉措往后倒去，他的手撞到了茶几上的酒瓶，酒瓶跌在地上，碎了一地。

"钟桥，你做什么？！"反应过来的几个男生立刻把钟桥拉住了。

雷茵茵见此也吓傻了："钟桥，你疯了！"

钟桥："我是疯了！茵茵，他不喜欢你还一直吊着你，你为什么还傻傻地喜欢他？！我喜欢你啊，你为什么看不见？！"

"那又怎么样？！我不喜欢你！"雷茵茵吼道。

钟桥一下子就愣住了，他看着雷茵茵，仿佛所有的力气都一下子被抽空了。

好……她终于说了，她不喜欢他。不管林嘉措喜不喜欢她，不管他多喜欢她，她都不会喜欢他！

三角恋的纠缠，观众最尴尬。就在这迷之寂静的时候，人群外爆发出一个女生的声音："钟桥，你浑蛋！"

钟桥下意识回眸，还没看清来人，就被狠狠地踹了一脚。

"追不到女生了不起啊！追不到就打人！瞧把你出息的，你干脆别练跑步去练散打算了！"

钟桥小腿被踹，疼得龇牙咧嘴："学，学姐……"

邵乾乾瞪了他一眼，俯身去看林嘉措：“你没事吧？”

所有到嘴边的刻薄话和涌上心头的怒气都被邵乾乾这么一阵乱来弄得消失殆尽，林嘉措看着一脸紧张的邵乾乾，脑中突然闪现出游戏里她的模样。

他沉默一瞬，开口：“有事，疼。”

邵乾乾忙去拉他：“你起来，去医院看看。”

“好，扶我。”林嘉措一只手搭在邵乾乾肩上，看似十分艰难地起了身。

“学姐！”钟桥喊她。

邵乾乾回眸盯了他一眼：“你可闭嘴吧。”

钟桥：“我……”

邵乾乾气得不想理他，直接扶着半压在她身上的林嘉措往外走，留下了包厢内一众茫然的看客。

从包厢到门口的路上，邵乾乾各种后悔，要是早知道会这样，她才不给钟桥送花。什么表白啊，简直是“凶杀”现场！林嘉措不答应跟雷茵茵在一起又不是林嘉措的错，钟桥的智商都上哪儿去了，竟然二话不说就一拳打下来，打得她男神的脸都青了。

哎？脸青了……邵乾乾脚下一滞，抬眸看向林嘉措。只是嘴角被打青了，他这么压在她身上，仿佛残废了是怎么回事……

邵乾乾：“你……”

林嘉措：“怎么不走了？”

“你身上其他地方，也有事吗？”

林嘉措愣了一下，视线有些不自然地往旁边撇了撇：“有事。”

邵乾乾扶在他腰上的手立刻松开了：“是撞到哪里了，我有没有碰到？”

林嘉措勾了勾唇，但很快又压下去了：“没有，先不说这些，扶我出去吧。”

“好。”

邵乾乾打了车，本来想去医院，结果林嘉措说直接回学校医务室擦个药就行，于是两个人便坐车回了学校。到了医务室后，邵乾乾扶着林嘉措在病床上坐下。

“这是怎么了？”校医从里间出来。

邵乾乾忙道：“医生，他被人揍了，脸上有瘀青，身上可能也有，您给看下，然后上点儿药吧。”

林嘉措：“你可以不说被揍了。”

邵乾乾：“那要不然你能自己摔成这样？”

校医看了一眼林嘉措，又看了眼邵乾乾：“被揍了？你们这些年轻人哦，都上大学了，还这么幼稚，是为这小姑娘跟人打架了？”

邵乾乾差点儿呛着：“医生，你误会了，怎么可能是因为我啊。”

校医一副了然的模样：“不是因为你，你这么紧张兮兮地送他过来？小姑娘，大叔我也年轻过的。”

邵乾乾：“啊？”

对哦，她这么紧张兮兮地送他来医院干啥……包厢里那么多人，都是他朋友，好像怎么也轮不到她吧！邵乾乾被自己整蒙了，她这么殷勤是不是有点儿过了啊……男神是男神没错，但她应该冷静点儿，拖走钟桥才对。可最后怎么该拖的没拖，拖走了一个不该拖的啊！

“这下手挺狠。”校医一边给林嘉措上药，一边感叹道，“不过这脸啊，也确实招打。”

林嘉措一脸无语。

校医：“好了，还有哪里要上药的？”

邵乾乾：“他身上。”

林嘉措看了邵乾乾一眼，实际上，没有哪里要上药了，刚才他说身上也撞伤了，不过是骗邵乾乾的。

“你先出去。”

“啊？”

林嘉措：“我脱衣服。”

邵乾乾一惊：“哦！”她赶忙跑门外去了。

“脱个上衣还这么不好意思。”校医笑了笑。

林嘉措随意地掀起了衣服，校医却是非常认真地找了一圈：“哪儿呢？”

林嘉措故作惊讶：“没有吗？”

“没看见哪里有瘀青或者伤痕的。”

“哦，是吗？”林嘉措放下衣服，从床边站了起来，“那可能就是没有了吧。”

校医狐疑地看了他一眼：“你自己都不知道哪里疼吗？”

林嘉措：“刚才有点儿疼，可能只是疼了一下，没有那么严重。”

“这样……”

“嗯，谢谢您了。”林嘉措去交了钱，“先走了，医生。”

校医：“下次注意安全啊，同学。”

“没有下次了。”

走出医务室，林嘉措一眼便看见站在走廊栏杆边的邵乾乾，他看着那个瘦瘦小小的背影，突然想，她的力气应该不大吧，所以，钟桥被踢的那一脚应该也不怎么疼。不过就算不怎么疼，但踢了就是踢了。

这么想着，林嘉措就有点儿膨胀了。邵乾乾还故意跟他拉开距离，可实际上还是喜欢他的嘛，要不然怎么会在看见他被打了之后义愤填膺地冲进来，还为他踢了人呢。

呵呵，女人，就是爱口是心非。

“林嘉措，你好了？”

背对着他的人突然回过头来，林嘉措忙调整了一下表情，点头道：“好了。”

“身上严重吗？”

林嘉措：“还行，休息休息就行了。”

“哦……那就好。”

林嘉措笑了笑：“对了，今天晚上谢谢你了。”

“不用，都是同学，再说你也帮过我。”

林嘉措想了想，又道：“今天还是挺意外的，没想到，你会为了我跟钟桥……”

“那个，你别太怪钟桥啊。”

林嘉措顿了一下：“嗯？”

邵乾乾道：“他其实就是太喜欢雷茵茵了，见雷茵茵被你欺负哭了，一时怒火攻心才打你的，我相信他冷静后，绝对会很后悔打了你！”

林嘉措沉默了会儿，道：“我没有欺负雷茵茵，我只是……”

“我明白，喜欢不喜欢这都不能勉强的。钟桥也是傻，不过经过这次，他应该就能明白了吧，唉……总算是要放弃了。”邵乾乾一副头疼的模样，“林同学，看在我今天及时帮你揍了他的分上，你就别跟他计较了。如果你还是觉得生气，那你说出来，我再去揍他一顿。”

林嘉措的笑容渐渐消失了：“你帮我，不会是因为想让我别跟他计较吧？”

邵乾乾仔细想了一遍，其实……她也不知道自己为什么这么快就跳出来帮他，只是看他被打了，真的觉得很气愤。不过，他现在说的这个理由，好像更让人好接受一些。

“算，算是吧。”

“哦。”林嘉措神色渐冷，他深深地看了她一眼后，非常干脆利落地转身往楼下走去。

邵乾乾愣了几秒：“哎？就，就走啦？”

自打架事件后，邵乾乾很多天没看见钟桥出现在他们班门口，她想，这人应该是没脸来了。而当事人林嘉措和雷茵茵好像什么也没发生过一样，上课座位离得很远，两人就算迎面碰上了，也没说过一句话。

“下课了，还睡？”方潭拍了拍将头埋在臂弯里的邵乾乾。

邵乾乾慢吞吞地抬头，收拾好书起身：“走吧，我们今天去哪个食堂吃饭啊？”

“我今天不能跟你一起吃饭了，我爸叫我回去一起吃个饭。”

“哦，那小唯呢？跑哪儿去了？”

“不知道，刚下课就溜了，说是……跟什么学长一起吃。”

“行吧行吧，你们都走都走，我出去找时瑜闻吃还不行吗。”

方潭拍了拍她的头：“嗯，乖啊，好好吃。”

方潭先走了，邵乾乾也出了教室，只是一出教室，就被人拉住了。

“钟桥？”

“学姐。”钟桥嬉皮笑脸地凑上来，“学姐，你去哪儿呢？”

邵乾乾上下瞄了他一眼，没好气地道：“关你什么事啊？”

“学姐，你别生气嘛。”

“我生什么气啊。”邵乾乾拉开他的手，径直往前走去。

“那，那没生气就好，”钟桥紧跟在她边上，“我来履行我之前答应过你的事，请你吃饭。”

“这事不提还好，一提我就火大。”邵乾乾瞪了他一眼，“你说你怎么能不分青红皂白打人呢，亏我还给你送花去，真是……”

钟桥噘着嘴，拉了拉她的衣摆：“我知道错了，我那会儿也喝多了。”

“打住啊，你不要露出这么一副卖萌的表情，很吓人。”

钟桥：“那你就原谅我呗。你看啊，在这件事上，我也很惨啊，想表白的对象跟别人表白了，我没当场暴毙，就已经是佛祖保佑了。”

邵乾乾嗤笑一声，再次侧眸看了他一眼。此时站在她边上的钟桥，脸上有自责也有委屈，但是已经没有伤感了。

“你不难过了？”

“难过有什么用啊，”钟桥微微正色，看着不远处的操场，“反正就这么着了呗。那天林嘉措说得对，做男女朋友是要互相喜欢的，她既然已经说了不会喜欢我，我再缠着也没啥意义。”

“看来你这几天躲起来想得还挺透彻。”

“可不嘛，说实在的，我也不知道为啥喜欢，其实我也不怎么了解她，也没怎么跟她相处过。”

邵乾乾意味深长地一笑：“还有什么原因，不就是人家长得美嘛。”

“嗯……我想也是。”钟桥说着，殷勤地接过了邵乾乾抱着的书，“对了，学姐，那天你为了林嘉措踢我一脚，你……你不会也喜欢林嘉措吧？”

“你胡说什么呢？”

“那你不喜欢？”

“那是我男神好吧！”邵乾乾懒得理他，“走开走开，我要去吃饭了。”

“男神，什么破男神啊……哎哎，先别走啊，我请你吃饭！”

沙盘小组的组员打电话给林嘉措的时候，他正准备开车回家，经那人一提醒，他才想起来过段时间就是小组考试了。挂断电话后，林嘉措发信息通知组里的其他成员今晚七点在沙盘教室集合，大家都回复他可以，唯独邵乾乾，啥也没回一个。

在车里等了会儿后，林嘉措直接给邵乾乾打了电话，电话响了很久，对面终于接起来了。

“邵乾乾，你……”

“对面、对面，就在楼上。对，你不要慌啊，站稳，开倍镜……林嘉措？你怎么打电话给我了，怎么了？”

“你在玩游戏？”

“对啊，我……”

邵乾乾话还没说完，林嘉措就听那边传来一个熟悉的男声：“学姐！学姐，我看不到人了！”

“蠢货！你扔烟幕弹干吗？！”

林嘉措愣了一下：“你……你在跟钟桥打游戏？你们在哪儿？”

邵乾乾：“就学校边上这个网吧。钟桥说最近好多人玩，他也想学，所以才非拉着我的，我平时其实很少玩游戏的。”

林嘉措冷笑一声："很少玩游戏？"

邵乾乾："对啊，对啊。"

"既然这样，你现在就出来。"

"啊？"

林嘉措沉声道："沙盘小组赛快到了，你不知道吗？过来训练。"

"啊？现在？"

"就现在。"

"可是，可是我还没好呢，那个……你们等等啊，我结束了就来。"

"嘟嘟嘟——"

林嘉措顿了一下，难以置信地听着手机里的忙音。她竟然就这么挂了他电话！林嘉措想起刚才邵乾乾那边发出来的声音，她现在是在教钟桥玩游戏，谁都能教的吗？！

一股怨气从体内翻上来，直冲脑门，林嘉措捏紧了方向盘，身体已经比理智更快做出选择，一脚踩在了油门上。

邵乾乾很少来网吧玩游戏，因为她更喜欢自己一个人的环境，再者，她家电脑的装备也比这里好。今天是被钟桥软磨硬泡拉过来的，因为之前有跟他提过她会玩的事，钟桥一直让她带带他来着。

不过这新手真的恐怖啊，比表弟还恐怖！

"躲树后！树后树后！他在东北方向，我看到了。"

"不是让你躲树后了吗？亏我刚才还把那么丰富的物资都让给你，就是让你去送死的啊！"

"笨！比表弟一开始还笨！"

钟桥："你表弟也玩这个？"

"是啊！你们俩真的是菜出一个境界，真是山外有山，人外有人！"

就在邵乾乾劳心劳力地骂钟桥的时候，突然有人冷飕飕地在她身后道："没完了，嗯？"

玩游戏遇到很菜的队友不可怕，可怕的是，你在骂队友的时候男神就站在你身后。她刚才，形象应该不是很好吧？

"你怎么来这儿了？"邵乾乾立刻摘掉了耳机，从椅子上站起来。

钟桥也学着她的姿势站了起来，他看着林嘉措的时候，有点儿不好意思，但更多的是警惕："你是不是因为那天的事来找我啊，我，我告诉你，我可以跟你道歉，不过我道歉只是因为那天我喝多了打了你！但我丑话说在前头，咱们依然是敌人！我对你依然没什么好感啊！”

“我不需要你的道歉，也不需要你的好感，谢谢。”林嘉措淡淡地扫了钟桥一眼，明里暗里表示出自己的不屑与不满。当然一眼也十分短暂，他的视线很快落到了邵乾乾的身上，道，“跟我走吧。”

邵乾乾有些自责，也有点儿受宠若惊：“啊……你不用特地来叫我。”

“不来叫你，你觉得你自己走得动吗？”

邵乾乾：“走得动！”

钟桥：“走不动。”

邵乾乾和林嘉措同时看向钟桥。

钟桥摘了耳机丢在键盘上：“为啥要跟你走啊，学姐，你可说了今天要带我的，你怎么能跟这个人走？”

邵乾乾咬咬牙：“……你闭嘴。”

钟桥：“不行，跟谁走都可以，就是不能跟他。”

“同学，我们是有学习上的事，”林嘉措扬了扬嘴角，皮笑肉不笑，“不像你，可以这么闲。”

“你……人要劳逸结合，你懂不懂，上课时间就算了，课外怎么不能玩游戏了。”

“浪费时间。”

“浪费时间？这玩意儿高深着呢！”钟桥哼了哼，“算了，说了你也不懂，像你这样的书呆子，就只会读书！”

本来打算转身走的林嘉措突然停住了，他眯了眯眸子，冷笑了一声：“你说什么？”

“我说，你不会玩！”

“嗬。”

林嘉措突然掉头走了，邵乾乾以为他生气了，却看到他走到了不远处的前台，而不是破门而出。她正纳闷着的时候，林嘉措回来了，邵乾乾伸手拉了拉他的衣服：“林嘉措，你别听钟桥瞎说，我们可以去沙盘……”

林嘉措：“都坐吧，开一局。”

“啊？”

林嘉措没有理会两人震惊的表情，拉开椅子坐下。他启动了电脑，点开游戏，动作一气呵成。等准备好一切后，林嘉措抬眸看向还傻站着的邵乾乾：“还站着干什么？坐吧。”

邵乾乾：“不是要去沙盘练习了吗？”

林嘉措："不用去了。"

"啊？那他们等着我们怎么办？"

"没事，改时间了。"

"什么时候？"

"刚才，我改到晚上七点了。"

邵乾乾："哦……"

邵乾乾狐疑地坐下了，因为林嘉措，刚才她和钟桥打到一半的那一局已经结束了。邵乾乾往林嘉措那儿瞄了一眼："你真的会玩啊？"

"这游戏我看室友玩过，这个账号也是跟室友临时借的。"林嘉措开始睁着眼睛说瞎话，"不过我觉得应该不难。怎么样，要不要打一局，让你看看我这个'书呆子'是不是只会读书？"最后一句话显然是对钟桥说的。

邵乾乾默默地将头缩了回去。这空气中，怎么有一股火药味呢……

钟桥看林嘉措气得要冒烟，觉得莫名其妙，不过既然他说要比一比，他自然不会认输。更何况，林嘉措也说了，他只是看过，看和玩是有本质差别的。这人是有多自信？觉得自己看看也能会？

钟桥气呼呼地重新坐下来："来就来，我怕你啊。"

林嘉措勾了勾唇："邵乾乾，这是我的账号，你拉我。"

"哦……"邵乾乾凑到他电脑前看了一下账号，然后加他为好友。

游戏就这么开始了，邵乾乾拉了两人，开了四排，还有一个位置就让系统随机补充进来。

点了开始后，她不动声色地偷瞄了林嘉措一眼。此时，后者正看着屏幕，操作着里面的人在广场上奔跑。游戏的微光打在他的脸上，让他的五官看起来越发精致。邵乾乾觉得，他看起来不像是在玩游戏，而是在思考什么代码公式。

这些很有学问的事才适合林嘉措吧，他坐在电脑前玩游戏，总让她有种违和感。

进入倒计时，飞机进入小岛。

"我们跳G镇，我标了点，马上就要跳了。"邵乾乾转头看了钟桥一眼，"你这次别飞远了。"

交代完钟桥，邵乾乾又想嘱咐林嘉措，但是她还没开口，就听林嘉措道："他能飞海里，我可不会。"

"林嘉措，你说什么！你说谁飞海里呢？"

邵乾乾连忙道："行了行了，别吵别吵，赶紧跳伞了。"

钟桥碎碎念地坐回去，林嘉措哼了一声，操作着人物稳稳落地。

G 镇房子很少而且物资不丰富，这在邵乾乾眼里已经算是野区了，不过为了两个新手的人身安全，邵乾乾觉得还是跳这里比较安全。

林嘉措和邵乾乾在这边搜刮了一圈之后，飞偏了的钟桥才姗姗来迟。

钟桥：“学姐，有多余的枪吗？”

“手枪要吗……这东西太少了，我就找到一把冲锋枪和一把手枪。”

“手枪就算了吧，我再找找。”

“这里就别找了，都搜过了，跟着我去其他地方看看。”

“好吧……”

钟桥从刚进去的那间房子的窗子爬出来，跟上邵乾乾往远处跑，突然看见边上的林嘉措背着两把枪。

“你有两把枪干吗不吭声？给我一把。”

林嘉措充耳不闻地从他身边跑过。

钟桥：“喂？”

G 镇附近有零零散散的房屋，钟桥跟林嘉措求枪械失败后进了一间房子。可倒霉的是，他捡到的又是一些零件。就在他想开口问邵乾乾有没有看到枪的时候，突然身边传来陌生的脚步声。他吓了一跳，刚一回头，就被人拿着步枪扫射。

“啊！有人！救我！”钟桥被那人打趴下了，因为和那个敌人还有一段围墙的距离，钟桥惨兮兮地爬进屋里等待救援。

“这就被打倒了，你怎么还不如我这个第一次玩的人？”林嘉措冷飕飕地说了一句，然后从另外一边的房子里跑出来，杀死了刚才打钟桥的那个人。

“那还不是因为你不给我枪吗？我没枪，可不得让他打死啊！”

“我凭自己的本事找的枪，为什么要让给你？”林嘉措绕着趴在地上掉血的钟桥走了一圈，然后十分干脆利落地跳窗走了。

钟桥：“喂？你就这么走了？！我快要死了啊，喂！”

“哦，别人也可以救你。”

“你离我最近啊！你刚才就在边上，为什么不救我？！”

林嘉措收起枪拼命跑，跑得老远了才道：“我现在离你很远，不救情有可原吧？”

最后，钟桥还是被邵乾乾救起来了。后来他终于找到了一把枪，找到枪的那一刻，他甚至冲动地想去找林嘉措，再狠狠地开两枪以示气愤。然而，他知道邵乾乾是不会允许他这么做的，他要是敢这样，下一秒死的估计就会是他自己。

“林嘉措，你看起来真不像新手啊。”邵乾乾由衷地夸奖，从开始游戏到现在，林嘉措已经淘汰三人，而且跟她配合得默契。

林嘉措倒是很淡定的模样：“是吗？还好吧。”

“真的不错，我认识的新人刚开始玩的时候都是落地成盒的，像钟桥啊，还有我一朋友的表弟，他们一开始都好菜的。”

“怎么感觉什么事都难不倒你？”邵乾乾嘟囔了一句，这句话中有羡慕，也有沮丧。

羡慕是羡慕这种人的人生，而沮丧则是因为她跟他这种做什么事都很优秀很轻松的人注定是遥不可及的。她突然想，林嘉措不喜欢雷茵茵也是情有可原的吧，他这样的人，哪能那么随便就把一个人放在眼里呢。

正在跑毒的林嘉措并不知道邵乾乾心里的想法，他怎么可能玩得不好，伪装表弟的时候，不停地在邵乾乾那里取经就算了，平时还忍着眼瞎和呕吐的风险，去看所长魏潇和张天临的直播。

为了提高游戏水平，他做的牺牲太大了！

不知不觉，游戏已经到了倒数第二个毒圈。

系统补充进来的那个队友已经死了，只剩他们三个在圈的边沿徘徊。

“有人！”邵乾乾眼尖，立刻开了倍镜，“你到我身后来。”

林嘉措和钟桥同时跑到了她背后，钟桥是知道她在跟自己说，而林嘉措则是习惯使然。之前，他和邵乾乾一起玩的时候，她就是这么一直护着他的，他也很乐意被她这么护着。所以，她像以前那样开口的时候，他想都没想就跑她后面去了。

邵乾乾：“嗯？”

钟桥：“喂？”

林嘉措：“呃……”

邵乾乾“啪啪”开了两枪，然后有些尴尬地说道：“林同学，我不是让你到我后面去，我是说钟桥。”

“……哦。”

“你要不出来架着枪？左边树后还有一个。”

“……哦。”

林嘉措操作着游戏人物从她身后出来后，用余光看了邵乾乾一眼，模糊的视线中，是她认真专注的侧脸。林嘉措突然有些暴躁，她现在竟然护着这个小兔崽子不护着他了？这不是他的特权吗？

在要进最后一个毒圈的时候，钟桥的角色还是被人爆头了……

“呵呵。”

屏幕变成黑白色的钟桥，听到耳机里传来一声很浅，但是很打击人的冷笑声，他愤怒地转向发声者：“你有什么了不起的。”

林嘉措正和邵乾乾一人一边看着周围的动静，听到钟桥的话后，他懒洋洋地道：“也没有很了不起，就是想不到我第一次玩能活到现在，很开心。”

“我不信你是第一次玩！”本来是要比谁取的人头多，可刚才，钟桥眼睁睁地看着林嘉措在他面前淘汰了一个又一个人，第一次玩，怎么可能玩得这么熟练？

“林嘉措，你就直说了吧，你在学校经常玩吧？”

闻言，邵乾乾忍不住看了林嘉措一眼：“真的假的？”

“什么真的假的，你觉得我像是天天玩游戏的人吗……”林嘉措否认。就在这时，他看到画面里有一个人头冒了出来，于是他立刻话锋一转，“邵乾乾，有人躲在仓库右边，还有一个拿狙击枪的在左边。”

邵乾乾见此，不再追问，专注游戏：“嗯，看到了，他们俩应该是队友。”

林嘉措：“我丢手雷过去让他藏不住，你看着点儿。”

邵乾乾：“好。”

钟桥瞥了林嘉措一眼：“瞧瞧、瞧瞧，这是没玩过吗？还讲策略呢。”

林嘉措一边扔手雷一边还不忘回复钟桥：“没吃过猪肉但看过猪跑，讲策略很奇怪吗？哦，也是，可能讲策略这种事在你眼里就是十分高级的东西了。”

钟桥：“你！”

邵乾乾：“中了！”在林嘉措连续丢了五个手雷后，左边那人终于憋不住跑了出来，邵乾乾看准时机，立刻定点射击。

那人死了之后，对面也只剩一个人了。邵乾乾自信二打一没问题，可大概是太轻敌了，对面剩下的人躲进仓库里，依靠遮挡物的保护打中了邵乾乾。

邵乾乾忙躲到树后打急救包，还不忘嘱咐林嘉措：“你别一个人过去！他挺厉害的。”

林嘉措：“躲着别出来，保护好你自己就行了，我有办法。”

邵乾乾：“啊？”

钟桥“嘁”了一声：“赶着送死……”

邵乾乾眼睁睁地看着林嘉措跑进仓库……等等，不对啊！他怎么背着两把枪啊？枪都没拿在手上就跑进去了？干啥呢！就在她刚想开口让他撤退的时候，突然，一声猛烈的爆炸声响起！

“轰！”画面一停，立刻跳出了一排大字：“大吉大利，今晚吃鸡！”

等着看好戏的钟桥愣愣地看向林嘉措，他作为死亡人的观战视角放在了邵乾乾身上，所以他也不知道不拿枪的林嘉措是怎么傻愣愣地跑进去后还让他们队吃鸡了。

钟桥：“你，你做什么了？”

林嘉措摘下耳机，笑道：“赶着送死。”

邵乾乾摘了耳机，有些意外地看向林嘉措：“刚才不是已经丢了五个手雷了吗？怎么还有？”

“我包里有十二个手雷。”

“……行吧。”邵乾乾想了想，又道，“不过你这招不错啊，直接跑进去跟他同归于尽。”

林嘉措使用了很聪明的一招，他在跑进去的时候，已经拉开了手雷的引线，对方见有人跑进来，自然是要出来打的，林嘉措不仅不躲，还迎上去了。他是死定了没错，可手雷也炸定了，对方刚才就是在杀死他的同时被手雷炸死的。二对一，两人同归于尽之后，还剩邵乾乾，那他们这队绝对能赢。

“你刚才应该跟我说一声的，等我打好药让我跑进去炸好了。”

“来不及，而且……”林嘉措起身，居高临下，用着自己十分自信的温柔声色道，“怎么能让女孩子做这么危险的事呢。”

邵乾乾张了张口，愣住了。

传闻说，电子竞技中是没有性别的……但是现在有人跟她说，女孩子不能做这么危险的事……天哪……

她这段时间怎么老是遇到这种优质队友呢，之前有给她让三级头的表弟，现在又有为她舍身就义的林嘉措。哇，打游戏一直被人当汉子用的她，真的是受宠若惊啊！

装完游戏天才且故意装温柔的林嘉措见邵乾乾傻看着他不说话，于是伸手在她头上拍了一下：“别愣着了，玩也玩了，可以回学校了吧。”

邵乾乾：“哦，好！”

邵乾乾被林嘉措带出了网吧，钟桥愤愤地盯着两人的背影，然后愤愤地重新开了一局游戏。

“玩就玩吧，还撩妹，雷茵茵不能幸免就算了，学姐竟然也有不能幸免的趋势？真是……玩得好有什么了不起，我练几局也能玩得很厉害，好不好！”

邵乾乾跟林嘉措一起走回学校，到校门口时，她看了一眼手机，发现林嘉措原来在打电话之前就已经给她发过消息了，不过……消息上写着七点？

七点？那会儿就已经决定是七点了？

邵乾乾疑惑地看向林嘉措："你那时不是叫我立马集合吗？"

林嘉措瞥了她的手机一眼，有点儿心虚道："发了之后又改主意了，忘记撤回。"

"啊？"

"就是改主意了，"林嘉措目光移到别处，强行狡辩道，"但这重要吗？反正改来改去还不是因为钟桥这小子又改到了七点。"

"哦。"邵乾乾收起手机后突然想起来，既然是七点，那她现在跟他出来干吗？他说让她赶紧出来，她就赶紧出来了？这么没有原则的吗！

邵乾乾脑子里开始自我嫌弃，真是色欲熏心，美色误人啊……被林嘉措的脸晃几下，她就连自己姓什么都快要忘记了。

"邵乾乾。"

"嗯？"

"你又在走什么神？"

邵乾乾抬首望去，见林嘉措垂眸看她，他的瞳色很浅，浅棕色的，好似一块上好的琥珀，每每让人觉得他的眼神很温柔，一眼便有缱绻的味道。

"我，没走神啊，就是在想你刚才玩游戏，感觉有些奇特。"

"奇特吗？"林嘉措意味深长地看着她，"那你觉得我做什么事才不奇特？"

邵乾乾摸了摸耳朵："这个嘛……不好说，不过你游戏确实玩得不错。"

林嘉措微微扬眉，双手插在口袋里继续往前走："那也没你玩得好，说起来，你一个女孩子，怎么这么痴迷游戏？"

"女孩子怎么就不能痴迷游戏了？"邵乾乾反问道。

林嘉措看她一眼："没，就是好奇。"

邵乾乾觉得自己刚才过于激动了，她咳了一声，道："我就是从小喜欢，而且，游戏也不一定是坏的，电竞业现在也蓬勃发展起来了。我觉得，人各有志，就像其他任何一个行业一样，也有人为了电竞这个行业奋不顾身。"

闻言，林嘉措突然想起了他的几个身处电竞行业的朋友，为了电竞奋不顾身，那群人……还真是这样。

"所以，你也想为这个行业奋不顾身？但据我所知，电竞职业选手很少有女孩子。"

"我知道。"邵乾乾垂下脑袋，有些沮丧地道，"我应该不会为这个职业奋不顾身，我爸他是个老古董，他不会同意的。当初为了让我考上这所学校，他还把我的电脑藏起来，反正……他不喜欢我玩游戏。"

林嘉措："所以你只会跟普通人一样当它是一个消遣时间的爱好？"

邵乾乾有些伤心了。她不仅想把它当成爱好，她想做的有很多，她甚至想过或许有一天可以像自己喜欢的那些职业选手一样，为国家荣誉而战……可，现实总是艰难的。而且每每想到这条路将会有多少险境和变数，她就有些打退堂鼓。

“不过你这个爱好发展得不错，我看过室友玩，他们跟你的技术差得很远。”

邵乾乾一愣，难得有些不好意思：“也，也没有啦。”

林嘉措：“你不用谦虚，如果不是很厉害的话，钟桥也不会让你去带他。”

“他是新人，随便带的。”

林嘉措点点头，突然道：“我也是新人，你也顺便带我一个？”

邵乾乾：“啊？”

“其实我对这个挺有兴趣的，要不你教教我？”

不料，眼前的小姑娘又是摆手又是摇头，白白小小的掌心和脸，同时做着抗拒的姿势。林嘉措眉头一皱，沉声道：“作为回报，期末文化课还有网球考试我都帮你复习，怎么样？”

啥？网球帮我复习？可别了吧！之前被练得跟条狗似的经历，她可是记忆深刻！

“不用、不用、不用，真的不用。”

“邵乾乾。”林嘉措嘴唇微微一抿，“你是不是很讨厌我？”

邵乾乾当下就往后退了两步：“怎么可能！我哪里讨厌你了？”

“既然不讨厌我，为什么不肯带我玩游戏？钟桥这个外班的都行，我这个同班同学你却要拒绝。我想不出其他理由，唯一的可能就是，你很讨厌我。”他说这话的时候声音微低，沙沙的磁性声线轻轻浅浅地飘过来，听起来竟意外地……委屈。

邵乾乾：“啊？”

“其实我比钟桥省心多了，怎么样，考虑一下？”

邵乾乾有种很魔幻的感觉，怎么会有一天，她家男神要跟她请教学习呢……

“考虑好了没？”

啊，才过了几秒钟啊……

“还没考虑好？那再给你三秒钟。”林嘉措坚持不懈地询问。

邵乾乾就算不答应都不行了，她道：“玩游戏当然可以，不过我不需要回报，没关系的。”

“那不行，怎么能让你白教？”林嘉措拍拍她的脑袋，“回报是应该的。”

周末晚上，吃完饭，回到房间后，邵乾乾的手机突然响了，拿起来一看，是林嘉措打来的。

“喂。”

“吃完饭了？”

“吃完了。”

林嘉措：“不是要带我玩游戏吗？现在可以吗？”

邵乾乾眨眨眼：“可以，我开下电脑，先挂了。”

邵乾乾挂了电话之后立刻开了电脑，巧的是，鬼哥发信息来了：“乾乾，今晚所长也要来，怎么样，要不要一起？”

邵乾乾精神一振：“真的啊，所长？”

鬼哥：“是啊！你最爱的所长啊！好啦，那快上线！”

邵乾乾：“等等，那表弟是不是也要来啊？”

鬼哥回复：“啊，我还没跟他说呢，要不我去叫他？”

邵乾乾：“别别别！我今天答应一个朋友带他玩了，你要是还没和表弟说的话，那就别说了。”

鬼哥：“朋友？谁啊？”

邵乾乾：“我们班的一个同学。”

鬼哥：“那行吧，不叫表弟了，我们四排。”

邵乾乾：“好。”

开了游戏后，邵乾乾先把林嘉措拉进了 YY 频道。

“听得到吗？”

“可以。”耳机里传来林嘉措清晰的声音，磁性中有一点点沙质的感觉，尤其好听。邵乾乾抿了抿唇，莫名有些紧张：“那个，我还有两个朋友会来，到时候我们四排，你介意吗？”

“不会。”林嘉措说完，停顿了下，觉得有哪里不对劲，他试探道，“不过你朋友，我认识吗？”

邵乾乾立刻说：“肯定是不认识的，他们是我游戏中的朋友，我自己也没见过本人。”

林嘉措心中“咯噔”一声，更觉不对劲了……

邵乾乾不知道网线那边的他是什么想法，她动动鼠标便道：“他们都很厉害的，我拉他们进来 YY 啊。”

林嘉措深吸了一口气：“等……”可是，已经来不及了。

“所长、鬼哥，你们都上游戏了吗？我拉你们进来。”邵乾乾说道。

张天临："已经上了，这是你朋友啊，是个小美女？"

魏潇："你别天天小美女小美女的，无不无聊。"

"你在我们瓜瓜面前装什么唐僧？"张天临鄙视了所长后，又兴致勃勃地道，"瓜瓜，你同班同学，是不是经常在你玩游戏的时候给你送吃的那个？"

"啊……你说方潭啊，不是，这个是我们班的男生。"

一听到是男生，张天临顿时兴致大减："哦，男生啊。"

魏潇轻笑了一声："那这位兄弟，说句话？"

一片寂静，静得邵乾乾以为林嘉措掉线了。此时的林嘉措确实与掉线无异，他看着 YY 里那两个熟悉的账号，白眼快翻到天上了。为了不让张天临知道他要用真实身份跟邵乾乾玩游戏，他还特地在寝室里用自己那台刚买的电脑玩，想不到，兜兜转转仍是遇上了。

"你这朋友是不能语音吗？"张天临疑惑道。

魏潇："不能吧，小话筒还因为那边的音乐而起伏呢。"

邵乾乾："可能突然有事，我给他打个电话。"

就在邵乾乾拿出手机准备拨号的时候，林嘉措终于决定假装自己刚坐到电脑前："邵乾乾，开始了吗？我刚才去了趟厕所。"

魏潇和张天临听到这熟悉的声音，一脸问号。

邵乾乾听到林嘉措的声音后放下手机，回道："原来是这样，我说你刚才怎么没吭声呢。介绍一下，两个队友，一个叫鬼哥，一个是所长。鬼哥、所长，这是我的同学，你们就叫他……"

邵乾乾还想着要不要给林嘉措取个外号的时候，林嘉措竟自报了家门："你们好，我叫林嘉措。"

魏潇和张天临惊了一惊。

网线两端的张天临和魏潇两人同时一抖，难怪这声音这么耳熟呢，原来这装模作样的声音真是林嘉措！林大少爷又在干什么，之前装初中生，现在又装不认识他们？在玩双面人呢……

"听她说你们两人都很厉害，初次见面，玩得不好别见怪。"

林嘉措在"初次"这两个字上特别加重了语气，张天临不知道他整什么幺蛾子，只好硬着头皮寒暄："林同学啊，你好啊。"

林嘉措："你好。"

魏潇："林同学的声音真好听啊。"

"客气了，没你好听。"

魏潇："你客气，你客气。"

林嘉措面无表情：“没有，没有。”

邵乾乾见三人这么和谐，心里也是高兴，她开了游戏拉了三人进来：“不要这么客气了，听上去怪诡异的。我开始了啊？”

魏潇：“开吧开吧，今天难得又一起玩了，一定得大杀四方啊。”

“说得对，”张天临幽幽一叹，“只是可惜表弟今天不在。”

邵乾乾：“现在初中生周末都会上补习班，所长，你表弟是不是也去了啊？”

魏潇“啊”了一声，立刻道：“是啊是啊。”

张天临在地图上标了个点，他一边跳伞一边道：“对了，所长，听说你表弟沉迷游戏不肯去补习还被你舅舅暴打了一顿啊？”

魏潇“哈哈”一笑：“对啊对啊，打得屁股开花，那个惨哦。”

林嘉措听着耳机里那两人一唱一和，脸色黑得宛如木炭。可让人绝望的是，他偏偏一句话都不能怼回去。

“对待小孩子怎么可以随便家暴啊？”邵乾乾信以为真，担忧道，“表弟很可爱啊，你舅舅这做法不对。”

林嘉措握着鼠标的手一滞，嘴边勾起一个微不可见的弧度。

张天临听她这么说，怪异地“哦哟”了一声：“有多可爱啊，瓜瓜，你以前可说过表弟很菜的哦。”

邵乾乾：“但他挺聪明的，现在已经很厉害了。而且鬼哥，人家是真的比你可爱多了，不像你，拿了你一把 98K，哭爹喊娘的，像要把我崩了。”

张天临：“啧啧啧，比我可爱多了呢！瓜瓜，你这么夸表弟，我猜表弟现在正躲在某个小角落里偷笑哦。”

林嘉措嘴边得意的笑意猛地一僵，他默默地转向旁边的柜子，柜子的玻璃上明显地倒映着他来不及收起的笑意。

一人被蒙在鼓里，另外三人装腔作势地一演到底。

一个晚上打下来，张天临感觉自己快被憋死了。终于等到游戏结束，张天临二话不说就建了个小群，把魏潇和林嘉措都拉了进来。

“嗡嗡嗡——”手机显示有视频邀请，林嘉措拿起手机走出寝室上了天台，天台空无一人，他这才接了张天临发起的视频，不过他也没把镜头对着自己，而是对着天台的栏杆。

“你可终于接了……老子恐高啊，林嘉措，你对着哪儿呢？！”张天临的声音从手机里传来。

林嘉措一动没动：“有事说事，没事挂了。”

张天临低声骂了一句，但想起自己发起视频的原因又乐了：“当然有事了，林大公子，我给你配的那电脑玩起来咋样啊？”

林嘉措看着楼下稀稀落落的学生，回道：“还行。”

“砸了那么多钱就一句还行啊？我可是以一线游戏主播的标准给你配置的电脑。”

林嘉措瞥了手机一眼：“那你想怎样，谢谢？”

张天临：“说谢谢有什么劲，这样吧，你就用你跟瓜瓜的事来回报我吧。”

林嘉措：“什么事？”

“你瞧瞧你瞧瞧，又装模作样了吧？还问什么事，今天我跟老潇都看在眼里，哎，老潇……老潇你人呢？！”

“来了来了，刚去上了趟厕所，怎么样，八卦讲到哪儿了？”

张天临：“来得早不如来得巧，还没开始讲呢。”

魏潇松了一口气：“那就好，那就好，生怕错过我们林公子的八卦哦。”

林嘉措暗想：天台清清爽爽，本来是个看风景的好地方，就是手机里这俩损友太聒噪。

“其实也没什么事，只是那天正好在网吧碰到，就一起玩了游戏，然后又约了下次再一起玩，我也没想到会遇到你们两个。”林嘉措不耐烦地解释道。

张天临：“就这样？”

“就这样。”

“哦哟，我差点儿就信了哦。”张天临冷笑一声，“网吧碰到？你高二以后就再没出现在网吧这种地方，你去那儿干吗？看片啊。”

魏潇：“咝……张天临，你怎么说话呢，文明点儿！”

“我说看《还珠格格》！你这人想什么呢！”

林嘉措漫不经心地抬了抬眉眼：“反正就是这么着，之后你们也别说漏嘴就行了，我是我，表弟是表弟，明白没？”

魏潇：“就这么没劲啊？”

“就是这么没劲。”

张天临“呵呵”笑了一声：“老潇，其实不然，因为我闻到了一股酸味。”

魏潇一愣：“啊，从哪儿闻到的？”

张天临：“你咋这么笨呢，爱情的酸臭味啊！没闻到吗？”

“哦，你说这啊，”魏潇幽幽道，“刚玩游戏的时候就闻到了。”

两人一唱一和，林嘉措心里暴躁，直接挂断了视频：“说的都是些什么玩意儿！”

初夏的傍晚，天台清风习习，倒也不是那么闷热了。

林嘉措看着宿舍楼前的大道，发了会儿呆。就在这时，他看到前方楼里走出来一个小身影，太远了，脸看不太清，但是那个身型很像那个人。

林嘉措立刻拿出手机拨出了电话。

电话通了："喂？"

远处那个女孩抱着书并没有接电话的样子，林嘉措那颗浮躁的心冷却了些许，问道："你在哪儿？"

手机对面的邵乾乾有些莫名其妙："我们不是刚一起打完游戏吗？我当然是在房间里了。"

"哦。"那个身影走近了，林嘉措终于看清了。

不是邵乾乾，只是一张陌生的面孔。而且这么近看才发现，除了身型和发型有点儿像，五官是一点儿都不像的。

邵乾乾的皮肤很白，眼睛也很大，她的瞳色是纯净的黑，那双眸子每次看着他说话时，都会一闪一闪的，有丝狡黠，有丝灵动，会让人莫名心情愉悦。

"林嘉措，你有什么事吗？"听筒里传来她的声音，语调清脆，但不知为何，他觉得她叫他名字的时候还带着一点儿糯糯的感觉，听着很舒服。

"没什么事，就是问你明后天还玩不玩游戏。"

"明后天不玩了。"

"为什么？"

"我弟要高考了，我爸妈非让我这两天晚上都回家里去住，说是让我给我弟传授传授经验。"

"哦，这样。"

邵乾乾："不过之后玩游戏会叫你的。"

"行，"林嘉措勾了勾唇，微薄的嘴唇扬起的弧度有点儿喜悦，也有点儿傲娇，"我有空的话会来。"

作为过来人，邵乾乾很明白高考带来的压迫感，所以这两天她也不跟邵坤吵架了，对他好得不得了，甚至在邵坤正式考试那天，她还非常殷勤地和爸妈一起送他去了考场。

上午考的语文，邵坤有些偏科，文科不是他擅长的科目。结束的铃声响起后，邵乾乾立马跑到花坛边，站到台阶上寻找邵坤的身影。

今天天气尤其晴朗，烈日炎炎，邵乾乾被晒得冒了一层汗。十分钟过去了，还没看到邵坤的身影。就在她着急万分的时候，突然有人把她从花坛上拦腰扛了下来。

“知道你矮，不用站在上面通知所有人。”邵坤松开她后，一把将装考试用具的透明袋子塞进她怀里，“帮我拿着，爸和妈呢？怎么就你一个？”

邵乾乾也没在乎他的嘲讽，只是着急地问道：“考得怎么样，难不难？古诗词默写出来没？作文题目是什么？”

邵坤睨了她一眼，笑道：“这么多问题，我先回答哪个？”

邵乾乾对着他的头就是一个栗暴：“都要！”

“你干吗打人，我可是还有科目要考的！打傻了怎么办！”

邵乾乾翻了个白眼：“这就能把你打傻了，不能啊，你不是被我从小打到大吗？”

邵坤瞪眼，邵乾乾拉着他的手腕往前走：“爸妈在前面的餐厅里等你，快点儿说你考得怎么样。”

邵坤看了她一眼，状似不耐烦地道：“你怎么不在里面等着，这么热，出来晒什么太阳。”

“我不是怕你没带手机，找不到我们啊。”

邵乾乾下午还有课，陪邵坤和父母吃了饭之后就打车回学校了，他们三人则去附近的酒店休息。

回到学校的时候，已经快上课了，邵乾乾从楼梯一路小跑上五楼。在她前面的林嘉措和吴远被一阵风般路过的邵乾乾吓了一跳。

“喂。”

邵乾乾跑得急，没注意到林嘉措，这会儿听到他的声音才回头看他：“啊，林嘉措，吴远。”

吴远看着她，笑道：“跑这么急干吗？还有一分钟才上课呢。”

邵乾乾停下来呼哧喘气：“刚从外面回来，一直怕迟到来着。”

林嘉措走到她旁边：“去你弟的考点了？”

邵乾乾：“对啊，今早他考语文我在的，不过下午有课我就不能陪着了，我爸也在，你也知道，他肯定不允许我逃课。”

林嘉措笑了一下：“也是，那你弟考得怎么样？”

“不知道，他说还行。”

吴远站在楼梯下一阶看着上面两人侃侃而谈，不对啊……嘉措怎么知道她去哪儿了？怎么知道邵乾乾弟弟？两人……咋这么熟的样子啊。

没等他想通，他突然听到邵乾乾倒吸了一口凉气，低头在包里翻了翻，然后猛地绕过他冲下了楼。

“邵乾乾？”林嘉措立刻跑到栏杆处往下看。

“帮我请个假，我弟的准考证在我这儿！我……啊！”

一声闷响，吴远也探头去看：“什么情况啊？”

他没等到回答，就见林嘉措撇开他快速冲下楼。

吴远忙道：“嘉措！”

“你去上课，我去看看。”

“啊？”

林嘉措跑到楼下的时候，邵乾乾正从地上爬起来，他冲上前拉住她的手臂：“你怎么了？”

邵乾乾刚才跑得急踩空了，直接从上面跌了下来，手肘和膝盖磕到地上，疼得差点儿飙泪。不过此时她也管不了那么多了，一瘸一拐地还要往楼下走。

“邵乾乾！”林嘉措收紧了手，“你还走哪儿去，你看看你的腿。”

“来不及了，邵坤刚才考完的时候把文具袋给我，我放在包里就忘了！”邵乾乾急得不行，挥开他的手，“他要开始考试了，他……”

就在这时，邵乾乾的手机响了，她一接起来就听到邵广语焦急的声音：“乾乾！邵坤的准考证是不是在你那儿……”

“在在在！爸，你别着急，我，我马上就送……”

话未说完，手机突然被抢走了，邵乾乾愣了一下，瞪大眼睛看着林嘉措。后者警告似的看了她一眼，然后对着手机那边的人说道：“邵老师，您别着急，邵坤的准考证我现在就给您送过去，他是在哪里考……嗯，好，您在考试入场口等着我，我马上到……您放心，来得及的。”

挂了电话，林嘉措按着邵乾乾的肩膀迫使她在楼梯上坐下，然后说：“拿手机联系方潭她们，让她们带你去医务室，你弟的事交给我。”

“可是……”

“你坐好！”

邵乾乾看着他，一双眼水汪汪的，不知是被吓的还是疼的。林嘉措抿了抿唇，最终只是拍了拍她的头，转身跑下了楼梯。

林嘉措是开车去的邵坤的考点，二十多分钟的路程，他愣是十分钟就到了。不过考场附近是封锁的，车开不进去，林嘉措索性把车停在一边，一路跑了进去。

到了校门口，他一眼便看到了邵坤。

“嘉措哥！”邵坤看到他，也是眼睛一亮。

林嘉措跑上前把文具袋递给他：“东西都在里面，你赶快进去。”

邵坤此时什么话都来不及说了，点点头后转身就往里跑。时间还余十多分钟，一切都来得及。林嘉措想起在楼梯口差点儿哭鼻子的邵乾乾，松了一口气。

“嘉措啊，怎么是你送来的，乾乾呢？”事情终于解决，邵广语这才得空询问。

林嘉措：“我那时正好在边上，想着我跑得比较快就直接来了。”

邵广语拍了拍他的肩膀：“真是太谢谢了，我刚才都快急疯了。这俩孩子，一个忘记还，一个忘记要，真是，什么记性啊。”

林嘉措笑笑：“大概两人都太紧张了，所以才会忘记。不过没关系，总算没耽误事。”

邵广语：“是是是，还是多亏你了。”

葛晴在边上将林嘉措上上下下打量了一遍：“这位是……”

邵广语道：“这是我学生，之前跟你提过的，林嘉措，成绩很好的那个。”

“哦，我想起来了，原来你就是林嘉措。”

林嘉措朝她点头：“师母，您好。”

“你好你好，谢谢你帮忙啊。下回来我们家做客，师母给你做好吃的。”

“不用不用，这只是小事。”

“对我们家来说可不是小事，我们全家都要好好谢谢你。”

上课已经很久了，邵乾乾捏着手机坐在台阶上，手肘和膝盖已经痛得没什么知觉了。

“你怎么还在这儿？”突然，一道不满的男声从前面传来。

邵乾乾垂着的脑袋抬了起来，看到来人后，她忙道：“怎么样？”

林嘉措上前，居高临下地看着她：“什么怎么样，我问你为什么还在这儿？”

邵乾乾：“我是说邵坤，你东西准时送到了？”

林嘉措见她执着于这个问题只好道：“你没打电话给邵老师？”

邵乾乾抿了抿唇，闷闷道：“我这不是不敢吗……”

“没想到你胆子这么小。”

“这不是胆子小，这是邵坤的大事，要是因为我考不成了，那我不是害死他了吗……”

林嘉措摇摇头：“行了，没害他，他现在好好在里面考着呢。”

“真的？！”

“我骗你做什么。”

邵乾乾一口气完全松了：“太好了，真是吓死我了。”

林嘉措无奈：“好什么好，你看看你自己，一身狼狈。”

邵乾乾后知后觉地“嗞”了一声：“别说，还真的挺疼。”

“疼还一直在这儿坐着？”林嘉措很想骂人，但想想自己应该要保持形象，于是忍下来了。他上前一步，在她身前转过身，蹲了下来，“上来。”

邵乾乾：“啊？”

“愣着做什么？上来。”

邵乾乾盯着他的背，磕绊道：“上……上哪儿啊？”

“你说上哪儿，我蹲着是为了好玩吗？”林嘉措回过头来，一脸严肃地看着她。

邵乾乾心口一跳，连忙撇过头去：“别别别，我能自己走，我真的能。”说着，就像要印证自己的话一样，忙从阶梯上站起来。可她膝盖是真的磕得很严重，这么一站，疼得她差点儿飙泪。

林嘉措看着她的模样，微微一笑：“邵同学，你这样真的走不了，还是听我的吧。”

邵乾乾：“不行、不行、不行，等会儿有人看见怎么办，那我可跳进黄河都洗不清了。”

笑容逐渐消失，林嘉措面无表情道：“就为这？”

邵乾乾十分坚决地点头：“这很重要！你不知道你是我们学校的一级保护动物吗？要是你，你敢让一级保护动物背吗？”

邵乾乾一瘸一拐地往楼下走，林嘉措站在原地，脸色越来越黑。他是造了什么孽？让他背一下就跳进黄河都洗不清了，有这么惨？林嘉措深呼了一口气，平息怒火，他看着墙壁上的社会主义核心价值观，告诉自己一定要友善，一定不能生气，一定不跟她一般见识，也一定……不要再去帮她！

“哎哟……”才挪到下一层的人又疼得叫出声。

林嘉措冷着脸往上走了两步，然后在那人渐行渐慢的脚步声中停了下来。他呼出一口气，伸手捏了捏眉心，上一秒刚说不能帮她，这一秒又犹豫了。

“看你救了我不少次的分上，不跟你这种幼儿园智商的人计较！”林嘉措冷哼了一声，还是转身下了楼。

追上了邵乾乾，林嘉措：“喂。”

邵乾乾正低着头给方潭编辑信息，听到声音后，她抬起头来：“你怎么回来了？”

林嘉措面无表情，突然绕到她下一阶梯，把她横抱起来。

邵乾乾目瞪口呆。

林嘉措毫不停留，在邵乾乾错愕又呆滞的表情中，转身就往楼下走。此时此刻，他依旧没啥表情，仿佛自己抱着的是一个破麻袋。

“你你你，你干什么！”邵乾乾反应过来后，脸色涨红，“放，放我下来！”

“邵同学，”林嘉措对她扬起了一个公式化的笑脸，“作为学生会的副主席，我有义务帮助每一位同学，你受了伤，我送你去医务室，应该的。”

“不不不，副主席，你辛苦了，这点儿小伤，我皮糙肉厚什么事没有……”

“不辛苦。”林嘉措继续往前走，“还有，不要吵，你要继续说话，那我就停下来让更多人观摩一下。”

邵乾乾一下子安静了，虽然上课时间教学楼外边没什么人，可要是有那么一两个看到就致命了啊！想什么来什么，在他们走过走道的时候，迎面走来了两个女生。邵乾乾迅速捂着脸，埋进林嘉措的肩窝。

她突然的靠近让林嘉措脚步一滞，耳后有些热，但他依然强装镇定地往前走：“邵乾乾，你不用这么害羞，同学间互相帮助而已。”

“……你别叫我名字。”邵乾乾闷闷的声音从掌心传出来。

林嘉措：“你是觉得边上路过的人能认识你？”

邵乾乾：“本来是不认识，但你这么一叫，她们就认识了。”

医务室不远，但邵乾乾觉得这一路走了好久好久。他的气息近在咫尺，好像把她包围了起来，她将脸埋在他的肩上，闻到了他身上非常非常浅的香味，像是沐浴露，也像是什么洗衣液……她从来没在别的地方闻过这种味道，这种让她心跳加速，仿佛下一秒就会死去的味道。

“医生。”医务室门没关，林嘉措进屋后将邵乾乾放在了床上。

“你不是上次那个……被打的男孩子吗？”林嘉措长相让人印象深刻，校医一下子就想起来了。

林嘉措也没点头，只是说道：“我同学受伤了，麻烦您给看看。”

校医走到邵乾乾面前打量了一下：“怎么肿成这样？这次怎么换这女孩被打了？”

林嘉措：“……您误会了，她是摔了。”

“摔了啊。”校医意味深长地看着他们俩，“你们这些学生啊，不知道在搞什么，等会儿啊，我去拿药。”

校医拿着药箱出来：“小伙子你坐着，帮我扶着她的腿。”

林嘉措“哦”了一声，坐在椅子上后，弯下腰握住了邵乾乾的脚踝。

“抬起来，慢点儿，好，就这样别动。”

被他握住的脚踝似乎在发烫，那一小块肌肤麻麻的，好像要失去知觉了。邵乾乾眸光微闪，低着头不敢去看。

“啧，这伤得很重啊，你怎么摔成这样了？”

“就……踩空了几级台阶。”邵乾乾小声地说道。

“踩空几级？那你也是人才啊，姑娘。”

林嘉措无声地勾了勾唇，确实啊，是人才。

邵乾乾撇了撇嘴：“我也是着急……嘶！疼！疼疼疼！医生，您轻点儿！”

“你这都破皮了，脏东西得清理干净，忍忍。”说着，校医便用酒精给她清洗。

“啊啊啊啊！疼疼疼疼……”

“小伙子，哄哄你女朋友。”校医打趣道。

“啊！医生能不能不要用酒精了！疼，真疼。”邵乾乾全部精神都被膝盖上刺激的痛感拉过去了，以至于医生说了什么她都没听见。但林嘉措听到了，他微微一愣，有些别扭地看了龇牙咧嘴的邵乾乾一眼。

女朋友啊……

“这边行了，另一边。小伙子，你帮下忙，小伙子？小伙子你怎么了？”

林嘉措一顿，瞬间回神了：“哦哦，好。”

“哎，我说你这孩子走什么神呢。”校医嘀咕。

正值夏季，邵乾乾怕热，穿了浅色的牛仔短裤。林嘉措本来是看着校医给她的膝盖上药，可后来不知为什么，看着看着就看到其他地方去了。邵乾乾不算很骨感的那种女孩，她两条腿长得很匀称，又白又直，腿型特别好看。林嘉措握着她的小腿，突然觉得手心下肌肤的触感越发明显，有点儿软，有点儿嫩，扰得他呼吸都乱了。

“好，你这腿这样就行了，这药到时候带回寝室，自己上。”

“嗯，谢谢医生。”

“手肘给我看看。”

“哦。”

校医：“小伙子，你可以松手了。”

林嘉措一愣，然后像是突然得到解救一样，立刻松了手。

“哎哟。”猝不及防失了支撑的力，邵乾乾的腿一下子掉回地上。

校医指责林嘉措道：“轻点儿，对女朋友怎么这么不小心。”

林嘉措撇过脸，眼神有些闪烁。邵乾乾尴尬地咳了一声：“医生，您别误会，我们就是同学关系。”

邵乾乾也没管校医狐疑的眼神，只是对林嘉措道：“今天真的特别谢谢你，我好像耽误了你很多时间。不过你现在可以走了，方潭说她从教室出来了，马上到。”

林嘉措“嗯”了一声，什么话也没说，迅速站起来走出了医务室。

校医见林嘉措没了身影了才道："小姑娘，真不是男朋友啊？"

邵乾乾哈哈一笑："医生，是就见鬼了。"

晚上八点多，邵乾乾简单地洗漱了一下，然后坐在椅子上让方潭给自己上药。

"大八卦！"突然，寝室门被"砰"的一声撞开，随着声音而来的是柯小唯激动得通红的脸蛋，"我看到了什么？！天哪！我的天哪！"

方潭漠然着一张脸："一惊一乍的，不聒噪能把你憋死。"

"不是不是！这次我是真忍不住了。"说完，柯小唯一个飞扑扑到邵乾乾边上，"乾乾，你化成灰我都能认出来。"

邵乾乾："啵……离我远点儿，我这手肘被蹭到了。还化成灰，我受个伤你至于这么诅咒我吗？"

"不是，我是说这个朋友圈，你们都没看到吗？"柯小唯把自己的手机递到两人面前。

邵乾乾垂眸看了一眼："什么朋友圈？"

方潭："这不是林嘉措吗？"

柯小唯更兴奋了："是林嘉措啊，你看他抱着的人，快看快看，快看这个捂脸怪。"

捂——脸——怪。

方潭慢慢地转向邵乾乾，皱着眉头道："你们？什么鬼？"

柯小唯："对啊，什么鬼！你们竟然瞒着我们抱抱了！还公主抱！我的少女心啊！"

"别说得这么猥琐……"邵乾乾干巴巴地道，"其实就是我摔了后遇上他了，你也知道他这个人很善良，很关心同学，然后呢，我这么惨，他肯定是要……"

"再善良再关心同学也没有抱过吧？"柯小唯在脑子里过了一遍林嘉措帮助同学的例子，得出结论道，"真的，只抱过你。"

邵乾乾老脸一红："那只能说我运气好咯……对了，你这朋友谁啊？干吗突然发这种照片，有没有肖像权的概念啊？真是的。"

"林嘉措都没要肖像权，你要什么肖像权啊。"柯小唯道，"就这几张照片来看，要不是这套衣服提醒了我，我也不能确定这就是你。而且不是我一个朋友这么发，大家的朋友圈都传遍了。你已经成为万千少女口中的捂脸怪。"

第五章
抱歉，我有喜欢的人了

林嘉措和邵乾乾的照片事件在学校火了一阵子，虽然因为拍摄角度问题没人看清楚她的脸，但是“捂脸怪”这个代号还是被口口相传，口口相咒……于是在这样敏感的时期，邵乾乾开始花样逃避林嘉措要“回报”她——帮她复习功课这件事。

大前天傍晚的时候，他叫她去网球场练网球为期末测试做准备，她说她来例假跑不动，于是就此作罢；前天，他说要去图书馆看《概率论》与《数理统计》，问她要不要一起来复习，邵乾乾假兮兮地说自己在寝室复习得很好了；昨天，他倒是没叫她去复习，邵乾乾以为她这样他该有些生气了，今天也不会来找她了，可没想到的是，林嘉措竟然还是发信息给她了。

彼时，邵乾乾正在出租房里准备上游戏玩几盘。

林嘉措：“看你复习得那么好了，那就玩游戏吧。”

不知道邵乾乾是不是敏感过度了，看到他的信息下意识就开始拒绝：“我今天要陪我妈去看我外婆，抱歉啊！”

一会儿后，林嘉措回复了，就一个字：“好。”

看完他的回复后，邵乾乾懊恼地砸了一下脑袋，打游戏又不会被人看见，她拒绝什么呢！

邵乾乾突然觉得有点儿沮丧，方潭和柯小唯之前说得好像没错，她这个人就是嘴上能跑火车，但是现实中什么都不敢做。林嘉措是她以前就常挂在嘴边的男神，男神突然跟她熟起来，她却觉得有点儿恐慌。她在怕什么呢？怕别人的议论纷纷，还是怕……他这样的人接近自己，会真的让自己产生什么不对劲且离奇的想法？

“叮。”手机又一次显示有信息，邵乾乾点开来，发现是“表弟”的消息之后莫名松了一口气。

表弟：“打游戏吗？”

邵乾乾：“你好久没出现了，表弟，期末考得怎么样呀？”

表弟：“你自己考得怎么样？”

邵乾乾：“我还没考啊。”

表弟：“哦，那你准备得怎么样？”

邵乾乾：“唉……准备得可垃圾了。不过不要紧，游戏照样带你飞就对了，快上吧，我们排起来。”

表弟：“哦，呵呵。”

面对表弟最后一句“呵呵”，邵乾乾也没探究是什么意思，她兴致勃勃地开了直播和游戏，等表弟上线。

而另一端，张天临的家。

“怎么样，乾乾要来了？”张天临问道。

林嘉措黑着脸：“来。”

“噗……哈哈哈哈，”张天临突然爆笑，“林嘉措，你也有今天，没想到你还比不上表弟有魅力！”

林嘉措砸了一下键盘：“表弟不是我吗？！”

张天临：“是你、是你，但乾乾不知道啊，她不跟林嘉措玩游戏，只跟表弟玩啊，哈哈哈。”

林嘉措眯了眯眼，一股怨气直冲脑门：“闭嘴！开游戏！”

张天临做了个“封口”的动作：“知道了！”

邵乾乾看到两人上线后，便将他们拉了进来，弹幕看到许久不出现的表弟也甚是激动。

表弟，瓜瓜前段时间带男生打排位赛！而且是她男神呢！

你们说林同学啊，声音好好听的！跟所长有一拼。

表弟哭晕在厕所：师父有新欢了……

……

邵乾乾看了弹幕后乐不可支：“你们可别搞笑了啊，我咋就有新欢了，表弟是我的心头肉，好不？”

“表弟可是三好学生，人家是要好好学习的。”

随意说了几句后，三人正式进入游戏。

这次游戏的地图是沙漠，飞机飞过后，四人包括系统自动匹配的那一人全部选择跳了罪城的拳击馆。拳击馆这边属于地图的中心点，容易跑圈，而且物资十分丰富，基本上可以满足三到四个人的需求。

“瓜瓜，你咋不叫你那个林同学一起来玩了？”张天临边搜东西边搞事情。

林嘉措闻言，侧眸盯了他一眼，张天临盯着电脑假装自己没看见。

邵乾乾不知道对面两人的互动，自顾自地说道：“林同学要认真复习的，我不能打扰他对吧。”

张天临：“这么贴心，我说瓜瓜，你是不是很喜欢人家啊？”

“我嘛，我当然喜欢了，喜欢帅哥人人有责。”

林嘉措闻言一怔，有些错愕地看着屏幕中上蹿下跳的邵乾乾。

张天临闻到了八卦的气息，立刻接着道：“那喜欢怎么不去追啊？”

“啊？”邵乾乾语气迷茫，“为啥要去追？哇，怎么可以追啊，男神是要供着的，不是追的！”

张天临：“谁说的，说不定你追上了就换他供着你了呢。”

邵乾乾哈哈一笑，仿佛听到了什么大笑话：“男神身边美女如云，哪有空来供着我呀。”

美女如云……什么时候他的身边美女如云了？林嘉措皱着眉头，回想着自己身边什么时候有过美女如云的画面。

“啧啧啧。”张天临侧着脑袋看他，很无奈地摇了摇头，“说得是啊，帅哥周边通常确实是这样的。”

林嘉措有气不能发，只好腾出一条长腿给张天临来上一脚。

“哎哟！”

邵乾乾：“怎么了？”

张天临拉回椅子坐好：“没事没事，被蚊子叮了一口。”

“夏天到了，蚊子是很多……”

邵乾乾话未说完，突然被耳机里传来的一个男高音吓着了。

“哎！你是瓜瓜吗？”

“嗯？”

过了一会儿后，被系统塞进来的那个队友惊喜道：“瓜瓜，真的是你啊！我让我朋友点进你直播，我听到我声音了！哇，我是你粉丝啊！”

邵乾乾：“啊……兄弟你好，怎么称呼？”

系统自动匹配进来的玩家忙从不远处跑到她身边：“叫我小程就行。我今天运气也太好了吧，我听着这声音就越听越像，想不到真的是你啊。”

“是我是我，兄弟你别激动。”

“不激动、不激动，那跟你匹配的就是鬼哥和表弟对不对？！”

邵乾乾之前也有几次自动排位的时候被粉丝认出来，所以她也见怪不怪了："是啊，是他们俩。"

"我真的太幸运了。瓜瓜，我能在你边上跟你一起走吗？"

邵乾乾边跟他搭话边搜房子，闻言道："你有枪吧，兄弟？"

"有有有，我跟着你，你保护我。"

邵乾乾："嗯？行吧。"

于是，这位叫作小程的朋友开始花式跟随。林嘉措今天已经够烦的了，没想到玩一局游戏，还碰到这种黏着邵乾乾不放的，于是他更烦了。而且因为这个莫名其妙匹配过来的聒噪队友，邵乾乾全程被吸引了注意力，连他生闷气和故意不说话都没有发现。

"瓜瓜，你真的是女孩子呀？"林嘉措黑着脸的时候，小程又开始唠嗑了。

"男孩子讲话有我这种声音的吗？"邵乾乾答完之后，正好走进林嘉措也在的房间。

"嘿嘿，我觉得也是，你的声音这么可爱，一定是个超可爱的女孩子。不过女孩子游戏玩得像你这么好的真是少见，我真是太喜欢你了。"

邵乾乾没应和他的话，和林嘉措一前一后上了二楼。

"竟然有 98K 啊！"邵乾乾刚表示了惊喜，突然，地上的 98K 消失了。

林嘉措捡走了。

邵乾乾愣怔了一下："哎？表弟，98K 给我啊。"邵乾乾很擅长玩狙击枪，以前看到 98K 的时候，表弟都会叫她去拿，所以邵乾乾理所当然地以为他肯定会给她的。可意外的是，表弟捡完之后竟然一声不吭地跳下了二楼。

邵乾："哎？"

"98K？哪儿呢？"小程也跟着上楼了。

邵乾乾："表弟拿走了。"

"啊？"小程立刻道，"表弟怎么拿走 98K 啊，他怎么不让给你啊？"

邵乾乾也觉得有点儿奇怪，不过既然表弟自己想玩的话她也没什么意见："没事，他拿着也一样。"

"不一样啊，他以前不是都让给你的吗？我看过你直播的。"小程道，"表弟，表弟，你怎么不给瓜瓜，瓜瓜用 98K 特准，可厉害了。"

另外一边，林嘉措看着电脑，脑门上一团黑气。

张天临默默地看了他一眼，又怯怯地收回了视线，他能感觉到今天林嘉措的火气特别大……离他远点儿比较好。

"没事没事，瓜瓜，我帮你找一把狙击枪啊。"小程十分殷勤，"你想要什么，我都给你找。"

邵乾乾："别别，兄弟，你好好玩，别这样，我慌。"

"没事，表弟这么无视你，咱们就不理他，今天我顶替他当你的小跟班。"

小程乐呵呵地说完后，发现有人上了他们这层楼，转身一看，刚才从窗口跳下去的表弟不知什么时候又跑上来了。

邵乾乾也看到他了："怎么又上来了？我们下楼吧，该跑毒了。"

"对对对，我们该跑毒了，瓜瓜，你先走，我在后面跟着你。"话音刚落，一件谁都没想到的事情发生了。

"砰！"林嘉措用98K一枪爆头，而且爆的是自家队友——那个聒噪的粉丝玩家。小程被打到趴在地上，一脸蒙："什么情况？"

邵乾乾："哎？"

小程："表弟，你走火了啊？瓜瓜，快救我，快救我！"

邵乾乾反应过来："哦哦哦，我……"

"你站住！"一整局都没怎么开口的表弟突然说话了，而且语气十分冷硬，"你过来，到我身后去。"

邵乾乾："啊？我救人。"

"你敢救，我一枪崩了你。"

冷静到可怕的声音从耳机里传来，邵乾乾十分惊恐地停住了按"F"救援键的那根手指。

趴在地上的小程迷茫了："表弟……啊，不是，大哥，大哥你别这样，大哥，我怎么你了？大哥。"

林嘉措站在粉丝玩家边上，拿枪指着他的头："谁是你大哥？谁无视谁了？谁要你在团队里搞事情让她别理我的？"

该玩家一愣，瞬间想起刚才自己讲了什么话，忙道歉："我错了我错了！你没无视瓜瓜！是我眼瞎还不行吗？哎呀，你救我一下，我好不容易排到我们家瓜瓜，我……"

"闭嘴。"林嘉措差点儿没忍住再开一枪，"能不说话了吗？一路吵，吵死了。"

"我不吵，我不吵，我不吵了还不行吗？你救救我嘛。"

林嘉措没理他，转身就往楼下走，走的时候还不忘说："旁边那个，你给我下来！"

邵乾乾腹诽：这都啥事啊！表弟为什么突然间火气这么大啊？

"不走？"

"走走走！"不走她恐怕得被他爆头了，从刚才那一幕来看，表弟完全敢！

“那个啥，小程兄弟你先好好待着，别乱动。”邵乾乾说完，颠颠儿地跟着林嘉措下了楼，出门后，张天临正好迎面走来。

“鬼哥，楼上有人需要救，你去救一下。”

张天临：“你们俩真的是！毒都来了让我去救人，我的命不是命哦。”

游戏里混乱一片，游戏外也乐疯了。

鬼哥哭晕在岛上。

我怎么觉得这个画面怪怪的，表弟在吃醋？

……

期末考试当天，邵乾乾和柯小唯一同去教室考试

“我怎么拿的是这支笔，都没笔油了。”邵乾乾临出门时随手捞了一支笔，没想到是快用完的。

柯小唯：“我也只带了一支，等会儿跟别人借一下。”

“好吧。”邵乾乾刚应完，眼前突然冒出了一支笔，从上至下，从她头顶掉下来的。她愣了一愣，立刻转身看着来人。

“考试笔都不带，你来睡觉的吗？”林嘉措不知道什么时候悄无声息地站在了她的背后，而且，他还凭借着身高优势十分轻松地越过她的发顶，将笔从上至下递给她。

邵乾乾默默地接过了他的笔：“那倒没有，我睡得很饱了。”

林嘉措睨了她一眼：“哦。”说罢，越过她，径直走进了教室。

邵乾乾看着他的背影，也要走进去，可刚迈出一步，就被身边的柯小唯拉了回来。她疑惑道：“干吗？”

柯小唯：“乾乾，不瞒你说，我觉得林嘉措跟你讲话的时候不太一样。”

邵乾乾心口一跳，但故作镇定地撇过头去：“什么不一样啊，别胡说，快进去了。”

“真的啦！他不会是喜欢你吧？”柯小唯不让进，拉着她继续说。

邵乾乾一下把柯小唯的嘴巴堵住了：“小点儿声，隔墙有耳。”

柯小唯拉开她的手：“谁的耳？”

邵乾乾：“林嘉措本人的耳，还有千千万万少女的耳，你也知道上次那种没露脸的照片激起了多少层浪，我可不想再来一次啊。”

“这有什么，要是林嘉措真的喜欢你，就是激起几百层浪又怎么样。”柯小唯说罢，顿了一下，“还是说……你不喜欢林嘉措？”

邵乾乾沉默了一瞬："怎么不喜欢啊，他是我男神啊，你又不是不知道。"

"哎呀，我不是说这种，我是说那种男女之间，想把他占为己有的喜欢！"

邵乾乾抖了抖，感觉自己手上的寒毛都竖了起来："你别说了，想着就恐怖……那是个怎么样的画面啊。"

柯小唯恨不得给她个白眼。

"不过你这样，搞得我心慌意乱，都要开始考虑我的孩子叫林什么了。"邵乾乾望天，开始认真思考，"你说叫林什么好？"

柯小唯"噗"的一声大笑："滚滚滚，异想天开。"

"到底是谁异想天开啊！"邵乾乾笑着，横了她一眼走进教室，"明明是你好不好，说这些不切实际的话，吓不吓人。"

考试完回家吃饭的那天，邵坤突然在饭桌上提起了林嘉措，经他这么一提，葛晴也想起了之前的事。

"对啊，上回我还说要好好谢谢他，请他来家里做客呢。"葛晴想了想，道，"乾乾，你现在就给嘉措打个电话，问他什么时候有空。"

邵乾乾放下筷子，看了看邵广语："爸……"

"没事，你问问吧。"

邵乾乾觉得不好意思，自上次考试，他借了一支笔给她后，两人就再没说话了。不知道为什么，她脑子里老是会闪出柯小唯说的话：他不会是喜欢你吧？哎……多吓人的话，吓得她到现在心口都会乱跳。

"干吗呢，姐，打呀，我早就想请嘉措哥来家里了。"

邵乾乾白了他一眼，无奈地从餐桌边站起来。

"你去哪儿？"

邵乾乾没好气道："手机在房间！"

看到邵乾乾的来电时，林嘉措正和一众亲戚坐在一起，在林家老宅陪着他爷爷闲聊。

"嘉措，嘉措？"

"啊？"林嘉措看向开口叫他的二叔。

"看什么呢？这么出神。"

"没什么，我接个电话。"林嘉措说罢，起身朝别墅的二楼走去。

走进书房，林嘉措随手关了门，然后对着空气干咳了两声："咯咯……嗯。"

书房是老爷子的专属，里面书籍很多，书架立了三排，所以林嘉措也没发现站在书架后的林秋迟，而对方在听见他突然发出一阵怪声后，放下了手上的资料书，略带疑惑地看着他的方向。

林嘉措试完音，自我感觉良好，就随意地在办公椅上坐下来，按了接听键：“喂，什么事？”说这句话的时候，他的表情刻意端住了。

“啊……也、也没什么事，就是想问你、你最近有没有空？”邵乾乾的声音从听筒那边传来了，林嘉措愣了一下，想笑，但是又忍住了。

“我嘛，我一直很忙的，你有什么事？”

“啊……很忙啊，那没事了。”说罢，就像要挂的样子。

林嘉措微微瞠目：“你等等，你说说什么事，我说不定有空。”

邵乾乾犹豫了下，道：“其实也不是什么大事啦，就是想问你愿不愿意来我家……”

“刺——”林嘉措随手翻着的一页书被撕了一个大口子。

“你家？”林嘉措的耳根莫名其妙开始红了，“你想干吗，邵乾乾？”

邵乾乾：“嗯？”

“我没那么随便的。”

“……我也没那么随便。”邵乾乾一脸蒙，不过还是继续说了下去，“就是因为上次给邵坤送准考证的事，我妈说想亲自下厨，请你吃顿便饭。我妈做饭很好吃的！不过你要是没空的话也没关系，我跟他们说一声就好了。”

“这个啊……”林嘉措原本还有些红的脸瞬间冷却了下来。

“那你……”

“我会去的，替我谢谢你家人。”

“什么时候啊？”

林嘉措：“你在家啊？”

“我当然在啊。”

“那随便吧，什么时候都可以。”

挂了邵乾乾的电话后，林嘉措看着被自己撕坏的书发了一会儿呆。他刚才……想什么？

“啧……”林嘉措突然砸了一下桌子，有些懊恼道，“脑子里都是什么玩意儿。”

“你脑子里都是什么玩意儿，你自己不知道吗？”突然，一个黑影从书架后走了出来。

林嘉措吓了一跳，几乎是立刻从椅子上蹿了起来。待看清来人后，他面色微变：“林秋迟，你干什么？你躲在这儿偷听？”

林秋迟将手上的资料书放在办公桌上，然后抬眸看了他一眼：“不是偷听，是我先在这里的。”

“你……”

林秋迟脸上露出一丝好笑的意味：“去女生家能把你紧张成这样？”

林嘉措：“你哪里看到我紧张了？”

林秋迟看了一下被撕坏的那页纸：“这书是你爷爷最喜欢的。”

林嘉措：“呃……”

林嘉措要来家里的那天，邵乾乾一大早就被葛晴带着去了超市。逛了一大圈后，两人带着一大袋的东西回了家。

“乾乾，你说我们买的这些，你同学会喜欢吃吗？”

邵乾乾站在水池边帮她洗菜，闻言无奈道：“我哪知道，我跟他又不熟。”

“你这孩子，你爸爸说他成绩很好，你怎么不多跟人家学学。”

邵乾乾：“妈，智商这东西学得来吗？”

葛晴瞥了她一眼：“我难道没生给你智商吗？分明是你把精力都分给你那游戏了，课都不好好上。”

“我哪里不好好上了。”

“我可听你爸爸说了啊，林嘉措从大一开始就一直是第一名，而且还得了很多竞赛奖。再看看你吧，整天就只知道玩游戏，你可千万别觉得上了大学就可以什么都不学了，这以后……”

邵乾乾：“哎呀，妈，怎么你也跟爸似的。”

“你还不爱听啦？”

“不爱听，游戏怎么了，游戏也可以是正经职业好不好。”邵乾乾把洗完的蔬菜往台上一放，气呼呼道，“不洗了。”

“你……”

“叮咚——”葛晴正想说什么，门铃响了。邵乾乾见此，连忙抓住这个机会逃离厨房：“我去开门。”

邵广语刚才说出去买点儿东西，邵乾乾以为是他，开门的时候还鼓着腮帮子一脸不爽：“爸，你下次出门记得……”话没说完，发现眼前这人有点儿太高了。邵乾乾一愣，猛然抬眸。

站在门口的竟然是林嘉措，白衣黑裤，眉眼似带着夏日的热烈和绚烂。

“叫爸不敢当。”林嘉措低眸看着她，勾了勾唇，道，“怎么，你这气鼓鼓的样子是不乐意我来？”

邵乾乾抿了抿唇，有些不好意思：“哪有啊……”

“是吗？”林嘉措想她也不会这么想，只是一开门看到她这个模样，就是想逗她一下。

“是嘉措哥来了啊！”听到声响的邵坤急匆匆地从房间里出来，看到门外站着的确实是林嘉措后，兴奋得一蹦一跳，“哇，你带了什么啊，我帮你提，我帮你提。”

“好，谢谢了。”

邵坤很热情地将东西提去客厅，林嘉措站在门口，伸手拍了一下走神的邵乾乾的头：“很热的。”

“啊？”

“我说，我站在门口很热，”林嘉措指了指里面，“你是打算堵在门口不让我进去吗？”

邵乾乾一噎，忙给他让了位置：“我哪敢，我妈可做了一桌子菜等你。”

林嘉措扬了扬眉，换了鞋子后走了进去。

过了一会儿，邵广语也回来了。

林嘉措给他们都带了礼物，邵父邵母一开始不肯收，但林嘉措带的东西虽然不算多么贵重，却都很对他们的胃口，所以劝着劝着也就收下了。而邵坤拿到游戏机和汽车模型的时候高兴得简直要上天，拒绝的话？不存在的。

邵乾乾站在一边看着这么一个和谐的画面，她想起令她父母这么满意的优秀学生，再想想他们口中只会玩游戏的自己……不看了，越看越闹心。

“来不来玩游戏啊？”突然，一条信息跳了出来，是鬼哥给她发的。

邵乾乾回复：“不了，家里来客人了。”

鬼哥：“什么客人能让我们尊贵的枪王拒绝如此优秀的我？”

邵乾乾嗤笑了一声：“尊贵的枪王我同意，优秀的你？”

林嘉措刚和邵广语说到最近的一个比赛项目，说着说着，邵广语便去书房给他找去年的资料了，林嘉措等待的时候，就看到坐在他边上的邵乾乾对着手机偷笑。

他不动声色地往她那边移了一些，眼睛一瞥，便看到手机屏幕上“鬼哥”两个字。

林嘉措眉头蹙了一下，他在这儿都不见她和他聊两句，这会儿跟鬼哥倒是聊得很开心？林嘉措有点儿恼，下意识地凑上前去，想看看那个该死的张天临在跟她说些什么。

“邵乾乾，你——”

“林嘉措——”

一个准备开口吐槽“她的待客之道”，一个想说鬼哥约她一起打游戏。

一个正好凑近她，一个往他那边一倾。不偏不倚，不早不晚，气息突然凑近，她在转头看他的那一瞬，唇从他的脸颊擦到了他耳根处。蜻蜓点水般掠过，细腻温润，干燥柔软，明明只是一个回头，却让两人一下子都僵在了原地。

邵乾乾一怔，迅速捂住嘴巴往旁边一挪。她惊恐地看着林嘉措的侧脸，一双眸子因受到惊吓不停地闪烁。

“你，你凑这么近干吗？”邵乾乾憋了半天，才挤出这么一句话。

林嘉措没有回头看她，只是“冷静”地伸手端过茶几上的水喝了一口：“哦，本来想看看你在看什么。”

邵乾乾：“我……我没在看什么。”

“那你笑什么？”林嘉措依然没回头看她，只是捏着水杯的手指微微收紧，思绪放空了。

“我笑我一朋友。”邵乾乾呼吸有些不畅，放下捂着嘴的手偷偷给自己脸部降温。

刚才，亲到了啊，真的亲到了啊！

邵乾乾猛然起立，觉得自己不能再在这里坐下去，然而刚一抬脚，就撞上了茶几，痛得整个人都弯下腰来。林嘉措也被这碰撞声吓了一跳，下意识地回过头看她：“撞哪儿了？”

邵乾乾捂着小腿踉跄着往前走：“没……没撞哪儿。”

林嘉措皱了皱眉，刚起身，邵广语就从书房出来了：“嘉措啊，找了好半天可算被我找到了，你看。”

林嘉措只好又坐了下来：“哦……”

“你脸怎么这么红？”邵广语关切地看了他一眼。

林嘉措：“有，有点儿热。”

“是吗？”邵广语拿过遥控器把空调调低了两度，“你这孩子，热就自己调下空调，不用拘谨。”

“好的。”

邵乾乾含泪走到拐角处，邵坤从房间出来，就看到跟朵蘑菇似的蹲在地上的邵乾乾。

“你干啥？”

邵乾乾抬起头瞪了他一眼：“你走开。”

“怎么了？”邵坤在她面前蹲下来，拉开她捂着腿的手，“哎哟，你这儿一大片瘀青。”

"别动、别动、别动！很痛啊。"

邵坤一把把她从地上提起来，一边笑一边把她又拉回客厅："你怎么这么笨呢，多大人了，还撞这撞那，等会儿啊，我去给你拿点儿药。"好不容易从客厅逃走的邵乾乾又被抓回来了。

"怎么了，乾乾？"邵广语见姐弟俩拉拉扯扯过来，忙问道，"腿怎么回事啊？"

邵乾乾瞥了林嘉措一眼："没事，就是刚才不小心撞了。"

邵广语无奈地摇摇头："嘉措啊，你看乾乾，人不傻，就是心思飘，在家平地都能碰伤腿。"

林嘉措似是轻笑了一下："那心思是挺飘的。"

邵乾乾猛地抬头看向林嘉措，这人说什么呢！这都怪谁啊！难道不是他突然把脸凑过来，才导致的这一系列的事吗？！还怪她心思飘！

"最后一道菜，来来来，都过来吧，吃饭了啊。"葛晴上完最后一道菜，招呼着大家过来吃饭。一开始，葛晴还怕菜不合林嘉措胃口，没想到他不仅说合胃口，还吃了许多。

吃完饭后，林嘉措又坐了会儿便提出离开。

"乾乾啊，你送嘉措下楼。"

正准备回房间的邵乾乾一愣："啊？"

"啊什么啊？快去，回来的时候顺便去楼下水果店买点儿草莓。"葛晴吩咐完，就进厨房收拾去了。

邵乾乾看看在玄关处换鞋的林嘉措，硬着头皮跟了上去。按了电梯，两人安静地站在电梯口等着。

"你这副表情，怎么，不乐意送我？"林嘉措突然道。

"我，我什么表情啊？"

"心不甘情不愿，万分委屈的表情。"林嘉措顿了一下，又道，"奇怪啊，这种表情现在应该是我来做才对。"

邵乾乾虽然觉得自己没怎样，但还是疑惑道："为什么是你来做？"

"因为刚才被你亲了，"林嘉措嘴角一扬，"我都没委屈，你委屈什么？"

邵乾乾一噎："我又不是故意的！刚，刚才那是意外！"

"意外，一句意外就没事了？"

邵乾乾一脸蒙："那，那要不然呢？"

"你不知道，亲了人是要负责的吗？"

"叮——"电梯到了，林嘉措走了进去，回身看着石化的人："进来，电梯门要关了。”

邵乾乾愣愣地抬头看他，一副“你刚才说了什么玩意儿”的表情。

林嘉措忍住笑，拉着她的手腕把她拽了进来。电梯门关上，快速下降，可邵乾乾的一颗心悬得高高的，一动也不敢动。

“邵乾乾，想好怎么负责了没？”

林嘉措含笑的声音从头顶传来，邵乾乾反应过来后，察觉被他逗了，于是心下一横，便道：“怎么负责啊，大不了让你亲一口还你呗！”

一片静默。

林嘉措：“哦。”

“哦什么？”话音刚落，一个黑影压下，邵乾乾抬眸，就见林嘉措反身把她圈在他胸前。他并未碰到她，只是两只手一左一右撑在她背后的栏杆上，像是把她抱在了怀里。

“说的也不是没有道理。”林嘉措说完，微微弯下了腰。随着他这个动作，他的脸和她的脸也凑近了。事情不过发生在转瞬之间，邵乾乾盯着离她仅剩几厘米距离的唇，话都来不及说，紧张得闭紧了眼睛。

“怦怦！怦怦！怦怦！”

“叮——”一楼到了。

周边气压瞬间消失，邵乾乾猝然睁开眼，只见林嘉措已经放开她，转身走出了电梯，而电梯外，几个大妈大婶正要进来。

邵乾乾：“呃……”

林嘉措走出去后又回过头来：“不出来？”见邵乾乾一脸警惕地看着他，他抿唇笑了一下：“逗你的，瞧你那胆小鬼的样子。”

从楼里出来后，邵乾乾去了旁边的水果店买草莓，林嘉措则回到了自己的车上。

他没有立刻开走，而是坐在驾驶座上看了一会儿。他看到邵乾乾慢吞吞地挑了几盒草莓后去付钱，付完钱后又在榴梿前站了一会儿，不知道店主跟她说了什么，她眼睛一亮，而后又沮丧地摇了摇头，看她嘴型，应该是说不买。

林嘉措猜，她应该是喜欢吃榴梿，但是可能家里有人不喜欢，所以她不敢买回家荼毒家里的空气。林嘉措看着她那留恋的样子有点儿想笑，但想起刚才在电梯里的一幕，他又有些浮躁地捏了捏眉心。

一开始他确实只想逗逗她，可当自己离她越来越近的时候，他好像就有点儿控制不住，想要彻底接近，想要咬住她的……唇。还是电梯的声音把他从放空的世界里拉回来的，别看他那会儿好像很淡定，实际上，他胸口的那颗心差一点儿就跳出来了。

不过确实吓到她了吧？林嘉措看着没了她身影的水果店，突然觉得自己有些失败。活到现在，他头一回觉得有什么事自己没把握，也头一回觉得自己可能会输。

手机显示有短信进来，林嘉措滑开屏幕后，只见是一个陌生的号码发来的一条长长的短信。这种短信他经常会收到，一般是很长的一段内心自述，每一句看起来都是发自肺腑对他的喜欢。落款的名字他记得，是学生会外交部的一个大一女生，之前因为学生会的事，跟他有过接触。

依林嘉措以往的作风，他会回复："不好意思，没有谈恋爱的打算。"可这次他编辑了这段文字后又全删了，最后重新编辑了一段回复："抱歉，我有喜欢的人了。"

那边没有再回复，林嘉措将手机扔到副驾驶座上，手背下意识地抬起在脸颊滑过。那里，似乎还留着她的温度。只是有点儿糟糕的是，这个她，好像对他没那种感觉。

邵乾乾在暑假这段时间，只能选择在家里直播，不过因为家里的装备比起出租房那边的差得远了，所以她也经常借着跟同学出去玩的名义跑到出租房那边去。葛晴和邵广语都愿意她多出去走动走动，听到她要跟同学出去玩的时候，都会很乐意让她去，压根儿没想到，这孩子只是换个地方玩游戏。

这天，她又从家里到出租房这边来了。本来只是约了鬼哥，但后来鬼哥说表弟放暑假，也要来玩。登录YY后，邵乾乾却看到了第四个ID，她疑惑道："有新朋友吗？"

"你好，瓜瓜。"一个柔柔的女音传了出来。

邵乾乾愣了一下："妹子？"

张天临："是哦，菲菲今天跟我们一起玩。"

"瓜瓜、表弟，久仰大名啊。"

邵乾乾对游戏界主播名号还算比较熟悉，更何况这妹子是女主播里十分出名的卢菲，卢菲当主播的时间比她还要长一年，因为长得漂亮还会唱歌，所以在平台的人气一直居高不下。

"原来是菲菲？那可不敢当，我才是久仰。"邵乾乾笑道，"鬼哥，你行啊，竟然能让女神来一起玩。"

"我们女神赏脸呀。"

"哎呀，你们不要再闹啦，说得我都不好意思了。"卢菲道，"瓜瓜，我之前看过很多你们的直播视频，你和表弟的互动太好笑了，在网上可红了呢。”

邵乾乾自己也在微博上看到过，一些游戏博主剪了很多她和表弟一起玩的视频，转发量十分惊人。

“那都是表弟吸的粉。”

“哈哈，你们俩一起才好玩呢，”卢菲道，“表弟在吗？怎么一直没说话啊？”

此时张天临的家里，林嘉措冷着脸横了张天临一眼，那眼神明显就是：谁让你找一个娇滴滴的女生一起玩游戏的？

张天临对着话筒道：“表弟上厕所了，马上就来哦。”说完，他关掉了自己的话筒，也示意林嘉措关掉。确保那边听不到他们俩说话了，他才道：“你别臭着一张脸，反正你玩这个不就是为了乾乾吗？”

林嘉措：“你之前怎么不说还有别的女生？”

张天临：“有女生怎么啦！你之前还没开始玩的时候，不也嫌弃乾乾吗？！现在怎么样，上赶着要跟人家一起玩！”

林嘉措瞪了他一眼，又准备一脚踹他椅子上，不过张天临非常及时地挪走了椅子：“再说了，你和乾乾双宿双飞，我也得找个妹子陪陪我呀。”

林嘉措听到“双宿双飞”这个词的时候，面色缓了一些，他冷飕飕地看回了电脑屏幕：“那你也找个说话能听的，这声音听得我鸡皮疙瘩都起来了。”

张天临：“我怎么听得浑身发软啊？”

林嘉措：“去耳鼻喉科看看你出了什么问题。”

游戏开始了，邵乾等人一起跳到了机场，机场是资源丰富，但人员也一样丰富的地方。

一落地，邵乾乾便找到了一把冲锋枪，找到枪后，她立刻就道：“表弟，你到我这儿来。”

林嘉措：“我还没找到枪，我附近有脚步声。”

“别着急！那我来找你！”邵乾乾扛着一把枪，就往林嘉措那儿摸过去，沿途碰到一个人扛着霰弹枪，二话不说便把他打趴下了。

“鬼哥，你过来救救我呀，我也没找到枪。”卢菲娇滴滴的声音响起。鬼哥很受用地跑过去：“来了来了，我找到两把，你拿一把先用着。”

相较于卢菲的娇柔，邵乾乾显得越发刚猛。她到了林嘉措边上后，就一路打人，而且嘴里也没什么柔情的话。

“楼上有人，楼上有人，45 方向！嘿，打倒一个！”

“表弟，一人围一边！啊啊啊！没死，没死……好！漂亮！”

“前面三个，你们已经被我包围了。”

游戏里机场打得火热，外面的弹幕也发得火热。

我真的觉得瓜瓜越来越厉害了，这枪法好强啊！

说起来，鬼哥为啥要带卢菲来，她就一个唱歌卖脸的……

人家鬼哥也是需要英勇一回，在瓜瓜面前，他英勇都没用武之地。

……

从机场出来后，四人还剩三人。被淘汰的是鬼哥……英雄救美反把自己搭进去了，死的时候，他被邵乾乾和林嘉措狠狠地嘲笑了一番。

“喂，你们要带着我的信念赢啊。”

卢菲：“知道啦，鬼哥，你可是救了我一命呢！”

邵乾乾和林嘉措都没理他，两人十分认真地讨论接下来去哪儿。

邵乾乾：“我们堵桥吧。”

“就我们两个？”

“当然还有菲菲了。”

林嘉措“哦”了一声，话语中明显没有对这个绣花枕头抱多大期望。

“你们俩在这边，我去对面看着。”

“哎……”林嘉措想跟邵乾乾待一块儿，可看她跑得飞快，最后只能听话地待下来。

三人蹲了一会儿后，果然有一支三人的队伍开着车过来，邵乾乾毫不费力地收掉了，可就在这时，邵乾乾所处位置附近的小渔村中，有一支四人队发现了他们。

一阵枪林弹雨之下，邵乾乾和卢菲被打中了，两人趴在地上都需要救援。

“表弟，表弟，你快救我！”

林嘉措是和卢菲站在一起的，邵乾乾在离他比较远的对面。理论上，他肯定要先救卢菲，卢菲自己也这么想，可就在她嗲声嗲气求救的时候，突然看到林嘉措一阵风般从自己脑门上踩过去，而且是毫不犹豫。

林嘉措凭借遮挡物跑到了邵乾乾那边，邵乾乾看到他跑过来，愣了一下：“表弟？你咋不救人啊？”

林嘉措到她边上蹲下来施救：“我这不是在救人吗？”

“我说菲菲，你刚不是在她边上吗？”邵乾乾有些着急地道，“你先过来的话，她可能要死的。”

“哦，谁死都行，”表弟平静又略沉的声音从耳机里传出来，也传到了屏幕前所有人的耳朵里，他说，“只有你不行。”

电脑屏幕前的邵乾乾抖了三抖：“表弟！你好好说话！”

林嘉措十分冷静：“我不是在好好说话吗？”

邵乾乾嘴角微微一抽：“好好读书，少看电视剧，你看你这话说得我寒毛都要竖起来了，你这小鬼在学校都是这么撩妹的吗？！”

林嘉措不吭声了，但鬼哥被逗得嘻嘻哈哈笑个不停，他伸出手拍了拍林嘉措，然后又指了指画面中卢菲的角色。

林嘉措盯了他一眼，虽然有些不爽，但也觉得应该回去救一下卢菲，要不然实在有违队友间团结协作的原则。于是他自我感觉良好地往回跑，可就在他往回跑的时候，他被小渔村那边的人一枪爆头。

卢菲趴在原地，见此哼了一声：“表弟，你也中枪了啊。”

林嘉措懒得说话，邵乾乾一惊，忙要去救他。十分不巧的是，又有一个四人组开着两辆车从桥上冲过来。来不及去救林嘉措，邵乾乾回身就是一阵精准扫射。于是，在屏幕前的观众的目瞪口呆下，邵乾乾以半血的姿态打得那四人跳车成盒。

打完这四个人后，林嘉措的血也掉光，救不了了。

“抱歉、抱歉，表弟，”邵乾乾哭哭啼啼地爬到他尸体上捡装备，“太惨了你，都怪我。”

林嘉措笑了一下：“你要是不一边捡装备一边说这话，我还能感觉出你有些愧疚。”

“哇，你好肥啊，急救包这么多，你有三级甲啊……有八倍镜啊，不早说。”

林嘉措看着她捡东西的样子，语气不自觉地放柔了，只不过他的声音通过变声器传到她那边的时候，听起来只是更幼稚：“你又没问我，拿完赶紧跑，缩圈了。”

“好的好的。”邵乾乾也不跟小渔村那边的人打了，直接上车跑圈。

最后决赛圈的时候剩余六人，邵乾乾淘汰一人后坐山观虎斗，看着另外两队互打，等到其中一队被淘汰光时，她摸了上去，将最后那人成功收掉。

完美。

这局，邵乾乾淘汰十八人。在机场时的大杀四方，还有在堵桥时的神操作，皆让直播前的网友看得心惊，就连鬼哥都忍不住夸了她一番。而零杀死亡的卢菲，在这种情况下就被网友吐槽得很惨。

后来四人又一起玩了两个多小时才解散，邵乾乾关了直播回了家，到家后，舒舒服服洗了个澡便睡觉了。第二天醒来后，她发现微信上有几个平时不怎么聊天的游戏主播找她。

“瓜瓜，下次一起打排位赛啊，求大佬带赢。”

“过分了啊，带卢菲那个菜鸟，怎么不带我？”

邵乾乾打了个哈欠，从床上爬起来，这是什么呀。她回复了其中一个人，那人很快从微博上转了一条视频给她看：“你粉丝做的集锦，厉害，要不要收徒啊，我先举个手。”

邵乾乾给他发了几个搞笑的表情后，点开了这条视频。

游戏精彩集锦，鬼哥和所长等主播都会有粉丝帮他们做这个，她也看过自己的。不过不知道是不是最近她风头正盛，平时这种转发量只有几千的精彩集锦，这条转发量竟然达到三万，再看看她自己的微博粉丝，也翻了好几倍。

微信里那个主播又给她发消息了：“大家都说难得出现这么一个女神枪手啊。”

被这么夸，邵乾乾自然是开心的，她假装谦虚道：“哎呀，客气客气啦。”

“哈哈，不过你真的是女孩子，这么厉害？”

邵乾乾看到这条信息的时候愣了一下，但她也没多想，只道：“要不然呢？”

“我想也是啦，肯定是女孩子。对了，你看今天的微博了吗？卢菲被群嘲得很惨。”

邵乾乾微微一惊：“为什么？”

“大家说她很菜啊，而且她这人很喜欢蹭热度，你跟表弟的组合最近这么火，她不就搭上了吗？”

邵乾乾蹙了蹙眉：“她是鬼哥的朋友。”

“呵，找鬼哥还不是为了跟你们一起玩啊，她最近人气有点儿下降，所以在想办法找热度呢。”

“哦。”邵乾乾回完这个，就没有再说话了。她跟卢菲不熟，不知道她是怎么想的。只是她觉得大家一起玩，没必要想得那么深，而且她和卢菲原本也不是走的一条路，没必要进行对比。

网上除游戏外的事，邵乾乾本就不怎么上心，所以这么想着想着，也就粗线条地略过了。

暑假很快过去了一大半，某一天，邵乾乾正在睡大觉的时候，突然被一个陌生来电吵醒了。

“你好，请问是邵乾乾吗？游戏主播账号：卖瓜皮的小仙女？”

邵乾乾愣了一下：“我是，你是哪位？”

“你好你好，我是 IR 战队的经理，我姓吴。”

“啊？”邵乾乾瞬间清醒了，她立刻把手机放在眼前，看了看屏幕，第一个想法就是：骗子？

“我是通过鬼哥才知道你的号码的，听说你还在读大学？”

邵乾乾听到鬼哥的名字，心中又是一惊，不是骗子？真是 IR 的人？

“我，我马上大三了。”

“嗯，我是想问一下，你有没有进职业队的想法？”电话那头的人十分认真地说道，“我这段时间一直在观察你，你的技术十分了得，我们也对你的直播进行了评估，有意签你作为我们的队员。”

邵乾乾深吸了一口气，下意识地起床去锁上了房门，这些话可不能让她爸妈听见。

“你真的是 IR 的，不是骗子啊？”

“哈哈，我知道自己有点儿唐突，不过我真的不是骗子，你要不信的话，可以打电话问问鬼哥，我们都很熟的。”

“嗯……”

“你有打职业的打算吗？”

邵乾乾皱了下眉头，她确实很喜欢游戏，很喜欢《绝地求生》，她也曾经看过很多电竞比赛，可是……打职业？她过去虽然有那么一刻是幻想过的，可当真有职业经理人找上门的时候，她突然不知道该怎么办了。

“我不太懂这些，打职业会怎么样？”

“职业的话我们会签约，你会得到一笔可观的签约费。签约后，你需要来基地和队员们一起训练，而且我们也会去全球各地参加比赛。”

“可是这样的话，我不是连学都不能上了？”

“准确来说是这样，我们希望还在上大学的队员先休学。所以，这要看你个人的意愿，还有未来的职业规划了。”

邵乾乾沉默了，没吭声。

IR 的经理人忙道：“你先别急着拒绝我，我们真的非常看好你。要不你先考虑考虑，你决定好了，再给我打电话。”

“行，那我先想想，谢谢你啊。”

挂了电话后，房间外，葛晴正好叫她吃饭。

邵乾乾被这一通电话乱了心神，她知道 IR，是国内一家电子竞技俱乐部，它之前在另一款游戏上赢得了很多荣誉，然后又成立了《绝地求生》分部。

邵乾乾扒着碗里的饭，故作漫不经心地说道：“爸，我跟你说哦，我有一个朋友，打职业去了，赚了好多钱。”

邵广语闻言，抬眸看了她一眼：“什么打职业？”

邵坤：“姐说的是游戏，就是成为一个职业的游戏选手，经常去参加比赛的那种。”

“游戏还能比赛？”邵广语闻所未闻，“这都是什么不正经的东西。”

“哪是什么不正经的啊，爸，你也太落伍了。”

邵广语瞪了她一眼：“书不好好念，光玩游戏，不是不正经是什么？家里培养了你这么多年，就为了让你打游戏？那干脆在你上小学前，给你台电脑不就得了。”

“这哪能一样。再说了，书读得好是为了在社会上立足，书要是读得不好，就不能立足了吗？不见得啊，干得好就行了，干吗要管是哪个领域啊。”

邵广语：“你那朋友读大学了？”

邵乾乾：“他……他高中毕业啊。”

“你看吧，高中毕业。”邵广语笑了一声，“考不上大学都是被游戏耽误的，邵乾乾，我可警告你，你别动什么歪脑筋。”

“哎呀，爸，你怎么这么有偏见啊！”

“这叫偏见？这叫事实！还有，你一个女孩子能不能不要天天游戏游戏的，那什么职业选手，你一个女孩子合适吗？！”

“怎么着，还歧视起女孩子来了？我厉害着呢！”

邵广语筷子一放：“什么歧视女孩子！你妈还坐在这儿呢，我敢吗？！我就是让你好好读书，脑子里不要想七想八的。”

“你才想七想八！”邵乾乾气得站起身就往房间走。

葛晴纳闷地看着两人：“你们怎么说着说着就吵起来了，乾乾，乾乾？回来吃饭。”

“我不吃了，饱了！”

邵广语：“你看看她，不知道怎么回事，莫名其妙。”

邵坤回头看了一眼邵乾乾紧闭的房门，若有所思。

第六章
我信你

暑假期间，林嘉措被自家爷爷塞进了集团。之前问他想去哪个方向学习的时候，林嘉措出乎所有人意料，说想去跟新开发的游戏项目。电竞业在国内发展越来越迅速，林氏集团也在进行试水，可游戏毕竟只是新开发的产业，与其他产业还有很大一段距离。林嘉措却不顾爷爷的反对，坚持要来这里。

傍晚六点，是公司正式职工下班时间。

林嘉措从办公室里出来的时候，看见了邵乾乾给“表弟”的信息：“今天姐姐心情不好，决定玩一晚上游戏！”

林嘉措在办公室门口停下了脚步，给她回复：“那么请问您是为什么心情不好？”

邵乾乾：“因为就是不好！来不来！不来我就先行一步了！”

林嘉措：“来，等我一会儿。”

“来哪儿啊？”

一个声音冷不丁地在他耳边响起，林嘉措吓了一跳，差点儿把手机丢出去。回头看到是一脸正色的林秋迟后，他松了一口气：“你走路怎么没声啊！”

“有声。”林秋迟看了他一眼，“是你发信息发得太认真，没心思听声而已。”

林嘉措收起手机：“突然说话，也不怕吓死人。”

林秋迟冷笑了一声：“大哥说今晚一起吃饭，你要不要一起回去？”

“我爸说一起吃饭？那你跟他说我有事，不去。”

“哦，那要不要顺便告诉他，你因为被一个女孩子随叫随到，所以才不能回去吃饭？”

林嘉措：“什么随叫随到，林秋迟，你别搞事情。”

林秋迟疑惑地看了他一眼：“难道不是？”

“当然不是！”

“呵呵。”林秋迟冷笑一声转身走了，走的时候还不忘不浅不淡地道，“装得倒挺像。”

林嘉措直接开车去了张天临家，张天临给他开了门后有些意外：“你今天不是说要回家吗？怎么来了？”

“想打游戏了，”林嘉措在电脑前坐下，“你吃饭了吗？”

“还没呢，刚直播完休息一下。”

“哦，那你点外卖的时候帮我点上，我先进游戏了。”

“这么着急干吗？”张天临在他边上站着，看到他拿出手机给邵乾乾发信息，“哦，是乾乾要来啊，难怪某些人急得哟。”

林嘉措没理他，点开了游戏端口。

“嘉措，你知道你跟乾乾的游戏视频在微博上很火吧？”

林嘉措随意地应了声：“看过。”

“那你被微博里那些网友称为‘小奶狗’，你知道吗？”

林嘉措一滞，抬眸，有些难以置信地道：“狗？”

“啧！抓重点。”张天临嫌弃道，“是小奶狗！”

“那还不是狗？”

“区别大了！狗分为单身狗、小狼狗、小奶狗，你呢，被归类为最近很红的小奶狗，这很值得开心啊！”

林嘉措眯了眯眸，依旧表示这逻辑难以理解。

张天临摇摇头：“能不能多看看新闻？这都不懂。网友的意思就是，你是邵乾乾边上的小奶狗，年纪比她小，她对你无比宠溺，你对她无比黏糊。”

林嘉措：“我？我比她大啊，大好几个月。”

“可是在网上你就是表弟，表弟只是个十几岁的少年郎。”

林嘉措：“嘁，无聊！”

张天临“嘿嘿”一笑：“好了好了，说正经的，我跟你说，前几天 IR 那边的经理跟我打听邵乾乾，他想拉她去战队。”

“什么？”林嘉措也不邀请邵乾乾上游戏了，直接回头道，“她，去职业队？”

“是啊，乾乾的实力有目共睹。”张天临道，“不过，一个女孩子去战队也蛮辛苦的。毕竟这个圈子还真没有过女性职业选手，不知道到时候怎么办……”

林嘉措没说话，而是想起刚刚邵坤跟他说的，他们一家吃饭的时候，他姐和他爸吵了起来，还提起职业队的事。原来是因为这件事吗？不过他知道邵广语的脾性，他这种饱读诗书的才子，怎么可能让邵乾乾以游戏为职业。

大概是林嘉措好半天没有邀请邵乾乾，所以等到他进了 YY 后，邵乾乾就训道：“你干吗呢？明明在线上还好半天没反应，表弟，你这样慢吞吞的，行不行啊，在学习上都要落后人家一步。”

林嘉措：“天天说学习，学习有那么重要吗？”

“学习当然重要啦，知识改变命运嘛。”

“哦，那跟鬼哥这样也行啊，玩游戏玩得好，一点儿不比读书差吧。”

耳机那边沉默了，林嘉措等待她开口，他是有意这么说的，就是想套套她的话，想知道她是怎么想的，是不是真的想去职业队。可那边并没有回答他什么，只是说了句“开游戏”，便没下文了。

游戏开始后，邵乾乾一如既往咋咋呼呼，而且还会跟弹幕上的人互动。

“谢谢小茶的礼物，谢谢杨哥的礼物……啊？今天为什么没有鬼哥？有表弟不就行了，表弟现在是我徒弟，厉害着呢。”

“你们有毒啊，什么很配？我和表弟？不行不行，你们这是荼毒祖国的花朵，闭嘴！”

一局新的游戏开始，邵乾乾边跳伞边谴责弹幕中硬是把她和表弟凑成一对儿的粉丝们。

“你们这是乱来，表弟才几岁，虽然我美，但是你觉得表弟能看上我这年纪的吗？”

邵乾乾纯粹就是跟粉丝们说个玩笑话，可没想到她这句刚说完，耳机那边便传来那个熟悉且青涩的声音：“为什么不能？”

邵乾乾：“嗯？”

表弟：“我看上你，奇怪吗？”

一片静默。

邵乾乾落了地，被惊得站在原地忘记动弹。

“表，表弟啊，你这不能乱说，我……”

“我乱说了吗？我没乱说。”林嘉措看着屏幕，看似镇定，但是如果有人在他边上，就会发现他眼神中有一丝惊慌和紧张，因为他也不知道怎么就突然说出这种话了，只知道一听到她说“能不能看上”的问题时，便下意识地反驳。说出口才反应过来，但话已经收不回来了。

如果林嘉措这边是惊慌，那邵乾乾就是惊恐了。

邵乾乾：“啊？”

林嘉措抿了抿唇，想着说便说了吧，反正……总有一天他会说，就当演习？想到这儿，他就不那么紧张了，清了清嗓子，道：“还有，谁告诉你我比你小很多岁了。你放心，我没比你小，可以喜欢。”

邵乾乾茫然地看着电脑屏幕，一脸“这小鬼在说什么玩意儿”的表情。

“喂，别傻愣着了，”林嘉措从她旁边跑过，“搜枪了。”

“啊……哦。”邵乾乾反应过来，一脸呆滞地跟了上去。

就在两人往前跑的时候，对面有个刚落地不久且拿着一个平底锅的敌人发现了他们。邵乾乾还沉浸在刚才表弟的胡说八道里，于是她尴尬道：“那啥，我来拖住他，你进去找枪。”说着，她跑到那人边上，准备用拳头与走位相结合的方式来对付这个拿平底锅的兄弟。

可没想到，林嘉措竟也跑了过来。

邵乾乾愣了一下：“你干吗？去找枪。”

林嘉措：“要拖也是我来拖，你走，你进去找枪！”

“这个时候你还跟我客气？”

“要不然，我让你来帮我挡人？别废话，你赶紧去。”

“你——”

邵乾乾再次露出惊恐脸，表弟为什么又说这种话！很奇怪啊！虽然惊恐，但她还是回头跑进屋里搜枪了。两人再互相谦让下去，这兄弟的队友估计就会来了，到时候都得死。然而，邵乾乾才要进屋，就看到有人举着枪出来了，她吓了一跳，赶紧开始躲。可再怎么躲，人家毕竟是拿枪的，不一会儿，邵乾乾便被打趴在了地上。

林嘉措：“你死了？”

邵乾乾：“差不多，他现在故意待在我边上，等着你来救我。”

“好，我来了。”

“来什么啊！”邵乾乾道，“没听我说吗，他在这儿守株待兔呢，你枪都没有，来什么来！”

“刚才这人被我打死了，他的平底锅我拿来了。”

邵乾乾：“行……厉害，但平底锅顶什么用！”

“哦，那反正你死了，我活着也没意思。”

“啊？”

“我来救你了，救不了就一起死。”

“……你，你可别说了！”

“怎么？”

“你再说下去，我没法面对所长。”

“关他什么事？”

“他会怪我辣手摧花，荼害他弟弟。”

“轮不到他管，再说，你有面对过他吗？”

“……没有。”

“那不就得了。”话说到这儿，林嘉措已经举着平底锅进来了。那人看到人来了，就要开枪，但因为他拿的武器开枪速度慢，他开了两枪，第一枪落空了，第二枪竟然还打在林嘉措手中的平底锅上。

邵乾乾趴在地上纵观全程：“这位兄弟的枪技能不能再差一点儿……”

“我使出我的凌波微步他能打得到？开玩笑。”说着，林嘉措趁那位兄弟装子弹的空隙，冲上去对着他的脑袋就是两下。“砰砰”两声，手中本有枪的人竟然反被打趴在了地上。林嘉措冷哼一声，对着他的头又是几下猛敲。邵乾乾默默地蹲在一边：“那啥，能不残暴了吗？先救我。”

两人绝地逢生，邵乾乾被救后不久，也终于找到了枪，不过后来他们去往决赛圈的时候，被人暗杀了，没能赢。

下了游戏后，邵乾乾还处于惊魂未定的状态，她思考再三，还是给魏潇发了一条信息：“所长，我觉得你作为表弟的表哥，某些方面啊……应该要好好引导一下。”

发完后，她还没等到魏潇回复，消息界面先跳出了表弟的信息。

表弟：“邵乾乾，我跟你同岁。”

邵乾乾深吸了一口气：“我不信。”

表弟：“为什么不信？”

邵乾乾：“你是所长表弟！”

表弟：“魏潇都二十五岁了，我作为他的表弟，怎么不能跟你同岁（微笑脸）？”

邵乾乾想想也有道理啊！可是……

“你的声音就是正处青春期的声音啊，你别以为我不知道啊！表弟！你是不是在恶搞我？”

表弟很快就给她回复了：“没有，我装了变声器。”

邵乾乾：“啥？”

变声器？他竟然装了变声器！这玩意儿她也玩过啊！可是，哪有男人用变声器装男人啊，有病吗……

邵乾乾：“那你岂不是从一开始就用变声器？你什么居心啊？”

过了一会儿，表弟给她回复了：“好玩。”

好玩个鬼哦，邵乾乾想骂人，就在这时，魏潇给她语音回复了：“嗯？我表弟怎么了？”

邵乾乾立刻对着话筒说道："他说他装了变声器，真的假的？"

魏潇吓了一跳："啊？他跟你说了？"

"看来是真的？你们都知道啊。不是……你表弟一开始装就算了，到后来干吗还装？真玩上瘾了啊。"

魏潇听着又觉得不对劲，既然知道了，怎么还"表弟""表弟"地叫："他到底说了多少？"

"所长……你这话什么意思？"

这句话发出去后，魏潇就没有再回复了，邵乾乾直觉这两人有猫腻，肯定是对口供去了。果然，过了一会儿后，魏潇给她回复了："那个乾乾啊，我表弟他就是觉得好玩，后来用着用着就用习惯了。"

呵呵，明显魏潇已经和表弟对过口供了，还好玩……哪有这么无聊的人啊。邵乾乾又发了很多质疑的话，但魏潇没有再回复了。邵乾乾在等待的时候，突然觉得这些网友特不靠谱！但大家处于网线两端，真是一点儿办法都没有！

另外一边，在没有回复邵乾乾的这段时间里，魏潇发起三人视频，召开紧急会议。

"魏潇，你没乱说话吧。"接上了视频，林嘉措忙问道。

魏潇："没有没有，不过你也是啊，你要说什么能不能事先跟我们讲，穿帮了怎么办！"

"我那不是一时兴起说的吗？"林嘉措嘟囔道，"我一开始也没想说。"

魏潇："哦，那接下来怎么办？其实我觉得你可以告诉她你是谁了。"

"不行！"

"怎么就不行？"

"我才跟她说我……"林嘉措顿了一下，想起自己利用表弟的身份演习一事，"反正就是不行，我需要缓缓。"

张天临："哦哟，真是难得，我们的林少爷是第一次需要缓缓呢。"

林嘉措："你闭嘴！"

魏潇："……你不在天临家里吗，你们俩不在一起？"

张天临在床上翻了一个身："我在房间睡觉呢，他在外面跟乾乾打游戏。啧，我才睡了一个觉而已，都发生什么了啊！"

魏潇："是啊，昧着良心帮你隐瞒身份，这都什么事……"

张天临："不过有一件值得开心的事，那就是我们林大少爷终于有喜欢的女孩子了。"

魏潇："这倒是。"

张天临笑嘻嘻地道：“你可别说，我之前看他对女生那么冷淡，都害怕他其实暗恋了我十几年。”

“哈哈哈，实不相瞒，我也以为他喜欢我啊！”

“要喜欢也喜欢我啊，你后来的，哪比得过我。”

“那不见得，我长得比你好看啊。”

林嘉措一脸冷漠地看着两个叽叽歪歪扯到天边的朋友：“你们放心，我眼光没那么差。”

“……干吗打击人！”

林嘉措冷哼了一声：“我要回家了，这事我之后会找个时间跟她说明白，你们俩不许干预。”

邵乾乾算是被表弟惊到了，而且她上了微博之后，发现评论和私信都诡异得不像话，什么在一起要通知、什么最萌年龄差……于是这就导致，接下来一段时间，邵乾乾打游戏都没拉上表弟。

再后来，学校要开学了。

“妈，我爸呢？”吃晚饭的时候，邵乾乾没见着邵广语在餐桌边。

葛晴：“你爸啊，说是学校有事要去一趟。”

“哦。”

葛晴给邵乾乾夹了一口菜：“乾乾，你们俩这段时间关系很冷淡，听妈的，别这样啊。”

邵乾乾垂着脑子吃饭：“知道了知道了，我没想惹他，都是他先惹我的。”

葛晴：“啧……你们父女俩啊，没一个让人省心的。”

邵乾乾没说话，吃完晚饭后，说是方潭找她玩，就去了出租房那边。

因为快开学了，学校有一堆事要做，邵广语到了六点半才从学校出来。开车出校门的时候，他意外地看到前面一个熟悉的身影。邵广语眯了眯眼，认出是女儿邵乾乾。

“这会儿到学校附近来干什么？”邵广语正这么想着，就见邵乾乾走进学校边上的那栋公寓里。

邵广语将车停在路边上，跟了上去，顺便给老婆打了个电话。

葛晴很快就接了：“啊？你说乾乾？不会吧，她说跟方潭去逛街了。”

“我分明看到她了，”邵广语心中一惊，女儿怎么还说谎了，“算了算了，等会儿跟你说，她上楼了。”

这栋公寓最高也就六层，所以并没有设置电梯，邵广语怕自家女儿有什么问题，于是偷偷地跟在她身后。这公寓他知道，学校很多学生在这里租住，如果他看到她是跟女孩子一块儿，他自然就走了，但如果是男孩子……那他就……他也不知道自己要怎么做。

偷偷跟到二楼后，邵广语在楼梯拐角处看到邵乾乾走进三楼的302，不过是她自己开门进去的，根本看不到里面还有谁。邵广语更加心惊了，他这会儿心里只有一个想法——邵乾乾可能偷偷在外面和谁同居了！

对女儿，平时他虽然教训得多，但也是打心眼里疼爱，他是绝不可能让那些乱七八糟的男孩子随便搭上他女儿的。邵广语想到这里，当下就去敲门了，他非得看看这男孩子是什么人不可。

摁了两下门铃，听到屋里有人应着来开门，邵广语理了理衣领，一脸正色。然而，门打开后，只见到一个他不认识的小姑娘。

时瑜闻站在门口，上下打量了一番："大叔，您找谁？"

邵广语见到时瑜闻的时候，松了一口气，看来是他想多了："我找乾乾。"

"乾乾？"时瑜闻有些意外，"您是哪位啊？"

"你是哪位，是她朋友？"

"是啊，我是她室友啊，您是……"

"室友？"邵广语愣了一下，"她住这儿？"

时瑜闻眉头一皱，感觉这人有点儿奇怪："你到底是谁啊，你不说我关门了啊。"

"等等。"邵广语撑住了要关上的门，"你让她出来一下。"

"可是……"

"我是她爸。"

时瑜闻深吸了一口气："叔叔好。"

"嗯，你好。"邵广语沉着眉眼，"小姑娘，乾乾在这儿住多久了？"

时瑜闻可不敢乱说话，忙打开大门道："这个，我叫她出来，您自己问您自己问。"说罢，溜得比兔子都快。

"乾乾！乾乾出来了！"

"干吗啊？正忙着呢。"邵乾乾的声音从房间里传出来。

"忙什么忙啊，你爸来了！"

瞬间安静了，时瑜闻有些紧张地在一边站着，看着邵乾乾的房门一点一点从里面打开。

"我，我爸？"邵乾乾从门缝里冒出一个头来，"哪儿呢？"

"乾乾。"时瑜闻还没回答，邵乾乾就看到了站在玄关处一脸严肃地看着她的邵广语。邵乾乾立刻站直了，眼中是明显的慌张。

“说说，怎么回事！”

邵乾乾租房在外面住这件事，家里面只有邵坤是知情的。她不是故意隐瞒，只是她知道爸妈不喜欢她玩游戏，更不会让她当游戏主播，而且恐怕在他们眼里，主播还是个很不正经的职业。

时瑜闻从厨房里倒了一杯水出来，乖巧地放在邵广语面前后，立刻跑回了自己房间，将这一对父女留在了客厅。

“什么时候开始住这儿的？”邵广语终于开口盘问了。

邵乾乾垂着脑袋绞着手指：“也没多久。”

“没多久是多久，嗯？”

“就，就大二上……”

邵广语瞪眼，吼道：“都一年了还没多久！”

“一年怎么了……”

“你说说吧，你想干吗啊！学校有寝室，我们家也不远，你倒好，还租了一个房子，你是平时零花钱太多了，还是怎么的？”

“我零花钱哪儿多了……”

“是啊！我跟你妈也没多给你钱花！你哪来的闲钱租房子？”

邵乾乾抿了抿唇，觉得事已至此，有些事确实得摊牌了，她不可能一直瞒下去的。

“爸，我说了，你不能发火。”

“你说。”

“你保证……”

“你先说！”

邵乾乾硬着头皮道：“好吧，那我说了，我租房子只是为了兼职做自己喜欢的事。”

“兼职？你在做什么？”

“爸，你还记得我之前跟你说过的，游戏职业选手吗……”

“你！你不会在弄这个东西吧！邵乾乾，我跟你说过了，你能不能干点儿正事！”

“我这是正事！当然，我不是说我在这儿当游戏职业选手，我只是在、在直播，我是一个游戏主播，我……”

“主播！”邵广语一脸难以置信，“你，你真是……你干点儿什么不好？天天弄这些不知所谓的东西！”

“怎么不知所谓了！”邵乾乾好不容易憋住的怒火，也忍不住爆发了，“您能不能先了解一下我在做什么，您只会一味地觉得您的想法才是对的。是，您是老师，您是教授，您走的是正途，可这也不代表我做的事就是不知所谓吧。再说了，我这也就是兼职啊，我还能赚钱，我又不是在干坏事！”

“我们家不缺这点儿钱，我和你妈妈也不希望你赚这钱，只希望你能好好学习！”

“什么这点儿钱啊，我虽然不能像正式主播那样一天连播，可是我只要偶尔播两个小时也有很多收入！我养活自己绰绰有余！”

邵广语：“你知不知道你还是一个学生，啊？你又不是高中没毕业，你上的还是这么好的大学。你看看，这都是什么呀，我对你的期望可不是让你打游戏。再说了，这游戏也吃的是青春饭吧，你现在能玩，但当你三十岁多、四十多岁了，你干什么呢！”

“我不知道你说的真正有用的是什么，可是我知道我现在想做的是什么！这也算是我的爱好，你就不能当一个开明点儿的家长，真正去了解了再来说这些话？！”

“我怎么不了解了，你天天闷在房间里打游戏我还不了解啊。你这样，以后连社交都不需要了吧，你这……”

“行了行了行了，我不想再跟你多说些什么！”邵乾乾起身，“这是我自己选择的路，我自己走。”

“你……”

邵乾乾觉得和她爸完全说不通，直接穿上鞋就要出门。

“你要去哪儿？给我回家去！”

“不回。”

“你，你这房子，给我退了，退了！”

邵乾乾回头看了他一眼，转身就下了楼。

大学二年级以上的学生可以提前返校，所以寝室都已经开了，只是邵乾乾家住得近，她并没有打算这么早去学校。不过，现在不去也得去了，出租房被她爸发现了，回家也可能会被再训一通。

邵乾乾从出租房出来后，就直接回了寝室。柯小唯已经在寝室了，见她这么早到了吓了一跳，不过邵乾乾也没多做解释，只是坐在自己的书桌前给邵坤打了个电话。

“你帮我把放在房间里的两个行李箱送学校来吧。”

邵坤低声应了一声，然后邵乾乾便听到他关房门的声音。

邵乾乾勾了勾唇："怎么，爸在家？"

"在啊。"邵坤把房门关好后才敢大声说话，"回来后说了一大堆你的事，租房的事怎么被发现了啊？"

"总得被发现的，我也懒得藏了。"邵乾乾不想提这事，只是道，"顺便把我桌上的化妆包也放进行李箱吧。"

"哦，我是想给你送，但是我明天也开学，你知道吧？"

"什么意思？"

"你明知道我第一次去学校要带的行李多，这下好了，连你的也要一起带，你想累死谁啊？"

邵坤如愿考进了邵乾乾所在的这个学校，明天是他们大一新生开学的时间。邵乾乾想了想，道："那算了，明早爸出门的时候你打电话给我，我自己回去搬。"

"啧，开玩笑，给你带给你带，不过到时候你自己下楼来拿啊。"

邵乾乾哼了哼："算你识相。"

后来，葛晴也给她打了电话，邵乾乾估摸着她爸肯定就在旁边听着，于是随便应付了几句便挂了。说到底，她还是气他们的武断。其实她也知道邵广语有些话说得不无道理，比如说游戏职业吃的是青春饭，比如说要为自己的三四十岁以后做考虑，再比如，女生做这个有多不容易。

这些她都明白，所以她才犹豫着没有立刻答应去 IR 战队。可是，明白归明白，她还是热爱这个事情的，她希望有家人的理解和支持。

第二天，邵乾乾是被柯小唯吵醒的。

"怎么了，这么早？"邵乾乾揉着眼睛，从床上坐起来。

柯小唯坐在下面化妆："快点儿起来啦，今天有很多小鲜肉进来哦。作为学姐，我怎么能不出去迎接一下！"

邵乾乾"哦"了一声，重新躺了回去。

"哎？你不起来啊，说起来，你们体育部没有做迎新的活动吗？"

邵乾乾闭着眼睛道："有，他们早早就计划好去校门口帮助学妹们搬行李了，不过我就不去了，大热天的，我还想让别人帮我搬一下呢。"

"不搬也可以去给学弟当引导啊，万一就发展出一段恋情呢！"柯小唯"嘿嘿"一笑，"大一的学弟很多呢！"

邵乾乾："银行的金条也很多，两者一样的道理，抢不来，也不是你的。"

柯小唯："……你可闭嘴吧。"

柯小唯最后还是没有拉动邵乾乾，不过这不影响她化上美美的妆、穿上精心挑选的衣服去本专业的摊位迎新。

柯小唯到的时候，林嘉措已经在那里了。柯小唯看到他的时候，满脸震惊：“你怎么也来了？”

林嘉措笑了笑：“迎新。”

“去年都没见你来。”

林嘉措随意地在椅子上坐下：“所以今年来凑个热闹。”

“这热闹凑得人都没法活了，”同班的一个男生摇摇头，玩笑道，“每个被拉过来的学妹都直勾勾地看着嘉措，那眼神分明写着——我要这个学长给我搬行李。”

“能理解，能理解。”柯小唯拍拍男生的肩，“委屈你们了。”

林嘉措面对他们的调侃也就是笑笑，完全无所谓的模样。虽然他说是来迎新，可来来回回好些个学弟学妹了，也没见他上前去帮过忙。

就在众人打趣的时候，林嘉措突然站了起来，一阵风似的越过他们，朝着不远处的人招了招手：“邵坤，这儿。”

一众人等随着林嘉措的目光看了过去，可他们并没有看见驱使他们班这位大神的漂亮女孩，而是……一个长相清秀的男孩。此时，那男孩正拖着两个箱子，还一步一踢踹着另一个行李箱前进。男孩听到林嘉措的声音后，循声望过来，等看到林嘉措的时候，他撒开了拖着行李箱的手，很热情地对着这边招手：“嘉措哥，你真在这儿呢。帮帮我，帮帮我，我行李太多了。”

“好。”众人见林嘉措很自然地走了过去，看样子就是特地在这儿等他的。

林嘉措过去后，便听不清他们在说什么了，他们只看见林嘉措很熟稔地拍了拍那男孩的头，然后接过男孩边上一白一篮两个贴满卡通图片的行李箱。

“这两个都是你姐的？”林嘉措问道。

邵坤：“是啊，为了带她的行李，我自己的东西都没带多少过来，你说她非得跟我爸吵什么呢。”

林嘉措：“邵老师还在气头上？”

“可不嘛，昨天我发信息告诉你我姐租房的事败露那会儿，我爸正在客厅跟我妈大声批判她呢。”

林嘉措点点头，没再说什么。

这段时间是暑假，除了游戏，他也没其他理由找邵乾乾，不过他对她的生活并不是一无所知，偶尔跟邵坤聊两句，就能从他口中套到不少东西。

昨天得知邵坤要来学校，且听他埋怨要帮邵乾乾提行李后，他想都没想就说自己要帮系里接新生，可以帮忙。

邵坤一听当然是开心，所以才有了今天这一幕。

“嘉措，这谁啊？”一旁站着的同班男生好奇地喊道。

林嘉措转头朝众人看了一眼，然后拉着行李走近了：“大一学弟。”

“大一，学弟？”

“对对对，学长学姐们好，我是化学系的新生，我叫邵坤。”邵坤咧着嘴，露出大白牙对着众人笑了笑。他长得本就十分清秀，再加上那股子新生的干净劲，惹得一旁的学姐们眼睛放光。

“化学系的啊？”一男生笑道，“嘉措，自己直系的学弟、学妹你不送，巴巴地跑去接其他系的学弟，这是哪门子的事啊！”

林嘉措扬了扬眉：“都是学弟学妹，讲究这么多干吗。”说罢，他回头看了一眼邵坤，示意他跟上。邵坤连忙又跟众人鞠了个躬，然后颠颠儿地跟上林嘉措往宿舍楼那边去了。

众人站在原地面面相觑。

“嘉措他的口味，原来是这样的？”

“咦，你在说什么？”

“哈哈哈，我随口乱说，低调低调。”

柯小唯看着两人的背影，眨巴了一下眼睛，咝……这小帅哥的名字怎么感觉有点儿耳熟？

柯小唯出门之后，邵乾乾也从床上爬起来了，她慢吞吞地刷牙洗脸，最后随便吃了两口柯小唯放在桌上的小饼干。

“嗡——”手机响了，邵乾乾看了一眼，发现是邵坤打来的，她想着一定是她的行李到了，于是接通后便道：“到哪儿了？”

邵坤：“到你宿舍楼下了。”

邵乾乾又扔了一块饼干到嘴里：“都到楼下了，你速度够快的啊，自己寝室去过了吗？”

“去过了。姐，你也不看看现在都几点了，我还够快呢？”

邵乾乾看了一眼手表：“不就是十一点吗？”

邵坤无奈道：“不就十一点……太阳都晒屁股了，也不从寝室爬出来。”

“行了行了，我现在就爬出来还不行吗。”邵乾乾一边说着，一边踩着人字拖往外走，“你在楼下等着啊，我马上来。”挂了电话，邵乾乾就直接下楼了。

因为二三层有大一的新生要搬进来，所以此时人来人往很嘈杂。邵乾乾打着哈欠从楼道里出来的时候，就看见了站在宿舍门口的邵坤，此时他脚边放着两个行李箱，正侧着脑袋跟边上的人说话。

果然是他们家的交际花，一来就有人说话。邵乾乾眯了眯眼，又走出去了一些，没有被栏杆挡住视线，和邵坤讲话的那人也终于露了脸。

邵乾乾脚下一滞，有些错愕。林嘉措？怎么是林嘉措？明明已经快两个月不见了，可邵乾乾看到他的第一眼，就想起暑假他去她家的那个画面。而且光想，她便能清楚地回忆起当时他靠近她时，她心都要蹦出来的感觉。她真是有些怕了。

邵乾乾慢下了脚步，刚想偷偷溜了的时候，邵坤已经发现了她："姐！姐，这边！"

路过的几个女生闻声看向了邵坤和林嘉措，然后又顺着两人的视线回头看了她几眼。邵乾乾比了个"噤声"的手势，加快脚步走到他身边。

"你们怎么在一块儿？"邵乾乾没好意思去看林嘉措，只好强装镇定地看着邵坤。

林嘉措倒是上下仔细打量了她几眼，面前的人穿着短裤T恤，脚上还踩着一双粉蓝色的人字拖。看到人字拖的时候，林嘉措的第一个想法是这人真的很随便。第二个想法却是她的脚怎么这么小，大概都没有他的手掌长吧，不过粉雕玉琢的……倒是有点儿可爱。

"我们怎么不能在一块儿了？要不是有嘉措哥在，我一个人哪里弄得动三个行李箱。"

邵坤的声音把林嘉措的思绪拉了回来，他的目光移至邵乾乾的脸上，敷衍地点了下头："嗯，你行李是挺多的。"

"我……"邵乾乾瞪了邵坤一眼，"你直接打电话给我不就好了，我去校门口接你啊。"

邵坤："不用，我进来的时候就看见嘉措哥了，他在门口迎新呢。"

邵乾乾意外地看着林嘉措："你在迎新？"

林嘉措："嗯。"

"没想到啊，"邵乾乾忍不住嘟囔了一句，"副主席也这么贴近群众。"

林嘉措扬了扬唇："是啊，一早上都接了好几个了，正好看见你弟，就顺便带过来了。"说着，林嘉措拉过两个行李箱："寝室几楼，帮你拿上去。"

邵乾乾吓了一跳："啊？不用不用，我又不是小学妹，我能行。"

"多吃了两年的饭就力大无穷了？"林嘉措睨了她一眼，"不知道我们学校的饭还有这种功效。"

说着，林嘉措把其中一个行李箱扔给邵坤："拿上去。"

“好嘞！”

今天是大一开学的特殊日子，因为总有送行的家长来来往往，所以宿管今天允许男生进女生宿舍楼。一般的男生进出倒是没什么问题，只是林嘉措……这人走到哪儿都能吸引视线，更何况是女生宿舍。

邵乾乾住四层，这一层都是她们同专业的同学，所以没有人不认识林嘉措。从他走进楼道的那刻起，来来往往不少女孩子跟他打招呼，打完招呼后还会意味深长地对着邵乾乾看上两眼。

好不容易走到寝室门口，邵乾乾忙掏出钥匙开门。不过不巧的是，她对面的寝室门也在此时打开了。邵乾乾打开门后，回身让两人把行李箱推进去，然后她就看到了雷茵茵和她寝室的几个同学站在对面看着他们三人。

邵乾乾微微一愣，想起这两人的爱恨情仇，一股尴尬的气息扑面而来。她下意识地觉得，还是赶紧让林嘉措走为好。

“谢谢啊，放这儿就行了。”

林嘉措只是“哦”了一声，人却没动。

“那个……”

邵乾乾刚想提示他可以走了，就听雷茵茵边上一个女生突然问道：“林嘉措，你怎么会在这儿呢？”

雷茵茵抿了一下唇，拉了拉她那发声的室友，不过那室友不肯听她的，又阴阳怪气地问道：“你这是在帮乾乾拿行李？哇，乾乾竟然有这种特殊待遇呢。”

说出来的话是羡慕，可眸子里分明就是赤裸裸的不满。邵乾乾在这方面虽然不太上道，但也知道这人肯定是在帮雷茵茵抱不平。她并不想参与这种混乱的纠葛，于是摆摆手想澄清：“也没有，就是他——”

“嗯，怎么了？”林嘉措突然出声打断了她。

邵乾乾差点儿被自己的口水呛住，对面那几个女生，尤其是雷茵茵面色更是不好。

“你，你这话说的，难不成你和乾乾……”那女生话未说完，但大家都懂了。

林嘉措目光平静，闻言只淡淡一笑，下一秒，他的手直接搭在身旁一脸蒙的邵乾乾的肩膀上：“走吧，去吃饭。”说着，他也不管那些人什么表情，一边搂着邵乾乾，一边拉过邵坤：“把门带上。”

“哦！”邵坤腾出一只手把寝室门关上了。

夏季只穿了薄薄的短袖，林嘉措的手扶在她的肩膀上，温热的触感透过一层可忽略的布料渗透进来，那感觉，不可言说。邵乾乾浑身都僵硬了。

林嘉措一只手搭着一个，领着姐弟俩往前走，但相比于邵坤的嘻嘻哈哈，邵乾乾的表情就显得很精彩。走到一半的时候，她一下子拉开了林嘉措的手，定定地抬眸看他：“你，你干吗？”

林嘉措勾着唇，又把手放上去了：“吃饭去，邵坤是新生，我请。”

邵乾乾又把他的手拉开：“你别这么走，被人看见会误会……”

话没说完，林嘉措再次把手搭上去，并且不容她抵抗地把她往楼下带：“帮帮忙，邵同学，就是要让雷茵茵误会一下。要不然，我还得时不时收到她的短信。”

邵乾乾眨巴着大眼睛：“啊？你们还没断呢？”

林嘉措：“……什么叫还没断？连过吗？”

邵乾乾被他揽着，被动地贴着他走路，她强装镇定，精神却有点儿恍惚：“我以为，那次表白失败后，你们俩就结束了，原来她还发信息给你啊。”

邵坤在一旁摆摆手：“这有什么啊，喜欢哪有那么容易断的，之前那些女孩子给我递情书被拒绝后，还是不断给我送东西啊。”

邵乾乾一顿，嫌弃地看了邵坤一眼：“你可拉倒吧，吹什么牛。”

邵坤：“哪吹牛了，多少人追我你知不知道！”

“哟，那还真是眼光不怎么样！”

邵坤气得伸手要去拽她头发，不过被林嘉措中途拦截了，邵坤嘴上仍不饶人：“喜欢我就是眼光不怎样啊，那喜欢你的可就是直接瞎了！”

邵乾乾冷笑一声：“瞎了就瞎了，我就喜欢瞎子怎么样！”

两个人就这么吵吵闹闹地到了餐厅，林嘉措站在中间，不知道为什么，不太想说话。三人到了食堂后，林嘉措让聒噪的姐弟俩先坐下，然后自己去帮他们买了饭过来。

“三号食堂是全校食堂里最好吃的，以后可以来这儿吃。”林嘉措说完，又道，“要是在学校吃不惯想出去吃，你可以叫我。”

邵坤：“好啊好啊。”

邵乾乾：“你不用对他这么好，多不好意思啊。”

邵坤瞥了她一眼：“看看，羡慕了不是，这哪羡慕得来。”

邵乾乾一噎，直想翻白眼。

林嘉措笑了笑，夹了一口红烧肉：“没什么，反正也这么熟了。”

“对啊对啊。”

邵乾乾狐疑地看了两人一眼，什么时候就……那么熟了？邵乾乾无语地开始吃饭，就在这时，手机响了，她看了一眼，竟然是鬼哥打来的。

“喂，鬼哥？”

林嘉措拿着筷子的手一顿，抬眸看她。

此刻，接电话的邵乾乾放下了手中的筷子，垂着眼眸听手机那边的人讲话：“嗯？网上吗？我没看，我刚起床不久。什么，开挂，谁啊……我？”

林嘉措听到邵乾乾说“开挂”这个词后也放下了筷子，一直等到她放下了手机才问道：“发生什么事了？”

邵乾乾盯着手机，面色很差：“没什么大事，你们继续吃。”

邵坤眉头一皱：“什么没什么大事啊，你看看你的脸色都白了，你刚才说什么开挂？”

邵乾乾没回答，只是低着头点开了微博。

她关注了很多个游戏博主，往下一刷，就看到几个游戏博主跳了出来。邵乾乾一下子注意到知名博主“落地成精”发的最新的一条微博。

“落地成精”真名严东，曾是电子竞技俱乐部IR的队员，他年初就从IR退役了，但很快在平台上签了约，每天都会直播。他还是职业选手的时候就跟队伍一起拿了许多奖杯，人气也很高，所以在圈里，他一直很有话语权的，邵乾乾也是因为这些才关注他的。

可她没想到他会突然发这条微博，他这条微博的转发量已经过万。他的文字中，虽然没直接点名，但提到的人明显是她，且攻击性很强。

落地成精：真的很生气，亚服排行榜上开挂的人能不能少一点儿？这风气我真的是服了。最近很红的那个主播的排名真的追都追不上呢。昨天看了一个高手整理的视频，我是看得十分“佩服”，注意视频三分二十秒哦，那个角度视线被树叶挡住完全看不到，该主播却能步枪爆头，那准心是不是自动锁头，自行体会。

跟着文字的是一段剪辑视频，视频中的每一个画面都是邵乾乾今年以来的精彩集锦。

邵乾乾抿着唇，点开了评论。

最近很红又很牛的女主播，卖瓜皮的小仙女！

大家看五分七秒的时候，那反应速度简直惊人好吗？没开透视都说不过去！

……

邵乾乾看着这些文字，突然觉得眼前有点儿模糊，她伸手捏了捏眉心，虽然觉得看下去很艰难，但还是不肯放下手。

“邵乾乾？”林嘉措看着她这副魂不守舍的样子，偏过头来看她的手机，可没想到邵乾乾突然站起来，面无表情地看着他。

“我想先回寝室，你们慢慢吃。”说罢，她转头就跑。

“邵乾乾！”

“姐！”

邵乾乾的心口怦怦乱跳，她玩游戏和微博以来从来没看到过不好的言论，她一直在网上跟网友们嘻嘻哈哈，也一直觉得网络世界很好玩。她从来不知道，原来网友翻起脸来会这么恐怖。

她不太明白，也有些蒙。她昨天还跟她爸吵着闹着说自己混得有多好，可为什么一夜之间突然变成了这样？她更不明白严东为什么会把矛头对着她，他们俩甚至没说过话。这事，一定是哪里有误会，一定是哪里出了错，她得理清楚，证明自己的清白！

此时的餐厅里，林嘉措饭也不吃了，拿出手机就给张天临打电话。那边接通后，他沉着脸道：“你跟邵乾乾说什么了？”

张天临有点儿无奈地说：“昨天晚上有人发了一个视频质疑乾乾，说她开挂了。然后这个视频被一些游戏博主转发了，后来越转越多，事情就闹大了啊。而且，在我们圈很有名的主播‘落地成精’转发了。他有很多粉丝，他也发声质疑乾乾，所以……”

“那人你认识？”

“我不认识他，我们不同平台，但我知道他以前是IR战队的队员，”张天临叹了口气，“你也知道，现在直播时开挂的主播太多了，前段日子还有几个很厉害的主播被实锤开挂了。现在这事就很敏感你知道吧，乾乾要摊上这事，肯定会吸来一群黑粉……”

“摊上这事？你也觉得她开挂？”林嘉措有些难以置信地说道。

张天临连忙道：“不不不，我哪敢质疑她啊，只是……”

“只是什么？”

“只是她一个女孩子，玩得这么好，总会遭人家怀疑。”张天临嘟囔道。

“荒谬。”林嘉措差点儿拍桌而起，而他突然拔高的声音也让边上几个女生偷偷地看向他，可他此时没有一点儿要保持良好形象的意思，冷着脸说道，“真是一群自以为是的老顽固。”

“嘉、嘉措，”张天临见林嘉措生气了，有点儿慌，可他还是劝道，“你先冷静，我觉得这件事有点儿奇怪，明明还没有实锤，却有黑粉一批一批地出来，像有预谋一样。”

“预谋？”

“是啊，乾乾也算是横空而出的主播吧，这段时间爆红有很多人眼红啊。”张天临道，“唉……真不知道邵乾乾这小丫头能不能承受得住啊，网络暴力这种东西，真的挺恐怖的。”

邵乾乾总算是明白为什么那些明星能被骂到关评论，退微博，因为微博上有些人讲话实在是信口雌黄、是非不分、颠倒黑白。

回到寝室后，她打开微博就发现以往嬉闹有趣的评论一扫而空，取而代之的是质疑、谩骂和嘲讽。当然也有熟悉的账号表示信任她，可看到他们的信任反而遭到网友的嘲讽后，邵乾乾更加气愤和郁闷。

她自知清白，只是遭人诬陷。于是，她想了想便发了一条微博：“感谢信任我的人，清者自清，我只有一句话说：我绝对没有开挂。”

微博发出后，有相信她的人，也有质疑她的人。

东哥都说她开挂了，信我东哥。

玩游戏不开视频的，想证明就开视频啊？

瓜瓜证明给他们看！

邵乾乾从来没开过视频，先前她只是觉得好玩，而且为了不让父母发现，所以低调行事。后来，她和平台签了合同，一开始不温不火，所以也没在意过。再后来火了，但她一直把游戏直播当成是展示技术的平台，所以不管大家多好奇她是男是女、是老是少，她都没有开过视频。

“乾乾，你怎么在寝室啊？对了，今天我看到林嘉措和你弟弟了，你弟弟是叫邵坤吧？我当时没立刻想起来他是谁。我听说你跟林嘉措一起吃饭去了？”柯小唯满含八卦的眼神落在她脸上，“你怎么啦？闷闷不乐的。我跟你说，刚才路上碰到雷茵茵她们寝室的人，她们还问我你是不是跟林嘉措在一起了！哈哈，这么精彩的吗！”

“没有。”邵乾乾现在哪有心思想这个，她垂着脑袋，“小唯，我现在有点儿事，这件事结束后我再跟你解释。”

柯小唯看她这般模样，也收敛了笑意：“你怎么了？”

“直播出了点儿事。”

“什么事？”

邵乾乾没说话，把手机递给了她。柯小唯快速翻看了一会儿，眉头也在看到网友那些难听的话后皱得越来越紧。

“这哪叫一点儿事啊，这分明就是要搞臭你的名声啊！”

邵乾乾捏了捏眉心：“我会想办法自证清白。”

“怎么证明？他们说的那几秒的事你能重来一遍？我是相信你的能力，可这场景怎么复原啊？”

邵乾乾也知道这是个难点，很多场景不可复原，就像视频中说的树叶挡住视线，可她能将准心对准。事实是，她一看到那人跑进去，就靠着感觉和粗略估计盲扫，然后便中了，这是运气和能力相结合的事。可谁又会相信她呢？

还有其他关于反应力的质疑，这些怎么证明她都得做好计划才对。不过，不管怎么样，她都得再开一次直播，打几场硬仗，让这些人闭嘴才是要紧事。

邵乾乾想到这儿，立马拿上手机和包冲出寝室。

“乾乾，你去哪儿？！”

“我去出租房那边！”

脑子乱成一团糨糊，邵乾乾此时只知道，这么多人在支持她，她绝对不能让这些喜欢自己的人失望，也不能让那些隐在暗处的人看笑话。

跑下楼后，邵乾乾一心只想赶到出租房去，也没注意到刚好走到她宿舍楼下的林嘉措。

“邵乾乾。”林嘉措看到她一阵风似的冲出来，可喊她一声后，她竟然充耳不闻，林嘉措眉头一皱，几步上前拽住了她的手腕，“你去哪儿？”

邵乾乾一愣，气息有些不稳地回过头来：“你……我有事，抱歉，我现在真的有急事。”

“我知道。”林嘉措看着眼前的人一张小脸苍白，心口异常烦闷，“我问过鬼哥了，也上网看过了，我都知道了。”

邵乾乾瞳孔微微一颤：“你都看见了？”

“嗯。”

邵乾乾低下头，想起网上那些言论，顿时觉得很难堪：“既然如此，你应该知道我的状况一团乱，我现在想去出租房那儿开一下直播，先不跟你说了。”

邵乾乾推开他的手，闷闷地往前走。

可她没走两步，又被林嘉措揪了回来，他说：“现在直播？你要怎么直播，怎么证明？你太着急了。”

“可是我总不能不解释吧！”邵乾乾有些崩溃，以至于忘了面前的人是林嘉措，她盯着他，厉声道，“一个小时后是我之前定下的直播时间，如果我等会儿不出现，大家只会觉得我是心虚！”

林嘉措知道不论是谁，遭遇这突如其来的变数都会乱了心神，他放轻了声音，用安抚的语气道：“这点你说得没错，播是要播，可是你得冷静点儿，明白吗？你看你现在手忙脚乱的，你觉得你能玩得好吗？”

邵乾乾撇过头，眼眶有点儿热：“我会冷静，我只是、只是……”只是被这么误解的感觉，太难受了。

虽然她没说出口，但林嘉措了然，他拉着她往前走，轻声道：“我明白，所以这一个小时你先好好冷静一下，顺便想想等会儿怎么做。走吧，我跟你一起过去。”

邵乾乾就这么跟着他往前走，午后的校园，人来人往。不少人经过，不少人回望。邵乾乾将委屈的眼泪逼回去，看看前面那人，再看看他拉着自己的手。手腕处，肌肤相触，有些温热。她看着看着，有些迷茫地抬起头：“林嘉措。”

“嗯？”

“你相信我？”

脚步停下，眼前那人回过头，烈日下，他的眉眼似镀上一层金灿灿的微光。

“你说呢？”

邵乾乾：“我说什么？”

“你说我该不该信你？”

邵乾乾移开了目光：“我觉得……”

“我觉得该。”

邵乾乾一怔，下一秒，她又听他轻描淡写地道：“我亲眼看你打过，不信你信谁。不过，就算我没亲眼见过，我也是信的。”

邵乾乾诧异地看向他：“为什么？”

“为什么？”林嘉措有些好笑，“你这话说的，难道，你真的开挂了？”

“我没有！”

“那不就得了，既然都说没有了，我为什么不信？”

一句话，激起心底一层浪，他浅笑着看着她，露出的只是一个寻常的眼神。可就是这么一个眼神，像黑夜中猛地击上巨钟的重锤，“轰”的一声，震碎了无边的黑夜，也震碎了她一直紧紧裹着的那点儿坚强。喉间像有什么东西堵住了一样，她抬脚往前走，伸手捂了捂发热的眼眶，想哭，但是又觉得不能哭，于是只能生硬地转开话题：“好热，想快点儿回去吹空调。”

林嘉措看着前面反拉着自己的女孩，也不说破，只是清浅一笑，道：“好。”

邵乾乾带着林嘉措到了自己住的地方，她忘记带钥匙，是时瑜闻来开的门。

“乾乾，你……哎？这位是？”时瑜闻愣愣地看着站在邵乾乾身后的林嘉措，有点儿反应不过来。

“这是我同学，林嘉措。”

“哦！”时瑜闻激动地拍了一下手，“我知道我知道，就是你男神嘛！”

邵乾乾快速地看了林嘉措一眼，有些尴尬：“你知道什么啊，乱说话。”

时瑜闻幽幽一笑：“好好好，我不乱说话，不过……你带男神回来几个意思？”

邵乾乾一愣，突然发现不知道怎么回答了。他轻描淡写的信任让她慌张的心镇定了下来，他掌心的温度让她忘记抽出自己的手，她也不知怎么的，就这么将他带了过来。她明明知道，这事他也帮不了自己。

“是我自己来的，”林嘉措见邵乾乾没说话，便主动跟时瑜闻解释道，“你是她室友？”

时瑜闻听到他的话，扬了扬眉：“是啊，我是她室友。”

“你好，不知道我方不方便进去？”

“方便！十分方便！”时瑜闻打开大门，“就是吧……客厅有点儿乱。那个，你去乾乾房间吧，你们在里面好好玩，我在外面，不会打扰到你们。”

林嘉措笑了一下：“谢了。”

“不用不用，快请进。”

进门后，邵乾乾被时瑜闻拖到了一边：“乾乾，你和你爸那事怎么样了？他还生你的气吗？”

邵乾乾：“那件事先放着，没关系。”

“是吗？可是我看你脸色不太好。”时瑜闻小声道，“还有这个林嘉措，什么情况？”

“我直播那边出了点儿事，他刚才……可能是担心我，所以送我回来。”

“直播出事了？什么事？”

“你上网看，我就先不解释了，我急着上游戏。”

时瑜闻见她这么严肃的样子，也不调侃她了：“啊，那行，你先去……”

邵乾乾点了点头，进了房间。她的房间不大，东西也不多，一张床、一个柜子，还有一众电脑设备。

“你先坐吧。”她招呼道。林嘉措随手拽了把椅子，在她的电脑椅边坐下来，道：“上号，你不用管我。”

“哦……”林嘉措出现在这里，让邵乾乾觉得有些怪异，可现在也不是思考这个的时候，她听了他的话，打开了直播间。输入密码，可是按了回车后发现登录失败，再输，又失败了。

“怎么了？”林嘉措也看出了异样。

邵乾乾不死心，又输了一遍，可还是不行：“我直播间登不上去了。”

林嘉措：“密码对吗？”

“我输了三遍，确认没错。”

“那怎么……”

邵乾乾也不明白怎么回事，就在这时，一个电话打了进来。邵乾乾看到那个名字的时候愣了一下，因为这个人只在很久以前联系过她一次，那还是她签平台主播合同的时候。

“喂，梁经理？”

“瓜瓜吧？”

“嗯，是我。”邵乾乾直觉没什么好事，“您打电话给我，是因为今天网上的事吗？”

“是，”梁经理道，“瓜瓜，还有一件事我先通知你，经过内部商定，直播间已经先禁了，你——”

“什么？”邵乾乾一下子从椅子上站起来，“是你们把我禁了？”

“也不是禁，只是暂时不让你再直播了。”

“为什么？经理，你明明知道今天这件事有多严重，我现在应该马上直播，然后澄清才对！”

梁经理沉默了片刻，道：“瓜瓜，你知道我们平台最近好些知名主播被查出来开挂，那都是有证据的。这些事对我们平台影响很大，而你作为我们平台最近正红火的主播，又出现这种事，连东哥那边都来质疑你了，所以我们不得不采取点儿措施。”

邵乾乾觉得很好笑，再开口时，语气更锋利了几分：“你们的反应措施难道就是封我的直播间吗？这样的结果，只会让别人觉得我默认了自己开挂。”

梁经理：“并不是默认，只是先等这波舆论过去。对了，你现在的游戏ID已经被举报了，游戏方正在仔细审核。所以在此之前，你不要再直播扩大影响，这对平台不利。”

听到这里，邵乾乾突然冷静下来了，她扯了扯嘴角，低声道：“为什么你一定觉得我现在说话对平台不利，你是不是觉得我现在否认得越坚决，到时候打脸越疼？梁经理，其实你也觉得我开挂了吧？”

手机那边沉默片刻，梁经理再开口时，语气里是掩不住的尴尬：“平台开挂的主播数不胜数，这在业内也属于灰色区域。瓜瓜，我知道很多人都是为了生活。所以只要没切实证据，我们平台……”

“我再说一遍，”邵乾乾打断了他，“我没有开挂。以前没有，现在没有，未来也不会有！”说完，邵乾乾挂了电话。

手机屏幕暗了下来，邵乾乾的心也随之冷了下来。原来……连平台内部的人都对她持怀疑态度，他们甚至觉得他们已经在尽最大的努力包庇她了。什么叫开挂是为了生活，什么叫开挂属于灰色区域……她从来不知道原来这个圈子还有这种观念。

“邵乾乾。”林嘉措在一旁听着，也大致明白发生什么了，“你……”

“他们把我的直播间关了，我现在登不上去。”邵乾乾有些脱力地坐回椅子，回头对着林嘉措扯了一下嘴角，“这下好了，我只需要安静地等待审判。”

“游戏官方那边会审核出公正的结果。”林嘉措安慰道，“只要你的游戏账号没被封一天，那就不会出现大问题。”

“是……”邵乾乾自我安慰道，“希望是这样吧。”

林嘉措抿了抿唇，伸手想去拍拍她的肩，然而他的手还没碰到她，她就对着他道：“林嘉措，今天谢谢你了，让我感觉至少还有人是相信我的。不过现在你先走吧，我没事。”

林嘉措看着她，一时也没说话，他知道，现在她确实需要自己冷静一下。

“有事打我电话。”

“嗯……好。”

邵乾乾小小的个子窝在电脑椅里，看着他的时候还在强颜欢笑。林嘉措心里不是滋味，但也知道此时说什么都没用。

下了楼后，林嘉措打了一个电话：“我想借公司那几个技术人员用用。”

“干什么？”

“有件事需要帮忙。”

“你知道这儿的人一个个都金贵得很，这么容易就想借过去？”

“林秋迟，有两个还是我找到的，要不然你能捞到这种神龙见首不见尾的黑客？”林嘉措不耐烦道，“我有急事，这么金贵，我付双倍工资行不行？”

林秋迟：“为所欲为。”

林嘉措：“客气。”

第七章
你……你不会在追我吧？

网上现在肯定骂声一片，邵乾乾能料到，她完全不想再去看。

她在房间里睡了一整天，第二天中午，照常去上课了。去学校的路上，她看到手机里多了几个未接电话，是她父母打来的。邵乾乾没有回拨过去，因为她看到了邵广语给她发的信息："网上说的都是些什么，我早说了让你别搞这些，你非不听！"

她看着这句话眼眶有些发红，但她强忍着不吭声，只低着头给邵广语回信息："我自己能解决。"

邵广语很快就给她发了语音："邵乾乾，你别再玩这个东西了，你看看他们说的都是什么话。我问过邵坤了，开挂就是作弊是吧？你是我女儿，你怎么可能作弊！"

邵乾乾愣了愣，眼眶更红了，但这次不是因为委屈，而是因为家人无条件的信任。邵广语不理解她对游戏的狂热是真的，但他信任她、疼爱她也是真的。

邵乾乾吸了吸鼻子，回道："爸，我不会轻易放弃我喜欢的事。所以，我会证明自己的。"

上课了，方潭一屁股坐到邵乾乾边上，直接道："听说你在网上被人炮轰了？"

邵乾乾看着前方正在讲课的老师，有气无力地道："嗯，快成灰了。"

"还撑得住吗？"

"你觉得呢？"邵乾乾转头看她，笑了一下。

方潭转回她的头："你还是别笑了吧，笑得很难看。"

邵乾乾呜咽一声，趴在了桌上："我好气。"

"明白。"

"你不明白，这些人真的太气人了。你说他们怎么都戴有色眼镜，凭什么女的就不能玩得好？凭什么玩得好就是开挂？"邵乾乾阴沉着脸，"又凭什么，连平台自己人都不相信我？”

“他们之后都会被打脸，相信我。”方潭拍了拍她的头，“你的实力摆在那儿，不用怕这些。”

邵乾乾垂着脑袋：“嗯……”

“嗡——”突然一条信息进来了，邵乾乾看了一眼发信人，顿时精神了。

邵乾乾：“方潭，我在暑假的时候跟你说过，IR那边的经理让我考虑一下去他们战队的事吧？”

方潭凑过来一看：“这是那个经理？他说什么了？”

“我还没看呢，他应该是问我考虑得怎么样了吧。可是你也知道现在出了这事，还有我爸那边的阻拦，一时半会儿我也答应不下来。”

邵乾乾说着，点开了微信，然而她瞄了几眼，便将手机猛地往下一盖，然后重新趴回桌上。

微信上写着：“不好意思，我们这边已经有新的队员补进，但希望未来我们有合作的机会。”呵呵，说得好听。大概是看了网上的风评，想尽快跟她撇清关系吧。

下课了，柯小唯晚上还有事，于是方潭就接手了邵乾乾这个浑身充满着“丧”的人，拖着她去吃饭：“喂，吃完饭我们去买衣服吧。”

邵乾乾抬眸看了她一眼：“兴致这么高？”

“女孩子不开心的时候不就该买买买吗？”方潭想了想，道，“反正也很久没出来买衣服了，去不去？还是说，你被网络上那些言论打击得动都动不了了？”

“谁说的啊，”邵乾乾一下子放下筷子，“去！刷我的卡！”

方潭：“这么大方？”

邵乾乾瞪了她一眼：“我什么时候小气过？”

“行，那去新天地看看，最近短信一直发，说有新货。”

邵乾乾眯了眯眼：“那些奢侈品店发给你的？刷我的卡就这么狠？”

方潭：“知道你这张宝贝卡里有不少钱，不狠点儿对得起你知名主播的身份吗？”

“对不起，现在已经不是知名主播，而是落魄主播。”

“落魄主播也有不少存款，我知道的。”

“哇……你还是大富豪的女儿呢，竟然惦记着我这点儿钱。”

方潭见她脸上终于有了点儿朝气，勾了勾唇，道：“怎么，不让惦记？”

“让！花在你身上的钱，就是一种投资。要是我这次彻底栽倒了，好歹未来还有你养着我。”

“算你识相，不过你这话说得也不完全对。”方潭意味深长地看了她一眼，“未来可能也不太需要我养你了，我们班上还有一尊大佛等着养你呢。”

“喂喂喂，你小点儿声，被他听到多不好！”邵乾乾一脸惊恐。

方潭挑了挑眉：“哦，看来你知道我说的这尊大佛是谁啊。”

吃完饭后，方潭和邵乾乾便去商场大肆采购了一番。

买完东西后，两人决定去酒吧蹦迪。邵乾乾闷了两天，有种破罐子破摔的感觉，决定去时瑜闻常说的好地方醉一把。为了贴合酒吧的主题，两人不仅去店里做了头发、化了妆，还各自买了一套新裙子。

她们直接打车去了时瑜闻介绍的那个酒吧。进门后，电子音乐声扑面而来。那种振奋人心的音符好像一下子打在了你的心上，让你的思维跟着它跳动，暂时忘记生活上所有烦恼的事情。

邵乾乾拉着方潭在吧台前坐下，照着时瑜闻临时教的路数跟酒保点了酒。

酒上了之后，邵乾乾一声不吭就开始喝，方潭知道她心里不舒坦，也没劝她，只是自己没怎么喝。过了会儿，方潭发现手机屏幕亮了起来，来电显示的是个陌生号码。

“乾乾，我接个电话！”音乐声很大，方潭只好吼道。

邵乾乾朝她随意地挥挥手：“去吧去吧。”

“你在这儿不要动！”

“知道了！”

方潭见她乖乖地坐着，便拿着手机找了个安静的地方，接起来后才发现，打电话的竟然是林嘉措。

“怎么是你？”

“邵乾乾呢，她跟你在一起吗？我打她电话她没接。”

“她可能没听到，我们这儿太吵了。”

林嘉措愣了一下：“你们在哪儿？”

“CC 酒吧。”

“酒吧？”林嘉措拔高了声音，“你们怎么会在那儿？”

“你也知道她这两天心情不好，出来放松一下呗。”方潭道，“你有没有事啊？没事我不跟你说了，她一个人坐着，我去看着她。”

“喂——”

“你有事就直接过来好了。”

对面沉默了下：“行，那你把地址发我吧。”

方潭有些意外，她随口说说而已，没想到这人要过来。看来，他和乾乾还真不是那么清白。

林嘉措很快就开车到了方潭说的CC酒吧，他找邵乾乾其实是为了开挂那个事，他本来以为她应该是难过地窝在房间里，但没想到，这人已经去了酒吧。林嘉措既高兴又不高兴，高兴的是，她没有沉浸在那个旋涡里；不高兴的是，她酒量那么差，还去鱼龙混杂的地方喝酒。

林嘉措进门后四处看了看，但没有发现方潭和邵乾乾的身影。没办法，他只好给方潭打了个电话，电话很快被接了起来，然后他便看到前方不远处的卡座上，一个女人站起来对他招手：“林嘉措，这边！”

林嘉措眯了眯眼睛，方潭打扮了一番后，模样跟平时简直是天差地别。看着方潭的模样，林嘉措太阳穴一跳，那邵乾乾……

目光一移，他就看到了坐在里面一些的邵乾乾。虽然酒吧灯光幽暗，但他还是清楚地看见了她的模样。一字肩的连衣裙，裙子很短，白皙的肩头和修长的大腿就这么暴露在这纸醉金迷的世界中。

她还化了妆，不是很浓，但跟平时素面朝天的样子也有不小的差别，少了稚嫩的青涩感，多了几分妖冶气息。

林嘉措愣了片刻，然后猛然抬脚上前：“邵乾乾。”

“啊？”邵乾乾抬眸，看着眼前的人，还疑惑地歪了歪脑袋，“林嘉措？你怎么在这儿？好巧啊……”

林嘉措脸色黑沉沉的，方潭的目光在两人之间移了移，然后起身跟林嘉措说：“她喝多了。”

林嘉措冷声道：“边上这几个男的是谁啊？”

“不知道啊，就来酒吧玩的吧。”方潭看着林嘉措的表情，故意道，“他们看乾乾长得漂亮才过来搭讪的哦。林嘉措，你有没有觉得乾乾打扮起来很好看啊？”

“就这么打扮？”林嘉措冷哼了一声，“丑死了。”

方潭：“我们都觉得很好看，你眼光不太好啊。”

林嘉措没说话，拍了拍邵乾乾边上那人的肩：“麻烦让一下，我有点儿事想跟她说。”

那个男生抬眸看了他一眼，见他面色不善，默默给他让了位置。

林嘉措坐下时，邵乾乾正跟她边上那人聊得火热，林嘉措伸手从她脑后绕过，把她的头转了过来。

邵乾乾一抬眸，便对上林嘉措冷淡的脸，她眨巴着眼睛，犹豫了一下，问道：“怎么了？”

“聊得很开心哦。”

“你要不要一起听，他在说这个酒吧好玩的事！”邵乾乾眼睛放光，一张笑脸红扑扑的，憨态十足。

“有什么好玩的……”林嘉措见她这般模样，不自觉地放低了声音。

邵乾乾挥了挥手：“很多好玩的呢！”

“是啊，很多好玩的。”边上那男生搭腔，“我们玩游戏吧，猜拳怎么样？输了喝酒！”

边上的人纷纷表示同意，方潭拉了拉邵乾乾的衣服：“乾乾，我有点儿事，我们要不先走吧？”

邵乾乾迷迷糊糊，推开了方潭：“没事，你先走吧，别管我。”

林嘉措转头看她：“怎么了？”

方潭指了指手机：“我哥给我发信息，说家里出了点儿事，我现在要回家一趟。”林嘉措看了一眼兴致勃勃的邵乾乾，对方潭说道：“你先去吧，我看着她。”

方潭：“行吗？”林嘉措：“我等会儿送她回去。”

方潭自然是信任林嘉措的，而且她也有意让两人单独相处，便说：“那好，我就先走了，你可看好了乾乾啊，送到了记得告诉我一声。”

“好。”

方潭走了，林嘉措再回头的时候，邵乾乾已经开始和那些人玩游戏了。不过她运气不好，赢少输多。几杯过后，林嘉措看不下去，便全数替她喝了。只是这么喝下去，他恐怕也要上头了，于是等她再伸手要去猜拳的时候，林嘉措一把拉回了她：“行了，你醉了，我们走吧。”

“咦？”邵乾乾回头戳了戳他的脸，傻兮兮地道，“热的，是你醉了。”

林嘉措是觉得有点儿晕，这酒后劲挺足，不过他没喝那么多，说醉还不至于。他皱了皱眉，起身，一个用力就将轻飘飘的邵乾乾提了起来：“对，我醉了，我要走了。”

“啊？可我不走啊，我还好着呢。”

“你还好吗？哪里好了？是不是再吐我一身才算不好？”

邵乾乾：“嗯……”

原本玩得正起劲的几个男生见此也不乐意了：“你干吗呢？刚才让你替她喝酒已经是给面子，现在人家不走，你非拉人家走就过分了。”

“过分？跟你有什么关系？”林嘉措本来就看这人很不爽，刚才喝酒的时候，一个劲地盯着邵乾乾看，眼睛都不带眨的。

“我们玩得正开心呢，你说跟我有没有关系！”

“不要吵架，不要吵架。”邵乾乾摇摇晃晃地站在两人之间，“那个，这都是小事，这位大哥，你也别发火啊。”

林嘉措：“邵乾乾，别说这些有的没的，跟不跟我走？！”

坐着的那个男生更火了：“喂！你谁啊你，人家姑娘想留在这儿跟我们玩，你没看见吗？神经病啊，非得带人家走。”

林嘉措眉头一皱，刚想开口说什么的时候，就见边上的邵乾乾突然拿起背后一个靠枕砸到那人脸上：“你骂谁呢？！谁神经病啊？！你变成神经病他都不会是神经病！”

林嘉措蒙了，那男生就更蒙了，他没想到上一秒笑得甜美的姑娘下一秒就凶神恶煞，一副要吃了他的模样。

“我告诉你啊，你再对他开口说不好听的话，我、我砸死你！”

“我——”

邵乾乾没等他说话，大手一挥，搭在林嘉措肩膀上，道：“我们走！”

林嘉措反应过来后，差点儿被她逗笑了，不过他没显露出来，只是对着那几个男生扯了一下嘴角，要多嘲讽有多嘲讽。接着，他就这么架着她，和她一起出了酒吧。

“走快点儿。”邵乾乾虽然脑子晕晕乎乎的，却走得飞快。

“怎么了？”

“我刚才打人了，我们不走快点儿，他们追出来怎么办？”

林嘉措扬了扬眉：“哦，你也知道你打人了，那人追出来，我只能把你丢下跑了。”

“喂！你这么狠心啊，我刚才是替你打的人。”

夜风习习，林嘉措停下了脚步。他一只手揽着她的腰，一只手扶住了她的肩膀，两人离得很近，近到他垂眸便能看见她满是繁星的眼睛。

“那……你为什么要替我打人？”

邵乾乾踉跄了一下，被林嘉措扶稳了，她抬首，伸出两只手捧在他脸侧：“因为你是林嘉措，因为我——”

“嗯？”心脏因为她突然的停顿紧缩了一下，喉间有些干涩，林嘉措艰难地咽了口口水，道，“因为你什么，邵乾乾？”

“因为我——想睡觉。”

语毕，邵乾乾“咚”的一声撞进了林嘉措怀里。

这人竟然就这么直接倒了，头歪在他身上，整个人跟泥鳅似的往下滑。林嘉措搂着她完全走不动路，最后只能反身将她背在了背上。偏偏他自己也喝了不少酒，车也不能开。夏天的夜分外闷热，林嘉措背着邵乾乾站在酒吧门口的时候，已经冒出了一层薄汗，背上那人还咿咿呀呀地拳打脚踢。

“你别乱动！”

“嗯……我想吐。”

林嘉措脚步一滞：“不许吐！”

上次吐他一手的事还记忆犹新，一想起来就头皮发麻。林嘉措回头紧盯着她：“不许吐听到没？吐了我就把你丢在这儿！”

“别……”背后那人闻言双手搂紧了他的脖子，蹭了蹭后呢喃道，“我不吐……我忍着。”

近在咫尺的呼吸就在后颈上，酥酥麻麻的感觉让林嘉措差点儿没稳住，他定了定心神，艰难地拿出手机打了辆车。

“乖乖忍着，我送你回家。”

“嗯……好。”

车很快就到了，林嘉措知道最近她和邵广语关系不好，学校宿舍这会儿也已经关门了，于是他直接让司机把车开到她的出租房楼下。好不容易背着她到门口，按门铃却没人来开。

“邵乾乾，你室友不在家？”

邵乾乾伏在他背上，闻言反射性地回答：“时瑜闻去香港了……”

“那你把钥匙给我。”

背后的人没理他，林嘉措只好把她放下来，然后去她的包里找钥匙。

邵乾乾：“你干吗？！”

这画面似曾相识，林嘉措瞪了她一眼：“把你那好像要被轻薄的表情收回去。”

“你别欺负人啊！我有钱……”

没等她说完，林嘉措就抢白道：“知道你有钱，要色没有要钱很多，是不是？”

“是不是还想给我报银行卡密码？”林嘉措从她包里翻到了钥匙，顺手在她额头上敲了一下，“邵乾乾，你套路能不能换换，我像是惦记你卡里那点儿钱的人吗？”

邵乾乾捂着额头，委屈地看着他。

林嘉措轻笑了一声，起身去开门。成功开门后，他把她从地上拖了起来，然后拖着她晃晃荡荡地去了她房间。终于把邵乾乾扔到床上，林嘉措也累得坐在旁边嘟囔：“醉了怎么这么能折腾，拖都拖不动……”

“嗯——热。”床上的人突然呜咽了一声。林嘉措回头去看她，然后他猛地僵住了。

邵乾乾今晚穿的本来就是一件短裙，此刻被她自己一撩，裙摆只险险地盖住腿根，而且因为热，她还在伸手去扯本来就要掉不掉的领口。

春景撩动，活色生香。

林嘉措只觉“轰”的一声，思绪从头炸到脚。

“脱了……”

“你别扯！”林嘉措反应过来后，一下子扑到她边上，按住她不安分的手，“别扯别扯别扯！”话语间，有他自己都能察觉到的慌乱。

“你放开——”邵乾乾半眯着眸，只觉有人在干扰她，于是她开始奋力地挣扎。挣扎不开，邵乾乾气得拿脚去踢他，林嘉措完全没有防备，还真的被她踢翻在一边。

他愣了一下，想要起来的时候，却见边上这人翻身跨坐到了他的身上。

“热——”说着，邵乾乾便开始脱衣服。

林嘉措猛地起身拉住了她的手，沉沉的声音中带着沙质的暗哑：“邵乾乾，你想死吗？！”

“你才想死……”邵乾乾不知哪来的劲，一下子又把他按了回去，“你说谁想死呢？你骂谁呢……你们这些网络喷子！”

“我又没有做错事，你们变心也变得太快了，”邵乾乾撇了撇嘴，“你们怎么能这么跟风？！”

林嘉措总算知道她在说什么了，她大概是这两天被网络上的那些言论伤到了，虽然她面上不动声色，但心里还是很在意的。

林嘉措沉默了一瞬，道：“没有，没有变心。”

邵乾乾：“骗人！”

“真的。”林嘉措任由她压着自己，“我可真没变心！”

“你怎么证明？嗯？你怎么证明你还喜欢我？”

胡搅蛮缠的女孩像个幼儿园的小朋友，林嘉措抿了抿唇，鬼使神差地伸手覆在她的颈后，然后又如被蛊惑了一般，把她往下压了压。

越来越近，近到他的唇终于贴在了她的唇上。很软，很麻……只是轻轻地贴在一起，却让他的心跳快得像要炸开一样。

这是一种他从未经历过的，令人惊心动魄的感受。

“这就是证明？”邵乾乾微微拉开了距离，疑惑道。

“嗯，是证明。”林嘉措胸口起伏，声音越发沉闷。

“就这样啊……”

“你要不要试试……更多的？”林嘉措望着她，眼神中是自己都控制不住的希冀。

年少气盛，血气方刚。这二十年来受的教育跟他说不可乘人之危，可他不受控制地对一个喝多的人又哄又骗。

身上那人突然笑了一下，一口咬在他的嘴唇上：“你有点儿甜。”

嘴上的疼痛让林嘉措微微颤了一下，随即铺天盖地而来的刺激更加汹涌，他眼眸一暗，翻身就将她反压在床上。他按着她的肩膀，借着自身那点儿浅薄的酒劲吻上了她的唇。

邵乾乾一开始有些不舒服地推搡了几把，后来却像寻到什么好玩的事情一样，对着他的嘴唇又啃又咬。两人皆是生涩地胡来，从床头到床尾，无声无息，风起云涌。邵乾乾在这种类似“打斗”的翻滚中，裙子被扯得乱成一团。

林嘉措搂着她腰的手往下移了移，于是便碰上了她光洁的大腿。细腻的手感，让他的手一沾上去就挪不开，他不受控制地上下滑动了一下。

“呀——”突然间，身下那人抬起腿一脚踹在他的身上。她还想再来一脚的时候，林嘉措已经有了准备，往边上翻滚了一下。可他没料到他们已经滚到了床尾，于是他直接从床上翻到了地板上。

“砰”的一声，又响又痛。

林嘉措：“……好痛！”

“你输了，”趴在床沿的那人半眯着眼睛看着他，“你输了！”

床上那人说完后就这么趴着睡了过去，林嘉措坐在地板上，蒙过之后感觉一股凉意从某处冒起来。

他刚才，差点儿做什么了……

林嘉措看向趴着的邵乾乾，这人半张脸埋在被子里，另外半张脸红扑扑的，看上去无辜又单纯。林嘉措闭了闭眼，突然一拳砸在地板上。突然这么做是他不对，可他现在浑身跟要冒火似的，这人就这么睡过去了？！

“邵乾乾？邵乾乾！”

一片静默。

林嘉措抚了抚额，叹道：“你想气死谁啊你……”

第二天中午，搭乘早班机的时瑜闻回到出租房，看到站在餐厅里的男人，吓了一大跳："你怎么在这儿？"

林嘉措刚拿了外卖摆在桌子上，看到时瑜闻回来便走过来说："午餐在这儿，麻烦你叫邵乾乾起来吃，我先走了。"

"你等等！"时瑜闻眨了眨眼，"她还没起来？"

"嗯。"

"那、那你是怎么进来的？"

林嘉措面不改色地说："我昨天在这儿。"

"你跟她睡了一晚？！"

"我睡的沙发。"林嘉措见她一脸不信，便解释道，"别误会，她昨天喝多了，我怕她出事，所以没走。"

"啊……"这个"啊"并没有显示出时瑜闻的信任，而是她对"喝多了"这三个字眼的反应。而且……时瑜闻看着林嘉措明显被咬了的嘴唇，打死都不相信他只是睡了一晚沙发。

"你这沙发睡得……真带劲儿。"

面对时瑜闻意味深长的眼神，林嘉措咳了声，道："我先回去换身衣服，她醒了你让她给我打电话，我有事跟她说。"

"明白。"

"嗯，再见。"林嘉措说罢，快速走出了大门。

邵乾乾从床上爬起来的时候，时瑜闻正好推门进来，两人一坐一站，对视了十多秒。邵乾乾："你干吗？"

时瑜闻上上下下打量了她几眼："你们昨天很激烈啊。乾乾，你们什么时候进展这么快了？"

邵乾乾顿了一下，抬眸："你说什么？"

"你看看你这嘴巴肿得哟。哇，还有脖子上这是什么？"时瑜闻啧啧摇头，"邵乾乾，你不得了啊，不鸣则已，一鸣惊人，可以可以，很可以。"

邵乾乾："什么……"

"对了，你男神临走前还给你留了午饭，我看他溜得那么快的样子，怎么像是在害羞啊。"时瑜闻道，"你昨天把人家扒得一点儿不剩了吧？"

邵乾乾一脸迷惑地看着她，然后慢慢地看向自己的衣服。这是昨天和方潭一起去买的连衣裙，料子很好，款式也很好。可此刻，它宛如一块破布般挂在她的身上，实在是看不出昨晚的风姿。

昨晚，她和方潭去酒吧了，后来……后来林嘉措也来了。

记忆慢慢苏醒，零星的片段在她脑子里冲撞，可那片段，不是梦吗？她压在他身上，或者他压在她身上，两人翻来覆去地在床上互啃的画面不是梦吗？！这应该是春梦吧？！

十分钟后，时瑜闻坐在餐桌边，一边吃着东西一边朝浴室那儿喊："你快点儿出来，饭都要冷了。"

结果她没等到邵乾乾的回应，倒是先听到了门铃声。

时瑜闻放下筷子，走去开门，来的人是方潭。

方潭进门换了拖鞋，看了一圈后道："乾乾呢？"

"浴室洗澡呢。"

"洗澡？"方潭愣了一下，"大中午的洗什么澡？"

"你说呢？昨晚浪了一夜，才醒来，可不得洗澡嘛。"时瑜闻大大咧咧地在餐桌边坐下来，一双长腿跷在了另一把椅子上，"方潭，来吃啊。这可是她家男神买的，够三四个人吃了。"

"男神？你说林嘉措啊。"方潭也在餐桌边坐下来，"他今天也来了？"

"什么叫今天也来了，他就没走过好吗？不久前才离开的。"

方潭被她的话呛了一下："几个意思？"

"还有几个意思？你们昨晚不是去酒吧了吗，林嘉措送她回来的你不知道？林嘉措昨晚就睡这儿你不知道？他们俩睡了一夜你不知道？"

前一个问题她当然是知道的，只是后两个？方潭微微瞠目，一下子从椅子上站起来："这不可能。"

"怎么不可能？"

"林嘉措哪是这种，这种……"方潭说不出形容词，只觉得林嘉措肯定不会这么乱来的。

"什么这种那种啊，孤男寡女醉酒后共处一室，你说能怎么样？你说，你说说。"

两人面面相觑，就在这时，浴室的门打开了。邵乾乾穿着浴袍走出来，头发还湿漉漉地披在肩上："你们俩声音能不能小点儿，我都听见了。什么怎么样，什么都没有好不好！"

方潭连忙走过去："乾乾，昨天我打了电话给林嘉措，那会儿他说他已经把你安全送到家，让我放心。他……昨晚没走？"

"我喝多了，我不知道。"邵乾乾红着脸走到餐桌边，"你们这么看着我干什么？我们肯定、肯定没做什么啊……"

其实这话说得她自己都有点儿虚，因为那春梦一样的画面是真的存在，而她脖子上的……痕迹也真的存在。想到这里，邵乾乾又默默地拉了拉领子，脸色更不淡定了。

她刚才在浴室里已经对着镜子崩溃了好一会儿，也让自己冷静了好一会儿，可现在再想起的时候，还是忍不住面红耳赤。她是真的希望昨晚把林嘉措压在身下的那个女人，不是她！

方潭看了她好几眼，然后也在边上坐下了：“看来是我高估林嘉措了。”

“你这话什么意思呢！什么高估低估的！我们真的什么都没做啊！”

方潭：“……哦。”

时瑜闻：“你觉得开心就好。”

邵乾乾：“哎……”

吃了几口饭，时瑜闻突然想起什么似的道：“对了，你老公走的时候跟我说，让你醒了之后给他打个电话，他有事要跟你说。”

邵乾乾僵直着手，有点儿吓到了：“……你把‘老公’两个字吞回去。”

时瑜闻扬了扬眉：“那你男朋友——”

“‘男朋友’也吞回去！”

“……行，那林嘉措说让你给他打个电话，你现在就打吧。”

“我不打！”

时瑜闻：“怕了？哎呀，大家都是成年人了，而且他不是你男神吗？睡了男神多占便宜啊。”

时瑜闻刚想再贫两句，邵乾乾放在桌上的手机就响了，她看了一眼，发现是林嘉措。她笑道：“人家都等不及直接给你打了，接接接！”

方潭和时瑜闻的目光闪电一般射向邵乾乾，邵乾乾瞪了两人一眼，立刻拿起手机走进房间，并且十分迅速地关上了房门。

把两个八卦的女人挡在门外后，邵乾乾还是有点儿不敢接电话。

昨夜的事对她来说有点儿超出想象范围，她也许感觉到了林嘉措对她不一样，也觉得两个人亲近了许多，但……绝对还没达到直接爬上床激吻的程度。

清醒的她，绝对没那个胆子……

电话还在持续不断地响着，邵乾乾欲哭无泪，最终咬咬牙，按了接听键。

“喂。”

“醒了？”

“醒了。”

“嗯，有没有联系过平台那边？你的账号查完了吗？直播间解禁了吗？”林嘉措问了一通正经问题，语气平常，仿佛昨天根本没发生什么。

邵乾乾沉默了，会不会……昨天真的只是梦？

“邵乾乾？”

“哦，我在我在，我现在就打开电脑看一下。”

“嗯，开吧，顺便我也跟你讲一下网上那个开挂视频的事。发出这个视频的那个人已经找到了，这个人的互联网协议地址和一个主播所在的地址重合了，还有视频发出后那些黑粉也是这个主播雇的水军。”

邵乾乾有些意外：“谁？”

“卢菲。”

“卢菲？”邵乾乾心中震惊，怎么都没想到对方会暗地里害自己。

“还有，卢菲和你们圈里那个很有话语权的严东是情侣。严东其实是被IR战队的高层丢出来的，IR需要新鲜且厉害的血液，严东年龄和反应能力都不太行了。”

“这和我有什么关系？”

林嘉措：“当然有，IR那边一开始是打算用你代替严东。这个，我想严东自己也知道的。”

邵乾乾：“所以严东很讨厌我？”

“是吧，再加上他女朋友卢菲，鬼哥说你们之前也一起打过游戏吧？卢菲因为你被网友大肆嘲笑了一番。所以，他们俩会给你使绊子很正常。”

邵乾乾没想到后面原来还有这么一大串原因：“这些……你是怎么知道的啊？”

林嘉措顿了一下，说：“认识几个朋友，网络上的事难不倒他们，就顺便找出来了。至于卢菲和严东的关系，是我让鬼哥去了解的。对了，早上已经由朋友安排，让人穿上马甲在网上把卢菲抹黑你的事还有卢菲和严东的情侣关系发布出去了。”

“真的吗？真的太感谢你了！你好厉害，竟然能挖到这些信息。”邵乾乾知道，虽然林嘉措说得轻松，但这中间肯定有很多事需要忙活。

“不用谢，小事。”林嘉措道，“其实我昨天找你就是想跟你说这个事，但是——”

林嘉措的声音戛然而止，那边一片静默。邵乾乾听着那边浅淡的呼吸声，心也一下子提到了嗓子眼。

“但是我喝多了，也没想到你会来。”邵乾乾接过他的话，然后尬笑了两声，“要是知道，我肯定不会去酒吧了。”

“嗯，不过不要紧，去了也挺好的。”

林嘉措淡淡的声音从听筒里传了过来，邵乾乾喉间一紧：“……好什么？”

“你要是没去的话，我也不会知道原来邵同学还有那么狂野的一面。昨天的事，没忘吧？”

邵乾乾背后一僵，几乎是下意识地道：“我忘——”

“敢忘了你就死定了。”林嘉措幽幽一笑，“邵乾乾，我没忘。”

邵乾乾握着手机的手颤了颤，心一横，道：“我没全忘，但是、但是有点儿模糊。我们……没做什么太出格的事吧？”

林嘉措似又笑了一下：“还好，只是该亲的都亲了，该摸的都摸了。不过你放心，我会负责的，而你，也别忘了对我负责。”

挂了电话后，邵乾乾坐在电脑前好似要人间蒸发。什么叫该亲的都亲了，该摸的都摸了……要不要这么露骨啊！这是林嘉措吗？这真的是林嘉措吗？！为啥一夜风流……啊呸，一夜醉酒之后就变成这样了？！

邵乾乾涨红着脸，点开了自己的直播间。机械式地输入账号和密码后……哎？可以登录了？

“乾乾。”方潭在外面敲门。

邵乾乾：“进来吧。”

“嗯。”方潭开门进来，拿着手机到她面前，“你看，今天早上有人列出证据说污蔑你开挂的视频是卢菲做的，还有人跳出来说卢菲和严东是情侣，是卢菲让严东转发的那条开挂的视频。”

“不仅有这层原因。”邵乾乾稳了稳心神，道，“严东本来就因为IR的事看我不爽，而且他也从内心觉得我用了外挂。”

“他觉得有什么用啊，你看你们平台的微博，就在一个小时前挂出来公告说你的游戏账号无任何开挂嫌疑，狠狠地给了那些污蔑你的人一个巴掌。”

“公告都出来了吗？难怪我的直播间可以进了。”

“可不得开通你的直播间，都说你没开挂了。”方潭想了想，又道，“还好有人帮你把卢菲和严东的勾当揭发出来，要不然平台说你没作弊，肯定会有人说平台在故意偏袒你。现在好了，他们俩被网友喷惨了，网上有很多人在跟你道歉了，你看到了吗？”

邵乾乾：“我还没来得及看。”

邵乾乾拿出自己的手机点开微博，果然，她的评论区一片和谐之音。

我就说嘛，瓜瓜不会开挂的！

卢菲也太恶心了吧？之前因为瓜瓜被网友喷花瓶，所以才想报复是吗？

之前本来还很喜欢严东的，没想到他会和卢菲串通一气来污蔑瓜瓜。

……

网上风向一下子变了，从一开始的怀疑、辱骂到现在的道歉、追捧。邵乾乾看着那些陌生的账号，一时间不知道要说什么。

后来，平台那边的梁经理又给她打了电话，说是可以照常直播，还说要帮她造势，再捧她上一个台阶。邵乾乾没什么兴致，没再说什么就挂了，她对这个平台，更确切地说是这个平台的负责人有些失望。

不仅梁经理给她打电话了，IR的经理也再次联系她了，这次邵乾乾没有犹豫，直接拒绝了他们的邀请。不信任她的人，她也不会与之为伍。

“乾乾，你不直播吗？”方潭看她好似要去上下午的课，有些疑惑。

邵乾乾：“林老师和我爸是一个办公室的，不去又得被我爸发现了。而且既然已经沉冤得雪，我也不急于这一时。”

“前两天不能上直播，你不是还急得不行？”

“但现在不一样啊，”邵乾乾眼中闪过一丝狡黠，“我想等网上的言论再发酵发酵，等到卢菲和严东被骂个半死了，我再上去大方地说两句，得饶人处且饶人嘛。”

方潭：“好一个得饶人处且饶人，有点儿小心思嘛。”

“客气客气。”

到了教室后，邵乾乾和方潭走到后排的位置，柯小唯已经给她们占好了座位。邵乾乾是从教室前门进来的，她发现从她进来到坐下，班上这群人的视线一直往她这儿瞥。邵乾乾被瞄得怪不好意思的，压低声音道：“我脸上有东西？干吗一直盯着我？”

柯小唯越过方潭拍了拍邵乾乾的肩：“这两天你因为直播的事萎靡不振，所以都不知道啊。”

“什么？”

“你跟林嘉措啊，我们班女生说林嘉措帮你搬行李，帮你接弟弟，还说你快追到林嘉措了。”

邵乾乾：“……我什么时候追林嘉措了？”

柯小唯“啧啧”摇头：“我也不知道，但就是这么传的。告诉你啊，现在不只是我们班，就连其他班都有耳闻了，而且，大家都知道雷茵茵因为你狠哭了一场。”

邵乾乾深吸一口气："干啥呢？最近真是花样不断，我招谁惹谁了？"

柯小唯："那你跟林嘉措有猫腻也是事实啊。"

"我……"邵乾乾想否认，但想起昨夜，她半个字都挤不出来了，最后，她只能嘟囔了一句，"那反正我没有追他。"

"没有追我就这么值得你庆幸吗？邵同学。"突然，头顶传来一个熟悉的男声。邵乾乾吓了一跳，下意识地站了起来，不过她屁股刚离座，就被林嘉措按着肩膀压了回去。

"上课了，想去哪儿？"

林嘉措话里含笑，声音也十分温柔，但邵乾乾紧张得头都没敢转。因为她怕一看到他，又清晰地回忆起昨天的……风起云涌。

邵乾乾没答话，林嘉措也不在意，他放下手里的书，直接在她边上坐了下来。前排的人皆好奇地转过头来，有些是偷偷摸摸，有些是明目张胆。邵乾乾求救地看向柯小唯和方潭，然而这两人当她是透明人似的，齐齐地看着自己的手机不说话。

"邵乾乾。"

"啊？"

"你过来。"

"过，过哪儿啊？"

林嘉措瞥了她一眼，伸手把她往他那边拽了些："我让你靠近点儿，这么远，你想让我怎么说话，都上课了，我跟老师比谁的声音大吗？"

人被他拉近了，林嘉措看着眼前小姑娘涨红的耳朵，忍住了心中的荡漾："我就是想问你，你什么时候开直播？"

"晚上吧。"邵乾乾拿着笔在书上乱画，强迫自己冷静。

"嗯，开始了跟我说一声。"

"哦。"话音刚落，笔头就被人按住了，邵乾乾愣了一下，转头看他。

林嘉措眯了眯眸子："没别的话想跟我说了吗？"

"……昨天，你喝多了吗？"

邵乾乾说话的声音非常小，不过林嘉措听清了，他看着她，道："喝是喝了，但没喝多。"

"我喝多了。"

林嘉措眸子一沉："你想说什么？"

邵乾乾绞着手指，脸又开始热了："我想说啊，我喝多后有点儿胡来。然后、然后我知道大家都是年轻人，火气旺，那天时地利人和的，感觉来了也没办法。

我也不会怪你，都是成年人嘛，正常的。还有你说的负责……嗯，我没说一定要你负责。”

“那你就是不愿意对我负责？”

邵乾乾瞠目：“不是，我不是这个意思。”

“那就是愿意对我负责。”

“啊……”

“邵乾乾，我人挺好的吧？”林嘉措突然道。

邵乾乾眨巴着眼睛，不明所以，只好点点头：“你人挺好的。”

“为人友善，乐于助人，学习还不错。”林嘉措单手支着脑袋看她，“所以，对我负责也不是很亏，你觉得呢？”

“啪——”笔掉到了前排的桌下，邵乾乾咽了口口水，石化了。

林嘉措也不急着催她回答，伸手点了点前排趴着玩手机的男生的背，男生转过来，林嘉措低声道：“邵乾乾的笔掉到你的桌下了，能麻烦你捡一下吗？”

男生对林嘉措笑了下，然后又意味深长地看向邵乾乾：“没问题啊。”弯腰捡起笔，那男生转过来对着两人道：“喂，你们俩算是咱们班第一对，是不是该请大家吃饭？”

邵乾乾：“我们不——”

“革命尚未成功。”林嘉措拿过他手中的笔递到邵乾乾面前，然后一脸冷静地看着讲台上的老师，“等真成了，会请的。”

男生一阵怪叫，回过头后就跟同桌咬耳朵并且传递最新消息。

邵乾乾看着前面讨论得很激情的同学，一脸迷茫地看着林嘉措：“我有疑问……”

林嘉措说完那句话后，心里也在默默地紧张，但他觉得自己一定得撑住，于是淡淡道：“问。”

邵乾乾斟酌了一下，犹豫道：“革命尚未成功，你……你不会在追我吧？”

林嘉措停顿了下：“不明显吗？”

“你不会喜欢我吧？”

“……不明显吗？”

“明显吗？！”邵乾乾脑子一团糨糊，不知道两人怎么就跳到了这一步，“啊……是因为昨天的意外吗？还是因为我昨天打扮很好看惊艳到你了？”

林嘉措眯了眯眼睛：“嗯？”

“我昨天到底好不好看？”邵乾乾追问。

林嘉措只好认真地想了一下：“是挺好看的。”

邵乾乾压低了声音，怕别人听到，还揪着林嘉措的衣服把他拉近了些。她目光有些闪烁：“所以，你喜欢这一款的？”

林嘉措怔了一下，看神经病似的看着她：“你觉得我这样只是因为昨天吗？”邵乾乾有些不好意思地说：“昨天那样子我也觉得挺好看的，就是我不太习惯。”

“嗯？”

“但我平时不是那样的。”

“不是，邵乾乾，你脑子坏了吧？”

邵乾乾看了他一眼：“人身攻击啊。”

林嘉措嘴角微微一抽，有点儿想把这人按在地上摩擦一顿，但是时间不合适，场地也不合适，他只好忍了忍，道：“昨天是个意外，但如果没有昨天，我们也会走到这一步，要不然你以为我为什么总是帮你。”

邵乾乾想了想，脑子里冒出林嘉措之前对她说过的话：“你说你是副主席，帮助同学是义务。”

“我怎么说什么你都信！”

教室突然一静，前排的人转过来看着他们这边，连老师都停下讲课，疑惑地看着林嘉措：“嘉措，有什么问题？”

邵乾乾默默地低下脑袋。林嘉措深吸了一口气，扬了扬嘴角：“抱歉，老师，我没什么问题，您继续。”

“好，有什么问题就提出来啊。”

毕竟是林嘉措，老师也没批评，说完后就继续讲课了，只是同学们时不时便会回过头看他们这个位置。

邵乾乾趴在桌上，心口怦怦直跳。她调整好呼吸，终于抬眸看向林嘉措。

眼前的这个人，是她一直列进男神列表的人，她从前虽然经常将他挂在嘴边，但其实没有一次是真的想要去追寻。那些都是逞口舌之快，玩闹而已。可后来，他们渐渐有了交集，他也帮了她很多，甚至，他在她最难过的时候告诉她——他相信她。

他真的是很好的人啊，好得让她觉得这人真是神奇，什么难事有了他就都能解决似的。所以刚才，她其实不是故意找碴儿，不是故意说那些话气他，她只是觉得有些不真实。

他不缺女生的喜欢，不缺漂亮女孩的爱慕。怎么就喜欢上她了呢？

“林嘉措。”邵乾乾伸手拽了拽他的衣角，低声叫了他的名字。

林嘉措侧目看了她一眼，虽然被她气着了，但还是微微倾身放低了姿态。

邵乾乾见他耳朵靠了过来，便低声道："我还是觉得挺意外，所以……是真的？"

"我像在说谎？"

邵乾乾："……没有。"

林嘉措笑了一下，伸手在她额头上敲了一下："不着急，你可以回去好好想想，想好了告诉我，要不要负责。"

邵乾乾晚上回到出租房的时候，卢菲和严东两人已经如她所愿，被舆论推到了制高点。她对此没有表态，只是发了一条晚上八点准备直播的微博，评论下欢呼一片，而她则关掉了微博去餐厅吃饭。

"好久没吃到我们家方潭做的饭了，想念。"时瑜闻一副食欲大开的模样。

方潭笑了笑，伸手在邵乾乾碗前敲了敲："想林嘉措呢？再想也得先吃饭。"

邵乾乾瞪眼，一脸心虚地吼道："哪有啊！我想的是等会儿的直播好不好！"

方潭："哦，是吗？"

"是啊！"

"看不出来。"

时瑜闻在边上笑道："那想直播的人，你今天要怎么直播？"

"我会开视频。"

"难得啊，之前你都不开的啊。"

"之前是之前，现在全网都觉得我是个男人，还说我假扮女孩子吸粉，女人不可能玩得这么好。他们凭什么看不起女的，我非要打他们的脸不可。"邵乾乾愤愤地说道。

"可是……你不怕被你爸发现了啊？"

邵乾乾拿着筷子的手顿了一下，说："本来是怕的，可现在我爸已经知道我在做这个了，破罐子破摔呗。"

"行吧。"时瑜闻道，"不过乾乾，既然要上镜，你这形象……"

"干吗？"

"你不会打算就穿着睡衣，素面朝天直播吧？"

"怎么了，不可以？这就是我啊。"

时瑜闻头疼地按了按太阳穴："怎么说你也是当红主播，咱注意点儿形象好不？"

方潭跟着道："这个我赞同，你不仅要让大家知道你是个女孩子，还要让大家知道你是个漂亮的女孩子。不是有黑粉说你假扮女孩子吸粉吗？那你就吸粉给他们看嘛。”

邵乾乾听着，觉得挺有道理：“那我怎么打扮？”

时瑜闻：“交给我啊，你前面坐着一个非专业自主学习化妆师，很牛的，好吗？”

“……好。”

另外一边，张天临的家。

“所以你就简单粗暴地说要追她了？”张天临震惊地看着林嘉措，并且给远在城市另外一端的魏潇开了现场直播。

林嘉措靠在电脑椅上，抬眸看着他：“算是吧。”

“我的天哪，”张天临原地转了一个圈，然后对着手机镜头道，“听到了吗？老潇！我们的千年铁树终于要亲自去追女孩子了，这次还是现实中呢！”

魏潇：“听到了听到了。喂，你别挡镜头，对着嘉措啊，谁要看你。”

张天临忙把手机镜头调好，于是魏潇对着林嘉措道：“乾乾同意跟你在一起了吗？”

林嘉措皱了一下眉：“还没。”

张天临激动得颤抖：“乾乾竟然还拒绝了！”

魏潇：“张天临，你滚开！别挡我镜头！”

“……哦。”

林嘉措烦躁地看了眼两人：“注意措辞，不是拒绝，是在考虑。本来我的表态就够突然的，人家需要考虑一下又怎么了？大惊小怪。”

魏潇：“考虑当然可以，这说明乾乾不是那种见色起意的人，也说明她这个人对感情很认真嘛。”

张天临点头附和：“说得对，乾乾一定会想，这个周围都是女人的男人喜欢她会不会是一时兴起，她肯定会觉得你并没有那么靠谱。”

话音刚落，张天临就被林嘉措抓过来按到椅子上：“谁周围都是女人了？！谁不靠谱了？！”

“你这么暴躁，我们乾乾知道吗？！我要告诉她！”

林嘉措冷哼了一声，放开了他：“就你有嘴。”

魏潇：“不过……鬼哥说的倒也不是完全不对。嘉措，你本来就是招蜂引蝶的体质，乾乾说不定还真觉得你不靠谱。”

林嘉措顿了一下，脸色渐黑。

魏潇见他这副模样，忙补救道：“但是精诚所至，金石为开嘛！你在这段时间好好表现，人设改改，以后的人设就是‘全世界都是女人，但是我只看得到我们家乾乾’的宠妻达人。”

林嘉措横了屏幕中的他一眼：“这还用你说。”

三人聊了一通后，时间也差不多到八点了，张天临点进了邵乾乾的直播间：“今天可是我们乾乾重回主播界的日子，大家搬着小板凳坐好了。”

时间一分一秒地过去，八点整，邵乾乾准时出现了。

她这次直播有很多人等着，有些人是因为网上的那些言论来看热闹的，但更多的人原本就是邵乾乾的粉丝。邵乾乾这次的反转简直大快人心，他们之前因为维护她被网上那群喷子骂得体无完肤，现在终于扬眉吐气，可以反讽回去了。

邵乾乾一出现，直播间瞬间炸了，屏幕前的林嘉措和张天临也愣住了。

“这是乾乾？比我之前在她朋友圈看到的照片还好看！”张天临揪了揪林嘉措的肩，“我说你怎么凡心大动，原来是这么个萌妹子啊。”

林嘉措没理会张天临，他看着镜头中的邵乾乾，微微蹙了蹙眉。

他一直觉得她挺好看的，虽然不是那种很惊艳的类型，但是十分耐看，而且还是越看越可爱的那种。他记得她去学校的时候一直是素面朝天的，除了那晚去酒吧化了妆，她平时有没有化妆，他还真没看出来。

不过今晚应该有精心打扮过吧，镜头里她的模样，让他有种想伸出手狠狠捏一顿的冲动，真的……太可爱了。

经常见的林嘉措尚且如此，网上那些一直怀疑邵乾乾是个男人或者是个两百斤抠脚胖妹的网友就更加激动了。

！！！只有叹号能表达我此刻的心情，真的。

这就是瓜瓜？！我家瓜瓜也太好看了吧！

想象不出神枪手的背后是个萌妹子……

林嘉措这边也是开着弹幕的，他看到屏幕上飞过一连串“求网恋”“要抱抱”的言论时，白眼差不多快翻到天上去了：“这些人有没有谱，能不能矜持点儿？”

张天临转头看了他一眼：“吃醋呢，你跟网友讲什么谱？”

“发的都是什么，污秽不堪！”

张天临看了他一眼，安慰道：“放轻松，你只要想着人家都是逞口舌之快，你是可以真实触碰到就行了。”

林嘉措抿了抿唇，哦，说得也不是没有道理。

张天临见林嘉措面色明显缓和了，心中对他默默唾弃了一番。

另外一边，邵乾乾也没跟众人聊太久，稍微解释了一下自己为什么开视频，就直接进游戏了。她选择的是单排，她这次出场，本来就是要让大家清楚地看到她玩游戏的时候，手是如何操作的，纯为技术而战，所以没有叫鬼哥他们一起玩。

三局游戏下来，吃了两次鸡。

众人看着屏幕前明明是萌萌的女孩子一脸肃杀地射击，不管是左手在键盘上的操作，还是右手压枪等技术活，皆是运用自如，看得都心服口服。

鬼哥等到她第三场结束的时候，发信息过去问她要不要一起玩，说是表弟也在。邵乾乾也好一段时间没跟他俩一起玩了，于是想都没想就答应了。

林嘉措却手足无措了，抱怨道："你干吗？什么表弟要玩，我什么时候说要玩了？"

"我好久没跟瓜瓜一起玩了，你不要拉倒，我自己去了啊。"

"等等、等等，我来。"林嘉措不满地看了张天临一眼，"你就不能说林嘉措也来吗？"

张天临："林嘉措在我家合适吗？在瓜瓜眼中，我们应该还没熟到可以互相串门吧。赶紧的吧，你还可以依靠'表弟'这个身份从她口中了解一下她的喜好，多好啊。"

林嘉措顿了一下，回头看他。张天临本来以为他要不屑地开始吐槽他，但没想到林嘉措沉思了一下，说："没想到你还有点儿智商。"

"……滚。"

因为要跟鬼哥他们一块儿玩，邵乾乾便先进了 YY。

"所长今天来吗？"

张天临道："今天他有事呢，咱们三个玩。"

"行。"邵乾乾说罢，拉了两人进游戏，可看到表弟的账号后，她猛地想起了一些事。

就在暑假的时候，这家伙有说他是开了变声器吧？！因为之前网上把她和表弟凑一对儿的言论，她好长一段时间没跟他一块儿玩了。最近被"开挂"的事一搅，她都差点儿要忘记这件事了。

"喂，你好像很久没拉我一起玩游戏了。"突然，耳机里传来了表弟熟悉的声音，青涩的、依旧是十多岁少年的声音。

邵乾乾噎了噎："那不是我忙吗？"

"你忙什么，暑假有什么事可忙？你一直在玩游戏，别以为我不知道。"

林嘉措想起这个也有点儿气，那会儿他不过自曝用了“变声器”，她至于连游戏都不跟他玩了吗？

邵乾乾：“我玩游戏的时候你正好不在，怎么拉你？”

林嘉措勾了勾唇，这人借口倒是很多：“你可以发信息叫我。”

“我干吗要叫你？”邵乾乾哼了声，“骗子一个。”

林嘉措：“我骗你什么了？”

“之前开了变声器，现在都暴露了还用变声器！明明不是十几岁还假装很年轻，这不是骗子吗？！”

张天临喷笑出声，林嘉措瞪了他一眼，然后对着话筒道：“这件事我以后再解释，不过，我有件事肯定没骗你。”

“什么事？”

“我喜欢你那件事。”

游戏开始了，邵乾乾决定忽略“表弟”这个大骗子，只管自己玩游戏去了。关于表弟，她是有更多的事不知道，不过她也不想深究，反正都是网络里面的人，知不知道也没什么关系。

但游戏结束后，邵乾乾发觉自己好像想得太简单了。

关电脑的时候，她收到了来自表弟的微信：“如果我想追你，我该怎么做比较好？”

邵乾乾看到这条微信差点儿笑出声：“我看你不是十几岁，而是幼稚园没毕业，小朋友就不要追人了。”

表弟仿佛没看到她的回复，又说：“你喜欢吃什么？喜欢喝什么？喜欢什么类型的男生？”

邵乾乾哭笑不得：“干什么？我说了，你还能从网线那边爬过来履行啊？”

表弟：“也不是不可以。”

邵乾乾：“很惊悚了。”

表弟：“邵乾乾，我是很认真地在问你。”

邵乾乾扬了扬眉，趴在床上回复：“啊……真的吗？那我也认真地回复你啊。我喜欢吃贵的，越贵越好，我也喜欢喝贵的，越贵越好！至于什么类型的男生嘛，越有钱越好！”

对面很快就回复了：“就这样？”

邵乾乾边笑边打字道：“就这样！”

对面没有再回复了，邵乾乾笑倒在床上，觉得这小鬼太好玩了。

邵乾乾没有料到，班上的男生都看过她的直播。早上第一堂课开始前，她一到教室坐下，就被几个男生围住了。

“乾乾，我真的真的没有想到是你！”

“现在这么一想，声音还真的是像啊。”

“你竟然就是瓜瓜！昨天我们几个看到直播的时候都吓傻了。”

后排乱糟糟一片，雷茵茵回头看了一眼，又蹙着眉头转了回去。

“琦琦，他们在说什么？”雷茵茵忍不住问道。

被她问到的女生道：“邵乾乾是网上的一个神秘主播，玩游戏蛮厉害的。我听我们班男生说，他们都看过邵乾乾的游戏直播。”

“游戏主播？”

“对啊，很红。”

雷茵茵听罢，面色有些沉闷。琦琦见此忙道：“就一个主播而已，算得了什么呀。而且我听别人说，邵乾乾和林嘉措根本还没有在一起，都是谣传。”

“没有在一起吗？”

“是啊，没在一起，消息很可靠。”琦琦安慰道，“想想也是，你这么漂亮，林嘉措都……”话音一滞，琦琦看到雷茵茵面色更差了些，于是连忙转过头去，没再继续说下去。

而此时，林嘉措也正好从教室外走了进来。雷茵茵的目光一下子就落到了他的身上，只是，她却眼睁睁地看着他一步步往后走，走向了邵乾乾那个方向。

她多想不在乎，多想就这么放弃了，可喜欢过他这样的人之后，她都不知道怎么再去选择另一个人。自尊让她不再明目张胆地去纠缠他，可不甘又让她控制不住地去讨厌那个他所关注着的人。

她那么喜欢他啊，可是，他怎么能喜欢上一个不如她的人呢。

邵乾乾跟班里男生的关系只能算一般，她经常宅在电脑前，跟他们交流得不多。不过毕竟是同学，面对大家好奇的询问，她面上也没有露出半点儿不耐烦，只是心里念叨着，今天就不该这么早来教室。

“邵乾乾。”就在这时，人群外突然冒出她最敏感的那个声音。

邵乾乾一怔，立刻循声望去。

果然，林嘉措就站在走道上，微垂着眸子看着她。

“干吗……”

林嘉措随意地扯了扯嘴角，语气如往常一般温和地道：“你出来一下，有事。”

“啊？要上课了。”

林嘉措抬手看了一下手表："没，还有五分钟。"

"啊……"

"出来。"林嘉措笑了一下，"要我拉你吗？"

"……不用。"

林嘉措点点头，满意地走出教室。邵乾乾看着他的背影，没办法，只能在众人的目送中跟了过去。

走出来后，看到林嘉措就站在楼梯口，她问道："什么事？"

林嘉措看着她，没说话。因为他也不知道什么事，只是看着她被一群男生围着，内心暗自不爽。反应过来后，他就已经出声叫她了。

"没事吗？"邵乾乾站在他面前，不知道为什么，头皮都开始发麻，"没、没事的话，我就先回去了？"

"你站住。"林嘉措清了清嗓子，"我有事，你跟我过来吧。"

"去哪儿？"

林嘉措想了想，道："学生会最近招新你知道吧？"

邵乾乾有些疑惑："知道啊。"

"对，因为这个事，我最近挺忙的，你过来帮我一下吧。"

"啊？"

"走了，"林嘉措上前拉住她，"你也是学生会的一员，不是吗？"

邵乾乾茫然地被他拉着往前走："可我只是体育部的一个闲置小部员。"

"嗯，那现在我要征用体育部的闲置小部员。"

莫名其妙地被拉到学生会办公室，邵乾乾看着摆了一桌的东西，纳闷道："这都是什么？我看不懂，你还是不要让我帮倒忙了。"

"那你坐着吧，我自己来就好。"

邵乾乾愣了一下，耳根有点儿热："那、那我先回去了。"

"坐着。"林嘉措指了指办公桌前的椅子，微抬的眼眸带着温柔的诱哄。

"可上课了。"邵乾乾舔了舔发干的唇，觉得自己跟他这样单独待在一起，心脏都要跳得失去机能，"我觉得我还是回去上课比较好。"说着，邵乾乾就要往门外跑。然而林嘉措眼疾手快地倾身，一下子就把她抓了回来。

邵乾乾惊呼了一声，突然之间，整个人都被他扣住了。他一只手抵在她耳边，另一只手却压在了她腰附近，卡得死死的，她是从哪儿也溜不出去了。

"你跑什么？"林嘉措的声音从头顶传来，有点儿低，还带了点儿不怀好意。

这感觉让邵乾乾既陌生又熟悉，他之前也这样逗过她，那会儿她的心就是像此刻这样，有点儿茫然，有点儿惊慌，还有点儿……惊心动魄。

"我、我觉得我们该回去上课，你觉得呢？！"

"我觉得不用。"

"你当然不用，你不去老师不会说你，我不去的话——"

"放心，"林嘉措打断了她的话，淡淡道，"我帮你解释，老师不会怪你。"

邵乾乾自然不是怕被老师骂，因为这节课的老师几乎不点名。只是，现在这个姿态，实在让她有点儿呼吸困难。

"你、你要不还是去看你的工作吧，我坐着、我就坐着不走还不行吗……"邵乾乾见他没有放开她的意思，只好退而求其次。

然而，林嘉措好像并不觉得她这个提议好，他微微俯下身，看着她的眼睛："刚才让你坐你不坐，现在我不想让你坐了，你倒是要坐了。"

"……我现在觉得坐着也挺好的。"

离得也太近了！邵乾乾下意识地屏住了呼吸……此时此刻她觉得，林嘉措和平时的他差太多了，那个温文尔雅、事事礼貌的林嘉措肯定是不会这么咄咄逼人的。

"不用，我觉得站着挺好。"林嘉措笑了笑，目光在她脸上巡视了一番，然后低声道，"邵乾乾，你为什么化妆？"

邵乾乾滞了一下，嗯？话题为什么跳转得这么快？

"你以前，好像不怎么化妆吧？"

邵乾乾撇过头，避开他的目光："我哪有化妆啊！"

"没有吗？"林嘉措伸出拇指，在她唇上轻轻擦了一下，一瞬而过，他却清晰地感觉到她那处的柔软和细腻。林嘉措微敛神色，看向指腹上的一抹红："这不是口红吗？"

邵乾乾也感觉到有什么擦过她的唇了，干燥而温热，让她一下子红了脸："你干吗？化了化了，我化了还不行吗？你不要上手。"

林嘉措低着头，看着她因羞赧而泛红的耳尖，也看着她嘴角被他擦过而变浅的一点儿唇色，问："你昨天回去有没有好好想想？"

"想什么？"

"这么说你是没有好好想了？"林嘉措目光一深，伸手挑起她的下巴，"关于我说的负责，你没有好好想想？"

邵乾乾被迫仰着头看他："我想了一些。"

"嗯，结论呢？"

"结论——"

"新成员招收就在晚上七点钟，外交部那边估计会有很多人来报名，多安排点儿人手。”突然，办公室门外传来几个男声。

“那要不要设置第三轮筛选？”

“也行吧，你们看看到第二轮的时候刷掉多少了。”

越来越近的声音，仿佛下一秒就要破门而入，邵乾乾瞪眼，一脸惊慌地看着林嘉措。林嘉措微微蹙了蹙眉头，对她比了个“噤声”的手势，然后就在办公室的门把被人按下的那一刻，迅速地拉着她躲进了办公室放资料和书籍的小杂物间。

杂物间的门关上时，外面的门也正巧被人打开。

邵乾乾依旧被他抵在墙上，而且这次，他还把她的嘴捂住了。邵乾乾眨巴着大眼睛有些无奈，她很想说，她是不可能在这个时候出什么声音的，捂什么捂……

外面的人进来了，他们在外面说话的声音传到杂物间里已经有些减弱了。邵乾乾默默伸手拉下了林嘉措捂在她嘴上的手，用仅存的一点儿气声道：“我们好像不用躲吧。”林嘉措作为副主席，进学生会办公室完全没问题，躲什么啊……放开她不就好了。

林嘉措也学着她低声道：“要躲。”

“为什么？”

“因为我忍不住——”

话音刚落，他突然低下头压在了她的唇上。邵乾乾吓了一跳，下意识地张了张口，而她这样就像纵容了他一样，让他带着攻击性的舌尖探入她的口中。

办公室是开了空调的，可这个小杂物间只分到了一点点冷气，本来就已经很闷热了，偏偏林嘉措的吻还加剧了空气的温度，那感觉，似乎灼热到能烫伤她。

邵乾乾愣了下，下意识想去推他，可他握住她的手腕往后一折，轻而易举地让她动弹不得。手制约着她，嘴也不停下，他霸道地侵略着她的口腔，仿佛要把她仅存的空气全部榨干。

邵乾乾不敢出声，只觉全身的血液都开始往上走，呼吸困难得只能发出轻微的呜咽声，林嘉措微垂的眼眸因为她这种声音更加幽深。只是想浅尝辄止的，但现在像被打了一支兴奋剂，动作不由得更加放肆。

“行吧，接下来的事等晚上初选过后再说吧。”

“行，那我先去上课了。”

外面说话的人的脚步声渐渐远了，关门的声音随即传了过来。

邵乾乾因紧张感和窒息感微微发颤，就在她觉得快撑不住的时候，林嘉措终于气息不稳地放开了她。拉开距离，邵乾乾靠在墙上，轻微地喘着气。林嘉措站在她面前，垂眸看着她唇边留下的一丝津液，他愣了片刻，有些不自在地伸手擦了一下。

“躲完了，出去吧。”

方潭和时瑜闻都发现邵乾乾的怪异了，自打回到出租房后，她就一直窝在沙发里，电视里明明放的是无聊的广告，她却盯着屏幕一动不动。

“乾乾，今天林嘉措把你怎么了？”方潭笑着问道。

没想到她随口这么一问，坐在沙发上的人突然脸色爆红：“没有！什么都没有！”

方潭沉吟了一下：“嗯，看来真是有怎么了。”

“叮咚——”门铃就在这时响了起来，时瑜闻去开门。

门开了后，她看到门口站着两个穿着日式服装的男人。

“请问是邵乾乾邵小姐住的地方吗？”其中一个男人恭恭敬敬地问道。

“是啊，你们是……”

“您好，我们是京都怀时餐厅，这是邵小姐的午餐，请问方便拿进去吗？”

“怀时？”时瑜闻瞠目，是那家巨贵的日式餐厅吗？吃一顿掉半身血的那种贵！

“邵乾乾！你居然叫这么贵的外卖！”时瑜闻回头，声音都变了。

邵乾乾讷讷地站起来：“什么啊？”

门外站着的其中一个男的笑着说道：“本餐厅不送外卖，不过因为是林先生的委托，所以特地给邵小姐送了。”

十分钟后，三人坐在餐桌边看着一桌的日料。

方潭：“林嘉措这是……在追你吧。”

“很明显，”时瑜闻一只手撑着下巴，“啧啧”摇头，“果然是富二代的追求方法啊，跟一般人就是不一样。”

方潭：“打断一下，不是富二代，是富N代。”

时瑜闻：“……好的。”

方潭夹了一个寿司放进嘴里，然后偏头看向一旁陷入沉思的邵乾乾：“吃吧，正好都没吃饭呢。”

邵乾乾刚想说话，拿在手上的手机就响了。她看了一眼，一下子从椅子上蹦起来。

邵乾乾没有理会方潭和时瑜闻似笑非笑的神色，一溜烟跑进房间并且锁上了门。背抵着门，邵乾乾手心蒙上一层薄汗，她舔了舔发干的唇瓣，伸出手指点了接听键：“喂。”

“吃了吗？”听筒那边传来林嘉措略低沉的声音，浅浅淡淡，似乎伴随着电流滑到她的心上。邵乾乾摇了摇头，想到他看不见自己的动作，于是又小声地说了句：“没有。”

“没吃？不好吃吗？”

邵乾乾慢慢地沿着门坐在了地板上：“也不是，方潭说，这家的东西很好吃。”

“嗯，我也觉得很好吃。”

“不过……”邵乾乾捏紧了手机，“你不用这样，我感觉怪怪的。”

林嘉措似是轻笑了一下，说：“其实我也觉得挺怪的，这种东西还是直接去店里吃比较好。要不，下次我们一起去吧。”

“啊……我不是这个意思，我只是觉得你这样我多不好意思啊，我——”

“邵乾乾。”林嘉措突然打断她。

“啊？”

“听说，追女孩就是要给她最喜欢的东西，我在进行和摸索中，所以你不用不好意思。”

“最、最喜欢的东西？”邵乾乾蒙了，她不知道林嘉措把她跟“表弟”说的喜欢最贵的东西当了真，所以这会儿只是郁闷地想，谁跟他说她最喜欢的是日料了……

林嘉措：“如果这不是你最喜欢吃的，那你告诉我你喜欢吃什么，我去买。”

邵乾乾低着脑袋，心里又酸又甜。从小到大，没有一个男孩子这么哄过她，倒不是因为她没人追，只是她又宅又懒，从没对那些男生动过心思，也没给过他们一点儿献殷勤的机会。

见她没说话，林嘉措便道：“你说你要考虑一下，所以在你考虑的这段时间，我有必要做点儿什么加加分，你说对吧。”

加分……加什么分啊！

邵乾乾看着挂掉的电话，心中一万只羊驼奔腾而过。他不做这些就已经是最高分了，现在还要搞出附加分来。哇……她该不该拿下这个得了最高分的人？

拿下，有点儿慌。

不拿……也太浪费了吧。

这几天是学校的运动会，全体学生都不用上课。

邵乾乾从来不参加这种累人的活动，所以运动会开始的第一天，她就窝在房间里没有出去。

“乾乾，林氏午餐又到了，快出来吃饭。”方潭倚靠在门框边，对着正在房间看电视剧的邵乾乾喊道。

邵乾乾愣了一下，暂停了视频，回头：“我等会儿再说……”

这已经是林嘉措送餐的第三天，顿顿美食，顿顿贵。邵乾乾表示压力山大，然而她发给林嘉措“抗议”的消息总是石沉大海，他要么忽略，要么转移话题。

方潭：“林嘉措对你好像真的很认真哦。”

邵乾乾犹豫了一下，道：“这么说，你觉得他特别喜欢我，对不对？”

方潭扬了扬唇：“怎么，你不觉得他特别喜欢你？”

邵乾乾回过头，视频继续播放。然而，她没心思看下去了，说：“我觉得他喜欢我，可是我又不知道他是不是特别喜欢我。你说，他能喜欢我多久啊……哎哟！”

突然脑门被方潭敲了一下。邵乾乾抬眸瞪她：“打我干吗？！”

方潭恨铁不成钢：“邵乾乾，你有点儿自信好不好！你长得又不差，身材也凑合。瞧这腿，直吧？白吧？瘦吧？也有人给你表白过啊，你别遇上林嘉措就神志不清，觉得自己会被始乱终弃好不好！”

邵乾乾撇了撇嘴：“我哪有这么想啊……”

“你就是这么想的。林嘉措是男神没错，可男神怎么了？男神不一样是人，你在网络上还不是被人奉为电竞女神。你对比对比你自己，人后还不是胆小鬼一个。”方潭拍了拍她的头，“行了，别想那么多。其实啊，关键还是你喜不喜欢他。”

“我吗？”邵乾乾垂着眸子，脑子里很认真地将他在她面前的一帧一画展列出来。

说不喜欢，这太假了。他抱着她的时候，他亲吻她的时候，甚至只是他安慰她的时候……那些瞬间，她的心跳都快到无以复加。

“我喜欢。”邵乾乾小声地嘟囔了一句，然后又用手捂住了脸，“我好像真的挺喜欢他的……我觉得好害羞！”

“害羞你个头，想想曾经你在寝室把他奉为男神的样子，你就不害羞了。”方潭翻了个白眼，继续道，“还有啊，喜欢就上。就算最后不能在一起又怎么样？和大帅哥谈个恋爱也不亏啊。”

邵乾乾眨了眨眼，觉得方潭说得很有道理：“你说得没错，可是我总觉得哪里怪怪的，林嘉措这个人……我好像看不太清，越近越发现，他好像并不是我以为的样子。”

“是人都会有两面性的，你以后慢慢去发现就好了。”方潭拉着她站起来，“好了，现在快点儿给我出去吃饭，饿死了。”

运动会第二天，邵乾乾依然没有出门。

下午的时候，她和鬼哥、所长约了打游戏，登录 YY 却发现表弟也在。刚想神不知鬼不觉地退出，表弟已经眼尖地发现了她：“邵乾乾，你上游戏了，发信息给你为什么都不回？”

这两天她确实收到表弟很多微信消息，但邵乾乾实在不知道该怎么回，这小子花样询问她的爱好，真是一副要追她的模样。

“邵乾乾？”

见躲不过，邵乾乾只好道：“小鬼，你别再搞花样了，我不跟你玩这套。”

“谁搞花样了？”

邵乾乾不理他，直接开了游戏，并且在游戏开始后，用各种方法无视他。邵乾乾这种行为当然是异常的，因为在以前，表弟可都是她宠着护着的主儿。前期还算是平静，但到游戏中后期的时候，表弟彻底炸了。

起因是他们在跟对面一队人马战斗的时候，所长和表弟都被打趴下了，鬼哥在防守，救人的紧急任务就交给了离两人近的邵乾乾身上。

“救我。”林嘉措慢慢地往她那边爬，让他没料到的是，这人竟然越过他去救了所长。

倒计时几秒后，邵乾乾把所长从地上救了起来。

然后，画面就陷入了迷之寂静。

“……我先去外面看看还有没有人。”所长直觉不对，立马跑路。

邵乾乾巡视了一圈，确定安全后又回去救表弟。然而，她一施救，表弟就开始挪动。

邵乾乾：“你别动啊，我救你。”

“你走。”

“嗯？”

“不要你救！”

邵乾乾傻眼了：“喂，我好心救你，你话还这么多，再不救你，你就要凉了好吗？”

“那你刚才为什么不救我而先去救魏潇？！”

邵乾乾愣了一下，然后理所当然道：“情况紧急啊！所长比你厉害嘛，先救他有好处。你别动了，要不要吃鸡了——”

“邵乾乾，你个白眼狼，我哪一次不是先救你！再说了！我什么时候比他菜了！”

邵乾乾有些好笑：“你没有比所长菜吗？”

“你再说一遍！”

“你就是比所长菜啊……”

“你再说一遍！”

邵乾乾懒得理他：“我不说。”

耳机那边似乎深呼吸了一下，然后咬牙切齿的声音传了过来：“邵乾乾，你有本事明天站在我面前重新讲一遍。”

邵乾乾按着键盘的手滞了滞：“站在你面前？你、你谁啊？”

没人应她了，耳机那边除了所长和鬼哥的闷笑声就再没有其他声音，邵乾乾皱了皱眉头，只当这小子是放狠话，也就不放在心上了。

第二天一大早，邵乾乾就被邵坤的电话惊醒了。

“找揍吗？”邵乾乾半眯着眼睛，嘟囔了一句。

“今天我有比赛，你快点儿来看！”

“不去。”

“你是人吗？亲弟弟比赛都不来加油，还不如嘉措哥呢，人家刚才还来给我加油了。”

邵乾乾一下子睁开了眼：“林嘉措也在？”

“废话，等会儿他有长跑，肯定来的。”邵坤道，“你到底来不来看啊，不来拉倒，我挂了啊。”

“哎哎，我来——”

一个小时后，邵乾乾穿戴整齐，和方潭一同出现在操场上。

柯小唯听她们两个也来看比赛，忙跑过来找她们：“乾乾，你弟弟刚才拿了短跑第二名，挺厉害的，就输给了体育生。”

邵乾乾：“啊？都比完了啊，那我不白来了？”

“没白来没白来，下一场是我们系和其他系的长跑，林嘉措在呢。走走走，快去看！”

邵乾乾被柯小唯拉到了看台前面，这会儿看台已经站满了人。

柯小唯：“刚才明明没有这么多人的，就因为林嘉措要比赛了，这些人一下子就冒出来了。”

邵乾乾支吾了一声，手肘支在栏杆上，看着前方起跑线一排穿着运动服的人。她一眼就看到了林嘉措，他穿着白色的运动上衣和三条竖杠的运动裤，额间戴着一条黑色发带，耀眼得不可方物。

比赛还没开始，他正站在原地热身。俯身压腿，然后抬手舒展一下腰身，随着他这个动作，上衣衣摆往上提了提，露出一小片结实的腹部。

“啊！”耳边传来震耳欲聋的尖叫声，邵乾乾捂着耳朵，不知为什么，脸有点儿红了。

枪声响起，比赛开始了。

起跑线上的人蜂拥而出，林嘉措一开始在中前部的位置，但他并没有着急，甚至在跑到某个位置的时候还朝观众席看了几眼。场下的人也不知道他看到了什么，只见他突然扬唇一笑，对着观众席招了招手。

他这个举动引得场下尖叫连连，柯小唯拉了拉邵乾乾的衣摆：“他在跟你招手！”

邵乾乾：“啊？”

跑到第三圈的时候，林嘉措加快了速度，一个，两个，三个……之前跑在他前面的人一个个被他超过。

最后半圈，两百米冲刺。

“乾乾！走！我们去终点线等着！”柯小唯二话不说，便拉着邵乾乾和方潭往终点跑。邵乾乾心口怦怦直跳。刚才看着他一个个地超过别人，心里的激动无法言喻，好像是自己在比赛一样。

三个人跑到终点线的旁边，此时这里已经聚集了好多人，她们三人奋力挤进去的时候，正好一个人跃过终点线。

计时器按下，第一名产生。

现场欢呼声一片，齐齐看向第一个跑过来的人，然而那个人的目光炯炯有神地盯着左侧。

“嘉措，喝水。”吴远把早早准备好的水给他递过去，林嘉措接过水喝了一口。

吴远见他放下了水，便准备扶着他去旁边坐下，毕竟跑了一千五百米，也是很耗体力的。但是，林嘉措推开了吴远的手。就在吴远纳闷的时候，就见林嘉措一步步地朝左侧走去，吴远顺着他的目光看去，看到了邵乾乾。吴远了然地“哦”了一声，笑着看着两人。

邵乾乾就这么看着林嘉措走了过来，他喘着气，唇色因为长距离快速奔跑而有些发白。

“我以为你没来。”他站定在她面前，低声念叨了一声，“小白眼狼。”

邵乾乾抿了一下唇，在众目睽睽之下，紧张得忘记计较他说的小白眼狼是什么意思，只道："邵坤说他有比赛，让我来看……"

"嗯，结果你看着看着来看我了。"

邵乾乾微微瞠目："我——"

"哎，跑得好累。"林嘉措根本没听她说完的意思，上前一把抱住了她，然后脱力般压在她的肩头。邵乾乾猝不及防，差点儿摔倒。但这人似乎还留了几分力，一只手扣在她腰上，一只手环着她的肩膀支撑住她。

邵乾乾被他抱在胸前，只觉四周都充斥着他的味道和呼吸，至于周边的人发出的声响，她什么也没听进去。

"林嘉措。"

"嗯？"

"你要不要……去旁边休息一下？"

"不要。"林嘉措收紧了手臂，"现在很舒服。"

邵乾乾曾说过，林嘉措是一级保护动物，跟他站在一块儿，就要跟他一起被周边的人观望。她其实不是很喜欢被人盯着，也不喜欢被人当作饭后谈资。可在这一刻，她明知道所有人都在看她，明知道会有多少人议论纷纷，她还是没有推开他。

晴空万里，暖风拂面。她就这么听着自己和他的心跳声，怦怦、怦怦，好像一首动人的乐曲，相得益彰，让人迷醉。

"热吗？"他终于放开了她，低着眸对她笑。

邵乾乾摇了摇头，又点了点头，最后有些无措地道："挺、挺热的。"

"去阶梯那边坐一会儿，我也有点儿热。"

"哦。"

"扶我过去。"

"啊？"

林嘉措挑了一下眉，有些无奈地道："我腿软，这一千五百米还真不是人跑的，下次再也不被糊弄过来参加比赛了。"说着，他一只手搭在邵乾乾的肩上，将身体的重量匀了一部分在她身上。邵乾乾脸色爆红，可想起方潭说的"喜欢就上"，咬咬牙，真扶着他往阶梯那边走了。

从终点线到休息区不过几步路的距离，可这几步路走过来仿佛要被人看穿。邵乾乾稳了稳心神，想着自己该"刚"的时候就应该"刚"一点儿，连网络暴力都经历过了，还管什么人言可畏。

身后，方潭和柯小唯对视了一眼，眼中皆是掩不住的八卦和喜色。

刚才递水的吴远则“啧啧”摇头：“一千五百米对他来说算什么呀，平时也没少去健身房。果然，人在爱情面前都要变成脆弱的小绵羊。”

休息处在阴凉下，邵乾乾和林嘉措并肩而坐，看着不远处的赛道。

“你的腿还不舒服吗？”场面过于安静，邵乾乾觉得尴尬，只好随便挑了个话题。

林嘉措闻言转头看她，也放下了手中的矿泉水：“有点儿，要不你帮我捏捏？”

似笑非笑的语气，邵乾乾立刻转开头：“我不会，还是让你室友帮你吧。”

“很简单的，反正你随便弄弄也很舒服。”

邵乾乾一滞，瞪着眼睛看他。林嘉措看她一脸惊恐，无声地笑了笑：“好了，跟你开玩笑的，已经差不多恢复了。”

“哦……”

“对了，我下午两点还有跳高项目，你要来看啊。”

邵乾乾：“下午邵坤也有比赛。”

“是吗？”林嘉措歪着脑袋，道，“那你是去看他还是来看我？”

邵乾乾：“我……”

林嘉措：“还是来看我吧，邵坤你也看了快二十年了。我比较新鲜，你说呢？”

邵乾乾嘴角微微一抽，张口便道：“你，我也看了两年了。”

林嘉措眉头一压：“都两年了？可我怎么看着你依然觉得很新鲜。”

“大概是你以前压根儿没注意过我吧。”邵乾乾说得很随意，因为她确实是这么想的，“前一年半，我们都没有什么交集。”

林嘉措愣了愣：“你在怪我吗？”

邵乾乾：“啊？不是啊，我只是……觉得奇怪。”

“奇怪什么？”

邵乾乾支着脑袋，看向别处：“我在奇怪，为什么以前我们毫无交集，可现在你——”

林嘉措：“大概是我以前眼瞎了吧。”

“……也不用这么损自己。”

“但我是真心这么想的。我在想，我怎么没早点儿接触你，如果早点儿接触，那应该就早点儿——”林嘉措停顿了下，垂眸笑了笑，他没接着说下去，只道，“既然你今天都出来了，那我就不给你送餐了，一起出去吃吧？”

邵乾乾无奈道：“你不要再送食物了，我自己会买。而且，我中午要跟我爸吃饭。”

“好吧。不过晚上还是要送，不是说好了我要好好表现吗？”林嘉措好看的嘴角翘起，浅色的瞳眸专注地看着她，“我不能半途而废。”

“那你可以结束这么夸张的表现了。”邵乾乾神色平淡，可在他看不见的地方紧张地揪着衣角，“我负责任就是了。”

一阵风吹过，划过皮肤，微烫，引起一阵战栗。林嘉措定定地看着她的侧颜，看着她白皙的耳朵慢慢爬上绯红，大概是被传染了，他觉得自己的耳朵也突然特别烫。猝不及防，惊慌失措，但更多的，是铺天盖地涌过来的欣喜。她最后说的那句话很小声，可是再小声，他也听见了。

林嘉措慢慢地吐出一口气，坐直了道：“你说真的？”

邵乾乾简直想拿起一旁的铅球砸他的脑袋，干吗还要让她重复一遍！

“嘉措，那边要颁奖了，快过来。”就在这时，一个穿着运动服的男生跑了过来。林嘉措对他说了声“知道了”，然后一跃而起：“邵乾乾，说话要算话哟。”

“我当然说话算话了。”邵乾乾仰着头看他，一副破罐子破摔的模样。

林嘉措喜不自胜，伸手拍了拍她的头，转身朝颁奖台跑，只是跑了一小段路后，他又突然回过身对着她笑：“下午记得来看啊。”

邵乾乾感觉心口剧烈地跳了一下，一种从来没有过的甜蜜从内心深处溢了出来。

第八章
两个人的意乱情迷

开学这一段时间以来，邵乾乾一直没跟邵广语见过面。中午一起吃饭还是邵坤来告诉她的，不过他也偷偷地跟她说，其实是爸爸叫他来找她的。邵乾乾想起之前发生“开挂”的谣言后邵广语对她的信任，也就释怀了两人争吵的事，家人哪有什么隔夜的仇。

因为邵坤下午还有比赛，所以三人在学校附近的餐厅吃饭。

“网上的事都解决了？”快吃完的时候，邵广语突然问了一句。

邵乾乾微微一愣，然后点了头：“解决了。”

“那就好。”邵广语又道，“还想继续？”

邵乾乾放下了筷子：“您应该知道我的答案。”

邵广语摇了摇头：“真是倔。”

邵乾乾观察着邵广语的神色，见他没有多少抵触，心头一喜：“爸，您不反对了？”

“我反对有用吗？反对了你连家都不回，电话也不打了，你说我反对有什么用？”

邵乾乾有点儿愧疚：“对不起……但我是真喜欢。”

“行了，我也不管你了，既然你要做这个就好好做，别乱来。”

“当然不会乱来了，我很认真的。”说罢，邵乾乾欣喜地看向给她竖了个大拇指的邵坤。不一会儿，她又收到邵坤的信息：“知道爸为什么态度大转变不？”

邵乾乾回了个问号。

邵坤：“自从上回跟你吵完之后，爸在家里一直研究你做的事。电竞、比赛、直播，全部看了个遍，还问了我好多问题。对了，你的直播他也有看过。”

邵乾乾有点儿无语。

邵坤：“感动吧！”

邵乾乾：“感动是感动，但谁让你告诉他我的直播间的！”

邵坤：“重要吗？重要的难道不是爸总算觉得电竞这行业不是那么不知所谓了吗？！”

“你们两个，吃饭就不要玩手机了。”

邵广语一发话，姐弟俩忙把手机放下，邵坤道：“没，就正好嘉措哥给我发消息呢。”

“哦。”邵广语眉头轻轻一皱，突然看向邵乾乾，“乾乾，刚才我在办公室的时候，听小赵老师说你跟嘉措——”邵广语停顿了下，像是在找什么适合的词汇：“说你跟嘉措在一起了，这是什么话？”

“咯！”邵乾乾猛地一呛，为什么连老师都知道了？

“爸，你、你们听谁说的啊？”

邵坤瞥了她一眼：“还需要特地听谁说吗？全校都在说啊。不过，这消息可靠吗？姐。”

邵坤的语气是摆明了不相信的，邵广语的眼神也很是狐疑，倒不是对自己的女儿没有信心，只是这两人的性格实在是有些迥异。

“你管他可不可靠，我跟你们说啊，别瞎操这个心，也别道听途说啊。”邵乾乾赶紧道。她跟林嘉措才确定了关系，可不想家人想太多了。

“我吃好了，先回学校了！”邵乾乾生怕被两人逼问，立马走为上策。

另外一边，林嘉措坐在寝室里，盯着手机屏幕发呆。此时的页面上，是邵乾乾的聊天界面，不过不是以正常的那个微信号，而是作为“表弟”的那个。他今天是想告诉她他是谁的，可出乎意料的是，今早他们在一起了……所以，还要说吗？她应该不会生气吧……

思考了半天，林嘉措还是决定坦诚。本来他一开始隐瞒也不是为了故意戏弄她，谁知道后来会喜欢上她呢。

林嘉措想了想，发了一条微信：“昨天让你今天当着我的面说，没忘记吧。”

过了一会儿，邵乾乾回了个问号。

林嘉措：“下午 S 大操场见。”

邵乾乾：“表弟，你是认真的？我可认不出你啊！”

林嘉措：“认得出的，放心。一点半坐台阶上等我，拿蓝莓奶昔给你喝的就是我。”

运动会赶上了好天气，纤云不染，天蓝得仿佛被过滤了一切杂色。而操场上，青春的气息就如同此时正烈的朝阳，力量喷薄，张扬肆意。

这么一幅好画面，邵乾乾却没有相应的好心情去欣赏。她朝看台那边望了几眼，突然回身往操场外走去。

“不是见网友吗？干吗又走？”柯小唯一把拉住了她。

邵乾乾：“我觉得他一定是在耍我，这小子超不靠谱。”

方潭笑笑：“就算他没来你也得去操场，一个小时后林嘉措就要比赛了。”

柯小唯：“就是就是，走吧，我们去那边坐着凉快凉快。”

邵乾乾没法子，只好被两个好友拉着去看台那边坐下。

坐下后，邵乾乾看了一眼手表，下午一点二十分，还有十分钟就是表弟说的见面时间。虽然她一直觉得他会耍她，但是又想着他要是真的出现了那怎么办。打个招呼是肯定要的，毕竟是相处了这么久的队友，聊个天也是要的吧，人家可是千里迢迢赶过来的。可她宅惯了，网友见面这种事还真没做过，更何况还是这么不靠谱的一个人。

“我觉得表弟不会来了。”邵乾乾支着脑袋看着远处，“这家伙，是真的皮。”

方潭一边刷着微博一边懒洋洋地道：“这个表弟到底是何方神圣，我还真的挺好奇的。对了，他本名叫什么？”

“本名？”邵乾乾迟疑了下，“不知道哎。”

方潭横了她一眼。

时间一分一秒地过去，这时，楼梯上跑来几个女生：“学姐，我们能不能跟你合个影啊？”

邵乾乾有点儿蒙：“啊？”

“我特别特别喜欢你，我看你的直播好久了，听说你是我们学校的时候可高兴了。”

方潭拍了拍她的肩膀：“行啊你，都有女粉丝上门了。”

邵乾乾推搡了她一把，然后有些不好意思地对着几个学妹道：“可以啊，在哪儿拍？”

“在这儿就行！”

方潭和柯小唯十分好心地给一群迷妹让了位置，于是，邵乾乾就在一群女人之间，笑得仿佛是坐拥三千后宫的皇帝老儿。

几人正拍着，邵乾乾余光瞥见阶梯下站着的一个人正望着她笑。她眨巴了几下大眼睛，突然安静下来了。旁边几个小学妹顺着她的目光朝前看去，一看之下，也各自静音了。

林嘉措见众人望向了自己，才开口道：“看你人气这么旺的样子，所以没好意思打扰你。”

邵乾乾咳了咳：“没，几个小学妹。”

“当红主播还是不一样的。”林嘉措几步上来，站在邵乾乾前面，“给。”

“什么？”

“喝的。”林嘉措目光有些不自在地闪烁了下，“天这么热，不渴吗？”

邵乾乾禁不住红了脸，不过她还是强装镇定道：“还好。”

“哦。”

一站一坐，两人面面相觑。

边上的女生对视了一眼，匆忙地站起来：“呃……学长学姐好好聊，我们先走了。”往下跑了几步，几个女生突然又推推搡搡地回过头来：“学姐。”

邵乾乾闻言望去。

“那个，你是不是和林学长在一起了呀？”女孩们目光炯炯地看着两人。

邵乾乾抓了抓头发，正犹豫怎么说的时候，身前的人突然回身看着那几个女生，然后十分坦然地道：“嗯，在一起了。”

“哇！”

大概是林嘉措说得太坦然了，邵乾乾一时不知做何反应，她盯着他含笑的眼睛，任由这暖风侵袭心脏……猛烈的，干脆的，好像整颗心都挂到了天空，轻轻摇晃。

“你怎么不喝？”林嘉措也不站着了，他在她边上坐了下来，侧着脑袋问道。邵乾乾后知后觉地说了声“谢谢”，然后戳上了吸管。

“你，知道这是什么吗？”林嘉措双手交握着放在腿上，如果仔细看，不难看出他有些紧张。

邵乾乾疑惑道：“我知道，蓝莓奶昔呀。”

“嗯，蓝莓奶昔。”

邵乾乾吸了几口，只觉蓝莓的味道席卷了味蕾——

突然，她蹙了蹙眉头。蓝莓……奶昔？刚刚表弟好像说他会拿着蓝莓奶昔来找她的吧……哦，可真是巧啊。

邵乾乾转头看向林嘉措，笑着道：“我网上有个朋友，他经常跟我一起玩吃鸡。他说他下午要来我们学校找我，还说会拿着一杯蓝莓奶昔，就跟你这个一样哎。”

林嘉措缓缓回头看她：“是不是还说一点半在这里见？”

邵乾乾愣了一下：“……嗯。”

“那你觉得他来了吗？”

“没有啊。”邵乾乾心里升起一个怪异的念头，然而她觉得太不可能，于是干笑道，“不过你怎么知道啊？”

林嘉措沉默良久，然后像是下了大决心一样，道："因为——我就是他。"

邵乾乾一脸问号。

林嘉措有些不自然地舔了舔发干的唇："那个，因为我是……表弟。"

邵乾乾满脸不可置信。

一片静默，相视无言。

林嘉措观察着她的神色，咳了一声，道："我知道你有点儿不敢相信，不过我觉得这事也没什么好隐藏的。一开始我隐瞒不过是因为你是我同学，所以我不想透露。后来，后来也是因为习惯了。"

"怎、怎么可能啊？"邵乾乾终于开口了，她难以置信地盯着林嘉措，"你怎么会是表弟，你们俩一点儿都不像。那个臭小子——"

林嘉措："嗯……"

邵乾乾停住没说话，她皱着眉头看了一眼自己手中的奶昔，然后又看向林嘉措。来回两次后，有什么渐渐在脑中清晰。

难怪一向没交集的他们渐渐地走近了，原来不是她自己想的什么他突然喜欢上了她这类狗血剧情，而是因为……他们早在网络上熟悉了。难怪表弟要一直用变声器，难怪最近表弟说一些要追她的言论。

原来，原来表弟和林嘉措是同一个人！

"邵乾乾，我——"话还没说话，林嘉措就被邵乾乾丢过来的奶昔吓了一跳，他接住后由于过于用力，奶昔被挤出来，溅了他一手。可他没管这么多，连忙站起来拉住突然往下走的邵乾乾，"你去哪儿？"

邵乾乾回头看了他一眼："骗子。"

"我没想骗你！"

邵乾乾脑子一片空白，一种被蒙在鼓里耍得团团转的感觉在身体里横冲直撞："那你干吗不早点儿告诉我你是谁，还装成十几岁的小男生！"

林嘉措："……我再三考虑，还是觉得现在告诉你比较好。"

"好个屁！现在才告诉我，我都跟你——""都跟你在一起了"这句话邵乾乾没说完，她哼了声，甩开他的手就往前走。

坐在后面的方潭和柯小唯离得远，没听见他们说什么，只看见邵乾乾突然把手里的饮料丢到林嘉措怀里，然后气呼呼走了，林嘉措则一脸慌张地追了上去。

柯小唯："什么情况？"

方潭："乾乾生气了？"

柯小唯："哇……不是刚在一起吗？这么快就甩脸子，乾乾厉害啊。"

同样被这个画面惊到了的还有旁边的围观群众，本来操场上的人就多，林嘉措又是个吸睛体，自从传出他和邵乾乾在一起的消息后，有多少人在看着他们啊。

此时的画面里，一人似乎是赌着气往前冲，另一人则乖乖地跟在身后。本来这在情侣中是很正常的画面，只是出现在林嘉措身上，女看客们不禁有些跳脚和失落。

眼见为实啊……男神是千真万确被领走了。

不过此刻的邵乾乾才没想那么多，她满脑子都是“林嘉措竟然是表弟”这件事。温文尔雅、待人礼貌、智商超群……她的男神林嘉措竟然是个重度精神病的聒噪戏精！那个跟在她身后，萌萌地撒娇、蠢兮兮地卖萌的表弟居然就是林嘉措！

这么惨无人道、吓死人不偿命的事竟然会发生在她身上？

骗子，大骗子啊，连带着所长和鬼哥，全是骗子！

“邵乾乾，你给我站住。”林嘉措最终还是一把拉住了邵乾乾，可等她回过头瞪他的时候，他刚涨起来的气焰又被压没了，“你别生气呀……”

邵乾乾一想到眼前这个人是表弟就也不想端着了，反正表弟本来就是被她欺负的。于是她挥开他的手，怒气冲冲地道：“我生气不正常吗？！你们把我当猴耍呢！”

林嘉措：“没有，绝对没有。要是那样的话，我怎么可能还会追你，怎么可能还会喜欢上你？”

他说得十分认真，脸色也分外严肃，邵乾乾愣住了。可下一秒，她又觉得眼前这个人就是戏精，什么样的表情做不出来？

“那你骗了我也是事实。”

“是是是，都是事实。”林嘉措微俯下身，伸手捏了捏她气鼓鼓的脸蛋，“但我知道错了，你别生气。要不然，你打我骂我好了。”

邵乾乾简直要被他气笑了：“我才没你那么幼稚。”

“对对，我最幼稚了，我们家乾乾最成熟。”

邵乾乾耳朵一热：“你别这么肉麻啊。”

林嘉措拉紧了她的手：“我有吗？”

邵乾乾挣开了他的手，我家乾乾……这还不够肉麻吗？一发现他是表弟后，都觉得他脸皮也跟着厚了！

“嘉措！”就在这时，同班的一个男生跑过来说比赛要开始了。

林嘉措点了点头，然后回头对邵乾乾道：“走吧，去看我跳高。”

“不看。”

林嘉措眉头一皱：“你说你要看我跳高的，说话不算话啊。”

“我可没答应要看表弟跳高，”说完，邵乾乾瞥了他一眼，又补充道，“肯定很菜。”

邵乾乾最后还是被林嘉措拉着去了跳高的场地，阳光正猛烈，他不知从哪里变出了一把遮阳伞，撑开后递到她的手里：“别晒伤了，拿着。”

邵乾乾接过遮阳伞后，他又把一个运动包扔在她的腿边。邵乾乾低眸一看，里面是毛巾和水，还有一点儿拉伤药。

“你帮我看着。”林嘉措嘱咐道。

邵乾乾撇过头，没好气道：“我等会儿看到一半觉得无聊就会走了。”

“走了？”林嘉措钻进她的遮阳伞里，弯着腰笑道，“那你是不是想让你男朋友的东西被别的女生瓜分完？”

你男朋友的东西……

邵乾乾眸子一闪，顿觉有些不知所措，但她感觉自己在“表弟”面前就不应该有害羞这个状态，于是她伸手把他推远了些，故作嫌弃道：“你会不会太自信了，谁要你这些东西？”

“有啊。”林嘉措似是回忆了下，然后认真地道，“大一的时候我喝了一半的水被人拿走了，擦汗的毛巾没了，备用的运动裤也……”

“你别说了，”邵乾乾无语地看着他，“我替你看着还不行吗？”

林嘉措伸手拍了拍她的头：“嗯，乖。”

林嘉措其实话还没说完，那会儿他自己的东西确实是被拿走了没错，但是包里也被放上了全新的、不知道谁买来的替换品。不过他觉得这些话还是不要跟邵乾乾说的好，要不然她肯定不帮他看包了。

旁边不少人往两人这边看，邵乾乾有些不自在，只好道：“你别在这儿站着了，不是快开始了吗？快去准备一下。”

“行。”林嘉措退到她的伞外，然后伸手拎了拎伞的边沿，好让他能轻松地看到她，“站这儿不许走啊。”

“……知道了。”邵乾乾感觉自己正慢慢地把眼前的这个人和她记忆中的“表弟”重合起来，因为只有表弟才会这么黏糊糊的。

跳高比赛开始了，邵乾乾很少出来看这些体育项目，她不知道什么高度算是厉害，但是看着林嘉措一级接一级地跳过去，而其他人慢慢被淘汰后，她不得不承认他在体育这方面真的不菜。

“学姐？还真是你呢。”就在这时，一个人拍了拍她的伞，钻了进来，“给我撑撑，热死我了。”

邵乾乾侧眸看去，是好久不见的钟桥，随口道：“你怎么也在这儿？”

“我等会儿有短跑项目。”钟桥看了看她脚边的包，表情很是惋惜的模样，“学姐，怎么一个暑假不见，你就跟林嘉措那家伙……唉，从天津比赛回来就听到这个重大消息。学姐，你眼光怎么那么差？”

邵乾乾哑然失笑，她眼光是有点儿走位，要不然之前怎么没看出林嘉措还有两副面孔。

“那家伙边上女生环绕，追他的人那么多，你确定他专一哦？”钟桥继续道。

邵乾乾睨了他一眼：“那你身边女生也挺多的啊，追你的不是也排好长的队吗？”

“我……这、这完全不能相提并论啊，我可是非常非常专一的好吗？”钟桥有些泄气地道，“早知道就不跟教练去比赛了，我要是知道他这么快就追到你了，我肯定——”

“你肯定什么？”穿着运动服的男生走近，一把把钟桥从邵乾乾的伞下拉了出来，“肯定什么都没用，别撑我的伞。”

钟桥瞪眼：“我撑的是学姐的，关你什么事？”

“她的就是我的，我的就是她的，你懂不懂？”林嘉措没好气地说完，回头看向邵乾乾时，脸色顿时柔和下来，“可以不用跟闲杂人等说话。”

钟桥：“喂，谁是闲杂人等？我跟她是好朋友。”

“哦，了不起。”林嘉措扬了扬唇，幽幽道，“我还是她男朋友呢。”

邵乾乾听着两人毫无营养的对话，默默地在原地坐下。

过了一会儿，头顶持续传来两个男人叽叽歪歪的声音。抬眸，微微掀开遮阳伞，邵乾乾伸手拉了拉林嘉措的裤腿，懒洋洋地道：“快到你了。”说完后，她又微眯着眼睛看向钟桥：“你那什么短跑也要开始了吧，赶紧去吧。”

语毕，她也不管两个人什么表情，撑好伞，继续看着前方某个男生跳高。助跑，定点，跳跃——

邵乾乾一只手撑着脑袋，嗯……厉害，不过没有林嘉措跳得好看。

跳高比赛结束后，邵乾乾也没等去领奖的林嘉措，她拿出手机找到了“失散”的方潭和柯小唯，跟着她们两人去吃饭了。

一路上，邵乾乾的脸色并没有缓和多少。

“乾乾，你的脸色不太对啊，刚才是吵架了吗？”柯小唯还是忍不住问了。

“没吵架。”邵乾乾突然停住脚步，她看看柯小唯，又看看一脸担忧的方潭。最终，她握住了两人的手，失魂落魄地道，“我到现在还觉得有点儿蒙。”

方潭见她这么严肃，皱了皱眉头：“怎么了？”

邵乾乾：“你们觉得……林嘉措是什么样的人？”

方潭想了想，道：“挺绅士的，挺有礼貌……能力很全面啊，我经常听我爸妈夸他。”

柯小唯：“你自己还不清楚啊，他不是你男神吗？天天挂在嘴边说人家温文尔雅，心地善良……”

邵乾乾噎了噎：“那，那如果我说，其实这个人还有截然相反的一面，你信吗？”

“截然相反？”方潭问，“他欺负你了？”

“不不不，我是指性格。”

柯小唯和方潭对视一眼，没懂什么意思。

于是，邵乾乾只好道：“我今天不是说要见一个网友吗？表弟，你们都知道的，就网上跟我玩游戏的那个。”

柯小唯：“那个小鬼啊，你今天不会见到他了吧？哪儿呢，我也想看看长什么样。”

邵乾乾：“嗯……你见过啊，他就在我们班。”

“什么？”

“林嘉措就是他。”

邵乾乾还是很生气，她从前在林嘉措面前表现出的就算不是贤良淑德那一类，那也是温婉可人。她一心想在他面前留点儿好印象，可没想到，她所有粗犷的一面早就被他尽收眼底。

尽收眼底就算了，他在现实中还一声不吭地看着她演。这不是耍着她玩吗？还有，这人是有人格分裂症吗？人前人后竟然能差距这么大。

邵乾乾气呼呼地打开了电脑，可是她的思绪并不集中，打游戏的时候也有些兴致索然。生气是自然的，可不得不承认的是，她心里竟然松了一口气。

两人在一起前，她就跟方潭表示过疑惑，她虽然喜欢林嘉措，但还是有些看不明白他，总觉得他某些方面在她这里是完全空白的。现在知道他是表弟后，她突然觉得豁然开朗，她对林嘉措好像也没有那一层不知名的膜隔着了，她好像触碰到了真实的他。

这让她在恼火和郁闷中有些小欣喜。

今天晚上她没有跟任何人一起玩游戏，因为这次是拿一个等级比较低的小号单排，所以也很轻松，边玩还能边跟弹幕互动。

“谢谢‘僵小鱼’送的飞机。”

“啊？我今天就一个人。谢谢‘一个花哨的吻’送的火箭。”

“谢谢‘我家男朋友’送的超级火箭。”

“谢谢‘我家男朋友’送的超级火箭。”

“谢谢‘我家男朋友’送的超级火箭。”

连说了好几遍，邵乾乾默默地看了眼这个陌生的账号。

超级火箭这个礼物一个要两千元人民币，是平台礼物价格单上最高的一个，除非是她粉丝排行榜的头几位，要不然很少有粉丝会一下子送这么多。在她诧异的时候，这个账号又刷了好几个超级火箭，跟随着这个账号的，是其他网友打出的各种“666”。

以前也经常有人给邵乾乾刷礼物，所以她除了一开始有些诧异，也没有别的情绪：“谢谢‘我家男朋友’哦。哇，这个名字让人读着很羞耻。”说着说着，她的话题就转移到游戏上去了。

可没想到游戏玩到后面，她不得不重新把话题转回来。因为，这个账号实在是太恐怖了，竟然一直在刷超级火箭。

这么刷下来，钱仿佛不是钱，只是一抔土。

谁不喜欢钱，谁不高兴别人支持你喜欢你。可要是真的土豪便算了，万一是未成年的孩子偷拿爸妈的钱就尴尬了，这种事也不是没爆出来过。于是邵乾乾说了一些感谢的话，然后含蓄地让“我家男朋友”消停。

后来，“我家男朋友”总算是不刷了。

邵乾乾开新一局的时候，有人敲了她的房间门。

“进来。”

“你还在玩呢？”探了一个脑袋进来的是时瑜闻，“外面有好东西，快来吃啊。”

邵乾乾没回头，以为是时瑜闻又叫了一堆外卖：“不吃了，大晚上的，你不怕胖吗？”

后面没声了，邵乾乾想着大概是时瑜闻自己出去吃了。可没想到，突然有人走到她的边上，将她的耳机稍微往外拉了一点儿。因为这个动作，她清晰地听到一个低沉又有磁性的男声冒了出来：“吃吧，你不用怕胖，反正我不介意。”

邵乾乾镜头对着的方向，只能看到房门下面一半，所以观众看到的，也就是一个男人从房间门口进来。虽然因为角度，他们看不到来人长什么样，但这并不影响网友比邵乾乾更早知道有人进来的事实。

于是在林嘉措开口说话的时候，弹幕瞬间炸开了锅。

这声音好好听！

大家抓一下重点好吗？这男生的意思仿佛是他是瓜瓜男朋友！

突然甜哭，是本校那位男神啊！

……

弹幕闹成一团，但邵乾乾此刻半个字也没看进去，她短暂抬头看了一眼林嘉措，然后又赶忙看向游戏界面："你，你怎么来了？"

"你让我不要乱刷屏，那我就不刷了，闲着没事干便来给你送夜宵了。"林嘉措半倚在桌边，看着屏幕中蹦跶的游戏人物。

邵乾乾愣了一下："什么乱刷屏？"

"刚才给你刷礼物，你不是让我消停点儿吗？"

场面有短暂的静默，过了会儿后，邵乾乾放在鼠标上的手不动了，她抬头看向他，脸上分明写着"你是不是有毛病"。

林嘉措见她这般模样，偏偏还明知故问："怎么了？"

邵乾乾摘了耳机："你是不是脑袋被门夹了！刷这么多钱出去！"

林嘉措微微挑了挑眉，对邵乾乾这种奓毛的表情有些新鲜。这个人知道他是表弟之后对他不客气了许多，这会儿，都敢质疑他的脑子了。虽然他被她骂了，但他没半分不开心，反而觉得眼前的人这会儿特别鲜活。

"哦，还没嫁给我，就知道心疼我的钱了。"林嘉措悠悠一笑，"不过是给你的又有什么关系，我的不就是你的吗？"

邵乾乾只觉得身体血液瞬间奔涌，全部集中在了脸上，她瞪大眼睛看着林嘉措，然后又突然看向屏幕，鼠标几下操纵之后，声音就关了。

弹幕前吃狗粮吃得正热血沸腾的观众瞬间蒙了。

瓜瓜过分了啊，最精彩的部分！

各位，注意一下那个 ID 的名字，"我家男朋友"！

噗，这分明就是要瓜瓜读出来的效果。

……

邵乾乾起身，拽着林嘉措到了镜头的死角："我可不是为了给你省钱，而是你这样没必要！"

"怎么了？"林嘉措任由她拽着自己的衣服，惬意地说道，"你之前不是说喜欢吃最贵的，喜欢喝最贵的，还喜欢很有钱的吗？”

邵乾乾蒙了下，总算是明白林嘉措最近诡异的举措是因为什么了，就因为她之前开玩笑给“表弟”发的那条信息？这也能当真？！

邵乾乾：“我瞎说的啊。”

林嘉措突然卡着她的下巴把她的脸抬起来：“谁让你对我瞎说的。”他眉眼间露出一丝桀骜又霸道的气息，说的话带着玩笑的意味，又莫名有一丝慑人的感觉。

邵乾乾一开始有点儿被唬住了，但转念一想，这不是跟屁虫表弟吗？于是下一秒，她一把将他卡着她的手拍开，然后又气呼呼地盯着他：“就瞎说了怎么着，谁让你先对我瞎说的。”

说起这茬，林嘉措还是理亏的。

“行行行，你爱说什么都行。”林嘉措半举着的手干脆搭在了她的肩上，然后在她还没反应过来的时候，一把将她拉到了怀里。

邵乾乾僵了僵，双手抵在他的胸前：“喂，你注意点儿——”

“注意谁？”林嘉措垂眼看着她精致小巧的鼻尖和微微发颤的睫毛，心里直痒痒，“是注意你外面的室友，还是注意镜头里面什么都看不见的观众？”

邵乾乾耳朵红得要滴血，她告诉自己眼前这个人是她带过的“表弟”，自己对他可以理直气壮，也可以大胆一些。可思绪根本不听她的，当林嘉措这么搂着她的时候，她呼吸的节奏都变了。

“反正你别这么搂着我，我告诉你，我气还没消！”

“可你是我女朋友。”

邵乾乾一急，便道：“我可没你这种骗人的男朋友！”

“你说什么？”林嘉措薄薄的唇瓣翘起，拖长腔调道，“你敢不敢再说一遍？”

“我说——嗯……”

唇就这么毫无温柔可言地压了下来，邵乾乾呜咽了一声，但声响很快被他吞进了肚子。邵乾乾伸手去推他，他便直接将她的两只手别到她身后一起抓住。两人挣扎间撞翻了一旁书桌上的小摆件，乒乒乓乓的，好像生怕外面的人不知道里面在干什么一样。

结实且带着浓烈荷尔蒙气息的胸膛就这么压在她的胸前，他的唇在肆虐，手指也不放过她，似探索似品尝地顺着她的腰往下滑，然后沿着她裤子和上衣中间的一点点缝隙慢慢拂过。林嘉措也不了解男女之间这些暧昧的小情事，但是他会学、会看，看到怀中的女孩满面娇羞的模样，他想欺负她的感觉就十分强烈。

温热的舌尖狂乱地交缠，腰间的肌肤似乎已经发烫。邵乾乾抑制住自己想发抖的感觉，奋力地往后仰了头："你别——"

她不知道的是，这个姿势虽然让嘴唇逃离他了，可细长的脖颈清晰地出现在他面前。林嘉措一口轻咬在她的脖子上，邵乾乾浑身一颤，突然袭来的酥麻感吓得她差点儿哭出来。

"别别别，痒，真的痒……"

林嘉措的动作终于停下了，他微红着眼盯着眼前微微起伏着的喉咙，慢慢地松开了禁锢着她的手。

邵乾乾得了自由，忙躲到椅子后面："你别乱来啊，你觉得、你觉得合适吗？"这时间，这地点……天不时地不利人不和！搞啥搞！

"都怪你。"突然，林嘉措瞥了她一眼，丢下三个字。

邵乾乾一脸蒙："我？我怎么了？！"

"你激我干什么？"林嘉措眉头皱了一下，那表情，仿佛就是她说错话了，所以他才这么惩罚她。

邵乾乾："呃……"

"以后，再说'不是男朋友'这种话，我就，"林嘉措停顿了片刻，不冷不淡地道，"我就咬死你。"

邵乾乾回到镜头前的时候，强装什么事都没发生，饶是屏幕上飘过一连串疑问句，她还是坚决忽略，然后吊着一口气认真地打游戏。

班级每学期都会举行一次全班都必须出席的活动，这学期的活动是去杨明山玩 CS（射击类游戏），枪械类的活动邵乾乾还是非常感兴趣的，所以也显得比较积极。

周日那天，邵乾乾八点钟就爬了起来。两个小时后要去市中心的广场集合，她快速地梳洗完后坐在餐桌边吃早餐。

就在这时，门铃响了。

葛晴擦了擦手："一大早的，谁来了？"一边说着，一边去开门。

"你……"

"阿姨好。"门口的林嘉措对着葛晴扬唇一笑，"乾乾起床了吗？我来接她。"

邵乾乾一口奶差点儿喷出来，她踩着拖鞋，匆忙从餐厅跑了出来。到了玄关前，果然见林嘉措一身清爽地站在门口，邵乾乾一阵错愕："你怎么来了？"

林嘉措噙着一抹淡笑："今天我们班不是有秋游活动吗？当然是来找你一

起出发了。”

“啊？”

葛晴的目光在两人之间转悠了一圈，笑呵呵地说道：“嘉措你来得正好，我正嫌乾乾这速度，磨磨叽叽，不知道什么时候能出门。”

“妈，我哪有！”

“还没有，吃饭吃半天，快点儿快点儿，进去拿上包赶紧走，等会儿该迟到了。”

“哪会迟到啊，还有一个小时呢。”

葛晴：“那也不能让嘉措在这儿等半天，赶紧去。”

邵乾乾无奈，只好舍下吃了一半的早餐，背上包跟着林嘉措出门了。

“不开心？没吃饱？”林嘉措一只手插在口袋里，另一只手随意地拍了拍她的脑袋。

邵乾乾看了他一眼：“没有，我吃饱了。不过……你干吗一大早来我家，多奇怪啊。”

“哪奇怪了。”林嘉措眸间有些得意，“我不是你男朋友吗，来你家接你怎么了？”

“可是我爸妈都在家——”

“我可不信邵老师不知道我们的关系。”林嘉措微微俯身看她，“全校都知道了，邵老师还不知道的话，消息可就太不灵通了。”

“啊？”

“好了，不说这个，先说说我们今天怎么出发吧。”

电梯到了一楼，邵乾乾走出来，疑惑地看他：“你没开车？那你是怎么过来的？”

“我小叔送我过来的，不过他有事已经先走了。”林嘉措道，“而且我们去广场后还要再坐大巴，我开车也不合适吧。”

邵乾乾觉得他说得也有道理，于是点点头道：“那跟我走吧，我们坐地铁过去。”

“哦，好啊。”

到了地铁站后，邵乾乾直接往刷卡处走，走了几步发现林嘉措没跟上来，又返回去：“你干吗？”

林嘉措指了指一旁的自动售票机：“我没卡，要买票吧。”

“手机刷就好了。”

林嘉措皱了皱眉，明显是疑惑。邵乾乾盯着他这副一头雾水的样子，忍不住道：“你不会不知道能刷手机吧？你多久没坐地铁了？”

林嘉措有点儿尴尬，他也不知道自己多久没坐过了，好像是很久之前因为堵车坐过，但后来实在受不了人多，就再也没坐过了。

“算了算了，我教你。”邵乾乾拉过他的袖子把他往前带，一边带一边碎碎念，“果然是公子哥儿。”

正值周末，地铁上人挤人。林嘉措看着后面挨着他背的中年大叔，再看看左边蹭他手臂的大姐，脸渐渐绿了：“邵乾乾，还是出去打车吧。”

邵乾乾：“你是不是嫌不够麻烦？”

林嘉措：“没有，我嫌人多。”

邵乾乾按了按太阳穴：“地铁上本来就人多。”

“我知道，但我没想到，会多到这种程度。”

邵乾乾看着他绿中带黑的脸，心里哀叹刚才就不该选择坐地铁，直接打车多省事。

“行吧行吧，那我们出——哎！”

到了一站，地铁停了。

邵乾乾没扶稳，因为惯性一下子扑进林嘉措的怀里。林嘉措看着“主动投怀送抱”的邵乾乾，眉头微微一挑。邵乾乾脸色骤红，想从他怀里爬起来，可林嘉措就这么搂着她的腰，愣是没动。

“你不是要出去打车吗，走不走？”

林嘉措低眸瞥了她一眼：“算了算了，不走了。”

“你这人怎么一会儿一个样？”

林嘉措轻轻地笑了，搂着她腰的手收得更紧了。一会儿一个样怎么了？刚才不舒服是因为别人挤他，但现在觉得舒服了，挤着他的不是别人而是她。

四十多分钟后，邵乾乾和林嘉措到站了。他们到的时候，班上租的大巴车已经停在约定地点了，大多数同学也已经到了。两人算是踩着时间点来的，大巴上的空位置已经不多了，零零散散，没有连在一起的两人座。众人看到他们两人一起上车的时候，发出一阵意味深长的起哄声，雷茵茵也看了两人一眼，然后冷着脸把头扭向了窗外。

“方潭！”邵乾乾一眼就看到了和柯小唯同座的方潭，她刚想走过去，却被身后突然冒出来的一只手卡着脖子往后拖了拖。

“跟我坐。”林嘉措目光扫了一圈，寻找合适的位置。

林嘉措说这句话的时候，就站在雷茵茵的边上，雷茵茵怔了怔，只觉他这话甜得腻人，也甜得扎她的心。

在场其他人又是一阵笑闹，连方潭也对邵乾乾摇了摇食指，表示让她别过来。邵乾乾一头黑线，林嘉措恍若未觉，跟边上一人说了几句话，那人便把位置让出来跟别人一块儿坐去了。

班上的同学还时不时将目光放在他们身上，邵乾乾觉得特别不自在，红着脸看着窗外。突然，右肩膀一重，她愣了一下，回头便见林嘉措一脸惬意地靠在她肩上睡觉。

“你干吗？”

林嘉措闭着眼说道：“起得早，有点儿困了。哎……这位置真不舒服，腿都伸不开。”

邵乾乾伸手去推他的脸，压低声音道：“别人都看着，你别靠着我。”

林嘉措幽幽地睁开眼睛，浅色的瞳眸看着邵乾乾，还有丝倔强：“我不，我就要靠。”

邵乾乾：您怎么还撒起娇来了？

“别说话，我困。”林嘉措闭上眼，继续没脸没皮地靠在邵乾乾的肩上。

这架势，邵乾乾还真不好意思再推开人家，只想着，表弟果然是表弟，暴露之后就开始蹬鼻子上脸了。

去杨明山路程需四十分钟左右，邵乾乾醒来的时候，脖子一阵酸痛。

“醒了？正好到了，别睡了。”

邵乾乾从他肩膀上弹起来：“我怎么睡着了？”

林嘉措笑了一下：“不知道啊，睡着睡着就趴我身上来了。不过我很善良啊，一直安静地给你靠着。”

就在这时，大巴车停了，班长起身在前面招呼着大家下车。

杨明山很大，是本市真人CS爱好者最喜欢来的地方。众人下车后，便在工作人员的带领下去了换装场地。

“大家看过来，”班长拍了拍手，示意大家听他说话，“咱们班男女生算是平均，所以男女生分开抽签，以此来确定分队，也能确保每队男女比例平均。”

“好！”

“对了，签抽定了就不能再换队啊。”

“明白明白。”

班长解释完规则后，众人便开始抽签。邵乾乾拿到了红签，柯小唯跟她一样也是红色，遗憾的是方潭抽到了蓝签。抽完签就可以去领装备换上了，邵乾乾拿完衣服要去换的时候，突然被一人扣住了手腕。

“你是红的啊？”林嘉措拽着她，满脸不开心。

邵乾乾看着他手里的衣服：“哟，你是蓝队啊。”

“我要跟人换。”

“哎哎哎，刚班长都说了不能换签，你可别破坏游戏规则。”

林嘉措垂下眼睑看着她：“可我想跟你一队。”

邵乾乾一怔，心口突然像抹了蜜一样，不过她认为还是不要让别人觉得林嘉措不遵守游戏规则的好，于是拉着他去换衣服：“你别闹了，你是不是怕不跟我一队就会输啊，怕我打爆你狗头吧？”

林嘉措嗤笑一声：“你想什么呢，我还不是怕没我在，你被人家打得太惨。”

邵乾乾哼哼：“放心吧，也不想想吃鸡的时候都是谁在保护谁。”

“邵乾乾，游戏是游戏，真人是真人，你别以为真人你还能打得过我。”

邵乾乾瞪了他一眼：“打枪上我可没输过！”

林嘉措的好胜心和男人的自尊心也被她激起来了：“行，那我今天非让你心服口服不可。”

“我才打得你叫爸爸呢。”

“啧，你是不是找抽——”

“哎哎哎，冷静冷静，你是林嘉措啊，别失了脸面……”

游戏开始了，红蓝两队分别被带到两个入口上山。这个游戏的规则其实非常简单，红蓝两队各二十人，哪队先团灭，哪队就算输。

邵乾乾所在的红队二十个人又分成三个小组，她所在的这组七个人，三男四女，女生中有她和柯小唯，还有另一个女生和雷茵茵。

虽然邵乾乾和雷茵茵之间关系尴尬，可既然分在同组，她也没有不跟人家交流的道理，在她眼里，射击游戏的团队战团结至上，“私人恩怨”这种东西当然是延后再说了。

小组分好后，大家就往山上走了。大部分人是第一次玩真人射击，连邵乾乾也是，刚才说打爆林嘉措狗头这话纯粹是她逞口舌之快，真人版的她还真不太会玩。

大概走了十多分钟后，前面突然传来一阵窸窣声。

“找掩体，前面有人。”邵乾乾忙道。

众人一听，连忙各自躲在遮挡物后。

“你们女生先躲着，我们几个过去看看。”一个男生道。

柯小唯：“你们小心啊。”

“放心吧。”

三个男生身先士卒，过了一会儿后，前面却没了动静。

突然，“噗”的一声，柯小唯身上表示死亡的烟雾升起来了，她瞬间蒙了：“我怎么死了？”

没玩过真人版也玩过虚拟版的，邵乾乾立刻转身跑到了另一棵树后：“有埋伏，他们在声东击西。”

果然，话音刚落，右侧就冒出了几个人头。邵乾乾举起枪，立刻射出了第一发，但毕竟是第一次，没射中，那人跑了。她稳了稳心神，立马将准头对向另一个人，再射一发，终于中了。

“啊！”边上又一个女生被射中了。

邵乾乾心里着急，赶紧对还存活着的雷茵茵喊道：“先跑！他们人多！”

雷茵茵：“啊？哦哦！”

两人皆猫着腰跑了。

后面有蓝队的追赶声，邵乾乾正着急，就在这时，边上突然冒出一只手把她拽了过去。紧接着，一道低沉带有磁性的声音就从头顶落了下来：“想跑哪儿去？”

邵乾乾看到林嘉措的时候，吓了一大跳，下意识地就要举枪。

“别出声。”林嘉措按着她的肩膀让她蹲下来，他自己也半蹲在她身前，一只手捂着她的嘴。

邵乾乾瞪着眼睛看他。林嘉措勾唇一笑：“别想杀我，也别叫，边上可都是我们蓝队的人。”

“嗯嗯嗯——”

“我放开你，你小点儿声。”

邵乾乾忙点头。

林嘉措松开了手，好整以暇地看着她。邵乾乾喘了几口气便道：“果然是碰到你了，竟然还先支走我们组的男生。”

“这叫兵不厌诈。”林嘉措伸手捏了捏她的脸，“不拆开你们组怎么打，我们这组女生多，还都是初学者。”

“所以我们组还剩几个啊？”

“嗯……据前线报告，刚才那三个男的也被干掉了。”

邵乾乾鼓了鼓脸颊，有些气愤：“那你现在在干吗，不打死我啊？”

林嘉措笑了一下，凑近，压低声音道：“我哪舍得让你死。”

影影绰绰的树荫下，一浅一深两双眸子互相看着对方。气氛隐约有些不一样，邵乾乾咳了一声，有些别扭地朝边上看去："那你的意思是要放过我咯，别反悔啊。"

"不反悔，但我要报酬。"

"什么？"

邵乾乾疑惑地看向他，他却突然将她抵在树干上，低下头，毫无预警地吻住她。

唇与唇的碰触，舌与舌的摩擦，口中触感微凉，他抚在她颈后的手心却是一片灼热。邵乾乾紧紧握着手里的枪，分明是紧张万分的环境，可她像突然踩在了一团棉花上，空气都似乎变得软绵绵的。

"咔嚓。"突然，两人附近传来很轻的脚步声。

林嘉措眸光一凛，放开了她。

邵乾乾微张着口呼吸着，心"扑通扑通"地乱跳。她深吸了一口气，强迫自己冷静下来。

林嘉措显然察觉到她的紧张，靠近，轻柔地在她额前印上一吻："别说话。"

邵乾乾抿了抿唇，点头。

林嘉措见她这么乖，突然有种再将她按在怀里亲近一番的欲望，不过他也知道，如果因为他这么做而害她被人发现的话，这小白眼狼估计要气死。

于是他拉开距离走了出去。

"嘉措，是你啊？我还以为是红队的人。"脚步一停，五米外即将靠近的蓝队成员松了一口气。

林嘉措将枪举到了胸前，随口道："没，本来想在这儿埋伏，不过等了半天也不见红队剩下的人。"

"啊……这样，刚才那一个小组跑了两个。"

"那先别管那两个了，去看看红队其他小组。"

"行，走吧。"

脚步声渐远，邵乾乾松了一大口气，偷偷摸摸从原地站了起来。她一起身，才发现腿都蹲麻了。她弯着腰缓了好一会儿，在心里将林嘉措"恶劣"的行径骂了个遍，才终于将这阵麻意忍了过去。

"邵乾乾。"

才走了几步路，突然听到有人叫她的名字。邵乾乾回过头，看见是同样穿着红色衣服的雷茵茵后，警惕的神色缓了过来。

"吓死我了，我还以为是他们回来了。"

"没。"雷茵茵走到她边上，"刚看到他们走光了。"

“哦，那就好。”

雷茵茵朝她的腿看了一眼：“你怎么了？”

“我腿麻了。”邵乾乾见她表情关切，心中有些感动，其实她跟雷茵茵相处不多，只是因为林嘉措这一层关系，两人压根儿没法亲近。不过，说起来她也没什么错，就是喜欢上一个人。邵乾乾这么想着，心里对雷茵茵也就没那么硌硬了。

雷茵茵听她说完后，便回身朝前走了，只是转过身的那一刻，她脸上那点儿关切的表情也消失殆尽了。其实她都看到了，她就躲在不远处的草丛里，她看到林嘉措拉着邵乾乾躲在树荫下，也看到他……压着邵乾乾亲。

那种样子的林嘉措，于她是完全陌生的。他的眉眼，他的笑容，他的眼神……那一刻他在邵乾乾面前的样子，都是她所不熟悉的。她克制不住地嫉妒，克制不住地怨恨，克制不住地想，如果被他这样对待的人是她会怎么样，如果她是林嘉措的女朋友又会怎么样。

想到最后，一切都归为：邵乾乾到底凭什么抢走那个位置。

两人走了好一会儿，都没遇到红队的人，邵乾乾体力差，最讨厌爬山，于是拉了拉前面的雷茵茵：“要不要休息一会儿？我走不动了。”

雷茵茵一个娇滴滴的女孩子自然也很累，她点了点头，在她边上坐了下来。

杨明山很大，两人拿出地图研究。

“刚才队长说我们最后幸存的人都到A点集合，不过我们离A点还有挺长一段距离。”邵乾乾说完后，见雷茵茵半天没回应，于是看向她道，“对了，你方向感好吗？”

雷茵茵不知道在想什么，有些走神，听见她的问话后，一脸紧张地看着她：“啊？什么？”

“我说，你方向感好吗？”

“还可以。”

邵乾乾点头，把地图递到她手上：“你看这儿，我们是有点儿距离吧？”

雷茵茵皱着眉头看着地图：“嗯……”

“哎，真累。”邵乾乾往后一瘫，只觉脚底一阵阵酸疼。

“邵乾乾，我知道一条小路。”雷茵茵慢慢道。

“啊，什么小路？”

“我以前跟朋友来玩过一回，我那时就走过，走那条小路很快就能到A点。”

“是吗？”邵乾乾一喜，忙去看地图，“哪条啊？”

雷茵茵犹豫了下，然后咬牙道：“地图是画给玩家看的，哪会画出捷径来。

其实我刚才就打算走这条路了，你跟我走吧，反正你我都走不动了。”

邵乾乾笑道：“这算不算违反游戏规则？”

雷茵茵也勾了勾唇：“又没说一定要按照地图上的线路走。”

“说得也是啊。”

雷茵茵之前确实有来玩过，也确实知道有一条小路是捷径。只是，这条路她只走过一次，上回走的时候，还差点儿摔了。

此刻她走在前面，邵乾乾跟在她的身后。她的神情有些挣扎，一颗心也紧紧地揪着，她看着前面有些湿泞的山路，又想起刚才林嘉措和邵乾乾亲吻的画面，太阳穴突突地跳得厉害。邵乾乾跟她说了几句话，她敷衍地应了几声，也没仔细听她在说什么。

“雷茵茵，你走里面点儿啊。”邵乾乾有点儿后悔抄近道了，这路也太难走了。

“哦。”雷茵茵应了一声，脚下却突然一滑，整个人坐了下去，眼看就要往边缘滑去。

邵乾乾吓了一跳，下意识便伸手去拽她的手臂，手臂是抓到了，可她毕竟只是个女孩子，重力一下子就把她往下带去。地上湿滑，邵乾乾只觉往下滑的时候，脚踝被哪里凸出来的石头猛地一撞，尖锐的疼痛袭来，她差点儿飙泪。

雷茵茵跪在边缘，一只手死死地抓住了前面的树干。邵乾乾那处却毫无遮挡物，她刚才抓了一下雷茵茵的手臂，可也根本没抓住，一下子滑到了底。

衣料摩擦声，撞击声，惊呼声。

雷茵茵一只手抓着树干，慢慢爬了起来。她看着摔到底部的邵乾乾，一只手捏紧了口袋里的求救器。

“邵乾乾。”

“疼……”闷闷的声音从下面传来，紧接着，邵乾乾喊道，“雷茵茵，你还在上面吗？”

“我在。”

邵乾乾：“我脚好像扭了。”

“严重吗？”

“我动不了。”

“那、那这样吧，我一个人也拉你不上来，我去叫人！”

邵乾乾：“啊？好好，那你快去。”

“嗯。”雷茵茵立刻抬脚走了，好像怕自己再犹豫一下就会下去拉她一样。她很快从小路走了出来，出来的那一刻，她伸手将口袋里那个不属于她的求救器随便丢进了一边的草丛。

又走了一会儿，她终于到了大家集合的A点。

“茵茵，你还在呢，太厉害了。”红队的一个队友笑着上前拉她，“哎，你们小组就剩你一个啦？”

“我……”雷茵茵话未说完，突然往旁边倒去。

“哎？茵茵！茵茵！”

“怎么了怎么了？”

“不知道，突然晕倒了。快快，送医院去！”

邵乾乾身上没有带手机，因为玩游戏之前上交了，不过，就算是带了手机也没用，这山里信号极差，根本没法打电话。

她摸了摸扭伤的右腿，心里越发后悔跟雷茵茵走近道了。不过，后悔归后悔，她现在也没有慌乱，因为雷茵茵已经去叫人了，过一会儿，肯定会有人来找她。更何况，他们每个人身上都分配了一个求救器，玩家按一下求救器就会发射信号，工作人员会根据定位开山地车来接。

邵乾乾想起有这么一个东西后，伸手去摸腰包，却发现那个求救器根本不在腰包里。她忙往边上找了找，还是没有发现。难道是掉其他地方了？邵乾乾心里有些烦躁，再一想，雷茵茵应该走出去了，等会儿就带人回来了，求救器也不是一定需要。

雷茵茵被班长和一名女同学一起送去医院，为了不扰乱今天的活动秩序，班长便暂时没让其他人知道，只让学委主持接下来的活动。

游戏还在继续，红蓝两队相拼，各小组狭路相逢后，最后各队仅剩四五人。

林嘉措带领着蓝队将红队剩下的四人全部解决之后，蓝队一片欢呼。林嘉措发现红队最后剩余的人员中没有邵乾乾，心里想着她大概是被别人“杀”了，到时候见到她一定要挫挫她的锐气。到了集合点，他却发现那片穿红衣服的同学里还是没有邵乾乾的身影。

“哎？我们红队少了人啊！还有人呢！”突然，红队那边有人欣喜道。

“对啊，我们还有人存活，不算输！不过是谁啊？”

柯小唯环视了一圈：“是乾乾，乾乾不在这儿。”

林嘉措眉头一紧，冲到红队的阵营里：“她没下来？”

红队的人面面相觑：“我们刚才分小组了，她在一组。”

“我们一组的人差不多‘死’光了呀，最后只剩了乾乾和茵茵，不过茵茵刚才晕倒了，被送下山了。”

“那乾乾呢，她是躲起来了吗？”

柯小唯有些着急：“才不会，她哪是躲得住的人，肯定会出来打人的啊，不会是……不会是出事了吧？”

林嘉措太阳穴猛烈跳了一下：“我去找她！”

“嘉措，你别着急，应该不会有事的，”吴远拉住了他，劝说道，“我们不是都有求救器吗？有事她肯定按了呀。”

“可是她这么久没出现都不按。”林嘉措一下子推开他，眉眼间的着急和冷漠让众人一时没敢搭话，“我要去找她。”

现在已经十二点了，本来按照原来的计划，游戏结束后大家就进行下一个行程，一起在这里烧烤。可现在丢了一个人，大家自然是立马出去找人，哪还有闲情去吃饭。

时间一分一秒地过去，邵乾乾抬头看向她滑下来的地方，这里安安静静，空荡得可怕。她不知道时间过去了多久，只知道距离雷茵茵离开已经很久了。

难道，她也出事了？邵乾乾心里开始有些着急，可腿疼得厉害，她挪一下都觉得跟针扎似的，根本无法从这里爬上去。

“救命啊！”

“有没有人啊！”

……

喊了半天，口都干了，还是没见半个人影。

邵乾乾想，这个破地方连地图上都没标，大概也没人会进来找。如果雷茵茵没有将消息带到，她在这里不是要等到天荒地老？想起之前柯小唯说的，这山里蚊虫多，而且深山野林的，还可能会有蛇。她往边上看了看，草木交杂，根本看不清里面有什么，也许……她边上就可能盘着一条蛇呢。

想到这里，她整个人寒毛都竖了起来。

邵乾乾艰难地从地上爬了起来，突然脸上一凉，她抬眸看去，又一颗豆大的雨水落到了她的脸上，接着，噼里啪啦一大片掉了下来。

“……天气预报不是说今天是晴天吗？”邵乾乾觉得自己简直是倒霉透顶，“摔到这鸟不拉屎的地方就算了，还下雨，觉得我不够惨是不是。咝——疼疼疼。”

天气说变就变，前一分钟还日头当空，这会儿突然下起了大雨。

“下雨了不要在山里待着！阿衡，你把这些学生带下去，然后让所有的员工出来找人。”负责人吩咐道，“报警了没有？”

“已经报警了！”

“好！你们几个跟着我往深处找，你们几个，去拿雨衣和工具，要不然天黑了不好找。”

“是！”

学生们在工作人员的带领下准备下山，吴远一把拉住还往前走的林嘉措：“嘉措，还是让专业人士来找吧，我们——”

“让开！”林嘉措一下推开他的手，雨水模糊了视线，可众人还是看到他赤红的眼睛满是焦虑，“要走你们走，我找！”

“可——”

“这位同学，你同学说得对。你们先走吧，你们要是在这大雨天出事，不是又多了一个麻烦吗？你们这些学生啊，早就跟你们说了要带好求救器，注意安全，可你们……”工作人员一边说着，一边就要拉着他上车。

“松开。”林嘉措心里揪成一团，也不管什么风度，现在他不骂人就是克制了。

“可你这样妨碍我们工作啊。”

“你们不需要管我，全部给我找人就行！”

说罢，林嘉措拿出手机，可按了半天发现拨不出电话。

“电话。”林嘉措看着工作人员。工作人员的办公手机是特别制作款，在山里也是可以用的，林嘉措知道这点。工作人员本来不想给，可看着眼前的男生一副要杀人的模样，讪讪地将黑色的大块头递给了他。

林嘉措照着自己手机通信录上的号码拨了出去：“喂，我在杨明山，马上带上你的人过来……当然是有急事！找人！我把人弄丢了行不行？！”

一众人目瞪口呆地看着林嘉措对着手机怒吼，然后又看着他挂了电话对工作人员道：“等会儿有人过来，直接让人上山搜。”

工作人员被唬得一愣一愣的，接过手机后讪讪道：“哦……”

一众学生被送下山了，除了坚持跟工作人员一起搜寻的林嘉措。

众人待在营地里，看着外面噼里啪啦地下着雨。

“刚才那个人，是林嘉措吧？”突然，有个人小声地说了句。

“我也想问，吓死我了。”

“哎哎，你们看，又有车来了。”

一众坐着的学生忙起身朝外看去，一看之下，呆了。刚才警察已经来了，他们本来以为这是后续的警察，可车一开近才发现，来的也不像警察。来者皆着黑衣黑裤，下车后速度很快，一下子就消失在他们的视线中。

天色渐暗，雨也从一开始的瓢泼大雨变成零星点滴。林嘉措在找的过程中心情越来越急躁，脸黑得跟锅底似的。他很少这么着急，从小到大，生活优渥，众人追捧，再加上本来就聪明，几乎每件事都可以轻轻松松地完成。

没什么事可以让他失去那份镇定，除了邵乾乾。

从知道她掉队的那一刻起，他的脑子里就不受控制地闪过很多可能性。她的求救器肯定是掉了，她迷路了，或者掉到哪个不知名的小窟窿里。总之不管怎么样，她肯定是因为受伤了才不能出来，要不然，再迷路也能从这座山里走出来吧。

他越想越焦虑，越想越后悔。之前遇到她的时候，就不应该心软放走她！

“嘉措。”跟警察交涉了一番的男子朝林嘉措这边走来。林嘉措回头看他：“肖尧，怎么样？”

“你放心，人一定给你找到，”肖尧上下看了他一眼，“倒是你，先回去吧，这样下去非生病不可，到时候我可怎么跟你家人交代。”

“交代什么交代，我现在只要找到人。”

肖尧迟疑了下，问道：“这……是你什么人？”

“你管我什么人。”林嘉措横了他一眼，“宝贝行不行？”

肖尧一噎：“行，怎么不行，既然是宝贝，那我就是挖地三尺也得给你找出来啊。”

林嘉措懒得理他：“赶紧去找，别废话了！”

“好好好。”

林嘉措跟着一众人继续往前找，又一个多小时过去，身上淋湿的衣服都已经快干了，阵阵夜风吹来，冷得人直打战。她也一定很冷吧，她，会不会怕黑啊……

这么久没找到人，林嘉措那颗焦虑的心已经变得异常恐慌。

就在这时，一个工作人员的手机响了。

“什么，在焦璇区的小道上？那里不是早封了吗，怎么还会有人进去？我马上让人去找。”挂了电话，该工作人员对旁边的人道，“之前晕过去被送下山的女同学醒了，她说邵乾乾之前是跟她一块儿的，她在焦璇区那边。”

林嘉措目光一亮：“快带我去！”

“好！”

一众人很快出发，到了地点后，林嘉措立刻从车上跳了下来。他刚下车，就见前方有几个男人，其中一个男人背上还背着一个穿着红色CS队服的人。

“邵乾乾？”

“嘉措，你来了？”肖尧愣了一下，“我们在树丛下找到人了，刚打算通知你。”

工作人员：“太巧了，刚才一个女学生提供了线索，我们才到这儿来，没想到你们已经找到了。”

两人对话间，林嘉措已经飞快地跑了过去。

“乾乾？邵乾乾！”

趴在别人背上的邵乾乾迷迷糊糊地睁开眼睛：“林嘉措……”

“是我是我，你怎么样？哪里受伤了？哪里不舒服？”

邵乾乾微微红了眼眶：“腿疼。”

林嘉措看着她这样，心里绞着疼：“你们别愣着，她说疼啊，送医院！”

肖尧的目光在两人之间转悠了一圈，赶忙道：“快快快，上车。”

邵乾乾醒来的时候，脑子涨得厉害，身体每个地方都沉甸甸的，难受得紧。她看着这陌生的环境，慢慢地转头看向抓着自己手的人。那人就趴在床边，一双眼紧闭，卷长的睫毛在白皙的肌肤上形成一小片剪影。

邵乾乾怔了怔，伸手想去碰他的脸，可最后犹豫了一下，只摸了摸他的头发。黑棕色的头发有些凌乱，不过摸上去很软，像小狗一样。

“你醒了？”闭着眼的人突然睁开了眼睛，邵乾乾吓得赶紧抽回手。

“腿怎么样？还有哪里觉得不对劲吗？”林嘉措一脸紧张地询问着。

邵乾乾见他满是血丝的眸子，心口突然软绵绵地揪成一团：“没有了。倒是你，你想睡觉就去睡吧，趴在这儿做什么。”

“我怕你醒了，看不到我会着急啊。”

邵乾乾嘴角微微一弯：“我哪有那么孩子气。”

“还没有，你看看你，在哪儿都能迷路，还把自己摔成这样，你说你不是小孩子是什么。”

“那是事出有因，”邵乾乾也有点儿尴尬，“而且，而且我的求救器不知道掉哪儿了，根本没法求救。”

邵乾乾说完，又看了看房间，问道：“这是哪儿啊？”

“我家。”

“啊？”

“你放心，没别人，平时就我偶尔过来住一下。”

邵乾乾松了口气，刚才有那么一瞬间，她都以为开门就能见到七大姑八大姨了。

“你干吗带我来这儿？”

“直接让医生过来这里了。”林嘉措道，“刚才已经给你治疗过了，你的腿这段时间就不要乱走路了，住这儿就好。”

“那怎么行？”邵乾乾道，“这里又没别人，就我们两个，孤男寡女，多、多不合适啊。”

林嘉措眯了眯眼，忽而笑了一下：“哦，原来你在想那个啊。”

邵乾乾一滞：“什么这个那个啊？”

林嘉措突然凑近了她，邵乾乾霎时屏住了呼吸。

林嘉措：“你放心，我不会对伤残人士乱来的。”

邵乾乾没让家里人知道她受伤的事，也叮嘱林嘉措不要跟邵坤透露半句。吃了林嘉措端到她床边的餐食后，她接到了方潭的电话。

“乾乾，你怎么样了？”

“没事了，你放心，就是脚踝扭伤了。”

方潭：“嗯，那让林嘉措好好照顾你啊。对了，到底是怎么一回事，你怎么会突然走到那山沟沟里去了？”

“说来话长。”邵乾乾看了一眼坐在她边上的林嘉措，然后解释道，“一开始我们就是走累了，然后雷茵茵说她知道一条近道，我们就一起走了。走到那儿的时候她摔了，我去拉她，结果没拉到她，自己倒是跌下去了。我腿扭伤了动不了，就让雷茵茵出去报信。”

“报什么信啊。”方潭突然怒道，“人家一看到人就娇滴滴地晕过去了，晕了好几个小时你知道吗？说是什么中暑低血糖，好笑，这能晕那么久吗？”

邵乾乾刚才也听林嘉措说了这事，她沉默了会儿，道：“你的意思是她是故意的？”

方潭：“可不就是故意的，她不就是因为你跟林嘉措的事看你不爽嘛。”

手机没有开扬声器，但林嘉措靠得近，也将方潭的话听得一清二楚。他听到这儿的时候，皱了皱眉头，显然是意外这源头竟然可能是自己。

邵乾乾：“方潭，你先冷静，毕竟我们没有证据，这些话都不能乱说。”

“我知道，她可聪明得很，现在不仅狠狠教训了你一番，还干净利落地撇清了自己。乾乾，我看你那求救器一定也是她偷走的，你们不是一直一起走吗？就她有这个机会。”

邵乾乾想起今天她们一起并肩作战的模样，心中也有些不舒服，如果真的是她……那未免也太狠了吧。深山野林，雷茵茵怎么就知道她一定能被人找到，一定能平安无事呢。

还是说，雷茵茵其实就是想她出事？

邵乾乾感觉一阵寒意浸身，这种宫斗小说里的剧情，竟然也会真实地发生在她身上。

“行了行了，我不跟你说这个，下次见到她，我非直接当面质问不可。”方潭平息了一下怒火，又道，“对了，林嘉措在你边上吗？”

邵乾乾“嗯”了一声，把手机换了只耳朵听，顺便远离林嘉措：“怎么了？”

“没什么，我就是想跟你说，你今天可把他吓坏了。你都不知道他知道你失踪了之后有多着急，全班的人都看蒙了，这样的林嘉措，我还是头一回见。”

其实不用方潭说，邵乾乾也知道他很着急。因为在被救出来时看到他的第一眼，她就知道那么狼狈的他一定一直在找她。

挂了电话后，她道：“林嘉措。”

“嗯？”

“你应该也挺累了吧，你去睡吧。”

“我不放心，我今晚就在这儿。”

“有什么不放心的，有什么事我叫你不就好了。而且，你今天一定淋雨了吧，就这么坐着睡怎么休息得好。”

林嘉措看了她一眼，突然微红着脸掀开了另一边的被子。

邵乾乾还没问什么，就见林嘉措长腿一迈，直接窝在了她边上。他说：“这样睡，总休息得好吧。”

“啊？”

“睡吧，明天的课你不用去上了，我帮你请假。”

见邵乾乾还直挺挺地睁着眼睛，林嘉措便道：“怎么还不睡？”

邵乾乾憋了半天：“你在这儿我怎么睡啊？！”

林嘉措“哦”了一声，单手支着下巴，撑着脑袋看着她：“又不是没在同一张床上睡过，那会儿在你那儿，你忘了？”

那天的风起云涌，她怎么可能会忘，但那天是喝醉了，今天可清醒得很。

“不，不行——”

话才说完，边上支着脑袋的人突然松了手，任由那张俊脸自由落体降在她脸侧，“啵”的一声，嘴唇和脸颊接触的声音在寂静的房间里分外清晰。

“你可别这么白眼狼，我救了你，你现在连床都不给我睡了？”

他离得很近，呼出来的气息挠着她有点儿痒，邵乾乾缩了缩脖子，道：“那还不是因为你的追求者太喜欢你了。”

“可我也没办法管她们，要不然我给你道歉？”林嘉措眸中含笑，乖乖地道，“对不起。”

邵乾乾自然不是真的怪他，他这么一道歉，倒显得她小心眼了。她哑口无言，只好转过身去背对他："我睡了！"

林嘉措修长的手指伸过去理了理她的头发，在她后面躺下来："哦，那我也睡了。"

邵乾乾心里是紧张的，她想不管换了谁，刚在一起没多久就躺在同一张床上，不紧张是不可能的。可今天遭遇的一切到底让她太过疲劳，躺着躺着也就不知不觉地睡着了。

林嘉措看着天花板，听着她的气息逐渐平稳。良久，他转头看了她一眼，入眼之处，白皙的脖颈在发丝下影影绰绰，仿佛会发光。林嘉措很快收回了目光，他闭了闭眼，压下了心底那些蠢蠢欲动的东西，命令自己赶紧睡过去。

他确实是睡了过去，只不过睡梦中并不安生。

他梦到了今天白天发生的一切，梦里，他听到了邵乾乾的哭喊声，可是不管他在大雨中如何疯狂地寻找她，就是找不到她。最后，她的声音越来越弱，而他就这么站在原地，饶是心口难受得快要裂开，也再挪不动步子。

"林嘉措，林嘉措？喂，醒醒。"

熟悉的声音传入了耳朵，林嘉措一惊，猛地从床上坐起，一副惊魂未定的样子。邵乾乾躺在边上，惊异地看着他："你怎么了，做噩梦了吗？"

林嘉措缓缓回头，看到一头雾水的邵乾乾后松了一大口气，哑声道："你吓死我了。"

邵乾乾见他额上挂着一层薄汗，猜想他大概是真的做噩梦了，喃喃道："有恶鬼追你啊，吓成这样。"

"比恶鬼追我还恐怖。"林嘉措重新躺了回去，瞳孔还在轻轻颤抖，"我梦见你死了，还好醒来后，你还活着。"

邵乾乾嘴角微微一抽："我这是该感动呢，还是该打你一顿……"

"邵乾乾，"林嘉措没应她这句话，只是突然倾身过来抱住了她，"你能不能注意点儿人身安全？"

林嘉措毫无预兆地将头埋在她的肩上，沉甸甸的一下，仿佛把她的心也拽下去一大块。邵乾乾微一侧头，下巴就蹭过他的额头，温润的，有点儿凉。

"以后不会了。"

"以后我要一直看着你才行。"

"一直看着？哪能啊。"

"我能。"林嘉措抬起脑袋，眼神认真得邵乾乾差点儿就信了他能一直紧紧看着她。她忽而一笑："我不信。"

林嘉措皱着眉，不说话。两人就这么直勾勾地互相看着，就在邵乾乾打算示弱，表示她相信的时候，边上这人突然凑上前来吻住了她的唇。

吻这东西，是不是能上瘾呢？

邵乾乾不知道，只是觉得林嘉措好像开始了一言不合就亲人的节奏。

此时已经是凌晨三点多，邵乾乾半夜迷迷糊糊睁开眼看到林嘉措做噩梦的时候，就已经醒了一半，此刻突然被他似咬似啃地亲着嘴唇，睡意便彻底被扫空。唇舌一寸寸地深入，清冽的气息一路攻城略地，他的辗转吮吸慢慢地带走了她肺里的空气，夺走了她的呼吸。

邵乾乾推了推他，他却纹丝不动。

他的吻来得莫名其妙，可也来势汹汹。两个人近得只剩一丝缝隙，她浑身发热，除了将双手抵在他的胸口，感受他略显急促的喘息和胸膛的起伏，脑子已经一片空白。

突然，胸口一沉，邵乾乾一怔，猛然睁眼。林嘉措也是一僵，不知什么时候开始，本来一直安分地覆在她腰上的手竟然移到了这处，他……他也是下意识的。

“你、你松开。”邵乾乾侧过脸躲开他的吻，开口的时候声音都发颤了。

林嘉措只觉覆在那处的手在微微发抖，可他看着身下娇艳欲滴的人，燥热得头都有点儿晕了，哪里移得开手。

“要不然，要不然，我、我摸摸？”

“林嘉措！”

“就摸摸，别的、别的我都不做。”

邵乾乾脸色涨红，一时间有点儿不知所措。她应该拒绝他的，可看着他有些狂乱的模样，心下竟也感到一种被迷恋的虚荣感。

“你别乱来……”听着是抵抗的话，可又明显是纵容。

林嘉措眼中爆发出一抹狂喜，他将她小心翼翼地揽在怀里，伸手往衣摆里探了进去。

邵乾乾只觉得自己像漂浮在海上的轻舟，一晃一荡，抓不住什么可倚靠的东西，只能任由这种不熟悉的感觉一波波涌上来，最后，化成两个人的意乱情迷。

最终，林嘉措确实如自己所说，除了“摸摸”，没有继续做别的事。不是他君子，也不是他绅士，只是一切都是突然发生的，两人什么准备也没有，自然没胆子继续下去。

第二天，林嘉措是被手机铃声吵醒的，睁开眼的时候，头沉甸甸的，有些难受。

“喂——”接过电话，他有些嘶哑的声音冒了出来。

手机那边的人似乎是愣了一下：“大中午的你还没起床？”

林嘉措滑开手机屏幕看了一眼来电人：“小叔啊，你有什么事吗？”

“昨天听肖尧说你让他带了人去杨明山？”

“嗯，我让他帮我找人。”说话间，怀里的人动了动，有醒来的趋势。林嘉措嘴角勾了勾，心里像被什么填充了，满足得很。一大早醒来，就看到喜欢的女孩儿在自己边上睡觉，多舒服啊，要是没有手机那头的人来煞风景的话。

“你把事情闹得这么大，你爷爷要是知道了，你猜你会不会受罚？”

林嘉措皱了皱眉，轻手轻脚地下了床。

“我也是为了一条人命，爷爷知道了又能怎么样，我是为了救人才这么做的。”他一边说着，一边担心吵到邵乾乾走出了房间，只是在他带上房门的那一刻，床上躺着的人也缓缓睁开了眼睛。

林嘉措走到厨房倒了一杯水喝：“好了好了，我那会儿不是着急吗？就那几个人怎么帮我找人啊，要不是肖尧带人来，估计邵乾乾就——”

“哦，邵乾乾。”林秋迟似是不浅不淡地笑了一声，“我就知道你是为了这个人。”

“那你还来教训我。”

“林嘉措，你觉得家里人要是知道你和这个女孩子在一起了会怎么样呢？”

林嘉措没什么所谓的模样：“那我就直接坦白不就得了。”

“我劝你暂时不要。”

林嘉措眉头一皱：“为什么？”

“避免给邵乾乾带来麻烦，大哥和你爷爷的脾气你是知道的。”

林嘉措放下了玻璃杯，他当然知道他们的脾气，如果知道他有了女朋友，那他们非把这个人的前八辈子都翻一遍不可。可是，他现在并不想他们来干扰他和邵乾乾才刚起步的感情。

“好，我明白了。”

“嗯。”

“爷爷那边你帮我挡挡，搜山的事，就说我为了帮助同学。”

“知道。”

邵乾乾见林嘉措从房间出去后，就从床上坐了起来，她右腿上打了石膏，只能依靠左腿下床，然后一蹦一跳地挪到浴室门口，但到底是单脚，一个站不稳就坐到了地上。

“怎么了？！”房间门一下子就被打开了，林嘉措一进门便看到惨兮兮地坐在地板上的邵乾乾，他三步并作两步上前，一下把她从地上横抱起来。

“你想干吗？想干吗叫我啊，你这腿能走路吗？”

邵乾乾没好意思看他，昨晚夜黑风高的，他们都做了什么自己清楚。

“我想刷牙洗脸。”邵乾乾嘟囔了一声，垂着眸子不说话了。

林嘉措“嗯”了一声，踢开浴室的门，直接把她抱到洗脸池边的台子上坐着。进了浴室后，两人就都没出声了，林嘉措从柜子里拿了一支新的牙刷出来，挤上牙膏，递到她手上。

邵乾乾接了过来：“还有水。”

林嘉措又接了一杯水给她。

邵乾乾侧着脑袋漱了漱口，开始刷牙。本来以为林嘉措要出去了，谁知道他也挤了牙膏，就站在她边上刷牙了。邵乾乾不吭声，几下刷完之后漱口，可低头吐水又正好和林嘉措的头撞个正着，一时间，两人龇牙咧嘴地抬眸看着彼此。

忽而，林嘉措笑了一声。

邵乾乾：“你笑什么？”

“没什么，只是突然觉得，我们这样好像新婚夫妻。”

邵乾乾耳朵一烧：“谁跟是你新婚夫妻！”

林嘉措漱完口，拿了条新毛巾打湿：“那迟早也是。”说着，他将毛巾压在她的脸上，故意用手压住不让她呼吸。

“啊啊，林嘉措，你谋杀啊！”邵乾乾挣扎了一番，一把将毛巾扯了下来。

“帮你洗脸啊。”

“有你这么帮的吗？”

“那怎么帮？”林嘉措身子一沉，两只手支撑在她的两侧，笑得有些痞气，“你教我，我以后都帮你洗脸。”

邵乾乾面无表情地看着他，没受伤的那只脚往上一踢，正好卡在了他两条腿之间。

“邵乾乾，你谋杀亲夫啊！”

第九章
你不知道，她有多可爱

邵乾乾在林嘉措家里住了两天，后来她嚷着要玩游戏要直播，想回自己那儿住，结果林嘉措二话不说就把一系列完整的装备在客厅里装了一份，顺便还弄了一台电脑给自己玩。

说到底，就是不想让她走。

邵乾乾没办法，只能遂了他的愿，继续住在这里。

这天中午，邵乾乾同鬼哥和所长他们组队玩游戏，林嘉措则去学校上课，快要到教室的时候，他看到了雷茵茵。

她正和几个同学一起往楼上走，说说笑笑，仿佛什么事也没发生。林嘉措自然不可能当什么事都没发生，他沉了脸色，几步上前叫住了雷茵茵。

边上的同学看到林嘉措后，皆意外地看向雷茵茵。后者愣了愣，然后在众人又奇怪又暧昧的视线下有些羞赧地问道："你、你有什么事吗？"

"乾乾受伤了，所以这两天我没来上课。但有些话，我还是需要说。"林嘉措一开口，便让雷茵茵白了脸色。她咬着唇，在同学的注视下有些难堪："你叫我过来，只是想跟我说你在照顾邵乾乾吗？"

林嘉措冷笑了一声："你觉得我有那么闲吗？我和她的事，何必跟一个外人说。"

"外人……"雷茵茵颤了颤，"那你想说什么？"

林嘉措漠然地看着她："我只想告诉你，如果还有下一次，我不会放过你。"

雷茵茵微微瞪大眼睛："你在说什么？我听不明白。"

"不明白？"林嘉措露出明显不耐烦的神色，"杨明山的事你还不明白？雷茵茵，这次是因为她没事。如果这次她出了事，你该拿什么来赔？"

雷茵茵脸上的血色退了个干净。她看着林嘉措那副冷漠又厌烦的神色，只觉得异常陌生。他在大家面前，从来是温柔和气的，他从来没这样看过她！

"杨明山的事我已经解释过了，带邵乾乾走那条路是我不对，可她也是自愿跟上来的。后来我是想求救的，可是我也不知道自己会突然晕过去，我也不是故意的啊！”这件事她在同学之中就是这么解释的，大家也都是相信的，现在林嘉措突然冒出来这么指控，她心里瞬间一阵慌乱。

“晕过去了，一个低血糖能让你晕上几个小时？你以为我没有去那家医院查证过吗？”

边上的同学震惊地看向雷茵茵。虽然他们觉得雷茵茵晕得太巧合了，可也没想过她竟然真的是装的。

众人盯视中，雷茵茵抿着唇说不出话来。

林嘉措看了她一眼，只觉烦躁得紧，他一刻都不想待下去，但是，邵乾乾这亏不能白吃，这个人也需要在众人面前警告才有效果。

“我知道你很聪明，装晕、求救器，你做得都很有逻辑，也不会让人抓到一点儿把柄。只是，做了就是做了，你心里应该清楚。我跟你说这些只是想告诉你，如果以后再在邵乾乾身上耍心机，那到时不管你是不是女孩子，我都不会饶了你。”说罢，林嘉措不再逗留，抬脚往教室方向走去。

雷茵茵难堪到极点，看着他绝情的样子，她也顾不得旁边还有其他人，喊道：“林嘉措！”

林嘉措停下，微微侧头。

雷茵茵眼眶通红，逼着自己看着他：“你就这么喜欢她吗？”

“是。”

“为什么是她？！”雷茵茵哽咽道，“我们以前，以前很好的不是吗？大家都说我们是最配的不是吗？”

“那是别人说的，你应该知道，我从来没说过。”

“可为什么是邵乾乾？”雷茵茵有些迷茫，“你们从来没什么交集啊，你为什么宁愿喜欢她也不喜欢我？”

“宁愿？”林嘉措有些疑惑地歪了歪头，“说实在的，你这个词我不太喜欢。”林嘉措看了她一眼，忽而一笑，这一笑不再冷漠不再厌烦，有的只是无尽的温柔。他说：“你不知道，她有多可爱。”

上完课，林嘉措回家，途中去了一家中餐厅打包了几道菜。到家后，他一开门便听见某人激动的声音响彻客厅。

“左边左边，鬼哥，你最近是不是要去看眼科啊！”

“扔弹扔弹！好！好好好！赢了！稳——”

游戏明显赢了，林嘉措笑了笑，将食物放在餐桌上朝她走了过去。

林嘉措：“过来吃饭。”

闻声，邵乾乾拉下耳机："再来一局，马上好！"说着，她兴致勃勃地又戴上了耳机。林嘉措伸手按住了她握着鼠标的手。

邵乾乾一顿，可怜兮兮地抬眸看他："这一局打完就结束，我保证！"

一双水汪汪的鹿眼就这么瞅着自己，林嘉措无奈地按了按眉心，压根儿说不出什么拒绝的话："等会儿。"

邵乾乾以为他不让她玩，祈求道："就一局——"

"我陪你，拉我。"

"哎？哦！"

林嘉措在她边上坐下了，打开了边上那台电脑。邵乾乾拉了鬼哥和所长进来，然后等着林嘉措上线。

鬼哥听到声音惊诧道："他怎么在你那儿？"

邵乾乾不知道怎么解释，总不能说她在林嘉措家里住了好几天了吧。

"就、就正好在一块儿啊，有什么问题。"

鬼哥沉默了片刻，突然怪叫："哦哟！"

几秒后，邵乾乾的微信就收到来自鬼哥的信息："我说你们怎么在一块儿呢，一打开你的直播间，这不是林嘉措那儿吗？！你们同居了啊！"

邵乾乾瞠目结舌，但碍于此刻在直播，她没出声，只回复道："我就是正好受伤！所以在他家……什么同居啊，别乱说！"

鬼哥："嘻嘻嘻，我懂我懂。"

邵乾乾："你不懂！"

"别跟他瞎聊，拉我吧。"林嘉措拿开邵乾乾的手机，"只打一局，打完去吃饭。"

邵乾乾点点头："好！"

游戏开始了，四人齐齐跳进了机场。

机场人多，不过好在邵乾乾和鬼哥落地不久便捡到步枪，两人出去清了一圈人后，便一起去另一栋楼补充装备。

"表弟，你有步枪吗？这儿有一把，没有的话过来拿。"

耳机里突然寂静一片，而弹幕中则是一片"表弟？哪来的表弟"飘过。邵乾乾一怔，也反应过来了，她竟然下意识地把林嘉措叫成表弟了……

所长见场面有些诡异，忙跳出来打圆场："瓜瓜这是太想念我表弟了吗？"

鬼哥憋笑的声音也传了过来："表弟人虽然不在，但他活在我们所有人的精神里。"

邵乾乾往边上的某人身上瞥了一眼："对对对，表弟永远活在我的精神世界里，不好意思，不好意思，叫错了。”

“把他从你的精神世界里踢出去。”突然，众人听到一个男声冒了出来，“你的精神世界里有我就够了，要什么表弟。”

邵乾乾再次侧目看了他一眼，话里已经含了明显的笑意：“行行行，表弟这个菜鸟我就先踹了。你好好表现，表现不好也得踹。”

林嘉措瞪了她一眼：“他菜我可不菜。”

“是吗？”有些人啊，真是可怕，狠起来连自己都骂。

游戏到了中后期，邵乾乾在和对面一队人马对枪的时候不小心被一枪爆头，由于没有遮挡物，一下子被打死了。

而她死后，对面一人被林嘉措打死，剩余的被所长和鬼哥从旁边包抄，一时攻不上来。

“你快点儿舔我的包，我包里有一把上好的狙击枪！”

林嘉措没动，邵乾乾只好腾出一只手去拍他：“快点儿舔我啊，舔我舔我，就在这儿——”

镜头一空，观看直播的观众突然发现原本还在画面中的主播忽地被外力往旁边一拽，然后镜头就只能拍到半个身子了。观众愣了一下，接着听到一个低低的男声传来：“嗯，这样舔行吗？”

邵乾乾瞪大眼睛看着林嘉措，一片粉红从耳朵到脖子，染了个彻底。就在几秒前，这人拉过她，猝不及防地在她嘴角舔了一口，舔完后，还跟个流氓似的问她舔得怎么样。邵乾乾心跳如擂，连镜头都不敢出，直接关了摄像头和直播往餐桌那边跑。

林嘉措还在游戏，见此笑着问道：“你不看我打吗？”

“不看！”

听方潭说，雷茵茵已经好几天没来上课了。邵乾乾受伤的原因在同学之间传开了，大家都在说，她受伤是雷茵茵害的。

原本的女神变成众人谴责的对象，难怪她不敢出现了。

邵乾乾听到这个消息的时候，不得不说自己觉得很解恨，在杨明山的时候，她是真的想和雷茵茵缓和关系，可雷茵茵呢，竟然在背后下这种黑手，好在她的腿养了几天之后也就好了。

伤好后她直接上课去了，就是林嘉措总觉得她能平地摔倒似的，时不时问她要不要歇歇。

一天，第二堂大课前，林嘉措因为学生会有事先走了。

“乾乾。”下课了，一名同学突然走过来跟她道，“教室外面有个人问我你是不是在这儿，你去看看吧。”

“谁啊？”

“不认识，不过……是个帅哥哦。”

邵乾乾一头雾水，帅哥？哪来的帅哥？

她收拾好书本，起身朝外走去。

“姐！”就在这时，邵坤从教室外走进来，“我昨天看你直播了，你是不是换地方了？”

邵乾乾想，刚才那同学说的帅哥可能就是她这位弟弟了，于是她一边嫌弃一边道：“我什么时候换地方了？瞎说。”

“明明就是换地方了，你的出租房我又不是没去过，”邵坤眯了眯眼睛，“我说，你不会是在嘉措哥——”

“哎哎！我警告你啊，这话你可不能在爸妈面前说。”

“哦。”邵坤嘻嘻一笑，在她面前摊开手，“封口费。”

邵乾乾翻了个白眼：“就知道你找我没好事，多少？”

“就看你觉得你这个秘密值多少了。”

“邵坤，你是不是找打，嗯？”

邵乾乾刚想狠狠敲邵坤几下，突然，一个极富磁性的声音传来：“乾乾？”

邵乾乾和邵坤皆是一愣，闻声望去。

就在离他们几步之外，一个穿着米色风衣的男人正笑意盈盈地看着他们，他长得十分清俊，看着很舒服，让人有想亲近的感觉。

邵乾乾歪了歪脑袋：“呃……你叫我？”

“嗯，叫你。”帅哥往前走了几步，上上下下地打量了她一眼，“呀，你跟网上长得差不多啊。”

邵乾乾又卡了两秒，觉得这人有哪里特别熟悉，可就是想不起来。

倒是邵坤，一听他说这话，就把邵乾乾往后拉了拉：“你哪位？看她直播的粉丝？”

帅哥笑了一声：“嗯……算是。”

“那谢谢你了，不过粉丝和主播还是有点儿距离好，没什么事的话，我们先走了。”

“等等。”帅哥微微挑眉，“我可是特地来找乾乾的，我特别喜欢她，怎么能说走就走。”

“特别喜欢？”邵坤一脸警觉，“喜欢也没用啊！她可是有男朋友的！你没机会了。”

邵坤已经完全被林嘉措收买了，这会儿见有“情敌”，立刻摆出一副为未来姐夫斩妖除魔的姿态。

“怎么没机会啊。”帅哥朝邵乾乾抛了个媚眼，“乾乾，我和嘉措，谁的声音更好听啊？”

这句问话，他是用了心在说，那声色让“声控”的邵乾乾差点儿跪了。她脑子突然灵光一现，将这声音和某个人对上了。

“啊！你不会是——”

“干什么呢，魏潇？”林嘉措不知从哪里跳了出来，一巴掌拍在这个帅哥的后脑勺上。

“疼！”被拍的男人跳脚，一脸吃痛地看着林嘉措。

林嘉措瞥了他一眼：“别在她面前秀你那嗓子，还跟我比，滚蛋。”

“嘿，我其他比不过你，声音还比不过你啊。”

林嘉措身边另一个人道：“老潇，给人家点儿面子，毕竟在女朋友面前呢。”

林嘉措：“谁需要你们给面子。”

三人一唱一和，是邵乾乾再熟悉不过的感觉。

“所长？鬼哥？”邵乾乾一脸欣喜，“不是吧，你们怎么来我们学校了！所长，原来你长这个样子啊。”

鬼哥曾经是 LOL 职业队员，他那会儿就出过镜，直播也是露脸的直播，所以她认得出来。但所长不一样，所长视频从来只拍手，一直神秘得很。

这会儿，邵乾乾见到了曾经视为偶像的所长，而且还是长得很好看的所长，心里当然是激动的。不过这激动看在林嘉措眼里就不是什么好事了，他沉了脸，突然后悔答应让这两个损友来学校找他的事了。

“他就长这样，没什么好看的。”林嘉措一把拉过邵乾乾的手往外走，“去吃晚饭吧。邵坤，一起来？”

“不了，社团还有事，你们去吃吧。”邵坤见他们都是认识的，便也放心了。

林嘉措点点头，继续拉着邵乾乾走。

“哎哎，等会儿，他们——”

“他们自己会跟上来的。”林嘉措另一只手捏了捏她的脸颊，“不许回头看了啊，有这么好看吗？”

邵乾乾蒙了：“什么好看，所长吗？你别说，所长还真挺好看的。”

某人脚步一滞，有些迟疑地问了句：“那是他好看些还是我好看些？”

邵乾乾像看神经病一样看了林嘉措一眼，她真的没见过这么爱攀比的男人。

"说，谁好看？"林嘉措见她没答话，顿时紧张了。

"我要说实话吗？"邵乾乾故意一脸严肃。

林嘉措一噎："你这不是废话吗？肯定要说实话啊，你要是说了假话，魏潇该多得意啊。"

邵乾乾："呃……"

"嗯？"

"好吧，我说，我觉得所——"邵乾乾无限延长"所"字，然后在林嘉措越来越危险的视线中，华丽丽地转了个弯，"所爱的你，可亲可敬的副主席大人林嘉措同学最好看。"

林嘉措"哧"了一声："瞧你这聪明劲儿。"

嘴上是嫌弃，眼里的笑却快溢出来了似的。

邵乾乾摇摇头，啧，男人，你的名字叫虚伪。

最后，四人一同去吃了饭。

大概是在网上相处得太久也太熟，邵乾乾对着张天临和魏潇完全没有什么陌生感，聊起天来，嘻嘻哈哈，欢乐得很。

快吃完的时候，邵乾乾去了一趟厕所。张天临见她走了，便立刻奔到林嘉措边上："说说、说说，你们是不是同居了？"

林嘉措："我不是跟你说了她受伤那件事吗？现在暂时一起住着，但不是同居。"

"哦，那你们……"张天临拖长声音，表情要多暧昧有多暧昧。林嘉措愣了愣，一下推开他："想什么乱七八糟的东西。"

"啊……看样子是盖着被子纯聊天。"张天临默默地坐了回去，一脸八卦地对着魏潇道，"别看他每天都一副厉害得要上天的样子，但在这方面，一窍不通。"

魏潇笑着摇头："嘉措可是千年老光棍，含蓄点儿怎么了。"

林嘉措看着两人一副看笑话的样子，捡了一根筷子丢了过去："闭嘴吧！"

吃完饭后，林嘉措去付了账。四人从餐厅出来后便打算各回各家了。临走前，张天临把林嘉措叫到一边说了些什么，然后才对着邵乾乾挥了挥手："乾乾，再见啊。"

"好，再见。"

魏潇和张天临走了，林嘉措朝邵乾乾走了过来。

"他刚跟你说什么了？"

“没什么。”

“没什么？”邵乾乾伸手戳了戳他的右脸，“没什么你脸色这么奇怪。”

林嘉措伸手拉住了她的手，有些不自然地道：“真没有。好了，我们回家吧。”说着，他径直往前走，走了一步发现邵乾乾没有动：“怎么了？”

邵乾乾低头看着脚尖：“那啥，你看我也可以活蹦乱跳了，还是回学校或者回出租房那边去吧。”

林嘉措眉头一皱：“什么？”

邵乾乾：“我总不能一直住你那儿啊，这多不合适。”

“哪里不合适了。”林嘉措低眸看她，压着声音道，“你是我女朋友。”

“可我想回去……”

“不许回。”林嘉措还真怕她溜走，于是左臂直接箍住她不让她动弹，“都没跟我提前商量就走，胆肥了，嗯？”

“我这不是在跟你商量吗？”邵乾乾挣扎了一下，然而这人的手臂跟铜墙铁壁似的，怎么拉扯都纹丝不动。

“不行，你没有提前，所以不算。”

“啥？”

“回家了。我告诉你啊，家里还有你的一些东西，你不能就这么走了。”

邵乾乾像只小兔子一样被他揪在怀里：“那好，我回去收拾一下再走。”

“收拾一下都多晚了，要走也明天走。”

邵乾乾都要被他气笑了，反正说来说去就是不能走呗！她有些气这人的霸道，可又偏偏被他这霸道弄得欢喜又甜蜜。

夜色渐浓，车水马龙，霓虹灯起。

路边有几个穿着高中校服的少女路过，回头看着两人偷笑。邵乾乾红了脸，伸手在他屁股上打了一下：“放手，好好走路！”

林嘉措被打得有点儿蒙，箍着她的手也放开了：“你——”

“我跟你回家还不行吗？别揪着我，让别人看笑话。”说着，她径直往前走。

林嘉措腿长，几步就追了上去：“你打我屁股做什么，我一大男人……”

邵乾乾瞥了他一眼：“不行？以后不会了。”

“咯，其实也没事。”林嘉措不动声色地把她的手握在手心，然后满目纵容地说道，“你想打也能打，刚才那一下过不过瘾？不过瘾再来一下。”

邵乾乾：“……你变态啊。”

回到家里后，邵乾乾认认真真地收拾起东西。其实她在这儿才住几天，除了几件衣服，也就浴室里的一点儿生活用品。

林嘉措坐在沙发上，看着邵乾乾在他面前走了几个来回后，有些烦躁地捏了捏眉心。这几天同住一个屋檐下的感觉太好了，好到都让他忘记她伤好了就要拍拍屁股走人了。今天能用乱七八糟的借口把她扣下，明天可就留不住她了。

林嘉措看着邵乾乾，陷入了怎么才能不让她走的沉思里。

要不，装病？

邵乾乾很快就收拾完了，她拿上睡衣去浴室洗了个澡，洗完后就窝在沙发里看视频。过了会儿，林嘉措也起身去洗漱了，不过这次他洗得特别久，她电视剧都看完一集了，他才从里面出来。

林嘉措从浴室出来的时候，邵乾乾抬头看他，微微一愣。饶是她已经看过好几次他洗完澡的样子，还是会看得出神。此刻他穿着白色的浴袍，两截小腿露了出来，又长又直。大概是洗了头，他的头发微微有些湿润，碎发下浅色的眼睛似乎还笼着雾气，一眼看过来，淡淡的，温柔得腻人。

邵乾乾就这么直勾勾地看着他，直到他一屁股坐到她边上，一个劲儿地往她身上拱。

“呀，你的手怎么这么冰？”他的手刚一环上她的腰，邵乾乾就惊叫出声。

“里面没热水了，我用冷水洗的澡。”林嘉措可怜兮兮地说道。

邵乾乾惊讶道：“我洗的时候还有热水，怎么会没有？我去看看……”

“不用。”林嘉措按着她坐下来，“洗都洗完了。”

“可天都降温了，你洗冷水澡，不冷吗？”

“冷啊。”林嘉措在她肩上蹭了蹭，“所以你暖暖我吧。”

邵乾乾本来还皱着眉头，一听他用这么惨兮兮的声音说话，顿时笑出声来：“幼稚死了你。”

“幼稚吗？”林嘉措勾了勾唇，突然，本在她衣服外的手顺着衣摆滑了进去，“那这样暖就不幼稚了。”

邵乾乾腰上一凉，顿时从沙发上弹起来：“林嘉措，你乱摸哪儿呢！”

可在他的压制下，她能跑到哪儿去，林嘉措长腿一勾，一下就将她压在沙发上动弹不得。

“我冷。”

“冷就回房间盖被子！”

“不。”林嘉措抬起她的下巴，目光炯炯地对上她的视线，“我们做点儿热的事好不好？”

不等她答应，林嘉措便伸出拇指在她唇上摩挲，头也自然而然地凑近，贴上了她的唇。邵乾乾和他接吻也不是一回两回了，可她还是克制不住那种心都要跳出来的感觉，更何况，此刻他还把她压在身下。

林嘉措很认真地吻着她，越吻他越明白，他要的不仅仅是这样。

内心在骚动，手克制不住地往下移，在她腰腹上滑动。

“嗯——”邵乾乾感觉到，下意识按住了他的手。

林嘉措喉间发干，他更激烈地在她唇间肆虐。而那只手……因为她按着他的手背不让他动，他便也真的不敢动了。只是他似乎不再感到满足，唇一路向下滑，转为啃她脖颈。

柔软的触感震得邵乾乾一个激灵，她的脸蓦地涨红，呼吸也更急促了几分。林嘉措抬眸间便是这幅景致，年轻气盛，一颗心因她的反应而晃晃荡荡，身体更热了。

方才邵乾乾被转移了注意力后，他便轻易地解开了她睡衣上的扣子。可当他的手很慢很慢，带着一丝颤抖往下探的时候，邵乾乾还是被惊醒了。

“林嘉措——”

林嘉措脸色泛红，隐忍地看着她，低声道：“乾乾，我、我就摸摸。”

“你上回也这么说。”

“是啊，那我上回没食言，对不对？”

邵乾乾张了张口，无言以对，可这回不一样啊。她内心极其挣扎，一方面是对未知的恐慌，一方面又是他所带来的意乱情迷。

她的犹豫明显助长了他的气焰，他终于不客气地向下探去。

夜还未深，甚至她掉落在一边的手机上还在演着古装剧。剧中，深爱皇后的太师正抱住即将死去的皇后，哭得撕心裂肺。

可邵乾乾哪里还看得进这么悲惨的剧情，她一心都在眼前的男人身上，仿佛世界都是让人迷醉的粉红色。她软软地任他摆布，等意识终于回来一点儿的时候，她发现他的浴袍已经掉落在地，而她的衣服也不知道什么时候被揪下来了。

空气是微凉的，原本和空气一样凉的他的身体不知道何时变得炽热又滚烫。突然，她整个人被他从沙发上抱了起来。

“回房间。”

“啊？”

“但要继续……”

邵乾乾被丢到床上，惊呼一声后，床边的男人就压了下来。他没有半点儿犹豫，唇和手不规矩地落到她的身上，她只感到酥麻，还带着一点儿无章法的疼。

最后一层布料被扔开。房间里没开灯，可他借着客厅传来的灯光还是清楚地看见了眼前的景致，他心跳如鼓，胸口涌上来一种从来没有过的窒息感。

他想，他是真的停不下来了。

“林嘉措，不行……”

他附在她耳边，哑着声音，像个要糖吃的小孩子：“乾乾，就一次，试一下好不好，嗯？我就试一下。”

邵乾乾脑子热成一锅糨糊，她此刻早忘了这人刚才在客厅的时候还说“不会做下一步”，她微颤着身体，两只手可怜兮兮地抓着他的肩膀：“可是不行，我们没有……没有那个啊。”

林嘉措何其聪明，一下子就明白过来了，他盯住她，眼睛如发光了一般：“有的话就可以了吗？”

邵乾乾愣了一下：“嗯？”

“你等等！”

身上忽然一轻，邵乾乾有些蒙地看着突然跑出房间的林嘉措。过了一会儿后，他又急匆匆地进来了，手上还拿着一个红色的方盒子。

邵乾乾看清楚后，脑子一炸：“林嘉措！你家为什么有这种东西？！”

“张天临说，家里一定要有，要不然发生了什么的话，我会后悔……”

“你别听他瞎说这些话！”

林嘉措半跪在床边，嘴角一撇：“可我现在觉得，他说得有道理。”

“你不能骗我。”林嘉措拆了盒子，连哄带骗地说道，“你说有它就可以的，对不对？”

这是她意料之中甚至是偷偷想象过的，只是，她没想到这么快且在她猝不及防的时候发生了。跟林嘉措在一起，她从来没有后悔过，纵使知道他是“表弟”，他骗了她，她也没想过“后悔”两个字。

所以当这一切真的要发生的时候，她并没有觉得不可以。只是，有些慌张，有些害怕。

当他最后真的沉下身体的时候，她所有的慌张和害怕都化成了惊人的疼痛，她惊叫一声，整个人都拱了起来，整个思绪也似乎被抛到天上，难受得想哭。

林嘉措喘着粗气，她的反应和含泪的眼睛让他不知所措。可箭在弦上，没有不发的道理。他耐着性子亲吻着她，安抚着她，最后在她渐渐平稳下来的呼吸中，狠下心，一鼓作气……

次日醒来的时候，已经是中午，邵乾乾睁开眼的那一刻，映入眼帘的就是林嘉措那副人畜无害的睡颜。

她看着他的脸发了一会儿呆，然后轻轻地拿开了他搂着她腰的那只手，起身，可一条腿刚挪到床边，就被那种羞赧的疼痛逼了回来。她垂眸看了眼自己，被自己身上那青青紫紫的痕迹吓到了。昨晚恍惚中还不知道，今天一看才发现，身边睡的根本就是一条狼狗，哪儿好咬就咬哪儿，下的都是重手。

邵乾乾呜咽了一声，被昨天的一幕幕羞得脸色通红。

“去哪儿？”突然，腰间环过一只手。

邵乾乾吓了一跳，反射性地缩进被窝里，把自己遮得严严实实。

在这混乱中，林嘉措的大腿还挨了她一脚。他“咝”了一声，伸手勾着她的腰把她往自己这儿拉：“再往上一点儿，我就被你踹哭了，你信不信？”

邵乾乾愣了一下，闷笑出声：“我倒是想看你哭呢！”

“我哭有什么好看的。”林嘉措将下巴在她的肩上蹭了蹭，低声道，“你哭更好看。”

“滚，什么恶趣味，我才不会哭。”

“可你昨天哭了。”

“那、那是你……”邵乾乾想了半天也说不出那么羞耻的话，只能控诉道，“你不知轻重！”

林嘉措“嗯”了一声，有些无奈地道：“对不起，可那会儿看到你哭，我就想往死里——”

“别说！”邵乾乾直觉他会说出让人脸红心跳的话，于是立马反身捏住他的嘴巴，“你别说话了。”

嘴巴被捏成鸭嘴状的林嘉措眨巴着眼睛看着她，点点头。

邵乾乾松开手：“我去洗澡。”

“我也去。”

“那你先去吧。”

“不一起吗？”

“不！”

林嘉措最后还是没有感冒，他那晚淋了一个小时的冷水，竟然一点儿效果都没有。不过，他找到了更好的办法。

那晚过后，邵乾乾因为身上有痕迹，没好意思回自己那儿睡，她生怕一不小心被方潭或者时瑜闻发现，然后对她进行拷问。

林嘉措发现了她这个小心思，后来每晚就故意在她身上整点儿痕迹出来。

头两天她不让他碰，说疼，后来几天他软磨硬泡，终于又将她扔床上压倒了。林嘉措从来没觉得自己会有色欲熏心的一天，可现在，他得承认，他有点儿上瘾。

不过两人的浓情蜜意只持续了一周，后来，林嘉措接了家里一个电话，然后脸色大变地从学校离开了。邵乾乾不知道他发生了什么事，只知道可能是他家里的谁出了什么事需要他回去。

后来林嘉措挺长一段时间没有来学校，邵乾乾只能跟他在微信上联系。她还是在某一天晚上两人的聊天中，才知道他奶奶突然病危了。他跟他奶奶很亲近，所以二话不说就去了奶奶所在的城市守了她很多天。

邵乾乾的奶奶去世得早，不过她依稀记得，奶奶很疼很疼她。她想，如果奶奶还在世，她也一定会跟林嘉措一样，很疼惜自己的奶奶。

临近期末考试的那个月，邵乾乾开始忙碌起来。她平时在课上比较散漫，所以每到这个时候，都需要奋笔疾书、两耳不闻窗外事。

这天，她早早地抢了图书馆的位置，跑过去复习财政学。

这门课她学得还行，所以耐着性子看了一个小时。不过后来，她就渐渐坐不住了，拿出手机刷微博。

“嗡——”手机振动了一下，邵乾乾点开信息，发现是林嘉措给她发的：“在干吗？”

邵乾乾光是看着他的信息，就觉得心里喜滋滋的，这么久没见着他，她心里其实很想念。邵乾乾：“我在复习啊，不像有些人，不用复习就可以去考试。”

林嘉措很快就给她回复了：“是啊，不像有些人，上课都不听。”

邵乾乾扬了扬嘴角：“不像有些人，上课一直在干扰我，要跟我说话。”

林嘉措：“哦，那听起来是我的错了？”

邵乾乾：“知道就好。”

林嘉措：“行吧，这锅我背，我帮你复习，保准比老师还好。”

邵乾乾回了个“微笑”的表情。

邵乾乾放下手机，心里有些惆怅。先不说能不能讲得比老师好吧，他现在人都不在她身边，还帮她复习呢。谁要他复习，比起复习，她更想看见他好吗？！

越想，心里那个叫思念的玩意儿就越猖狂，邵乾乾有些懊恼地拍了拍脑袋，她还真不知道，原来自己也可以这么矫情……

“看不懂了？看不懂也不用这么狠，敲自己吧。”突然，耳边传来一个刻意压低了的声音。

邵乾乾猛地回眸，看到站在她身后笑意盈盈的林嘉措时，整个人都呆了：“你……”

“跟我出来。”林嘉措拉了拉她的手，示意她跟过来。

图书馆看书的人多，自然是不好在这儿讲话的。邵乾乾将书放在原位，轻手轻脚地跟在林嘉措身后出去了。

图书馆自习室的左侧有条走廊，走廊的尽头是电梯。邵乾乾走到这儿，刚想问他怎么会出现在这里的时候，林嘉措突然转过身，一把把她搂到了怀里。

一时间，她所有想说出口的话都被咽了回去。

“我想你了。”林嘉措说。

邵乾乾伸手环住他的腰，不知为什么，鼻子突然一酸，明明心里高兴到了极点，却竟然有种想哭的感觉。

“你呢，想不想我？”

邵乾乾闷在他的胸口，无声地点了点头。

“嗯……算你有良心，没白喂养你。”

邵乾乾推搡了他一把，抬眸看他：“你怎么回来了，你奶奶呢？”

林嘉措：“奶奶度过危险期已经在恢复中，现在家里人把她接这儿来了。”

“哦，那就好。”

“对啊，我也是才下的飞机。”林嘉措俯下身捏了捏她的脸，“不过太想你了，就直接过来了。”

邵乾乾心里喜滋滋的：“那你怎么知道我在这儿啊？”

“问的方潭，我想吓吓你，所以事先就没告诉你了。”

“那你还真是吓着我了。”

林嘉措得意一笑：“那就行了。对了，快进去把书拿出来。”

“啊？为什么？”

“去我家里。”

邵乾乾睁大了眼睛：“干吗要去你家里啊？”

林嘉措意味深长地看了她一眼：“你这么激动干什么？我的意思是图书馆没空位了，所以我们回家复习，你……想什么呢？”

邵乾乾一噎，一下抽回自己的手：“我才没想什么呢。”

林嘉措低笑了一声：“哦，没想什么？不过你要是真想复习点儿别的，我也没意见。”

“林嘉措！”

“好好好，我不乱说话，”林嘉措笑得不可抑制，“乖乖乖，快进去拿书。”

邵乾乾狠狠地瞪了他一眼，转身便进了自习室。

说是回去复习，结果两人看着看着书就滚到床上去了。

许久不见，林嘉措表现得尤其具有侵占性。两次过后，邵乾乾实在是吃不消，一脚踹在他的大腿上，不让他再靠近。

“乾乾，过来给我抱。”餍足的男人斜躺在床上，说出来的声音都带着致命的诱惑。

“不给。”邵乾乾又往外挪了几分，“说好给我复习的，你干什么啊？”

“复习啊，等会儿就复习。”

“你确定你还有精力复习？！”

林嘉措眉头一扬，一只手握住她的脚踝，把她往自己那边拖：“你要不要试试我还有没有精力？”

“不、不了，我相信你。”

去洗了个澡，邵乾乾穿上林嘉措的运动T恤坐在客厅继续看书。

林嘉措出来问道：“刚看到哪儿了，继续？”

“这个我会，我不会了问你。”

“行。”林嘉措说着，打开笔记本，坐在她边上处理事情。

邵乾乾看了一会儿书，又忍不住看了他一眼。他大概是在做什么正经事，一双眸子认真地看着屏幕，有些严肃。

都说专注的男人最好看，还真不是没有道理。

邵乾乾支着脑袋，不知不觉视线就完全从书上转移到了他的脸上。

“还看？”突然，一直看着屏幕的男生侧眸瞥了她一眼。

邵乾乾一怔，立刻否认：“谁看你了。”

“你不就在看我吗？”林嘉措将电脑随手放在一边，伸过手搂住她，“再看我可就忍不住了。”

邵乾乾睨了他一眼：“林嘉措，你什么时候变得这么没皮没脸了？”

林嘉措眨了眨眼睛，一本正经道：“别人说，在外面要绅士有礼，但在老婆面前是可以没皮没脸的。”

老婆……

邵乾乾忽然觉得这两个字似乎裹挟着汹涌的气流贯胸而过，连带着她的那颗心都要被撞击出来。她将不自觉翘起的嘴角往下压了压：“谁是你老婆……”

“你呀，小白眼狼。”

邵乾乾哼笑一声，凑上去看他的电脑，转移话题：“你在干吗？”

林嘉措：“前段日子得到蓝洞那边的授权，公司主办的《绝地求生》邀请赛会在明年三月中旬正式开赛。”

“真的？你们公司竟然拿下了这个授权？”

“做自然要做到最好。”林嘉措道，“这件事也不过是个起步，以后，我们要做的还有很多。”

“已经很好了啊，参赛的有哪些啊？”

“总共有六十支战队，大大小小的，说不清。不过一些老牌战队你应该都知道的，LK、DSG、IR……”

“等等、等等，DSG也在？”邵乾乾看起来有些激动，“他们很厉害啊，我上回看了他们战队队长叶立的直播，很强。”

林嘉措点点头：“嗯，DSG确实很强。参与的所有职业战队里，积分最高的三支队伍将代表中国去参加韩国的‘G-star’国际赛，他们很有希望。”

“我也这么觉得，渊神的队就是不一样。”邵乾乾道。

“渊神……何渊吗？”

“对啊。”

林嘉措“哧”了一声：“瞧你这兴奋劲儿，他是玩LOL（英雄联盟）的。再说了，这家伙去年就退役了，现在吃鸡的战队厉不厉害有他什么事。”

“可他是DSG幕后老板呀，队伍厉害还是要老板管理有方。”

林嘉措“哦”了一声，明显对邵乾乾赞美别的男人的模样不是很开心。

“哎，总决赛的时候给我张票好不好？”

林嘉措皱了皱眉：“干什么，要去看何渊？不给。”

邵乾乾愣了一下：“谁说去看何渊啊，我是想看一下现场比赛，我还没看过现场比赛呢！”

听她这么说，林嘉措的脸色才缓和了些：“那你早说啊。你去看要什么票，跟我去就好了。”

“什么早说晚说啊，”邵乾乾怪异地看了他一眼，“那这么说定了，到时候找你。”

“好。”

邵乾乾重新回去看书，看了一行后，她又悄悄地凑过来道：“你刚说，渊神也会去现场，真的？”

林嘉措瞪了她一眼：“邵乾乾。”

“哎？啊！干吗干吗，你别弄我，痒——啊！”

期末很快就到了，考完试后，寒假也如约而至。临近过年，邵乾乾开始忙碌起来，先是跟着父母去老家拜年，后来又去了各个亲戚家里。总之，就没一天消停的。

这天，从邻市的姑姑家回来后，邵乾乾就瘫在床上一动不能动了。手机响了一下，她半眯着眼睛拿起来瞄了一眼，见是林嘉措，瞬间精神了。

林嘉措："明天忙吗？"

邵乾乾想起明天阿姨一家要来她家拜年，于是回复道："家里有客人来，怎么了？"

林嘉措："一个朋友生日，想着你要是有空的话，我去接你一起。"

这段时间，林嘉措也很忙，两人从开始放寒假起就只见了一面。邵乾乾看他这么说，忙回："要不，你还是来接我吧，客人吃完晚饭就走了。"

林嘉措："真的？那好啊，正好已经非常想我们家白眼狼了。"

邵乾乾嗤笑一声，在床上翻了个身，将头舒舒服服地埋进软绵绵的枕头里。

嗯……心情怎么就突然这么好了呢。

第二天晚上，邵乾乾陪着阿姨一家，当饭吃到末尾，她见几个家长聊得开心，便偷偷摸摸地回房间去了。既然都跟林嘉措约好了，而且是去他朋友的生日宴，她自然不能就这么随便地去。邵乾乾整理了一番，挑出新买的一套衣服穿上，然后坐在梳妆台前化妆。

"姐。"邵坤喊她。邵乾乾正认真地画着眼影："干吗？进来。"

邵坤推门进来，看到她大晚上的涂涂抹抹愣了一下："阿姨刚问你去哪儿了……你干吗呢？"

"我有事要出去一趟。"邵乾乾瞥了他一眼，低声道，"阿姨他们什么时候走啊？"

"快了。"邵坤突然神秘兮兮地道，"我猜猜啊，你大晚上的化妆是要去约会吧！"

邵乾乾被他喊得手一颤，差点儿画歪了："你能小点儿声吗？一张嘴大喇叭似的，收废品啊。"

邵坤："哦哟哟，恼羞成怒，果然是要去约会。""谁？谁要去约会？"阿姨家的小表妹凑到门口，"姐姐要去约会吗？"

邵乾乾："我没——"

"妈！阿姨！姐姐要去约会了！"

邵坤笑得不可自抑："哈哈，不是我喊的啊，要打你打她去。"

林嘉措说大概六点能到她家楼下，此时看看手表，时间也快到了。阿姨一家听见小表妹喊的话之后，就一直拉着她询问男朋友的事，邵乾乾最不会应付这种场面，支支吾吾地说不出个所以然。还是她妈帮她解围，让她有约就赶紧下楼，别让人家等。邵乾乾拿到她妈的"令牌"，立马脚底抹了油似的跑出家门。

林嘉措已经在楼下等了一会儿，看到邵乾乾急匆匆地跑过来，笑了笑，道："没等多久，你不用着急。"

"快走快走，我不是急你，我是急我那些亲戚。"

林嘉措启动车子："什么意思？"

"知道我有男朋友后，那是激动万分啊，你要是被抓个正着，还得拎回去盘问很久。"

"噢，我以为什么事呢。"林嘉措扬了扬眉头，"我连你爸妈都应付得了，还害怕应付不了你的亲戚？"

"那也是。"邵乾乾动作停顿了下，"装蒜你最会了。"

"嗯？"

"把你第二人格释放出来，肯定能把长辈们收拾得服服帖帖。"

林嘉措腾出一只手戳了戳她的脑袋："那要不要我把第三人格放出来收拾收拾你？"

邵乾乾："你还有第三人格？"

"你不是见过吗？"林嘉措幽幽一笑，道，"床上。"

林嘉措过生日的那个朋友叫肖尧，就是当初救她的那群人的队长。林嘉措的车在一家酒店前停下后，便有人领着两人直接去了顶楼。

"嘿，我们林大公子可算是到了。"刚一进门，就听里面中气十足的声音传出来，紧接着，一个身姿挺拔，一看就知道不是寻常人体格的男人走了出来，"嘉措，邵小姐，你们来了啊。"

林嘉措伸手拍了拍他的胳膊："你的生日，我敢不来？"

"你少来，可别折杀我了。"语毕，男人看向了邵乾乾，"邵小姐身体还好吧？腿没事吗？"

"我已经没事了，肖先生，谢谢你那天的帮助。"

"小事一桩，你也别叫我肖先生，肖尧就行。"

邵乾乾笑笑："叫我乾乾就好。"

"行，乾乾，走走走，你们俩快进来。"

顶楼明显被全包了，此时正中央的餐桌上，美食已经尽数摆好，旁边也坐了男男女女好多人。

邵乾乾本来有些拘谨，但她没想到鬼哥和所长也在这里。不过转头想想，他们俩是林嘉措从小到大的好友，出现在这儿也不奇怪。

“乾乾，坐这儿坐这儿，我边上。”张天临十分热情地招呼她坐下。

就在这时，对面一短发的姑娘道：“嘉措，你可是第一次带女孩子来我们这儿啊，不介绍一下？”

林嘉措闻言道：“既然你们都知道是第一回，那不用我说也知道是怎么回事吧。”

“哟，了不得啊。”

林嘉措淡淡一笑，伸手揽过邵乾乾：“我女朋友，她叫邵乾乾。”

短发姑娘扬扬眉，对着边上人道：“原来嘉措喜欢清纯可爱型的啊。啧，可惜外面那群往成熟风上走的了。”

“哈哈哈哈——”众人一阵哄笑。林嘉措摇摇头，给邵乾乾夹了块甜点：“别理他们，就知道胡说八道。”

邵乾乾笑笑，刚想说什么的时候，就听到一个爽朗的声音从门口传过来：“你们笑什么呢？大老远就听到了。”

邵乾乾闻声望去，只见一个长发飘飘、妆容精致的女人走了进来。

“时溪？你怎么回来了？”刚才那个短发姑娘连忙站起来迎了上去。

“我上周就回国了，不过家里太忙，没来得及通知你们。今天肖尧生日，正好一起通知了。”时溪十分大气，一脸笑意地跟大家打完招呼后看向了林嘉措，“嘉措，好久不见。”

林嘉措也抬眸看她：“是很久，这次回来待多久？”

“不走了呀。”时溪在他边上的位置坐了下来，“我让我哥把LK丢给我了。”

“是吗？”

“对啊。”时溪应完，目光落到了林嘉措边上的邵乾乾身上，她先是愣了愣，然后十分惊喜地道，“你是那个——瓜瓜？”

邵乾乾没想到这个人竟然认识她，她伸手握住了对方探过来的手：“你好。”

“我叫时溪。”说着，她从包里拿出了一张名片，“给你，有兴趣加入职业选手队伍的话，LK欢迎你。”

邵乾乾愣了一下，看向林嘉措。

林嘉措见此解释道：“她是LK的管理员。”

“什么管理员啊。”时溪白了他一眼，然后看向邵乾乾道，“目前LK电子竞技俱乐部是我在经营。我刚回国，不过前两天就听几个教练提起过你。我很喜欢你，希望有这个荣幸能邀请到你。”

邵乾乾有些意外，她没有想到大名鼎鼎的LK，现在的幕后老板竟然是这么年轻的一个女孩子。

“谢谢。”邵乾乾接过了名片，“我会考虑。”

“哎呀，没想到乾乾跟天临是同一个职业啊。”肖尧惊讶道。

张天临：“乾乾可厉害着呢，现在比我强多了。”

邵乾乾：“鬼哥，你就别谦虚了。”

张天临：“我可不是谦虚，你看看这位 LK 大老板就知道了，一来便给你递名片，可没给我递啊。”

时溪笑着睨了他一眼：“你这把年纪，怎么能跟瓜瓜这种小姑娘比。”

张天临：“嘿！我反应能力还是很好的，好不好。”

时溪：“不过还是得谢谢你，要不然，我今天还不能当面见到她。”

张天临：“谢我干吗？乾乾又不是我带来的，要谢谢林公子。”

时溪愣了一下，有些意外地看向林嘉措：“原来是你认识的。”

林嘉措往后一靠，目光柔和地看着邵乾乾：“她是我女朋友，不是我认识的还是谁认识的。”

场面一静，然后边上的人翻白眼的翻白眼，丢纸巾的丢纸巾。

“林嘉措，你能不能别秀恩爱。”

“我要回家找我女朋友！”

邵乾乾被众人逗笑了，扯了扯林嘉措的衣角让他闭嘴。林嘉措却扬了扬眉，直接把她的手握住，放在自己的腿上。

众人还在说笑，时溪眼中闪过一丝震惊和错愕，但很快被遮掩了过去，她勾了勾唇，拿起自己前面的那个酒杯，说：“没想到我们林公子竟然也有心上人了，来，我敬你一杯。”

林嘉措拿起酒杯随意地碰了下：“谢了。”

吃喝到一半，邵乾乾起身去上厕所。上完厕所要出来的时候，外面两个女声传了进来。

“你说时溪听到嘉措有女朋友了，心里是什么想法？”

邵乾乾推门的手顿了一下，停住了。

“肯定是难过呗，她以前不是跟你说过，她很喜欢林嘉措的吗？”

“是这样。可她从没公开承认过她喜欢林嘉措，而且她都出国三年了，说不定已经不喜欢了。”

“时溪什么性子你不知道？认死理，哪那么容易说不喜欢就不喜欢，而且她向来骄傲得要命，从前明明喜欢林嘉措就是不先开口。那群男的猪脑子看不出来，你我还看不出来啊。现在好了，人家被别的女人拿走了。”

“林家长辈应该不会喜欢这样普通的女孩子吧？”

“嘘，这话就别乱说了，让嘉措听到得生气。”

人声远了，外面回归平静。

邵乾乾推门出来，走到洗手池边洗了洗手。洗完手后，她抬眸看向镜子里的自己，神色平静，但没什么笑意。站了一会儿后，她走出洗手间，重新回到那个欢声笑语的餐桌。

“怎么去了这么久？”林嘉措见她坐下来，凑到她边上道。

邵乾乾看着他微醺的眼眸，低眸笑了一下：“补妆啊。”

林嘉措眯了眯眼：“这么漂亮为什么还要补妆？”

邵乾乾放在桌下的手在他大腿上拧了一把：“你是不是喝醉了？别胡言乱语。”

“我没胡言乱语……不过真的有点儿多了，这些人，真的瞎搞。”

邵乾乾：“那你别喝了。”

“好呀，要不我们走吧？”

“可以走吗？”

林嘉措眉眼微微一抬：“想走就走了，他们没关系的。”说着，他还真的就拉着她站起来：“小尧，生日快乐啊。下次请你吃饭，我先走了。”

肖尧：“这么早就走了啊。”

边上有人拉了拉他：“人家要过二人世界，谁要在你这儿鬼混这么久啊。”

林嘉措对那人挑了挑眉：“还是你懂我。”

“那可不。”

“乾乾。”时溪起身朝他们走来，邵乾乾心里是有被刚才听到的话影响，可现在看着她笑意盈盈的样子，实在没有情敌的感觉。

时溪站在她面前，一脸诚恳地说道：“记住哦，如果有意打职业比赛，一定一定要考虑我们LK，第一个女职业选手，我们可要定了。”

林嘉措拉过邵乾乾：“行了行了，别老惦记着我女朋友，她要有兴趣的话，我自然会告诉你。”

时溪睨了他一眼：“那就这么说定了。”

从酒店出来后，两人没有去坐车，而是沿着街道随意地散步。

“冷不冷？”林嘉措搓了搓邵乾乾的手。

“还好。”

“手这么冰还好？我还是叫司机过来吧。”

邵乾乾阻止了他：“年轻人怕什么冷啊，我手冰而已，不是冷。”

“你就倔吧。”

邵乾乾嘻嘻一笑："到前面买杯奶茶吧，暖暖手。"

"哦。"林嘉措走到柜台前，抬头看了看后，回头道，"喝哪个？"

邵乾乾走上前："珍珠奶绿，加红豆。"

服务员："好的，您稍等。"

邵乾乾："你不喝吗？"

林嘉措眉头皱了一下："太甜了，不知道你们女生为什么喜欢这个。"

"哎哟，我们女生，看来带不少女生来买过奶茶。"

林嘉措看着邵乾乾嫌弃的模样，垂着眼睑笑了一下："那你可冤枉我了，我绝对没带女生来买过，你是第一个。"

"但不少女生给你递过奶茶吧，嗯？"

林嘉措立刻道："天地良心，我一杯没喝过。"

邵乾乾想笑，但又极力忍下去了，她瞥了他一眼，故作严肃道："以后少招蜂引蝶，你是本枪神罩着的，懂不懂？！"

北方的冬天，天气又冷又燥。女孩围着一条驼色的羊绒围巾，穿着及膝的大衣，鼻尖冻得红通通的模样显得有些可怜兮兮的。林嘉措看着她，她正一脸认真地"教育"他，可声音糯糯甜甜，一直软到他的心里。

"首先，我从来不招蜂引蝶，其次，"林嘉措笑了笑，小媳妇似的挽过她的手，然后配合着她的身高弯下腰靠在她肩上，"我都听枪神的，就让你一个人罩。"

邵乾乾满意了，关于那些可能暗恋过他的人，也没有想问的欲望了。

"嗯，乖。"邵乾乾拍了拍他的头，然后接过被狗粮喂了一嘴的服务员的奶茶，"哇，好喝！你喝一口？"

"不要。"

"就一口。"

"我不要。"

"呵，刚才还说听我的，现在就跟我说不了。"

"……一口啊。"

"给！好喝吗？"

"甜死了。"

"哪有那么甜啊，就一般啊。"

"嗯，跟你比起来，是一般。"

第十章
未来如果要失去你才能走下去，那代价也太大了

寒假过后，大三下学期也开始了。

三月中旬，林嘉措说过的《绝地求生》邀请赛正式开赛。

比赛队伍总共有六十支，各队通过单局游戏的名次和击杀数来累计积分，积分排前的队伍进入决赛，最后，比赛积分决出前三名去参加国际赛。

此次的邀请赛是国内《绝地求生》最正规的一次比赛，而嘉恒公司，也就是林嘉措管理的公司，也将此次比赛的准备工作做得十分充足。不仅赛事主舞台建设得宏大巧妙，连机器设备等也都是顶级配置，再加上各大平台的现场直播，嘉恒受到电竞迷的一致好评。

四月十日是决赛第一场。

邵乾乾激动地到达现场的时候，离比赛开始还有十多分钟。她跟林嘉措先到了后台，路过侧门的时候看了一眼内场，观众都已经到了，热闹非凡。

“我等会儿坐哪儿？”

林嘉措：“给你留了视野最好的位置，等会儿让人带你过去。”

邵乾乾乐呵呵地道：“懂事啊，小伙子。”

“谢谢。”

邵乾乾欣慰地拍拍他的肩，刚想再说什么的时候，听见前面有人叫林嘉措的名字。邵乾乾顺着声音看过去，愣了，拉着林嘉措的手本能地紧捏了一下。

林嘉措带着警告地瞪了她一眼：“不许看他。”

邵乾乾一脸疑问：人在面前，怎么不看啊？

邵乾乾没理他，只兴致勃勃地看着眼前的人。

此时前面站着的，是 LOL 的传奇人物何渊和他的大明星女朋友，简言之。何渊对电竞迷的影响可谓源远流长，邵乾乾作为一个游戏爱好者，见到他自然有点儿激动。在这儿遇到简言之就更意外了，她之前也只在网上看到过她。

“你今天还真来了？”林嘉措走上前，对着何渊道。

何渊：“她想来现场看一回。”这个她，显然指的是简言之。

林嘉措点头："快开始了，你们可以过去了，我会在边上多安排些安保。"

"没事，不用特意。"简言之笑道，"我戴口罩，不会有人看出来的。"

何渊闻言，侧眸看了她一眼："上次上海那场比赛你也这么说，结果呢？"

简言之瞪了何渊一眼，然后目光落在了邵乾乾身上，她眨了眨眼，突然道："你是那个……瓜瓜吗？"

邵乾乾本欲假装矜持地在一边站着，简言之突然叫她，她不由得慌了一下："哎？你好，我是。"

"我才跟阿渊提起你，我看过你的直播，你真是太厉害了。"

邵乾乾谦虚地笑笑："也没有……谢谢啊。"

"不用谦虚，你今天也是来看比赛的？"

"嗯。"

"快开场了，一起过去吧？"

邵乾乾看了林嘉措一眼，后者轻拍了一下她的后脑勺："要不你跟他们先去观众席那边，我这边处理完了来找你。"

简言之闻言意味深长地看了两人一眼："咦？林少，你们不会——"

"我女朋友。"

简言之眨了眨眼："哦——"

邵乾乾同何渊和简言之一起入座后，比赛也正式开始了。她坐在一大明星边上，本来还有些紧张，不过看着看着比赛，就完全忘了这回事了。

今天积分赛共五场，IR、DSG、LK、GUAY 等老牌队伍都在。

第一场，决赛圈由 DSG 的二人对战 LK 的三人，DSG 战队队长凭借地形优势用最后一雷炸死 LK 两个人，DSG 队长叶立本来就因为英俊的外形拥有大量粉丝，现在关键时刻他又来了这么一招，自然引得现场尖叫连连，连简言之都在何渊冷漠的注视下一个劲儿地夸人家帅。

最后，DSG 三人冲锋成功，顺利赢下比赛。

邵乾乾很喜欢这支队伍，所以看到他们胜利了，也打心里开心。不过第二场和第三场，DSG 的发挥没有那么好，尤其是第三场，其中一个队员几乎是"落地成盒"，这对积分赛来说影响有点儿大。

第三场结束后，进入一段休息整队的时间，林嘉措给她发来信息说有点儿事绊住了，让她去他的休息区休息一会儿，等比赛开始了再出来。

坐着干等也不是办法，再加上她想去上个厕所，邵乾乾跟简言之说了一声后，就先离开了。

比赛后台划分了二十多个休息区，每个队伍和工作人员都有休息的地方。邵乾乾走进后台的时候，接待的人贴心地给她递了一杯果汁，然后带领她去林嘉措专属的休息室。

“前面就是休息室，邵小姐，直走右拐就能看到贴着林少名字的房间。”

邵乾乾点点头：“嗯，行，那你先去忙吧，我自己去就行。”

“好的，那我先走了。”

“好。”

接待的人离开后，邵乾乾往她刚指的方向走去，刚到拐弯口，就听到前面传来一阵压抑的哭声。邵乾乾愣了一下，不知道该不该过去了。

“行了，别哭了。”一个男人的声音，听着有些冷漠，却没有不耐烦。

“可我们等会儿又要开始了，这次是我拖你们后腿了。”带着哭腔的男声，听起来年纪很小。

“别说这种废话，有空说这个，不如想想下一局怎么打。”又是那个冷漠声音的男生。

“可大家都说我太弱，我、我就是比不过别人。”

“哦？你弱，你比不过别人？”那个男生冷笑一声，道，“那像你这样的我们还推你上，你的意思是DSG没人了，是吗？”

“我……我不是这个意思。”

“那是什么意思？”几秒沉默，没人说话，最终那冷漠腔男生似是叹了一口气，“行了，小垒，刚才那场只是意外，你不是技术弱，而是心理素质差。”

“队长……”

“我之前说过了，玩电子竞技就绝对不能把外界的评价当真。你实力如何，不是由那些只知道跟风的人来决定的。”

“可是……”

“没什么可是，在这种需要团队配合的比赛里，我们四个缺一不可。所以，你最好马上给我打起精神。还是说……你想就此走人，让候补来顶你的位置？”

“我当然不走！”

“不走就别哭哭啼啼。”

“是！”

脚步声响起，越来越近。

听墙脚的邵乾乾一慌，连忙假装自己只是路过，抬脚便往前走。可她没想到刚才说话的人走得那么快，她刚走了一步，那人竟然就迎面撞了上来。两人就在拐角处，都没想到一转弯会有另一个人，于是邵乾乾手上的果汁被人一撞便洒了出来，洒了那人一身。

邵乾乾心里哀号一声，忙跟人道歉：“不好意思不好意思，我走得太急没注意。”

对方看着她，没表态，只微微蹙了眉头。

“那个，我给你拿纸巾，你等等啊。”原来是DSG的叶立，撞谁不好，竟然撞上了这冷面阎王。虽然叶立长得不错，但网上对他脾气的描述可不是很好。

“不用了。”对方冷冷道，“你是邵乾乾。”陈述句，不是疑问句。

邵乾乾有些诧异地看着他：“你认识我？”

“你挺厉害。”

冷面阎王突然来了这么一句夸奖，邵乾乾讪讪地笑了一声：“没有没有……你比较厉害。”

“有兴趣来DSG吗？”

“啊？”

“如果有的话，打我电话。”叶立讲话没什么表情，也不拐弯抹角，他就是这么一个直来直去的性格。

邵乾乾还没反应过来，他就已经从口袋里拿出手机，按了自己的电话号码上去。

“这个是我的，存下吧。”

“……行。”

快速地交换完电话号码后，叶立便抬脚离开了，后面那个小垒也默默地跟了上去。邵乾乾禁不住回头看了一眼，正好小垒也回头看她。然后，她便看到那小孩笑嘻嘻地给她竖了个大拇指。她记得，不久之前他是在哭吧。

邵乾乾微微失笑，这两人还真是奇怪……

“看什么呢？”邵乾乾转头，便看见另一条走廊上，林嘉措正信步走来。

“DSG的两个队员。”邵乾乾朝他走了过去，“你事都办完了吗？”

“完了。”林嘉措看了几眼远处那两人的背影，“怎么了？”

“DSG队长，那个叫叶立的你知道吧，他给我号码，我——”

“什么？”林嘉措顿时拔高了声音，“这臭小子是不是脑子长歪了，敢跟要你号码？”

“喂，你想什么呢！”邵乾乾一下揪住他的下巴，“人家是跟我说，如果我有意愿去DSG的话就联系他。”

林嘉措任由她大爷似的捏着他：“是吗？”

“那要不然呢？”邵乾乾瞪了他一眼，“哦，我知道了，你是不是看人家长得不错，所以听他要号码就想歪了？”

“长得不错？你哪里看出来长得不错了？”

邵乾乾白了他一眼，懒得理这种有着“全天下我最帅，其他人都是丑八怪”心理的男人，转身就往他的休息室走。

“哎？你去哪儿？”

“休息了，大校草。”

和林嘉措在休息室腻歪了一会儿后，第四场比赛也要开始了，两人一同去了观众席看比赛。

第四场和四五场，DSG 发挥得都非常不错，叶立更是超神发挥，足以担任整局的 MVP（最有价值选手）。最终，DSG 不负众望地拿下了决赛的第一名。

虽然是看到别人拿第一名，但是邵乾乾觉得自己的那颗心似乎也被胜利和激情渲染了，激动得不行。她看着台下因自己所喜欢的队伍胜利而欢呼的粉丝们，看着台上那些带着笑意的队员，心里突然觉得很羡慕。

为了自己喜欢的东西努力，然后带着这份努力为所有喜欢自己的人去征战，这……应该很幸福吧。

这一刻，邵乾乾心潮澎湃，也许，她想要的就是这种幸福。

第二天上完课，邵乾乾接到了时溪的电话。

“下课了吗，乾乾？”

邵乾乾正收拾书本打算出教室：“刚下课，怎么了？”

“我正好路过你们学校，不知道你有没有空跟我一起吃个午饭？”

“啊……好啊，没问题。”

不过十分钟，两人便在教学楼下碰面了。邵乾乾想请她出去吃饭，时溪却说想尝尝她们学校的饭菜味道怎么样，于是两人便直接去了学校餐厅。

“早就听说 S 大的食堂饭菜是一绝，没想到是真的很好吃。”时溪吃了两口菜，一脸认可地说。

邵乾乾：“是吧，我们学校关于伙食这个事确实很有名。”

“早知道我就不出国，那样的话，我就跟嘉措一样考这儿来了，还能跟你成为同学。林嘉措那家伙，遇上你真是挺幸运的，跟你在一起的时候，他跟以前可真不一样。”

邵乾乾闻言看了她一眼：“你们以前……很熟吧。”

“熟，从小一起长大，初、高中还同班。他以前啊，看着很有女人缘，可他打心眼里对女生就不屑一顾。”

“是吗？”

“是啊，所以我说他对你很不一样。”

邵乾乾笑了笑：“不过他跟你们不是也挺好的吗？”

“小时候他可不怎么喜欢我，不过因为我们两家交往很频繁，我爷爷跟他爷爷又是战友，在长辈的施压下，才照顾我那么一点儿。反正，长辈们就乐意把我和他凑一块儿。”

邵乾乾有些诧异地抬眸。

“哈哈，不过你放心，就那些大人瞎操心，他对我可没什么意思，”时溪随意地笑笑，然后道，“不说这些有的没的了，我这次过来其实是想跟你谈合作的事。乾乾，我是真的非常非常希望你能加入我们 LK，我知道 DSG 的人也来找过你，但——”

“你怎么知道？”

“嘉措说的呀，他说 DSG 要挖你，让我多来你面前献献殷勤，要不然你这员大将可就没了。”

时溪说这些话的时候十分真诚，而且也是真的想邀请她去。这么被人赏识，还是 LK 老板的赏识，邵乾乾应该是要开心的。可这会儿不知道为什么，她没有想象中那么高兴。

是因为眼前这个人吗？一个可能喜欢林嘉措，而且还被双方长辈撮合认可的女人，一个熟知林嘉措的过去，和林嘉措青梅竹马的女人。因为他们关系很好，林嘉措还告诉时溪 DSG 找过她的事，还希望她去时溪的战队……

明明不该这么小心眼的，可这一刻，她突然有些逆反心理。

她不想去 LK。

邵乾乾没有立刻表态，时溪见她这样也不生气，只道：“我知道你心里可能也在权衡，没关系，我肯定会等你的，而且，签约条件随你开。”

邵乾乾：“谢谢，我会考虑。”

“嗯。”时溪伸手拉住了她，“乾乾，你是嘉措的女朋友，所以希望撇去合作的身份，你也能把我们这群他小时候的玩伴当朋友。”

邵乾乾抬眸看着她：“当然。”

“嗯，那——”话还没说完，时溪的手机突然响了。她跟邵乾乾说了句“不好意思”后，便接起了电话。

“喂，妈。嗯，我在外面呢。什么？奶奶在医院……行行行，我当然会去了，那先挂了啊。”

邵乾乾见时溪脸色突变，便关切地问道：“发生什么事了？”

时溪："嘉措的奶奶突然旧疾复发，刚送去医院了，我现在要过去一趟。"

邵乾乾皱着眉头："情况怎么样？"

时溪："我妈说情况有些紧急，估计嘉措已经过去了。乾乾，我们合作的事就之后说，下次我请你吃饭。"

邵乾乾张了张口，想问些什么，但又觉得问什么都是徒劳，最后只好道："好……那你先去吧。"

"嗯，先走了。"时溪起身，匆匆忙忙地走了。

邵乾乾看着她远去的背影，心口又莫名其妙开始发闷。

那大概是一种自己在最熟悉的人的圈子里被排除在外的感觉吧，她男朋友的奶奶生病了，是别的女孩子先知道、先探望，而她，好像什么都做不了。

邵乾乾坐在座位上发了一会儿呆，突然支着脑袋笑了一声。

她在想什么啊……人家从小一起长大，两家人关系又好，奶奶生病了去看望再正常不过了，难道她连这种醋也要吃？而且，要凡是喜欢林嘉措的女人的醋她都要吃的话，那全校的醋都够她喝一辈子了。

邵乾乾，你真是有够无聊的。

此时的医院，林嘉措和几位长辈一起在外面等待着。

过了一会儿后，医生终于从里面出来了。

"李医生，我奶奶怎么样？"林嘉措第一个冲上去询问，脸上完全是掩不住的慌乱。

"病情已经稳住了，暂时没多大问题，好好住院一段时间就行。不过，近段时间可别有任何事刺激她老人家，毕竟，心脏方面未知的可能性还很多。"

"好，明白了，谢谢医生。"

"没事，你们现在可以进去看看病人了。"

"行。"

"嘉措。"就在这时，时溪远远地从走廊尽头跑了过来，她过来后，恭恭敬敬地给边上的长辈问了好，然后问道，"奶奶怎么样了？"

林嘉措："医生说还好。"

"那就好，吓死我了。"

林嘉措的父亲林阅慈爱地看着时溪："溪溪，难为你了，工作这么忙还跑过来。"

"林叔说的是哪儿的话，奶奶从小就疼我，以前是我不在国内，现在在国内了，当然会过来看她。"

林阅："你啊，真是懂事。"

"您可别夸我了，这都是应该的。"时溪有些着急地往里看了眼，"现在可以去看看奶奶吗？"

"可以可以，跟嘉措一块儿去吧。"

里面躺着的老人已经醒了，她看见自己最疼爱的孙子进来后，顿时乐开了花。林嘉措坐到了床边："奶奶，感觉怎么样？"

"没事没事，我就是老毛病，又让你们操心了。"何文华拍了拍林嘉措的手背，示意他安心，然后，她的目光移到了林嘉措后面的女孩身上，"这是……溪溪吧？"

"奶奶。"时溪忙走到她病床边，"对不起啊，现在才来看您。"

何文华："我这把老骨头有什么好看的，听你爷爷说，你一直在国外留学呢。"

"是啊，已经快三年了。"

"都三年了啊，时间过得可真快，我到现在还记得，你小时候跟在嘉措屁股后面的样子呢。"

时溪轻笑："您可别提小时候那些糗事了。"

"你们这些小年轻啊，要好好培养感情，认识这么久，知根知底的多不容易。"

"是是是，奶奶您说得对，我们都是好朋友，肯定会的。"

时溪在病房待了许久，直到何文华需要休息了，她才从病房离开。

林嘉措从病房出来的时候，天色已经黑了，他开了车，准备回学校。开到半路的时候，手机响了，林嘉措看了眼来电，按了接听："爸。"

"出医院了？"

"嗯，回学校。"

"时溪呢？"

"她已经走了。"

林阅："先走了？你怎么也不送送人家？"

林嘉措："不用送了，她自己开车来的。"

"你怎么这么不上道，人家来看望你奶奶，你就这么让她自己回家了？"

"都是熟人了，那些假把式就不用做了吧。"

"你让我说你什么好，时溪是个好姑娘，而且他们家跟咱们家的关系也一直很好。你啊，该追的时候就去追，这儿媳妇我很满意。"

林嘉措将方向盘一打，将车停在路边："爸，你不是吧？你让我去追她？"

林阅："怎么了，你还看不上不成？嘉措，你这个年纪开始谈婚论嫁也不早了，你这根筋什么时候开开窍？"

林嘉措差点儿翻白眼："我和时溪就是朋友，我对她没兴趣，她也一样，你瞎牵什么线啊。再说了，我这根筋已经开窍了，不用你操心。"

"什么？你这话什么意思？你……有女朋友了？"

林嘉措："有了，所以你别乱点鸳鸯谱。"

林阅："哪家姑娘？"

"这你不用管，行了行了，我先挂了，开车呢。"

"哎，你——"

不想跟林阅多扯这事，林嘉措挂了电话，重新发动了车子。不过想起自家父亲说的话，他还是忍不住嗤笑了一声。

不开窍？有邵乾乾在，还有什么窍开不了。

邵乾乾今天在寝室睡，正和柯小唯聊昨天遇到简言之和何渊的事时，电话响了。她接了起来："喂？"

"我在你宿舍楼下。"

听筒那边传来简短的七个字，邵乾乾听得愣了愣："你没在医院吗？"

"嗯？你怎么知道？"

"我中午正好跟时溪在一起，她说你奶奶住院了。"

"这样……不过奶奶没事。"林嘉措道，"快下来，我给你带了好吃的。"

邵乾乾勾了勾唇："我才不吃，这么晚了，你想胖死我啊。"

"不吃也得下来，"林嘉措蓦然一笑，"我想见你。"

邵乾乾听罢，起身走到阳台往下看了看，她们寝室的位置很好，能清楚地看到女生宿舍楼的正门口。此时，宿舍楼下人来人往，不少女生进进出出。而在这一片"花丛"中，最耀眼的莫过于林嘉措这点儿"绿"。

邵乾乾正兴致勃勃地欣赏着，楼下那人却突然有了感知一样，抬头朝她看来。

"下来——"

听到听筒里了传来的这两个字，邵乾乾笑嘻嘻地向他摇了摇食指，于是远远地，她就看到林嘉措眯了眯眼，一副"我保证不打死你"的表情。

邵乾乾勾着唇，趴在栏杆上往下看，她突然对着手机道："林嘉措，我们以后都会在一起吗？"

楼下那人抬头看着她，毫不犹豫地道："会。"

"那这么说，你就喜欢我一个咯？"

“你这不是废话吗？那要不然我喜欢几个？”

“嗯……我这不是怕，未来有一天，你会觉得我们并不合适吗？”

林嘉措敛了笑意，沉声道：“没有这一天，邵乾乾。除非你觉得不合适……反正，我永远不会这么觉得。”

邵乾乾嘴角轻轻翘起，这一刻，她觉得自己矫情无比，可她又清楚地感受到听完他说的这些话后，自己的心情舒畅得不行。

也许，这就是恋爱中的女生吧。

“算你说得好，等着啊，我马上下来。”

“恭候公主殿下。”

“呸，是女王大人。”

“哦？那恭候我的女王大人了。”

下了楼，远远地，邵乾乾就看到他手上提了一袋甜品模样的东西。

她走上前的时候，路过的女生无不回头打量。女生们心里暗自咆哮着：众人手掌心里的超级男神啊，怎么就名草有主了呢……

“你买了什么呀？”

“你喜欢吃的焦糖布丁，走吧，我车停那边了。”

邵乾乾脚上还踩着人字拖：“去哪儿啊？我鞋都没换的。”

“回家去，不用换。”

邵乾乾倒吸一口气：“你这个人，一盒焦糖布丁竟然就想把我骗回家。”

“那我把自己也送给你，这样加起来你还满意吗？”

“我才不要。”

“不行，不要也得要，走了。”林嘉措二话不说，就揽着邵乾乾的肩把她往前推。

“哎哎，明天还有课啊……”

“我知道，所以明天还有叫醒服务和接送服务，配套的，不收钱。”

林嘉措说得好听，最后回到家还是把她折腾到了半夜。

第二天第一节便有课，邵乾乾被闹钟叫醒的时候，简直是生无可恋。

“都怪你，昨晚都说了要睡了，你还不让人睡。”邵乾乾侧躺在枕头上，闭着眼睛，抬脚便去踹他。

一脚踩在他的腰腹上，林嘉措嬉皮笑脸地捏住她脚踝：“嗯，怪我。”

“现在说有什么用，我起不来了……”

林嘉措摸了摸她的腿，从床上坐起来：“你再睡会儿，我等会儿叫你。”

“哦——”

林嘉措看着她有气无力的样子，低头在她脸上亲了亲，然后从床上下去了。

邵乾乾是真的困，房间归于安静后，她还真就睡过去了。不知过了多久，突然感觉整个人被人从床上抱了起来，她在空气中扑腾了一下，迷迷糊糊地睁开了眼。

“懒猪，早餐已经买好了，你可以去洗漱了。”

邵乾乾见自己是在他的怀中，看了一眼后，便把头埋进他的肩窝里：“几点了啊……”

“七点半。”

“啊？”邵乾乾清醒了些，“要迟到了吗？”

“赶紧洗漱，等会儿就在车上吃饭，不会迟到。”

“哦。”

林嘉措把她放在洗脸池前：“我在外面等你。”

邵乾乾打了个哈欠：“好……”

虽然邵乾乾速度已经很快了，但两人到学校的时候，还是迟到了十分钟。不过因为这堂课是三个班级混合在一起上的大课，人多，所以邵乾乾和林嘉措从后门进去的时候，也没引起过多的注意。

两人找到位置坐下，邵乾乾摊开书，结结实实地打了个哈欠。

“还困？”林嘉措看了她一眼，笑道。

邵乾乾放在桌下的手扭了他一把，咬牙切齿道：“你还有脸说，你知道我昨天晚上几点睡的吗？”

林嘉措露出抱歉的神色：“下次悠着点儿。”

邵乾乾差点儿翻白眼：“每次都这么说……”

“真的。”

“我不信。”邵乾乾支着脑袋看着讲台上讲课的教授，“好了，别说话，听课呢。”

林嘉措失笑：“好。”

说是听课，可某些人听着听着就闭上了眼睛。林嘉措看了她一眼，没舍得叫醒，只好将老师讲的重点都画了出来，等着期末的时候给睡觉的女朋友好好讲讲。

“这一大早的，有些同学就很没精神啊。”课上到一半，讲台上的教授突然道，“看来需要叫你们起来回答问题精神一下了。”

这话一出，台下的学生立刻都睁大了眼睛。

“靠窗那位穿浅蓝色衬衫的女生，对，就是睡觉那位，边上同学叫她一下。”

一瞬间，所有人都回头望去。

林嘉措一愣，然后咳了声，推了推邵乾乾。

邵乾乾被推得吓了一跳，睁开的眼里带着明显的惊诧：“嗯？”

林嘉措低声道：“老师叫你。”

邵乾乾：“啊……”

“乾乾，是乾乾吧？来，看你很困的样子，起来回答下问题。”教授跟她父亲邵广语有点儿交情，之前也看见过她来办公室找邵广语。

邵乾乾一脸蒙地从位置上站了起来，在众人的注视下，她有些不好意思地道：“我不会。”

教授“哈哈”一笑：“我还没问呢。”

邵乾乾：“呃……”

林嘉措嘴角微微一扬，低笑了一声，但很快抬手挡住了。不过邵乾乾还是听见了，气恼地踢了他一脚。

林嘉措侧过脑袋，露出一个委屈的表情。

教授：“这样吧，我就出个简单的问题，计量经济模型分析经济问题的基本步骤是什么呀？”

邵乾乾想了一下，只觉得脑袋里一片空白，这种玩意儿，不背一下怎么知道……

邵乾乾的沉默就是最好的回答，教授见此，也没为难，只道：“那让你旁边的同学来帮你。嘉措，你来回答吧。”

林嘉措起身，在教授似笑非笑的注视中答道：“首先是经济理论或假说的陈述，然后收集数据、建立数理经济学模型和经济计量模型，再是模型系数估计和假设检验，模型的选择……”

林嘉措说了一大通，最后在教授满意的表情下坐下了。

“乾乾，你也坐下吧。”

邵乾乾脸颊微红：“谢谢老师。”

教授点点头，然后笑意盈盈地道：“嘉措啊，你媳妇的成绩可就交给你了。要是我的课上多了一个挂科的人，我可唯你是问啊。”

“哈哈哈……”

教室里顿时响起一片哄笑声，邵乾乾羞愧得头都要埋到书里去了，林嘉措却是心情大好：“是，老师，我会努力的。”

又一周过去了，林嘉措因为游戏的事在公司里忙碌。邵乾乾则是继续玩游戏，并关注最近其他国家举办的一些《绝地求生》的赛事。

一天，她在寝室的时候，接到了叶立的电话。

“我在你学校。”一接起电话就是这么一句，邵乾乾一头雾水。

“啊？”

“LK的人又来找你了？”

“你怎么知道？”

“这你不用管，我只是听说你还没跟他们签约。”

“对。”

“所以我也来找你了。”叶立平静无澜的声音顺着电流传到她的耳中，“他们能做到的，我们都可以。”

邵乾乾笑了笑：“为什么人家是老板来找我，而你们DSG是你啊，你都不用训练的吗？”

叶立：“我是队长，有义务为队里挖人，你是我看中的，我要拿下。”

“你可真够直接的。”

“谢谢。”

“我没在夸你。”

叶立仿佛没听见，只道：“时溪都跟你说了些什么？算了，我们还是见面谈吧。”

谈自然是要谈的。

十分钟后，邵乾乾和叶立在学校对面的一家咖啡厅里坐了下来。

叶立开口便是：“我知道LK实力不弱，但是相比LK，DSG资历更深……”

“你不用说这些。”邵乾乾笑了笑，打断了他，“我知道，LK能给我的你们也能给我。可我没有立刻下决心的原因很多，比如你们的基地在上海，而我现在还在这座城市读书，一南一北，我可能没法兼顾。而LK呢，它就在我身边。你们实力相当，我其实选哪个都行……”

“上海不远。”叶立想了一下，“飞两个小时而已，至于念书，你不是快大四了吗？大四没什么课吧。”

“话是这么说，但最主要的原因，还是我没下定决心要走这条路。”

“为什么没下定决心？你也知道职业选手都是年轻人，再过两三年，兴许你想来打比赛也没那个资格了。我想，你还是想趁你实力强盛的时候，在电竞史上留下一个名字吧。”

邵乾乾微微一愣：“你好像很了解我一样。”

"我看得出来，你，有野心。"

邵乾乾沉默了，低头抿了一口咖啡："我说，你也才二十岁吧。"

叶立："嗯？"

邵乾乾嘟囔了一声："二十岁的小弟弟说话怎么这么老成？"

叶立："麻烦你把'小弟弟'去了。"

邵乾乾："好吧，小哥。谢谢你这么拉拢我，我会认真比对一下，再想想自己要不要走职业化之路。"

叶立点头，然后开始面无表情地对"她去了DSG会有什么福利和酬劳"进行了一番演讲。邵乾乾认真地听着，偶尔才发表一点儿意见。

最后都讲述完毕后，叶立喝了口咖啡，道："行，我该讲的也都讲完了，差不多要到饭点了，我请你吃饭去吧。"

"啊？不用不用，你有事就先去忙吧。"

叶立："时溪上回也请你吃饭了，不是吗？"

邵乾乾哭笑不得："这你也要比较吗？好了，上回是她来我学校，所以是我请她吃的饭，你放心，你没落下什么。"

叶立"哦"了一声，然后毫不留恋地道："那就好，那我先走了。"

"……好的。"

自从交谈过后，时溪会经常发信息给她，不过她大部分时间讲的不是有关战队的事，而是一些琐碎的趣事。

渐渐地，邵乾乾开始卸下了心防。

时溪这个人，真的让人讨厌不起来，她大气、幽默、漂亮，是女生都会喜欢的类型。邵乾乾想，也许是那天那两个人误会她了，也许她早就放下林嘉措了。所以，她没必要把时溪当成假想敌。

这么一想后，邵乾乾也就和时溪真正聊上了。聊游戏聊电竞，她发现，时溪虽然游戏玩得不好，但对电竞这个行业的了解很深，两人对这一块的内容几乎是相见恨晚，很多时候能聊到三更半夜还不睡觉。

某天，邵乾乾回到家，跟家里人说了自己要去做职业选手的事，让她开心的是，邵广语这次没反对。他似乎明白了电竞的含义，也明白了她的热爱，只说了句"你不后悔就好"。

邵乾乾见到林嘉措后，马上就将这个消息告诉他了。

天色渐暗，两人坐在操场的看台上，看着操场上来来往往的学生。

"你想好去哪个战队了吗？"林嘉措问道。

邵乾乾支着下巴，说：“LK和DSG，我会选一个，你希望我去哪一个？”

林嘉措微微凝眸，几乎是立刻就道：“LK。”

邵乾乾挑了挑眉：“原因？”

“LK基地和公司都扎根在这儿，DSG不一样，我不想你离我太远，所以，我一直希望时溪能说动你。”

“我也是这么想的，而且，不只是你，我也不想离家太远。”邵乾乾说罢，又叹了口气，“可是我又真的蛮喜欢DSG的。”

“只要能做到你想做的，去哪里不一样？”林嘉措揉了揉她的头，声音温柔得腻人，“乖，别走太远，让我能一直看见你。”

轻风吹过，发丝微微飘起，邵乾乾拉住他的手，一笑：“嗯。”

林嘉措的奶奶何文华，身体在几次发病后显得越发虚弱了，林嘉措时常来看她，这天，他看望完奶奶要去公司的时候，正好碰到时溪。

“嘉措。”

林嘉措微微点头示意：“来了。”

“嗯，奶奶今天还好吗？”

“还行。”林嘉措看了看手表，“她现在还没休息，你可以去看看。我公司有点儿事，所以……”

“没事的，那你先走吧，我去陪奶奶聊聊天。”

林嘉措笑笑：“谢谢了。”

时溪：“你还跟我客气什么。”

林嘉措点点头，也不多说什么了，抬脚往停车场走去。

时溪与他，其实跟肖尧那群人是一样的，从小一起长大，总是有些朋友情分在的，再加上她很得他奶奶欢心，林嘉措很感激她能经常来陪奶奶说话。

何文华看到时溪来看她也很开心，一直拉着她在床边讲话。讲着讲着，何文华突然满目慈爱地说道：“溪溪啊，你跟嘉措好上了没有啊？”

时溪正在削苹果，闻言微微顿了一下：“奶奶，我跟嘉措……现在不是您想的那样。”

“怎么不是我想的那样呢，溪溪，你喜不喜欢我们嘉措？”

时溪放下苹果和刀，对着何文华淡淡一笑，只是那一笑有些空洞：“他并不喜欢我。”

“你这丫头，你不说怎么知道他不喜欢你？”何文华佯装生气道，“嘉措这臭小子，你这么好的女孩子在身边竟然都不知道珍惜。溪溪，你放心，奶奶一定帮你好好说说他。”

时溪摇摇头：“这件事您可左右不了他，还是——”

“怎么左右不了？”就在这时，门口走进一个中年男子。

时溪回头看到人后，忙起身道：“林叔叔。”

林阅一派严肃：“终身大事还轮不到他为所欲为，我们两家门当户对，你和嘉措也是郎才女貌，他的另一半，非得与他比肩不可。”

邵乾乾没想到会在学校里遇上林嘉措的父亲，他父亲就如早料到她会出现一般，准确无比地让人将车停在了她的面前。

她很紧张，心里也隐隐有些不安。

两人在一个餐厅坐了下来。一种见家长的气息逼来，邵乾乾坐在位置上，腰背挺得笔直，手机都没敢碰。

“乾乾，喜欢吃什么？你来点。”

邵乾乾忙摇头：“我什么都可以，叔叔您来就好。”

“那好，我就随意点一些你们年轻人喜欢吃的，你要是不喜欢，再点点儿别的。”

林阅虽然年近五十，可是他保养得很好，长相威严俊朗。在这个怪异长辈频出的社会，邵乾乾对彬彬有礼的长辈尤其有好感，她以为林阅是那种很好说话的人，也以为，他只是因为好奇和关心，所以才来看看自家儿子的女朋友。

“乾乾，听说你是嘉措的同学，也是一个游戏主播？”他给她夹了一筷子菜，问道。

邵乾乾点点头：“是的，叔叔。”

“那有想过不做这个吗？”

邵乾乾一愣，然后诚实地摇摇头：“我喜欢游戏，目前还没打算做其他。”

“嗯，目标专一是好事，这几天遇到溪溪，她说她也在经营一个游戏俱乐部。”

“溪溪……时溪吗？”

“对，你们认识吗？”

邵乾乾：“认识的，其实我是打算去她——”

“那她有跟你说过，她是我们家预定下的儿媳妇吗？”林阅突然道。

空气一片静谧。

满身紧张似乎在这一刻被一桶冷水泼得干干净净，邵乾乾迟疑了一下，有些迷茫地问道：“您说……什么？”

“乾乾，你是个不错的孩子，你们家我也查过，书香家庭。”林阅慢慢道，“不过嘉措作为我们林氏长孙，他未来背负的东西绝对是常人难以想象的，而他身边应该站的人，也必须有足够的实力。当然了，我不是来拆散你们的，你们谈恋爱我没有意见，只是有些事，你还是需要了解一下。”

邵乾乾捏在手里的汤匙慢慢握紧了，银质的手柄因为太过用力陷进肉里，有点儿疼。

“您的意思是不是，谈恋爱可以，但如果是未来……就不用期待？”

“你很聪明，我相信我的意思你能懂。”林阅微微往后靠，“林氏养着成千上万口人，这整个集团以后都需要嘉措来掌控，溪溪本身，包括她背后的家族都能给他提供帮助。嘉措还小，也许他现在还没有考虑这么多东西。”

邵乾乾心里开始发凉，其实这些事她曾想过，可总是被自己刻意忽略过去。她一直知道林氏很大，可她没仔细想过有多大。

邵乾乾抿了抿唇，仿佛求生的人抓住最后一根稻草：“可两个人在一起总是需要感情的，他们互相对对方没有感情，这怎么能强求。”

“你怎么知道他们对对方没有感情呢？”

邵乾乾忙道：“这个我确定！”

“但时溪那丫头喜欢嘉措是毋庸置疑的，”林阅沉了沉眸子，“至于嘉措，爱情的热度总会过去，男人自然是以事业为重。”

邵乾乾心口一抽：“时溪……喜欢林嘉措？”

“这是自然，他们从小一起长大，嘉措以前对时溪也是很好的。我相信，他们绝对可以培养出感情。”

邵乾乾没有答话，林阅便接着说道：“其实没关系，你们可以继续谈，我不希望嘉措因为这个事跟家里闹。我想，你也不愿意成为我们一家人吵架的源头吧？你有什么需要都可以跟嘉措提，当然，也可以跟我提，你跟他在一起的这段时间，自然不能什么都没有——”

“您别说了。”邵乾乾突然起身，“我什么都有，不需要别人来给。”

邵乾乾从那个餐厅离开后，突然觉得有些好笑。

这场景，好像是八点档婆媳大战那种情节吧。哦，不对，不完全一致，人家是婆婆甩了一笔钱让媳妇滚蛋，而她是对方好言好语劝说，说着你们不用分手，但隐含的意思是你配不上他。

邵乾乾沿着林荫马路走着，她不知道自己现在要去哪里，也不知道是不是应该打个电话给那个人问问情况，只是脑子有点儿空，有点儿无奈，有点儿生气。

手机显示有新信息，是时溪发来的，问她一周后签约，具体哪个时间有空。

邵乾乾看着她的信息，突然有种被欺骗了的感觉。她心中一阵憋闷，毫不犹豫地发了一句过去：“你喜欢林嘉措吗？”

对面没有立刻回复，邵乾乾等了许久，才见她发了几个字过来。

时溪：“谁跟你说的？”

邵乾乾：“我只想知道，喜欢，还是不喜欢？”

又是一段漫长的等待，然后时溪直接发了一段语音过来，邵乾乾点开，听到的是她略带抱歉的声音。

“乾乾，我没破坏你俩的意思，我喜欢他，但我从来没说过我喜欢他。”

邵乾乾听了三遍，脸色一遍比一遍差。

“对不起，乾乾，我不知道你是怎么知道的，但是我不会跟你说谎，既然你问了，我如实说。”

邵乾乾：“那我如果不问，你是不是永远不说，然后假装是我的伯乐，是我的知音？”

没等时溪回复，邵乾乾就又打了一段话：“其实不是的，对吗？你知道他家里人选定了你，你也认定他未来会是你的，是吗？时溪，你可真大方。但抱歉，我很小气，我做不到你这么心胸宽广，不是我的便不是。如果是我的，我眼里容不下一点儿沙子。另外，去LK的事，算了吧。”

邵乾乾发完信息之后，觉得自己牛烘烘的，面对今天以前还是知己好友的人，面对背后拥有庞大财力的人，她的做法看起来可真是大胆又利落。

可发完后，她又一阵阵发虚，她在一旁的花坛边坐了下来，脑子里回响着林嘉措父亲的话，还有林嘉措对她的好。

他们确实还年轻，爱情、经历，一切都是刚起步，未来有太多未知。纵使没有今天这一幕，她也不能百分百地确定他们就能走到最后。

有了今天这一幕，她对未来的幻想突然都被阻断了。

她不懂那些大世家的婚姻，也不知道是不是像电视剧里的那样，她会成为联姻的牺牲品。她现在唯一的想法只有——他家里人不认可她，他身边还有很多优秀如时溪这样的人排队等着他。而他呢……他最后会因为现实，因为压力，而去选择一个更合适的人、一条更好走的路吗？

“嗡嗡——”手机响了，邵乾乾看到是林嘉措来电的时候，心里既委屈又烦闷。

“在哪儿呢？”

“……家里。”

“怎么回家了，我还以为你在学校。”电话里，他的声音一如既往温柔好听，“要不要出来走走，去吃好吃的，怎么样？”

邵乾乾没回答他，沉默片刻后，只道：“我不想去 LK 了。”

林嘉措愣了愣，疑惑道：“你不打职业了？”

“没有，我只是不去 LK 了。”

“为什么？”

邵乾乾垂着头，一时无言。

说什么呢，说时溪喜欢他，说她不乐意让时溪再接触他，所以不想去 LK；说他家里人根本就不喜欢她，或者说，他家里人认为她根本配不上他？

这些，她一个字都不想说。既然时溪不开口说，那她为什么要帮她表白让他去了解、去分心？另外，他家里人不喜欢她，那她说了又有什么用，让他回去闹吗？闹到最后，那些长辈一定更不喜欢她了。

“乾乾，为什么？”林嘉措又问了一遍。

邵乾乾漠然道：“我没有非要去 LK 的理由。

“为什么没有，去 LK 不好吗？他们就在本市，而且时溪在那里，有她照顾你，我也放心——”

“你凭什么这么相信别人啊，我是去工作，我需要谁照顾！”邵乾乾突然对着电话吼出声。

听筒那头的林嘉措被她的暴躁吓了一跳：“乾乾，你怎么了？”

邵乾乾烦躁地揉了揉头发，她发现，现在时溪对她来说就是一个定时炸弹，他一提，她就能爆炸。

“没什么，我现在关于战队的事有些乱，我先理理，我先理理……”

“我来找你。”

“不用，我想自己想想。”说罢，邵乾乾便挂断了电话。

此时此刻，她不想迁怒，她真的需要理一理，再跟林嘉措好好谈。

邵乾乾最后还是打车回了学校，恍恍惚惚地走到学校门口时，突然被人堵了。

月光高照，前面这人完全将她遮掩在黑暗下。邵乾乾抬眸，微微眯着眼睛看着眼前面无表情的人：“怎么是你？”

叶立嘴角微微一动，将手中拿着的文件抬起来放到她面前：“听说你答应去 LK 了，所以在你和他们签约之前，我想让你看看 DSG 针对你新拟的合同。”

邵乾乾：“嗯？”

“不管是签约费，还是各类福利绝对不输 LK，另外你说的距离问题，公司会给你额外的高配置交通费，当然，还有假期。”

邵乾乾：“呃……”

“怎么样，要不要谈谈？”

邵乾乾郁闷的心情，被他一本正经诱惑的样子弄得十分复杂：“我说，我有那么好吗……”

“至少在国内，我知道的那些人里，没有几个男选手的技能可以完全比上你。”

“谢谢。”邵乾乾觉得自己算是得到了一点儿安慰，“不过你大晚上的赶过来，就是为了拦截？”

“是。”

“好吧。”邵乾乾露出一抹不算好看的笑来，“我跟你谈。”

叶立眼睛一亮：“上车。”

叶立开车到了一家餐厅，点了菜后便开始他毫无感情的长篇大论。

邵乾乾也不搭话，就任由他说。

叶立讲了半天，发现对面那人的心思根本不在他这儿，他停了下来，皱着眉头道：“我说了半天，难道你最后还是打算去 LK？”

邵乾乾忍不住笑了：“你的意思是，我过来就是为了蹭你一顿夜宵？”

叶立：“好吧。那你想了解什么，我有针对性地告诉你。”

邵乾乾摆了摆手，转头对上菜的服务员要了瓶酒，然后回头道：“你不用说了，我都清楚。”

“那——”

“你喝酒吗？”

叶立愣了一下：“不喝，最近在比赛期，禁酒。”

邵乾乾点点头：“果然是队长，对自己很严格。行吧，我先喝一点儿，你不介意吧？”

叶立有些疑惑地看着她：“你心情不好？”

邵乾乾手顿了一下，压下了那股不舒服的感觉，她淡淡地笑了笑：“没，我只是觉得我现在在做一个重大的决定，需要一点儿酒壮壮胆。”

“重大的决定是……”

“我想去 DSG。”邵乾乾扬唇，又说了一句，“我决定去 DSG。”

叶立觉得眼前的这个女生很奇怪，她看起来明明是心情差到极点，但装开心还是装得一本正经。她明明说自己只是喝一点儿酒壮壮胆，但一杯接一杯，好像要借酒消愁一样。

从餐厅离开后，已经是晚上九点多。

叶立看着边上站着的人，沉默了下说道：“你喝醉了吗？我送你回学校吧。”

邵乾乾摇摇头：“没喝醉，我让服务员拿来的是酒精含量最低的。”

“哦，那你现在要去哪儿？我送你去。”

“我嘛。”邵乾乾吸了吸鼻子，突然指了指前面不远处的网吧，“我要打游戏！”

叶立顺着她指的方向看去：“在这儿？”

“就在这儿。”说着，邵乾乾就直接往前走去。

“喂——”

“你先走吧，不用管我！”

叶立：这是喝醉了，还是本来人就不太正常？

林嘉措被邵乾乾挂了电话之后，再打电话过去就是关机的状态，他不明所以，只好打电话去问方潭，邵乾乾是不是发生了什么事，可方潭也给不了他答案。林嘉措感觉到哪里不对劲儿，可是他又想不出个所以然来。之前她说过她愿意去LK，愿意待在离他近的地方，可为什么才几天时间，她就改变主意了？

“嘉措，你今天怎么有空待在学校了？”吴远和其他室友从外面回来的时候，看到了站在阳台上的林嘉措。

林嘉措从阳台外走进来：“没什么，回来找邵乾乾，不过她不在学校。”

“怎么不在啊，刚才我们还看到她在校门口。”一名室友忙道。

“她在学校？”林嘉措皱了皱眉头，她之前明明在电话里说她在家的。

“对啊，我们都看见了，旁边还有个——”

“哎哎哎！”吴远及时打断了该室友的话。

林嘉措狐疑地看了他们一眼：“旁边有个什么？说明白点儿。”

三名室友面面相觑，互动推搡了一番，才有人开口道：“就身边有个很帅的男生，那男的我们都见过的。”

林嘉措：“谁？”

“DSG的叶立啊，我第一次在现实中见到他，好帅啊。”

话音刚落，该室友就被旁边的人一巴掌拍在脑后：“现在是说这个的时候吗？现在不是应该关注他们大晚上的在干吗吗？”

吴远瞪了那人一眼：“你别瞎说。”

“什么瞎说啊，本来就是啊，之前不是还有人看到他们俩在学校附近的咖啡厅喝咖啡吗？这事干吗不告诉嘉措啊？”

吴远一噎，讪讪地看了林嘉措一眼："他们都是玩游戏很厉害的人，认识也正常……"

"再正常也没必要骗嘉措不在学校吧？"

"够了。"林嘉措沉着脸看了那人一眼，"别再让我听到你说这种话。"

"可是嘉措——"

"我说够了，你听明白没？"

林嘉措很少会在他们面前发火，如果他发火了，就说明他们真的触到了他的逆鳞。吴远拉了拉那个还要继续说话的室友，对他摇了摇头。

邵乾乾在网吧玩了一夜的游戏，叶立在她边上开了一台机子，一边嫌弃这里的设备垃圾，一边同她在网吧打双排赛。

一开始，叶立想着自己即将是这人的队长，所以秉承着"责任"二字，也不能让她一个可能喝醉了的女生一个人在网吧待着。可后来跟她一起玩了两局之后，就真的深陷进去了，跟邵乾乾一起玩游戏，让他有种棋逢对手的感觉，后来越玩越清醒，越玩越兴奋，竟然也在这地方玩到了第二天凌晨。

邵乾乾直接趴在电脑前就睡了。

叶立摘了耳机，退出了游戏，看了她一眼。毫无形象的睡姿，不过，她这样子让他想起了基地里那群队友横七竖八乱睡的模样，怎么说呢……就是有点儿亲切，感觉对方是一路人的那种亲切。

叶立将外套脱了盖在她的身上，然后才得空拿出一晚上都没动过的手机。一拿出来才发现，手机上有许多未接来电。除了几个是DSG的人，其他的都是一个未知号码。

叶立没理会那个未知号码，直接打了个电话给小垒，他知道小垒这个点肯定还在电脑前。电话通了之后，他本来想告诉小垒，邵乾乾愿意来他们战队的好消息，可没想到他还没开口，对方就急急忙忙地说道："你怎么不接电话啊？几个小时前，经理火急火燎地找你呢。"

"有事吗？"

"他没说，就说上头有人在找你。"

"哦。"叶立想起那个陌生的电话，"知道了。"

小垒："你到底在哪儿？"

叶立漠然着脸："网吧。"

"啊？"

挂了小垒的电话后，叶立给那个陌生电话回复了。

电话仅仅响了一声，就被接了起来，叶立：“你好，请问你是？”

“叶立吗？”

“对。”

“我找邵乾乾。”

半个小时后，林嘉措出现在这家网吧，他从门口进来，就看到了站着的叶立，他长得很高，也很扎眼。

林嘉措走上前，先是看了一眼睡得正沉的邵乾乾，然后朝叶立伸出了手：“上回在比赛场上见过。”

叶立跟他握了握手。

叶立自然是知道他是谁的，整个电竞圈，现在还有谁不知道“嘉恒游戏”的林嘉措。

“乾乾麻烦你了，我现在带她走。”

林嘉措在电话中并没有说邵乾乾是他的谁，不过现在这种场景下，叶立也明白过来了：“不麻烦，她也算是 DSG 队员了，应该的。”

林嘉措一顿：“她并不是。”

叶立嘴角微微一抿：“她是。”

林嘉措眸光一沉，从进门以来就维持得很好的风度有了一丝裂缝：“她答应我会去 LK。”

叶立嘴角一撇：“那太巧了，她也答应我要来 DSG。”

林嘉措冷冷地勾了勾唇：“没到最后，谁又知道呢？”

两个男人对峙着，一股无形的电流在两人之间流转，谁都没有说话。

最后，还是林嘉措先移开了目光。

叶立看着他走到邵乾乾边上，将原本他盖上的外套拿起来放到一旁，然后把自己的外套脱下来盖了在她身上。最后，林嘉措直接俯身将邵乾乾从椅子上横抱了起来。

邵乾乾虽然睡得很死，但此刻被这么一折腾，人也迷迷糊糊地醒了。

叶立看到她半眯着眼睛，意识不是很清醒地在那人身上蹭了蹭，她做这个动作的时候有点儿像猫，抱着她的那个人明明脸上都是寒气，可在她这无意识的动作下，眼神又变得无奈又温柔。

叶立瞥了几眼便收回了目光，他拿起扶手上的外套和桌上的车钥匙，转身走出了网吧。凌晨的温度有些低，叶立走出网吧的时候，被一阵风吹得又清醒了几分。不知为什么，他突然就想，几个小时前暴躁游戏的女人原来还有这种乖顺的样子……

林嘉措直接抱着邵乾乾，把她放进了副驾驶位。他发动了车子，一言不发地将车往前开。邵乾乾蜷缩在位置上，慢慢睁开眼睛看着他。

凌晨的马路空旷寂静，明黄色的路灯与天空中隐隐约约的光线交相辉映，将这座城市的寂寞隐隐展露出来。

一路上，两人都没有说话。

车子急速前进，后来，驶入了车库。熄火后，林嘉措从车里出来，绕到她这边的位置，直接把她从里面抱了出来。

邵乾乾挣扎了一下："我自己走。"

林嘉措恍若未闻，他腾出一根手指按了电梯，就这么横抱着她走了进去。电梯迅速上升，最终在他住的楼层停了下来，林嘉措走出电梯，停住了脚步："你喝酒了？"

邵乾乾"嗯"了一声。

"跟他？"

准确地说，只是她一个人，不过邵乾乾还是点了点头。

林嘉措面色变了变，他放下邵乾乾，沉着脸去开了门。邵乾乾刚进门，正往前走，他突然将她拽回来按在了门上。

邵乾乾微微吃疼，皱着眉头看着他："你干什么？"

林嘉措压着她，周身的气压低得可怕："为什么骗我？"

"什么？"

"你说你在家，为什么……为什么最后是跟他在一起？"林嘉措问出这句话的时候，压着她肩的手竟然在微微颤抖，他是愿意相信她的，可他也怕她说出什么他不想听的话。

"我和他有事谈。"

"谈什么？谈到关机不接电话，谈到要一起喝酒，还要谈到一起去网吧玩游戏？"林嘉措抵着她的额头，垂着的眼帘下是明显惊慌的瞳眸。

邵乾乾一怔，一把推开他："林嘉措，你什么意思？"

一夜的寻找让林嘉措满心都是慌乱，他怎么都找不到她，也联系不到跟她在一起的叶立。他着急、恼火，所以最后说出来的话也难得不经过大脑："我说的就是这个意思！"

"我只是心情不好！"

"心情不好你告诉我啊，为什么要跟他在一块儿？怎么，跟他在一起玩游戏更开心是吗？！"

头疼，邵乾乾太阳穴一阵一阵跳动："碰到他纯属意外！"

"那为什么就不能联系我？邵乾乾，你不能这样。"

邵乾乾撇过头，突然有种身心俱疲的感觉："我说了，想好了再联系你。"

"想好了再联系……是跟他们战队签约了之后再告诉我结果吗？"林嘉措捏住她的下巴，让她直视他的眼睛。

然后他开口叫了她的名字，声音很轻，带着孩子气的倔强和无名的痛楚，他问她："你去 DSG，是因为叶立吗？"

邵乾乾愣住，匪夷所思地道："你瞎想什么呢？"

"那要不然是为什么？你明明答应过我要去 LK 的，为什么突然反悔？"

邵乾乾："我跟叶立认识还不到一个月，这样我就能为了他去 DSG？那你跟时溪还认识了十几年呢！"

林嘉措侧了侧头，眼眸里有些迷茫："关她什么事？"

"怎么不关她的事？人家都喜欢你十多年了，你竟然一点儿都不知道，林嘉措，你是猪吗？！"邵乾乾不管不顾地吼了出来。

算了，说了便说了吧，他迟早都会知道的不是吗？

林嘉措一僵："她？怎么可能？"

邵乾乾推搡了他一把："所以我不乐意去了怎么样？我才不要在你们中间看着你们怎么相知怎么相熟，我也不要一个喜欢你的人天天在你边上晃！"说完，邵乾乾狠狠地瞪了他一眼，转身便想开门出去。

林嘉措一把按住了门把手："去哪儿？"

"我要回去睡觉。"

"不行，你别走。"林嘉措一只手横过她的腰，声音都低了下来，"我找了你一个晚上，你别走。"

他恳求的声音让她心软得想流泪，她知道这件事其实跟他没有任何关系。她难过，也跟有人喜欢他这件事无关。跟他在一起的时候，她就知道喜欢他的人很多很多，可那些人都是过眼云烟，甚至她连雷茵茵也没有真的放在眼里。

可时溪不一样，时溪，是他这个身份、这个家族需要的人。

所以，她真的有点儿害怕。

林嘉措把她转向自己，才发现她的眼眶通红，那一刻，他整颗心都揪得疼了起来。

他惊慌失措地捧着她的脸颊："乾乾，你哭了吗？时溪……我跟时溪真的没什么，我也不知道她……总之，我对她半点儿意思都没有。"

邵乾乾吸了吸鼻子，摇摇头。

林嘉措：“那是因为我刚才吼你吗？我不是故意的，我是真的着急，我害怕你喜欢上叶立。我知道你不会的，你、你不会的，对吗？”

邵乾乾感觉鼻酸，胸口也透不过气来。他着急的样子让她难受，而他父亲的话更让她难受。邵乾乾不敢哭，不敢说话，她怕一开口，就会说出那些让自己难堪的话。

林嘉措，他们说，我配不上你。

可我爱你啊，这还不够吗？

邵乾乾通红着眼眶，突然踮起脚吻住了他的唇。她发狠地啃咬着他，辗转厮磨，仿佛要把他给的一切温柔啃噬干净。

她承认，她有点儿迁怒他了，可她更承认，她舍不得他，她舍不得就这么推开他，舍不得因为这些外界的因素和他分开。

林嘉措一开始愣在原地，因为邵乾乾从来没有这么主动且激烈地扑上来过。等反应过来后，他便反客为主，一把将她抱起来抵在门上，他仰着头，用力地吮吸着她的唇舌。

也许没什么比此刻的亲近更能感受到他的存在吧……

邵乾乾两条腿紧紧地夹在他腰两侧，她攀附在他的身上，捧着他的脑袋，与他缠绵。一晚上的烦闷似乎在此刻都找到了宣泄口，他的声音，他的呼吸，他的身和他的心，他所有的温柔和粗暴，这些全是她的。

这兴许是这么多次以来最激烈的一次，他们就像两个急需对方救赎的人，互相啃咬，互相撕扯……从玄关的门到客厅的沙发，最后再到他们相拥而眠过的床，衣服一件件掉落，乱七八糟地摊在地毯上。沉寂的房子里，一开始急促的呼吸声已然变成暧昧的呻吟声，声声不断，偶尔还夹杂着类似猫叫的哭泣声。

持续了多久，邵乾乾不知道，她只知道林嘉措一次又一次地往死里折腾她。可她这次没有抱怨，甚至，她用力地回应他，取悦他，想让他在这场欢爱中得到最大的满足。

当一切归于平静后，她窝在他的怀里，用指腹一遍一遍地摸着他下巴上新长出来的胡子。

林嘉措闭着眼睛，伸手勾住了她的手指：“邵乾乾，我跟你道歉，有什么事……我们以后都好好说。”

邵乾乾没答应，只道：“好扎。”

林嘉措眸光微动，然后顺着她，自己伸手摸了摸：“昨天早上起来没刮。”

邵乾乾：“邋遢。”

“这还邋遢……”林嘉措想了想道，“你不喜欢有胡子的？”

邵乾乾没吭声，于是林嘉措便道："那等会儿睡醒了起来，我就去刮干净。"

"林嘉措。"

"嗯？"

"算了，"邵乾乾抿了抿唇，"好困……睡醒再说吧。"

林嘉措一顿，他垂着眸子看着枕在他肩膀上的人，隐约知道她有很多话想说。其实，他也有很多事想问，比如时溪的事，比如DSG的事，比如叶立的事。

可看着她一脸疲惫的模样，他还是心疼了："好，我们睡醒说。睡醒了，你都告诉我，好吗？"

邵乾乾点点头，闭上了眼睛。

一夜疯狂，两人最终都沉沉睡了过去。

第二天醒来的时候，林嘉措已经不在她边上了，邵乾乾起身，从房间走了出来。

"醒了？去洗脸刷牙，我让人送了早餐，等会儿就到了。"

林嘉措穿着居家的休闲服，从厨房里端了一杯水出来。邵乾乾点点头，转身回了房间的浴室洗漱。等她整理完毕出来的时候，早餐也已经送到了，邵乾乾在餐桌边坐下来，拿着叉子叉了一块香肠。

"林……"

"嗡——"

邵乾乾刚想开口说，林嘉措的手机便响了，邵乾乾垂下眸子："你先接电话吧。"

林嘉措："好。"

"喂，爸。"

邵乾乾一滞，抬眸看他。

林嘉措并没有发现她的异样，只是有些不耐烦地道："杨叔叔那边的开幕仪式吗？后天晚上……我知道，我会去。什么女伴？时溪？我需要什么时溪，我一个人去送个礼物走个形式就行了。行了，我知道，嗯嗯……"

几分钟后，林嘉措挂了电话。

邵乾乾嚼了几口面包，明明是星级厨师做的早餐，可她没吃出什么味道。

"林嘉措，我想去DSG，我改变主意了。"

"是因为时溪吗？"林嘉措皱眉，"其实她作为管理层是不怎么接触队员的。或者，你不喜欢我跟她走得近，那我完全可以不接近。我跟她也没有那么熟，真的。"

邵乾乾勾了勾唇，可笑意不达眼底："LK既然是她的，那我又怎么可能不接触她，林嘉措，你想让我留在 LK，只是因为想让我们能在一起，能天天见面，对不对？”

“当然！”

“那这能持续多久呢？或许，我总有一天得离开你身边。”

林嘉措微微一滞：“我不会让你离开我的。”

邵乾乾抬眸：“可我现在才知道，我们在不在一起，不是我们两个人说了就能算。我很想什么都不管，也很想假装什么都没听过没见过。可不行啊……我也有自尊心，我也想证明，我不依附任何人，也可以很优秀。”

林嘉措愣了片刻，猛地起身：“谁跟你说什么了？我家人？时溪？谁在你面前乱嚼舌根了？”

“不管是谁，总之，他们说的是事实就对了。”邵乾乾吐了口气，“林嘉措，我是一定要去 DSG 了，如果我们……能在一起就在一起，如果不能在一起，那就算了。”

算了，是什么意思……

林嘉措从来没有想过，他和她之间还有“算了”两个字。

在邵乾乾说出口的那一瞬间，好像整个世界都安静了下来，只剩他自己有点儿缓慢的心跳，一下，一下，跳得沉重又清晰。反应过来后，精神尾梢的痛楚才密密麻麻地沿着血液铺散开来。林嘉措微微俯身，一只手揪住了她的胳膊，咬牙切齿道：“邵乾乾，你敢再说一遍？”

邵乾乾低眸看着他青筋暴起的手背，轻声道：“林嘉措，其实我也觉得说这些好没意思，可是你家人的意愿不能不管，对不对？如果注定没有什么未来，那不如早点儿断了。”

“断个屁！谁说没有未来？”林嘉措气极，早不管什么涵养形象。

他红着眼看她，一字一顿道：“我的未来，只要有我的意愿就行。”

说罢，林嘉措松了手，他拿过放在边上的外套，直冲门外而去。他倒要回去看看，是谁在他后院放火。

邵乾乾在他踏出门的那刻叫住了他：“林嘉措，不管怎么样，我明天还是会跟 DSG 签约。”

“你等我……”

“你不用跟你家里人争什么，”邵乾乾道，“他们现在其实没有要拆开你和我，而且……他们说得没有错，你还年轻，而你未来背负的太多。也许，未来有一天你会觉得累了，会更需要像时溪那样的人……”

“就算我再累，也不需要这样的帮助，”林嘉措回头，“未来如果要失去你才能走下去，那代价也太大了。邵乾乾，我负担不起。”

林嘉措回到林宅的时候，正好一大家子都在，而且还有时溪和她的父母。两家来往非常频繁，以前也是这样，所以林嘉措一直不以为意。

可这次，他长了心思。

“嘉措回来了，”奶奶何文华对他招了招手，“怎么才回来？等会儿还得出发呢，时溪都在这儿等你很久了。”

林嘉措点了点头，状似不经意地说道：“女朋友那边有点儿事，绊住了。”

场面顿时一静，时溪的父母面面相觑，林阅皱着眉头看了他一眼，一旁事不关己的林秋迟则勾唇笑了笑。

何文华也是怔了怔：“女朋友？你……”

林嘉措：“奶奶，之前因为您病着，所以都没跟您说。不过没关系，等过段时间，我带她来见您，她很可爱，您肯定喜欢。”

何文华一时没说话，只是有些尴尬地看向身边的老伴和她的大儿子。

林阅沉声道：“嘉措，时间快到了，你先上去换衣服。”

林嘉措往后一靠，看了一眼手表：“不是还没到吗？对了，爸，你之前不是问我女朋友是谁吗？我想你应该挺好奇的吧，既然今天大家都在，要不要我给你们介绍一下？”

林阅用力放下手里的杯子：“林嘉措！”

林嘉措微微扬眉：“怎么了？您不想知道？还是说，您已经去见过了？”

林阅眯了眯眼睛。

林嘉措冷笑了一声：“爸，您见我女朋友怎么能不跟我说一声，要是吓跑她了，您拿什么赔给我？”

林阅变了脸色：“你给我住口，现在是什么场合你说这些？那女孩不适合你，这需要我多说吗？！”

他的话音刚落，林嘉措脸上的笑意和温和就退得干干净净：“她适不适合，是我说了算！”

“你说了算？你是我们林氏的长孙，你既然拥有这么多，你就应该承受你应该承受的。适合你的人我和你爷爷早就定好，时溪才是最适合站在你身边的人，你给我清醒点儿！”

“未来该做的我都会做，我也保证我自己能够承受。至于合适的人……我喜欢谁我心里清楚得很，您何必乱点鸳鸯谱？爸，我一直很清醒，是您昏了头！”

“啪——”清脆的一巴掌让众人都惊住了。

何文华吓了一跳，立马起身把林嘉措往自己身后拉：“林阅，你长本事了！你要是再打一下，我这老婆子的命也不用要了！”

林阅：“妈，你别尽护着他！”

“多大的错啊，你要打人，你这手劲可不得把我乖孙打坏了！”

“你看看他这倔样，他是什么人，那女孩是什么人，他拎不清吗？！”

“那也不能打，他长这么大，就没人敢在我面前打他！”

林嘉措碰了碰发麻的脸颊，意味深长地对着林阅笑了笑。就知道他这暴脾气会打人，就知道奶奶能治他。

“行了，都别吵了。”一直没吭声的林老爷子站了起来，他面无表情地看着林嘉措，“你跟我来书房。”

要说林家有人是林嘉措忌惮的，那就是林老爷子。现在他发话了，林嘉措自然不会拒绝：“是，爷爷。”

在经历了这一场尴尬之后，林家一脸歉意地送走了时家一家人。

回程的车上，时母愤愤道：“嘉措这是什么情况？溪溪，他什么时候有女朋友了，你怎么没跟妈说？”

时溪毫无波动地看着窗外：“我以为他不会这么激烈地反抗。”

“什么？”

“我以为，他跟我想的会是一样的。”时溪浅淡地笑了一下，“门当户对，实力说话，爱情什么的必定先放到一边去，我以为他明白这个。”

“那是肯定的啊，我们两家早就定好了。他怎么能找了其他女朋友，把我们家放到哪儿去了？！”

时溪摇摇头：“我从不意外他会找女朋友，可我意外的是……他会因这个女朋友跟大家摊牌。妈，原来我想错了。”

“你这孩子，你在说什么呢……”

时溪没有说话了，她看着窗外，想起了邵乾乾。

她不得不承认，邵乾乾那天跟她说的话确实是她心中所想。不管林嘉措现在跟谁在一起，未来跟谁在一起，但最后跟他结婚的必定是她。

这一直是她所认为的，在他们所存在的这个世界里，爱情，又是什么值得保障的玩意儿，家世背景才是硬道理。可今晚的林嘉措，出乎了她的意料。

她以为他们是同一类人，原来，他早变了。

或者说，她一直不了解他。

第十一章
我绝对不会让她在我和梦想之中选择

DSG 的人今天会回上海基地，作为预备新成员，今天也是邵乾乾飞去上海签约的日子。

十点钟，机场。

“我要去买杯咖啡。”小垒笑呵呵地看向邵乾乾，“瓜瓜，你要喝什么呀？我帮你买。”

昨天邵乾乾没睡好，所以看起来没什么精神：“我不喝，谢谢。”

“没事啊，你不用跟我客气，你以后可就是我们队的队花了，帮你跑腿那都是小事一桩，是吧，队长！”小垒转向旁边闭目养神的叶立。

叶立抬眸瞥了他一眼：“爱跑腿你就自己跑腿去，别扯我。”

小垒：“啧……”

“瓜瓜，你别介意啊，你以后还是得习惯的，我们队长他就是这么……没礼貌。”队里另一个队员皮哥小声道。

不过语毕，就被叶立踹了一下：“滚去买咖啡，别吵。”

“哇，这你也能听见啊，队长果然耳听八方！”

除了邵乾乾，同行的人包括四个队员、两个工作人员，叶立一脚把其余人都踹走买咖啡后，继续闭眼睡觉。

邵乾乾坐在跟他隔了一个人的位置上，此刻她无心看别人在干吗，只是一直看着手机。她不知道昨天林嘉措回家之后都发生了什么，只知道昨天深夜她告诉他，她今天就要飞去上海的消息后，他回了她一个“好”字，然后从昨天到现在，他都没有再联系她。

她好像是该松口气的，可看着空荡荡的消息列表，心口又一阵一阵地抽疼。那种难受她控制不了，有时候是脸绷得厉害，有时候眼睛干涩得睁不开，她控制不了自己的表情，只是茫然得想哭。

“喂。”突然，耳边传来叶立清冷的声音。

邵乾乾转头看去，只见叶立掀开盖在脸上的帽子，偏头看着她：“你是不是要反悔？”

邵乾乾：“什么？”

“你这个慷慨就义的表情是怎么回事，不想来了？”

“我哪有。”邵乾乾揉了揉脸，奇怪地看了他一眼，“你全程睁过眼吗？你怎么知道我表情怎么样？”

叶立顿了一下，有些不自然地转了个方向：“小垒那傻子都看得出来，我瞎吗？”

邵乾乾无言以对，只好拿出手机打开自拍摄像头，上上下下照了照，然后有些心虚地嘟囔了声：“哪有……”其实脸色是有些差的，邵乾乾拍了拍脸颊，想让自己能多点儿血色。

就在这时，手机突然被人抽走了，邵乾乾抬头，看到站在她面前的人时，顿时一个字也说不出来。

“我会等。”林嘉措居高临下地看着她，突然冒出这三个字。

“什么？”

“邵乾乾，我说我会等。”

巨大的落地玻璃，金灿灿的朝阳，林嘉措就站在这背景之下，逆着光，在她前面半蹲了下来：“我放你去实现你的梦想，而我在这里铺建好我们的未来。”他伸手拉住了她的手，精致的眉眼令人目眩神迷：“没人能挡在我们之间，我发誓，我家人也绝对不行。”

邵乾乾不知道该怎么描述这一刻的心情，只感觉整个候机厅好像都安静了下来，那样喧嚣的声音仿佛被屏蔽了，静得她只能听到自己的心跳。

“扑通、扑通”，似乎要跳出胸口。

“你在说什么呢……”

林嘉措起身，把她从位子上拉了起来，他一只手揽住了她的腰，把她紧紧地抱在自己的怀里：“我说，我等你。所以你也等等我，我能证明给那些人看，我不需要他们自作主张地替我安排道路。”

昨夜林嘉措和林老爷子在书房聊了很久，林嘉措作为林氏未来家主自然要承担很多，他既然要任性地选择自己想要的人，那么，他就必须有那个实力才行。他已经答应了林老爷子，他将进入林氏，开始学习并进行决策。如果他能将林氏做得更大更好，能凭自己的实力让所有股东和外界认可，那么，林家人不会再多说一句话。

路还长，他还年轻，在众人眼中，他完全接下这么大的家业很难，林嘉措自己也知道。可人总是要成长，他不愿意取舍，所以，他要更努力才行。

邵乾乾抱着他的时候，总算知道自己一直在难受些什么了。她口口声声说那些浑话，可她的内心深处又自私地想着，他不能就这么放弃她。一整夜的惶恐和担心，在他出现的这一刻终于全数被扫清，原来，她是这么一个口是心非的人。

“你去了那儿，以后我们就不能常见面了。我们都会很忙，你知道吗？”

邵乾乾吸了吸鼻子，眼眶发烫：“我知道啊。”

“可你依然不会放弃，就像我不愿意就这么放弃我们的感情一样，对吧？”

“是。”

“好，那你记得……记得想着我，”林嘉措想了想，又道，“平时不打游戏的时候，少跟那群小孩闹。”

邵乾乾睨了他一眼：“什么小孩？”

“你那战队里不都是小孩吗？”

几步之外盖着帽子睡觉，但其实根本没睡的叶立一脸问号。

邵乾乾：“你这么说，我都觉得自己是阿姨了，好吗？”

林嘉措捏了捏她的脸：“没关系啊，你是阿姨的话，我就勉强当叔叔好了。”

虽然嘴里说笑着，但其实两人都是心有余悸。昨天的难受还在心头没来得及散去，现在又要为未来很长一段时间的各自拼搏而沮丧。

林嘉措垂眸看着邵乾乾，心里不舍，便压下来想亲她。邵乾乾愣了愣，偏头躲过：“别，这么多人呢。”

林嘉措：“都要走了，亲一口就好。”

“我队友等会儿回来了——”

“可我想你。”

邵乾乾耳朵泛红，林嘉措见她不再拒绝，满心喜悦地勾起她的下巴吻了下去。两人刚触碰到，边上突然就有一人拿掉帽子站了起来。邵乾乾满脸涨红，连忙推开林嘉措。不过叶立并没有转头看他们，而是朝着另一个方向走去了。

林嘉措眯了眯眼：“叶立？”

邵乾乾横了他一眼：“我让你别了，他们看到了多不好意思。”

林嘉措扬了扬唇，低声道：“看到也好。”

邵乾乾没听清：“什么？”

“没什么没什么。”林嘉措拉着她往一旁人少的地方走，“那我们换个位置，别让他们看到。”

小垒和几个队友都在咖啡店等咖啡，转头看见叶立进来了，一脸惊讶：“队长，你不是在睡觉吗？怎么过来了？”

叶立面无表情："没什么，想喝了。"

"想喝什么你打电话说呀，我给你带不就好了。"小垒往他后面看了一眼，"瓜瓜呢？"

叶立顿了一下："不知道。"

小垒："你们刚才不是坐一起的吗？"

叶立："那我就得看着她吗？她上厕所我也得跟着吗？女人，麻烦。"

小垒："哪里麻烦了……而且队长，就是再麻烦，她也是你死皮赖脸请来的。"

叶立凉飕飕地看了他一眼，小垒一惊，连忙闪人了。

邵乾乾签约后在上海待了几天，其中包括去参观基地。

基地在一片别墅区里，因为她是女孩子，所以她所住的地方是有女工作人员的另一栋别墅。不过住所和基地的两栋别墅是相邻的，这也方便了邵乾乾出门左转就能和队员一起训练。

期末考的时候，邵乾乾回来了，但她没待几天，因为这个暑假，她就正式成为 DSG 的一员了，要为下一个邀请赛做准备。

整个暑假，邵乾乾都在基地和队友们一起磨默契，磨技术。她和林嘉措的联系变得很少，很多时候，一沾床就直接睡着了，然后第二天，才发现他给自己发了信息。

两人知道时间差在所难免，所以都尽量找对方有空的时间聊天。

这天，邵乾乾吃完午饭后，穿着人字拖到了基地。

"乾乾，你来了啊，快点儿看我们的夏季队服，今天早上到的。"小垒兴致勃勃地拉着她进来，"你看，这是你的，就你的最特别，跟我们的都不一样。"

邵乾乾拿起自己的那一份："哪里不一样啊？"

"你的是裙子啊，我们的都是裤子。"

邵乾乾："为什么我的这么娘？"

另一名队员皮哥喷笑："经理说了，我们这队服就是为了衬托你专门设计的。"

小垒："对，皮哥穿着我们的队服站你边上就是一跟班。"

皮哥："滚蛋！老子天生丽质，怎么就跟班了！"

"牛皮吹天上去了你。"小垒哼了哼，看向邵乾乾，"乾乾，你快点儿去试试，看看穿起来是啥样。"

邵乾乾把衣服从盒子里拿出来，上衣跟他们的是一样的，白底，黑色的战队标志和图纹，左袖子上是红色的国旗标志，但是别人都是黑色的长裤，而她的，是黑色的百褶短裙。这裙子虽然看着挺好看，跟整个队伍也很搭配，可就是觉得很娘。

“你们把衣服都穿好，刚才摄影队说可以去拍宣传海报了，化妆师也准备好了，车都在外面等着呢。”就在这时，经理从门外走了进来。

邵乾乾举了举衣服：“经理，这衣服——”

“怎么样，是不是很好看？”经理一脸得意，“这是我让人特意设计的。我跟你讲，你现在可是我们DSG的牌面，还是让别的队都眼红的女成员！”

邵乾乾嘴角微微一抽：“哦。”

叶立路过时，瞥了两人一眼：“我看你是要让她去走秀吧。”

“那又怎么了，咱们最强女选手瓜瓜随便那么一亮相，都是走秀效果啊。”

邵乾乾：“嗯……经理，你消停点儿，我去换衣服了。”

“赶紧去吧。”

到了摄影地点，众人并排坐在化妆桌前化妆。男生很快都化完出去了，而邵乾乾化妆包括头发都弄了好久，等她走出化妆室的时候，几个队员已经东倒西歪地坐成一团了。

“哇，乾乾！这衣服超级适合你啊！”小垒一喊，众人的目光都转到了邵乾乾身上。

邵乾乾有些不好意思地笑笑：“是吗？”

“是啊，超好看的！果然女孩子还是要穿裙子啊。”小垒随手拍了拍叶立的肩，“是吧，队长？”

叶立瞥了一眼，入目是一双修长笔直的腿。他眸光微微一凝，很快就移开了目光：“拍照吧，别浪费时间了。”

小垒：“啧……队长，你能不能怀着欣赏的目光赞美一下别人。”

叶立：“你话能再多一点儿吗？还拍不拍了。”

“拍拍拍！”

拍照的速度其实很快，只是经理一直觉得不满意，所以一直调整位置。单人照，双人照，四人照，还有大合照，一整套拍下来，花了一个多小时的时间。

等拍照的间隙，众人也闹成了一团，旁边的工作人员给大家拍了很多拍照花絮。后来该工作人员选了九张花絮照传上了DSG的官方微博，并配文字：宣传海报拍摄进行时……

照片发出后，一大批粉丝赶来评论。

哇，叶队依然好帅！

第六张，叶队的眼神好温柔。

是看着瓜瓜笑的吗？

……

工作人员发这九张图其实根本没有其他意思，可谁能想到，第六张竟然莫名其妙地火了。

画面是这样的，邵乾乾跟小垒在说话，然后叶立侧着头看着邵乾乾，嘴角和眼中皆含着笑意。叶立很少有笑的照片流出来，所以这张照片被众人看到后，都炸了。

和网友们一起炸的，还有北方某城市的某个人。

“哪里温柔了，这眼神叫温柔吗？

“什么叫帅，这叫帅吗？”

魏潇和张天临坐在沙发上，二人一脸蒙地看着在客厅走来走去，吐槽个不停的林某人。

魏潇：“那啥，嘉措啊，网友的话你不用当真吧。”

张天临：“就是说，一张照片而已，能看出什么啊。”

魏潇：“消停点儿消停点儿，来，坐这儿歇歇。”

林嘉措黑着脸在一旁坐下来：“那家伙要是敢对邵乾乾动心思他就死定了。”一边说着，他一边放大了邵乾乾的照片：“这是什么队服，队服要穿得这么可爱吗？”

张天临闷笑：“放心啦，再可爱，也没人敢动你林嘉措的女朋友。”

“是这样最好……”林嘉措冷哼了声，想了半天后又道，“不行，我打个电话。”

“哎哎哎，打什么电话啊。”

林嘉措没回答，只是拨通了一个平时也不怎么联系的号码。

过了一会儿，对方接起来了。

“何渊。”

“什么事？”

“没事，就是问问你最近要不要去你那 DSG 基地考察。”

“没打算。”

林嘉措扬了扬嘴角：“那打算一下吧。”

何渊：“什么？”

“我作为赞助商，跟你一块儿去。”

何渊沉默了一会儿：“你什么时候是 DSG 的赞助商了？”

林嘉措：“从现在开始，我是了。”

叶立从房间出来的时候，已经是中午十二点多，他去餐厅吃了点儿东西，听着外面几个队友聒噪的声音。

“我怎么又输了！”皮哥抱头哀号。

小垒：“哈哈哈，你就别跟瓜瓜拼狙击了。”

邵乾乾朝皮哥摊手：“愿赌服输，赶紧出去买冰激凌，我要香草味的啊。”

“我要巧克力的！”小垒说完，朝从餐厅出来的叶立道，“队长，你要吃什么口味？”

“我不吃。”叶立在自己的电脑前坐了下来。

“别不吃啊，一起吃嘛，要不然让皮哥占便宜了。”

皮哥在一边翻了个白眼：“我买还不行吗？给队长买个跟乾乾一样的，情侣口味。”

小垒：“哈哈哈！”

自从那张照片在网上发酵之后，最近还真的多出了一群搞 CP 的粉丝。这件事最近一直被基地的队员们拿来说笑，不过大家都清楚，也就是说笑。她跟林嘉措的事目前只有叶立一个人知道，因为林嘉措的身份，她并没有特意将这事公开，以免引来不必要的麻烦。

十分钟后，皮哥拎着一袋冰激凌回来了。

“外面真热。”皮哥将冰激凌拿出来递给他们，“我刚才路过 LOL 基地，渊神和一些高层好像来了。”

小垒：“啊？渊神来突击检查吗？经理怎么也不告诉我们一声？”

“能告诉你还叫突击检查吗？”

小垒：“那我赶紧开电脑，赶紧，咱们排一局。”

邵乾乾闷笑：“装蒜你倒是很可以。”

十多分钟后，果然有按门铃的声音。基地打扫卫生的阿姨跑去开门，开门后，迎了六七个人进来。

“林总，这是我们《绝地求生》的基地，目前在这儿的都是正式比赛的队员，后面还培育了很不错的候补队员。”一个穿着西装的男人，恭恭敬敬地跟走在前面的一名年轻男子讲解道。

林嘉措四周扫了一圈：“嗯，你们这儿环境还可以。”

他旁边的何渊闻言笑了一下："要是环境不好的话，不得让你难受死吗？"

何渊话中有话，别人听不懂，林嘉措可是听懂了……算他识相，要是环境不好，他一定把邵乾乾拎走不可。

一群人进来的时候，邵乾乾他们四个都戴着耳机在游戏中，另外，皮哥因为正在直播，所以边玩还边跟网友在对话。

感觉瓜瓜和大家配合得越来越好了。

叶队和瓜瓜党，举起你的双手！

皮哥，镜头能稍微往边上移一点儿吗，想看瓜瓜和叶队。

……

皮哥切出弹幕看的时候白眼翻个不停："你们真的过分哦，来我直播间是看我直播还是看他们俩？"

"那个叫'小粉红'的，房管拉黑，什么是因为他们没开直播才来我这儿看的。"

"想看情侣党是吧，就不给你们看，呸。"

此时的游戏中，邵乾乾正和另外三个人一起堵桥，听到皮哥说的话后，拿起平底锅在他后面捶："皮哥，你再瞎带节奏，我弄死你。"

皮哥笑嘻嘻地道："我哪敢带你和队长的节奏，都是这些网友不懂事。"

邵乾乾："是吗？！"

皮哥："是啊！不过啊，瓜瓜，你要不要考虑一下我们家队长，队长不但长得帅，能力又强，虽然比你小了两岁，不过现在不是流行姐弟恋吗？"

另一侧的叶立忍无可忍："你能闭嘴吗？"

"人家想让你结束单身生活嘛，我们瓜瓜多好啊，队长，你不觉得吗？"皮哥说着说着，就觉得自己这个想法甚好，于是凑到邵乾乾边上道，"怎么样瓜瓜，要不要试试？"

邵乾乾刚想说话，突然，她和皮哥之间冒出了一只手，然后皮哥的脸就被这么推了回去，接着，一个熟悉的声音从头顶传来："我看，没这个必要吧。"

邵乾乾一愣，猛地回头看向站在自己身后的人，她摘下耳机，满脸都是震惊："你……你怎么……"

叶立也回头看了一眼，不过只一眼他便继续玩游戏去了。刚说话的皮哥已经是一脸蒙，他是认识林嘉措的，但是从来没想过林嘉措会出现在他们的基地里。

“你们继续吧，不用管我们。”何渊上前道。

皮哥惊异地看了邵乾乾一眼，又看向站在邵乾乾身后的林嘉措，最后，他似乎是知道了点儿什么，默默地回头看弹幕去了。

……他是不是做了什么大逆不道的事。

皮哥的镜头拍不到来人，但是听得到声音，于是结合此刻皮哥一脸吃了苍蝇的表情，网友们顿时好奇心大涨。

刚才那声音很耳熟啊！就是之前跟瓜瓜一起打过游戏的啊！

问题难道不是为什么人家可以在基地自由出入吗？跟渊神一块儿来的？架子大啊。

早跟你们说瓜瓜有人了，你们非瞎配对自我高潮。

……

邵乾乾在一众领导层的注视下只能先回头玩游戏了，一局终于结束，教练却来了，每天的训练时间要开始了。

可林嘉措……邵乾乾有些为难地看着他，林嘉措好似知道她在想什么，跟着何渊巡视的途中发了一条信息给她，然后他便离开了基地。

“没事，你管你自己就好，我等会儿还有工作，晚点儿联系。”

训练一直持续到傍晚六点多，结束的时候，皮哥和小垒终于忍不住来问她：“林少是不是就是网上传说中，你的男朋友？”

既然他们都问了，邵乾乾也不打算跟自己的队友说谎，于是她点了点头。

“我以后再也不拿你跟队长开玩笑了。”

邵乾乾：“你别搞得这么夸张。”

“什么夸张呀，”就在这时，隔壁别墅的两个女工作人员拎着外卖走了过来，“你们在说什么呢？”

“没没没，没啥，就说乾乾枪技夸张。正好你们来了，我都快饿死了。”

皮哥知道邵乾乾一直没说这件事是为了低调，所以他也很贴心地没有再议论这件事。两个女工作人员将饭菜摆在了桌上，其中一个说道：“我刚才去拿外卖的时候看见一个超级帅哥，一个人坐在车里。哇，好想去要个微信。”

邵乾乾帮她们给大家递筷子，闻言笑了笑：“那你怎么不去？”

“不敢啊。”

众人一阵笑，这时，另外一个女工作人员道：“你说的是不是黑色车里的那个，我两点的时候就看到人在那儿了。”

“哦……这人是一直没走吗？”

邵乾乾拿筷子的手一顿，转头看向那个工作人员：“你刚才说的坐车里的那个人穿什么衣服啊？”

“你也有兴趣啊，我跟你说，真的很帅。穿着衬衫，白色的，领口还有金边暗纹，很有气场的样子……”她话没说话，众人就见邵乾乾从椅子上站起来跑了出去。

小垒：“乾乾，不吃饭啊？”

“不吃了！”

邵乾乾一下就跑没影了，小垒夹了一口菜：“干吗呢……”

叶立朝门口看了一眼，白衬衫，金边纹，是中午来基地的那个人吧。他面色如常地开始吃饭，只是想起邵乾乾那么着急地往外跑的样子，又不自觉地皱了一下眉头。那个人，就在外面等了这么久吗？

邵乾乾一出门便朝别墅区门口飞奔，不算长的路，她却感觉跑了一整个世纪。跑到门口的时候，她果然看见了她们说的黑色车子，她缓缓停下脚步，只觉心口一阵一阵地紧缩，有点儿酸，有点儿甜，这酸甜搅和起来让她有一种想落泪的冲动。

这个傻子，今天在上海真的有工作？

天色已经暗了下来，邵乾乾继续走上前，终于看清了车里人的模样。此时他看着窗户另外一侧，一只手支着下巴，眉头轻轻蹙着，也不知道在想些什么。邵乾乾抿了抿唇，将眼里的那股热意压了回去，她走上前，敲了敲车子的挡风玻璃。

车里的人瞬间回过头来，有些严肃的眉眼在看到她的那一瞬间染上了温柔，他笑着看着她：“训练好了？怎么没给我打电话？”

邵乾乾伸手去开车门：“林嘉措，你下来。”

林嘉措扬了扬眉，开了车门走下来：“怎么……”话还没问出口，邵乾乾已经一头扎进他的怀里，她伸手揽着他的腰，紧紧地抱住他。林嘉措愣了一下，也伸手抱住了她。

两人一直没说话，就这么感受着彼此的体温和存在。

过了许久，邵乾乾才道：“我刚听一个工作人员说才知道你在外面，这么久了，你为什么也不发信息给我？”

林嘉措：“我刚到不久，中午从你那儿出来就赶着去见几个客户，好不容易才脱身。”

邵乾乾面无表情地看着他，然后在他疑惑的神色中捶了他胸口一拳：“那有人说两点多在这儿看到你是为什么？你不是去见客户了吗，在大门口见的啊。”邵乾乾瞪了林嘉措一眼，“干吗骗我，你跟我说一声，我跟教练请假他会同意的，坐车里等这么久，疯了吗？”

林嘉措伸手理了理她脸侧的头发：“我就是想你了来看看你，没必要让你为我影响训练。”

邵乾乾闻言盯了他半晌，最终把头埋在他胸口，半恼火半心疼地嘟囔道：“大傻子。”

“好，我是大傻子。”林嘉措轻笑了一声，“那现在大傻子饿了想吃饭，能不能赏脸一块儿去？”

邵乾乾被逗笑了：“去啊，我也没吃饭，正好饿了。”

“好，带你去吃好吃的。”林嘉措抬手摸了摸她的头，浅色的眼眸里，是黑夜降下后的温柔，也是黎明前独自等待的心甘情愿。

十一月份，《PUBG ZIMO》澳洲邀请赛，总决赛时间为十一月二十五日至二十七日，全球总共有二十支顶尖强队前往澳大利亚墨尔本，并在那里争夺电竞人最期盼的冠军荣耀。

DSG 作为国内顶尖的队伍自然在参赛行列，而邵乾乾，作为一个职业新人，这是她第一次参加国际赛事。说不紧张是假的，到墨尔本的第一天，邵乾乾就跟变了一个人似的，不怎么说话，连笑都不笑了。

“队长，你看乾乾是不是有点儿不对劲。”小垒担忧地道。

叶立看向叉一块肉叉了半天的邵乾乾，冷静地道：“你第一次出来比赛的时候，都快吓哭了。打一场就好了，不用慌。”

“哦。”

DSG 队员正在入住的酒店吃饭，就在这时，餐厅门口走进来几个同样穿着队服的人。

“是 LK 的人。”皮哥道，“没想到跟咱们住同一家酒店。”

小垒：“哎，那女的谁啊？”

LK 队员边上还有几个类似于工作人员的人，走在最前面的那个女生，长相精致，穿着不俗，不像是一般随从人员。

叶立瞥了一眼：“时溪。”

小垒：“啊！就是 LK 新老板吗？哇，这么年轻！”

邵乾乾拿着叉子的手滞了滞，转头看向刚走进来的那群人。

那群人显然也看到他们了，在国外看到同是中国队的人自然是亲切的，而且LK那边的人跟DSG也认识，所以他们纷纷走过来跟他们打招呼。

时溪也过来和众人打了个招呼，邵乾乾点头微微示意，然后便面色如常地低头吃饭去了。

饭后，邵乾乾一个人去附近的便利店买东西，回来的时候，碰到了时溪。

“能聊聊吗？”

邵乾乾停下了脚步：“聊什么？”

时溪笑了笑，靠在落地窗边看着外面：“我挺遗憾的，你没来LK。”

“是吗？”

“邀请你来我们队跟林嘉措无关，这点希望你知道。”

邵乾乾笑了一下，说：“但我选择不去LK跟他有关，这点也希望你知道。”

时溪微微扬眉：“能猜到，不过乾乾，我确实是将你当作朋友。一开始我是因为林嘉措接近你，我私心里想知道你是怎样的一个人，也想知道让他动心的人有什么特别之处，所以我一直想在你身上挖掘。但后来我明白了，你确实是一个容易让人喜欢的女孩儿。我身边的朋友虽多，但能聊到一块儿去的其实没几个。”

邵乾乾皱了皱眉：“现在说这些，你是想表达什么？”

“我也不知道，可能只是想告诉你，我确实不是什么好人，也想告诉你，我这次算败得很彻底吧。”

邵乾乾没说话，时溪自顾自说道：“你之前说得没错，我心大，我爱的那个人跟谁谈恋爱不要紧，我只要知道以后跟他结婚的是我，也只有我能给他帮助就够了。兴许你觉得这种想法很奇怪，可在我们这个圈子里，大部分是这样的，爱情什么的藏在心里就好了，不过你和林嘉措算是给我上了一课。”时溪偏头看她，“那天，林嘉措可真是狠，你知道他后来怎么跟我说的吗？”

邵乾乾捏紧了手里的袋子：“什么？”

“他说，他完全不需要靠我们时家，所以让我不要在他身上费心思，而且也不要把长辈的意愿当真。他还说，他之前不知道我喜欢他，如果知道，他不会让我接近你。总之，他让我离你远一点儿，你说，他是多怕我伤害你啊……我跟他这么多年朋友，他可真是洒脱，分分钟就可以变陌生人。”

时溪说完笑出了声，笑着笑着，眼眶却红了。

邵乾乾撇过头，不去看她的神情：“没其他事的话，我就先走了。”

“乾乾，”时溪叫住她，她面无表情地擦掉了流出的一滴泪，“我认输，但我不是输给你，我是输给林嘉措。”

《PUBG ZIMO》澳洲邀请赛颇受国内外关注，比赛的那一天，国内所有平台都进行了实时直播。

在这场比赛中，最受粉丝和记者们关注的便是唯一的女成员邵乾乾，国内的人熟知她，国外的职业选手们对这名新人却不甚了解，甚至他们都对中国队选出了这么一个女选手表示不解和轻蔑。

比赛前几分钟，邵乾乾在后台厕所附近听到了两个欧洲选手的对话，她英语一般，但是从小在邵广语的狠抓下，听懂还是不难的。

“刚才你有没有看到DSG的那个女孩，今天我们竟然要跟她一起比。”

“看着还挺可爱的，等会儿被打死了不会哭吧。”

“哭了你去安慰一下人家啊。”

“说起来，中国队是没人了吗，怎么弄了一个女孩来比赛？”

“就是说，DSG也太狂了，看不起我们啊。”

邵乾乾听罢，怒火直烧，刚犹豫着要不要上前理论的时候，突然听到一个男人的声音，声线是熟悉的，但这声音说英语又让她有点儿陌生。纯正的英伦腔，搭配那冷冷淡淡的声调，异常好听。

“你们欧洲区是没人了吗？怎么让你们俩这样的人出来比赛。”

俩欧洲选手一愣，怒视着说话的男人。男人毫不畏惧，眉头微微一沉，冷声道：“怎么，你们国家的学校没有教你们尊重女性？”

“你敢再说一遍？”

“再说一遍能改变你们言语侮辱女性的事实吗？”

“说你了吗？关你什么事！”

另一名欧洲队员拉了拉同伴，低语道：“他是DSG的队长。”

“那又怎么样！他还敢在这儿闹事吗？”

“闹事是不会的，毕竟有辱国风。”叶立幽幽道，“就是不小心录了个音，我很愿意将你刚才的言论放出去让你所有的粉丝知道。”

“你！”

“想阻止我很简单，跟我队友道个歉。”

“什么？”

叶立转头，对站在转角这儿的邵乾乾道：“愣着做什么？过来。”

邵乾乾：后脑勺长了眼睛吗？这都看到了。

三人都看向了她，邵乾乾没办法，清了清嗓子，走了过去。

两两对峙，那两个欧洲选手面面相觑，好半天没吭声。

“行，不愿意的话，就等着听录音吧。”

“你等等！”那人慌乱地看着叶立，憋了半天后终于道，“我道歉。”

这种录音放出去，那些女粉还不知道怎么谴责他们，他们当然不愿意摧毁在外界粉丝那儿好不容易建立起来的形象。

“对不起。”

“我……对不起。”

叶立面无表情地点点头，两个人则是狠狠地瞪了他一眼，灰溜溜地走了。

邵乾乾其实还挺怕树敌的，但是听他们道歉又觉得真的太解气了。她朗声一笑，一巴掌拍在叶立的肩膀上：“有一手啊你，录音在哪儿呢？我听听。”

叶立看了看她拍的位置，然后漠然地看着她：“你以为我是神仙吗？一开始就知道他们要说什么，然后开着录音等着？”

邵乾乾微微瞠目：“……你刚才骗人的啊？”

“还好那两个人跟你一样蠢。”

“谁蠢啊，骂谁呢，我可是你的队员。”

“哦，我知道。要不是看在你我是队员的分上，我才懒得说话。”

叶立转身走了，邵乾乾瞪了他后脑勺一眼，跟了上去。

“喂，不管怎么样，还是要谢谢你的。”

“不用。”

“要不请你吃饭，还是喝个什么？”

“虚招别搞那么多，你把比赛赢了比什么都重要。”

“……哦。”

后来的比赛中，邵乾乾确实一点儿虚招都没搞，她用实力让所有轻视她的人目瞪口呆。

第一天的单排比赛中，邵乾乾在第一局中四杀吃鸡。

第二天四排比赛中，DSG虽然只吃了一场鸡，但是结合击杀数，在当天的积分排行中成功拿下排名第二的成绩。这天的比赛中，叶立和邵乾乾一远一近，近战和远狙配合得天衣无缝，让所有的观众看得热血沸腾，拍手叫好。

现场比赛惊呼不断，国内的直播间也热闹非凡。

林氏某办公室内，一名助理推门而入：“林少，这是关于柯宴房地产的数据报告。”

林嘉措的目光从电脑上的直播中移开：“放着吧。”

“是，还有去澳洲的机票已经订好了，一个小时后您就要准备去机场。”

“知道了。”

助理朝他点点头，转身出去。此时，林秋迟从门口进来了：“你要去机场，去哪儿？”

林嘉措：“墨尔本。”

林秋迟：“做什么？”

“明天是她决赛。”

林秋迟挑了挑眉，明白过来了：“大老远的跑过去看决赛，你也是能耐。”

林嘉措横了他一眼：“不能跟她并肩作战，那我总要亲眼看着她凯旋吧。”

林秋迟在沙发上坐下来：“听说你爷爷让你跟乾乾商量不做游戏这一行？”

“说了。”

“那你跟乾乾谈了？”

“没有，我永远不会跟她谈这个，”林嘉措眸光一深，“我不会让她放弃她的梦想，也绝对不会让她在我和梦想之中选择。小叔，这很残忍。”

林嘉措看着电脑屏幕，看着里面的镜头掠过清一色的男人，最终停留在唯一的一个女孩儿身上。他看着她认真的眉眼，淡淡一笑：“这是她的翅膀，而我喜欢她的翅膀，所以我要做的不是折断它，而是帮助她飞得更高。”

第三天总决赛，二十支队伍皆铆足了火力。

决赛前两把均由澳大利亚队伍吃鸡，而中国的四支队伍表现较为稳定，其中DSG和LK皆进了前五。后来的两局比赛，DSG战队连胜吃鸡，排名直追澳大利亚的YT战队。

最后一局，大部分战队放开了比赛节奏，除了DSG和YT。因为，只有这两支战队的排名会因为最后这一局产生本质的变化。

在电竞这个赛场上，中国队曾经辉煌过，也落寞过。当DSG在这次的比赛中走到第二名成绩时，全国的粉丝都为他们激动。也许在国内比赛的时候，粉丝们都在为各自支持的战队加油，但这次的澳洲赛，大家都一致地在为DSG加油，因为这次代表的已经不是战队本身，而是中国。

“我们会赢吗？队长。”最后一场即将开始，小垒眼中难掩紧张。

叶立看着台下众人，沉默片刻道：“会。”

“我现在有点儿慌，呼——”

邵乾乾看了小垒一眼，拍了拍他的肩：“慌什么？先想想赢了奖金后要买点儿什么吧。”

小垒“嘿嘿”一笑：“那我想先来一个美洲那边新出的VR，全体感的，可好玩儿了。”

邵乾乾：“是吗？那我也来一个！我还想买电脑新装备呢。”

“我们一起去旅游吧，马尔代夫？”

“行啊。”

叶立听着两人的对话，不动声色地看了邵乾乾一眼。虽然两人说着说着就跑偏了，但他清楚，邵乾乾不过是想说点儿什么让小垒放松。

这两天下来，他对邵乾乾有了更深的了解。在基地一起训练是一回事，但在真正的赛场上合作默契又是另一回事，虽然嘴上不说，但他欣赏她、认可她是毋庸置疑的。

共同的胜利，共同的喜悦……有些东西总是会在这种共同中滋生出来，可他，必然会选择忽略。

最后一战打响，DSG 四人表现得都很凶悍，落地、搜枪、跑毒，中间干掉了整整两队人马。当干掉第二支队伍的最后一人后，解说也激动地站起来了：“一家人就是要整整齐齐，DSG 将这个宗旨贯彻到底了！”

另一名解说笑道：“太厉害了，乱杀啊。”

“看来这局 DSG 是要豁出去了。”

观众一片欢呼，邵乾乾耳机里的世界却是肃静又紧张。

皮哥在队伍淘汰了两队人之后就站在草地上打药，他此刻的心情无疑是雀跃的，但比赛中，最忌讳的就是不够严谨。

杀死整队人后最能产生的错觉就是：我太牛了，这把绝对能吃鸡，大难不死必有后福……然而，错觉毕竟只是错觉，皮哥光明正大打药的后果就是不知道被哪里飞来的狙击子弹一枪爆头。

“还有人！”

另外三人现在也是残血，救人会死，开枪压制山顶的人也心有余而力不足，救援不及，皮哥在朝他们爬过来的途中就被那边的人干掉了。

叶立见此当即下了命令：“别对枪，对方位置不明，我们开车走，马上。”

邵乾乾也知这是最好的选择，于是和小垒两人跑下坡坐上了叶立停在这儿的皮卡，迅速开走。

虽然皮哥死了很可惜，但好在现在已经要进决赛圈，存活人数为十人。

他们三人从圈的边沿摸上来的时候，对面已经开始混战了，人数很快就变成八人、七人、六人……

后来叶立也不躲着了，开始对着前方的位置疯狂丢手雷。就在这时，小垒被人击倒了，邵乾乾连忙去救他，可刚救起小垒，自己也被击倒了。

“小垒稳住，救她，我来架枪。”

“是，队长！”

小垒开始残血救人，叶立则沿着下坡偷跑过去杀了刚才打人的敌人，可不幸的是，叶立意外被那人的队友打死了。叶立死了后，小垒和邵乾乾皆是心口一跳，可现在已经是最后关头，容不得他们慌张。

二对二，且对方也是一队人。

邵乾乾赶紧打药，原来的位置已经不安全，她趴在地上，慢慢往另一个遮掩的地方爬。就在这时，小垒突然被人击倒，并且被快速杀死。

看着画面变黑的那一瞬，小垒崩溃地双手捂头：“乾乾……靠你了。”

圈已经缩至最小，一比二，极其危险的一刻。邵乾乾全部的身心都揪到一块儿，她一言不发，只感觉肾上腺素已经飙到最高，心脏突突地跳，几乎让人承受不住。

此时现场和国内外直播平台前的观众皆是安静一片，就连解说都没有再开口说话，所有人都紧张地看着这一幕。

敌方剩余的两人此时大概感觉胜券在握了，两人一人一边，朝着邵乾乾所处的这个位置包围而来。脚步声越来越近，邵乾乾感觉呼吸都快停滞了。这一刻，她不知道为什么想起了昨晚跟林嘉措视频聊天时说的话。她说，她今天要是输了怎么办？

他当时是怎么说的？

他好像说他相信她一定会赢，纵使没有赢，她在他心里也是最强最好的那一个。那会儿她还笑他只会说甜言蜜语来着，可他很严肃地说，她就是最好的，永远是最好的。

邵乾乾想，这就够了吗？不够。

她除了要做林嘉措心里最好的那个人，还要做粉丝心中最好的那个人，更要做所有觉得她还不够格的人心中最好的人！

手指迅速操纵着键盘，鼠标快速移动着。

看到人了！开枪扫射！

解说激动地喊道：“YT 的 Loku 倒了！瓜瓜半血！局势到底能不能逆转！YT 队长冲上前了！瓜瓜往旁边跳，反手就是一枪！YT 掉血！啊啊啊啊！恭喜 DSG！”

大屏幕画面停止，闪出一行字——Match Finished！

积分榜“唰”的一下重新排列，DSG 由原本的第二名瞬间跳上第一名的宝座。现场仿佛炸开了，DSG 的队名瞬间响彻比赛场馆。

可邵乾乾仿佛什么都听不见，她摘了耳机，从位置上站了起来。旁边的小垒和皮哥已经激动地过来拥抱她，就连一向沉默寡言的叶立都笑着拍了拍她的肩。这些年轻又激情的面孔，此刻满是胜利的喜悦和肆意。

而邵乾乾的脑袋嗡嗡直响，她茫然地看着台下黑压压的观众，满脑子只剩下疑惑的两个字：赢了？

上台，领奖。

当金灿灿的奖杯交到她的手里时，邵乾乾终于有了真实感。

这是她一直想做的，这是她一直不愿意放弃的东西。在这么长时间的训练后，她终于得到了她想要的，也该有的。

四人并肩站在台上，邵乾乾恍惚且肯定道："赢了。"

叶立勾了勾唇："是，赢了。"

小垒："乾乾你太棒了！我爱死你了！"

皮哥："乾乾，我请客吃大餐，超大餐，吃啥都行啊！"

笑着闹着，领奖完毕的四人也终于走下了舞台。

邵乾乾没有想过，会在澳洲，在这场比赛完毕，在这个人声鼎沸的场馆看到林嘉措。他就靠在台下员工通道的那个路口，看到她走下来的时候，他站直了，朝她走了过来。一步一步，好像电影场景，四周都变成黑白无声，只余他一人还有着色彩，微笑着朝她走来。

他此刻的模样让她想起他从前在学校的时候，俊朗、干净，带着让她心脏紧缩的能力。邵乾乾鼻子一酸，突然将手里的奖杯扔给了一旁的小垒，然后不管不顾地飞奔到他的面前，跳到了他的身上。

林嘉措稳稳地托住她，低笑了一声："小白眼狼，恭喜啊。"

邵乾乾眼眶发热，在他脖子处使劲地蹭了蹭。

刚才胜利的时候她没哭，所有人为她欢呼的时候她没哭，可现在看到林嘉措，她的眼泪毫无预兆地掉了下来。

越掉越多，模糊了视线，让她没好意思再抬头。

"哭什么，赢了不高兴？"

邵乾乾摇摇头，用满是鼻音的声音道："你怎么来了，昨天没告诉我你要来啊？"

"想亲眼看到你赢。"林嘉措想了想，又道，"也怕你像现在这样哭鼻子的时候，身边却是别人。"

"那我才不会哭。"

"可你现在不是在哭吗？"

邵乾乾揉了揉眼睛，从他身上跳下来："那不是因为你在吗……"

林嘉措眸光微微一动，心顿时软得不像话，看着眼前哭哭啼啼的小姑娘，突然就想毫无顾忌地拉到怀里，好好吻她。

如果现在边上没这么多人的话，他是真的会这么做的。

DSG 赢了，记者们的镜头本来就在他们的身上，中国记者在看到邵乾乾猝不及防扑到一个男子身上时，顿时蜂拥而上。走近了，有些熟悉林嘉措的记者也认出来了——“嘉恒游戏”的老板，林氏的大少爷。

“林少竟然也出现在这里了？是来看比赛的吗？”

“是不是如外界所说，两人真的是情侣关系呢？”

邵乾乾在记者们过来的时候才惊觉自己刚才做了什么糗事，她转过头擦干眼泪，这才礼貌性地转头，面向记者。

林嘉措则是挂着温润得体的笑，十分坦然地道：“我是来看比赛的，当然，更重要是为了看我女朋友。今天她和她的队伍赢了，所以，主角应该是他们，我就不多说什么了。”嘴上说着不多说什么，但实际上把记者的问题都回答了。

记者们心中了然，已经把明天的新闻都想好了。于是他们也没为难林嘉措，都把镜头对向了 DSG 的队员们。

叶立向来不会说很多话，所以基本上是皮哥和小垒在回答记者的问题。

一片嘈杂声中，叶立的目光落在了邵乾乾身上，她分明是面对着镜头的，可她的眼睛一直看着那个男人。他一直以为她很坚强，跟一般的女孩子不太一样，可刚才看到她趴在林嘉措肩上哭的时候才知道，原来她的坚强只是挑人。

没来由地，叶立有些羡慕林嘉措，那种说不清道不明的、带着嫉妒的羡慕。

“恭喜。”他看向林嘉措的时候，后者对他点点头，说了两个字。

叶立目光微微颔首，淡淡地说了句“谢谢”。

澳洲赛后，邵乾乾的名字响彻国内外电竞圈。并且在国内，也有一大波关于她的新闻爆出来。

比如说林氏公子为她千里迢迢地跑到澳洲看比赛，并且在记者面前承认两人的关系；又比如有知情人爆出两人在学校时的各种恩爱事迹。更有甚者，把林嘉措做大嘉恒游戏公司的原因都归到邵乾乾身上。

一时间，网上产生了大批这对情侣的粉丝，一个富家公子，一个电竞冠军，对吃瓜群众来说，能写好几本小说了。

而在外面粉红传言乱飞的时候，邵乾乾却在基地崩溃地徘徊。不为别的，只为了大四生都要面临的一道坎——论文。

“方潭，你知道导师怎么说我的初稿吗？整体框架有问题，写得太宽泛，再修改修改！”邵乾乾趴在沙发上宛如一具尸体，“老天啊，这算什么意见啊，我都不知道怎么下手改。”

方潭在手机那边同情道：“哎，之前让你别选那个老师，选你爸就好了，还能指导指导你。”

“你可拉倒吧！我要选他，他就会天天跟我发视频，你信不信。那我答辩前其他事也都不用做了。再说了，避嫌，你懂不懂？”

“好好好，那你现在打算怎么办，重写吗？”

“我不！”

另外几个队员玩游戏的玩游戏，吃东西的吃东西，都对这几天邵乾乾在基地哀号的情况习以为常。叶立喝着可乐经过，在邵乾乾前面放了两包零食。

邵乾乾抬眸看了他一眼：“队长，还是你关心我！”

叶立扯了扯嘴角：“吃东西，安静点儿。”然后飘过去了。

邵乾乾一头埋进沙发里：“难受啊，这群不用赶毕业论文的混账。”

虽然很伤神，但邵乾乾还是咬着牙每天挤一点儿。这天训练完后，她坐在电脑前打开论文。

皮哥开着直播，邀请邵乾乾跟他打双排赛。邵乾乾毫不犹豫地拒绝：“姐姐要赶论文，排什么排。”

“哎哟，玩一会儿也没事嘛。”

邵乾乾瞥了他一眼：“几局啊？”

“三局？两局？哎呀，就两局，两局后你再写论文，妥妥的。”

游戏和论文，哪个诱惑更大显而易见。她咳了一声：“那、那就两局啊。”

皮哥：“走起！”

邵乾乾很没节操地打开了游戏界面，就在这时，手机突然响了。

“训练完了吧？”林嘉措的声音从听筒那边传来。

“完了完了。”

“嗯，昨天让你把论文发我看看，现在发吧。”

邵乾乾一顿：“等、等会儿啊。”

“开视频，我给你讲讲怎么改。”

“啊？”

“啊什么？”林嘉措声线一压，“邵乾乾，别告诉我你今天也不打算写论文。你在玩游戏？”

“没！怎么可能在玩游戏啊！不存在的！”邵乾乾火速从游戏里退了出来，“我在思考论文呢，真的，很认真地在思考。”

林嘉措：“那就好，那赶紧发过来。”

“哦！”

正打算点开始的皮哥缓缓回头看向邵乾乾：“叛徒啊……”

邵乾乾伸出一只手把他的脑袋推回去：“玩你的去，我在写论文，别干扰我。”

邵乾乾的论文主题是“关于我国中小企业融资难的问题”，这题目当初还是导师给她选的，她那会儿觉得很简单，且网上也像是能找到答案的样子，于是就欣然接受了。

可开始写了之后才发现，这玩意儿难写得很。但如果要再换个题目，时间上又有些来不及了。所以她此时就只能这么支着下巴，凑在电脑前看着林嘉措满目认真的样子。

过了一会儿后，林嘉措突然露出一抹怪异的笑来，在正为论文揪心的邵乾乾眼里，这个表情完全就是对她的嘲笑！

“你笑什么呀，我写得很好笑吗？！”

林嘉措握拳在嘴边咳了一下，收敛了笑意：“没，一点儿都不好笑。”

邵乾乾白了他一眼：“你明明就觉得很好笑……”

林嘉措：“怎么会，我哪敢啊。”

邵乾乾哼了哼：“哎，导师说我的论文到处都是问题，可是具体改哪儿又没说，我都不知道怎么办了。”

林嘉措沉吟了下道：“也不是不能改。”

“怎么改怎么改？！”

林嘉措：“如果我给你标修改点，你给我什么好处，嗯？”

邵乾乾现在只知道她的论文有救了，所以完全就是卖自己的表情：“什么好处都行啊，你要我什么我都给。”

林嘉措低笑了一声：“这可是你说的啊。”

“我说的我说的，你快点儿讲啊，怎么改。”

林嘉措：“嗯……首先你这个确实太笼统了，第三章这里是一定要加研究数据支撑的……”

林嘉措指导了她一个晚上，邵乾乾猫在电脑前写，他则开着视频在那边工作。两人谁也没打扰谁，只是视频一直没关掉。

邵乾乾熬了一晚上，厘清了林嘉措给的论文脉络，也终于知道接下去该怎么填充了。外面的天蒙蒙亮，她从椅子上站起来，看了一眼边上唯一一个还在游戏中的叶大队长。

“队长，你今天怎么还没睡啊？夜猫子小垒都不在了。”

叶立目光都没往她这儿瞥，只是看着电脑道：“做任务。”

“直播任务啊，哇……你的粉丝可真惨，喜欢的主播竟然凌晨才开始播。”

叶立闻言瞥了她一眼：“你的黑眼圈都能掉地上了，还不回去睡。”

邵乾乾打了个哈欠，说：“可我好饿，冰箱里有什么吃的吗？”

“泡面。”

“是人吗？我这种美少女熬夜就算了，竟然还只能吃泡面。”

叶立冷笑了一声：“你要求还挺多。”

“嘿嘿。”邵乾乾往厨房走去，走到门口的时候像突然想起什么一样又回过头，“队长，你饿吗？”

叶立冷静地看着她。

邵乾乾迟疑了一下，道：“听小垒说你做的泡面很好吃，还有独家秘诀，你……现在想不想吃一顿？”

十五分钟后，邵乾乾坐在餐桌边上，吸溜吸溜地吃着叶立端出来的泡面。

“真的太好吃了，你放了芝士片吗？”邵乾乾边吃边夸奖，“真是居家好男人啊。队长，你竟然没有女朋友吗？”

叶立站在餐桌边看着她：“没有。”

“没有没关系，凭你这长相和厨艺很好找！要不要我给你推荐一下，我有几个朋友长相不俗，能力也很强，说起来你们还蛮合适的。”

叶立眸光微微一深：“不用了。”说着，毫不犹豫地转头往客厅走去。

邵乾乾嘴里咬着一口荷包蛋，喊他：“喂，队长，你不吃啊？”

叶立冷飕飕的声音从外面传来：“这个点吃泡面，胖死你。”

邵乾乾吃完泡面后跟叶立打了个招呼，就从基地回隔壁睡觉去了。叶立看着她吃饱喝足离开的背影，整个人往后靠了靠，陷入了沉思。

他应该早就去睡了，而不是在电脑前坐到这个点。

他也应该拒绝她的，而不是看她饿着肚子可怜兮兮的模样就去煮面给她吃。

他不应该这样的，可他就是这么做了。

叶立伸手捏了捏眉心，感觉自己一脚踏入了一个棉花团。棉花团太软了，不适合踩过去，可棉花团又太甜了，让他根本舍不得收回脚。

叶立想，不该这样的，他不该喜欢她，因为她心里已经有别人。可他偶尔又会控制不住地想，他只不过是迟到了，如果他比林嘉措更早认识邵乾乾，兴许，他站在她边上的时候，就不仅仅是队友这个身份了。

第十二章
我们从此，都一起走

一个月后，上海举行了《绝地求生》明星表演赛，除了邀请一些当红明星，还邀请了几支职业战队，当红的DSG自然不会落下。

比赛开始前的上午，DSG整队人马从基地出发，前往比赛场地。

“乾乾，你最近有没有看电竞论坛？”皮哥突然怪里怪气地凑过来道。

邵乾乾今天来例假，人很虚，于是有气无力地道：“又有什么八卦吗？”

皮哥“啧”了一声：“不是八卦，是IR，听说最初是IR邀请你去他们的队，后来你拒绝了，对吧？”

邵乾乾想起了这茬，说：“明明是他们那会儿看我名声不好不相信我，先拒绝我的。后来我翻盘了，他们又凑过来问我要不要去他们那儿，然后我才拒绝的。”

皮哥：“IR管理层这么不是人的吗？”

邵乾乾没应，只道：“你刚想说什么？”

“IR那边的人放出话来要打趴我们DSG啊，他们那群粉丝还说什么你不去他们IR是你的损失。哇……这么不要脸的，我第一次见，明眼人不都知道我们DSG比较好？”

小垒点点头：“今天邀请赛他们队也来了吧，我们跟他们比吗？不过明星赛就是个表演赛，我们认真打合适吗？”

邵乾乾：“是哦。”

皮哥：“但我们不能输给IR，虽然是明星赛，但这也关乎我们DSG的荣誉。你说呢，队长？”

三个人看向叶立，叶立沉默了会儿，道：“全力以赴。”

“好嘞！”

邵乾乾笑了笑，然后捂着肚子靠一边睡觉了。

四十多分钟后，DSG一众人到了比赛场馆，并且在指定的休息室里化妆。此时的舞台上，主持人正在介绍明星队成员，并且让明星队的人跟观众互动。

邵乾乾坐在化妆椅上，感觉整个人都虚得很。她以前经期的头两天都会很难受，但是她没料到这一次会这么严重，小腹一阵阵闷疼，疼得整个人都在发软。

“邵乾乾。”坐她边上化妆的叶立侧眸看了她一眼。

邵乾乾：“怎么了？”

“你还好吧？”

邵乾乾摇摇头：“没事，就是肚子有点儿不舒服。”

叶立皱了皱眉：“能撑住吗？”

邵乾乾又肯定地点点头：“当然，小事。这次可是要和IR的人打，就算是大事，我也得扛一下。”

叶立又看了她几眼：“嗯，等会儿加油。”

“好。”

化好妆后，脸色怎么样也看不出来了。邵乾乾坐在位置上刚缓了一会儿，工作人员就进来叫人了：“各位，我们准备上台了。”

几人起身，跟着工作人员往外走。

休息室到主舞台还有一点儿距离，邵乾乾这群人往前走的时候，对面也走过来几个西装革履的人。

邵乾乾一眼就看到了林嘉措，他走在最前面，微微侧头跟边上的人说着什么。她没料到他今天会出现在这里，虽说这次的明星赛嘉恒也是赞助商之一，但她前几天明明听他说这段时间要出国办点儿事。

林嘉措跟边上的人交代完事情后，也看见了对面走过来的DSG队员，他微微勾了勾唇，走上前跟众人打了个招呼，然后走到最后不动声色地拉住了邵乾乾的手。

“你怎么在这儿？”邵乾乾惊讶道。

林嘉措本来想说给她个惊喜的，可一摸到她的手，眉头顿时一皱：“你的手怎么这么冰？”

邵乾乾往回抽了抽手：“可能……刚才休息室有点儿冷。”

“脸色不好，你不舒服？”

邵乾乾瞠目：“这你都看得出来，我都化了妆了。”

林嘉措点了点她的额头，然后转头看了一眼已经离他们有一段距离的人群，低声道：“经期？”

邵乾乾：“嗯……不过你也知道的，我这两天本来就这样，不是大事。我先不跟你说了，要上台了。”

“乾乾——”

“等会儿再说。”说着，邵乾乾就急忙跟上了前面的队伍。

林嘉措看着她的背影，眉头紧皱。

“杰森，去外面药店买点儿东西，买……”

所有选手都上场了，因为是明星赛，所以每支职业队伍都会用一个明星换掉一个队员。为求首胜，邵乾乾是一定得留下来的，所以在这局里，叶立先将皮哥替换掉了。

场馆冷气打得很足，邵乾乾戴上耳机后深吸了一口气。虽然人有些不舒服，但是想起队员们刚才说的话，她又觉得自己一定要坚持下去，IR 都放话说要战胜他们，她怎么可能退缩。

游戏正式开始了，沙漠地图，邵乾乾一队人马跳了皮卡多。

杀人、跑毒，后来四人又开着车来到了狮城。巧的是，他们在这里碰上了 IR 的人。两队人马正激战，叶立突然发现邵乾乾在建筑物里没出来：“邵乾乾，你在做什么？”

邵乾乾咬着唇，额间冒了一层薄汗：“对不起，我马上过来。”

“前面两座红色房子的顶楼都有人，邵乾乾，你摸过去，不要再走神了。”叶立在队内是队长，也是指挥，在游戏中，他从来都是很严厉的。

邵乾乾“嗯”了一声，凝眸，聚精会神地操纵着人物跑了过去。

邵乾乾和小垒两人偷袭，叶立和一男演员架枪，经过一番激战后，四人终于将 IR 队伍消灭。场上一阵欢呼，IR 那边的人皆黑了脸色。

此时的台下。

“林总，主办方那边邀请您过去。”

林嘉措目不转睛地看着台上的那个人：“晚点儿。”

“可是——”

“我有急事。”

助理犹豫地看了他一眼，然后又顺着他的目光看向舞台的方向：“那药——”

“先带到我的休息室去。”

林嘉措知道邵乾乾对游戏有多执着，她既然开始了，就不会轻易中断。而且他也知道，她这人特别能忍，再难受，她也会坚持打完。他心疼，可又知道她不会希望自己突然打断她，于是他就一直在这里看着她，等到了这场游戏结束。

终于，熬到了胜利，DSG 带着那名男演员吃鸡了，现场顿时欢呼一片。而在这片欢呼声中，林嘉措看着邵乾乾皱着眉头趴在了桌面上，他叹了口气，终是忍无可忍地从侧面上去了。此刻正是中场休息时间，舞台上的灯光都暗了下来，观众也看不清这边的情况。

林嘉措走到DSG的位置，沉眸道：“叶立，换人吧。”

叶立看了他一眼，有些不满道：“什么？”

“把邵乾乾换掉，让你们队其他人补上。”

叶立的内心深处对林嘉措是没有好感的，听他在这个场地让自己换人更不爽：“这好像是我们队的事。”

“当然是你们队的事，我只是提醒你，以你的队员这个状态，下局可撑不到结束。”

叶立皱眉看向邵乾乾，看到她冷汗直冒后，心口顿时一抽：“你怎么……”

“娱乐性的明星赛而已，叶队不用好胜到连队员的命也要搭进去吧。再说，想要胜利，下场换下她才对。”说罢，林嘉措弯腰，一把将邵乾乾从位置上横抱了起来。

邵乾乾捂着肚子，脸色连妆都遮不住了，她有气无力地拍了拍林嘉措：“干吗？放我下来……”

林嘉措头也不回地抱着她往后台走：“我在台下从头盯到尾，你觉得就你这状态，还能继续打？怎么，想拖累你这了不起的战队吗？”

邵乾乾哼了哼：“你才拖累呢。”

“邵乾乾，别让我操心。”林嘉措垂眸看了她一眼，“在你眼里胜利最重要，但我眼里，重要的只有你。”

“队长，乾乾怎么回事啊，脸那么白？”皮哥从台下跑了上来，“生病了吗？”

叶立眸光微微颤了颤，没说话。

皮哥迟疑了下，道：“应该没什么事吧？虽然我刚才看林少下去的时候，脸色很黑。”

小垒：“你说，乾乾不舒服怎么也不吭一声啊，早让你替上来也行啊。”

皮哥：“那会儿我们不是说让她上，碾轧IR的胜算大吗？”

游戏快要开始了，叶立对着电脑屏幕，突然发了呆。

他知道她人不舒服，虽然不知道这么严重，但在来的车上，甚至在休息室里，他都知道她有点儿问题。但是他依然选择让她上场，为什么呢……可能是他觉得她只是肚子有些疼，没那么严重，也可能是他认为她比皮哥强些，能赢的胜算更大。

总之，最后，他就是下意识地忽略了她的不舒服。

可刚才看到她明明难受得要命还极力忍耐时，看到林嘉措二话不说带她离开时，他心里涌上来的是铺天盖地的空洞和后悔。

他曾觉得，他和林嘉措差的只是时间，如果他能早点儿遇上她，那现在可能是不一样的结果。可现在，他突然觉得自己想得太简单了。因为林嘉措能看见的，他好像看不见。他不想承认，可此刻他又不得不承认，他比不上林嘉措对她的喜欢，至少方才在游戏和自己的胜负欲面前，他比不上。

休息室里，林嘉措将邵乾乾平放在沙发上。

邵乾乾一沾到沙发，整个人就蜷缩成一团："……太疼了。"

"你以前没这么严重的，最近你生活是多不规律。"林嘉措边说，边给她泡红糖水，"我刚让助理去买了药，要不要先吃点儿？"

邵乾乾摇摇头："先给我热水。"

林嘉措把她扶起来，拿着红糖水喂她："不行，我还是送你去医院看看。"

"不用了吧，因为例假去医院也太夸张了。"

"那你疼成这样。"

"冷静，我应该就是最近作息不太好，而且，这两天吃太多冰……"

林嘉措敲了敲她的头："吃冰？你就这么作死吗？"

"我忘了。"

林嘉措想再训训她，可看她脸色发白的样子，又不忍心多说什么了。他又去倒了一杯热水，用手焐了一会儿。

"手拿开。"

邵乾乾看了他一眼："干吗……"

"拿开，帮你暖暖。"

邵乾乾一头雾水，由着他拎开了她的手，他的手刚碰上她的肌肤，她就感觉到了明显的温度。邵乾乾愣了一下，刚想问一句怎么这么烫的时候，林嘉措的手已经从她衣摆下钻了进去，然后，结结实实地贴在了她的小腹上。

林嘉措："这样舒服一点儿吗？"

暖意一下子从那里蔓延开来，舒服得她寒毛都竖起来。邵乾乾看了一眼茶几上放着的玻璃杯，总算知道他的手温度为什么这么高了。

"烫不烫啊，你？"

林嘉措挑挑眉："还好。"

"嗯……"邵乾乾一时不知道要说什么了，只觉得心里甜得跟浇了一罐蜜似的。

林嘉措也没说话，只是专心致志地替她暖着小腹。过了一会儿，手上温度没那么高了，林嘉措抽出来继续握着热水杯。邵乾乾看着他皱着眉头的样子，拉了拉他的衣摆："林嘉措。"

“嗯？”

“没那么疼了。”

“效果这么好？”

“嗯。”

“那再暖一会儿，说不定彻底不疼了。”说着，他又将手伸了过去，“你睡一会儿吧。”

邵乾乾抿了抿唇，看着他低着眸认真的模样，道：“好。”

明星赛结束后，林嘉措送邵乾乾回别墅。停好车后，他从驾驶座走到副驾驶，打开门，背对着她蹲了下来。

邵乾乾一只脚都踏出去了，看到他这个样子，迟疑了一下，道：“你干吗？”

林嘉措：“上来。”

邵乾乾这才反应过来他要背她，忙拒绝道：“不用了，我好多了，而且这才几步路啊，我自己走。”

林嘉措横了她一眼：“快点儿上来。”

邵乾乾：“哦。”

趴到他的背上，腾空而起，邵乾乾搂着他的脖子，靠在他肩膀上道：“林嘉措，你别这么夸张。你再这样，我以后得矫情成什么样儿啊……”

林嘉措背着她朝别墅门口走近：“随便你矫情成什么样儿。”

“那可不行，这样别人可受不了我。”

“正合我意。”林嘉措弯了弯嘴角，“别人都受不了你，只有我受得了，那你不就只能和我在一起了？”

邵乾乾一愣，随即轻笑了一声：“你肉不肉麻啊……”

林嘉措得意地扬了扬眉，走到门口后，回头道：“密码。”

邵乾乾伸出手去按密码，“嘀”的一声，大门开了。

“乾乾，是你吗？”厨房传来同住的一个女工作人员小何的声音。

邵乾乾应了声：“嗯。”

“今天比赛怎么样，你们赢了没？”

邵乾乾指了指沙发，示意林嘉措把她放在那儿：“赢了两局，挺好的。”

“这样啊，那……”声音戛然而止，小何愣在了厨房门口。

“乾乾？”小何目瞪口呆地看着眼前的一男一女，“你，你怎么了？”

邵乾乾赶紧让林嘉措把她放下来，她坐在沙发后忙道：“没事，就是……就是来例假了，疼得厉害。”

“这位……”小何愣愣地看着林嘉措，犹豫着道，“林先生好。”

林嘉措对她温和地笑笑，然后伸出了手：“你好。”

小何深吸了一口气，伸出手握了握。

“呃……那、那我先回房间了，你们、你们慢慢聊啊。”小何不敢继续待下去，说完这句后，马上跑路了。

邵乾乾：“我饿了。”

林嘉措点了点头，去厨房看了看，结果冰箱里正经东西没有，泡面零食，还有冰激凌倒是一大堆。

走出来后，林嘉措坐在她边上点外卖，边点边警告道：“冰箱里的东西都别吃，尤其是冰激凌，别动。”

邵乾乾正在DSG的群里发消息，让大家安心，所以听到林嘉措的话后，只敷衍地应了两声。

林嘉措见此抽走她的手机：“听到我说的话了吗？邵乾乾。”

“啊……我听了。”

“那我刚才说什么了？”

“冻冰激凌？”

“冻什么冻，让你别动，别吃！”林嘉措无可奈何，将手机递给她，“反正最近是一定不能吃。”

“好啦，我知道了，要知道会这么难受，我之前也肯定不吃。”

邵乾乾继续回复消息，林嘉措瞄了一眼，正好看见备注队长的账号给她发了“抱歉”两个字。邵乾乾回复完后道：“好尴尬呀，叶立竟然跟我道歉，你说他跟我道歉干吗呀？”

林嘉措：“那不是因为你生病了还让你上场吗？”

邵乾乾：“这也不关他的事，而且我一开始也没跟人家说，我不舒服到上不了台。”

林嘉措哼了哼：“那他估计是在反省自己身为队长，却没那么关心队员吧。”

“可他跟我道歉我还是觉得挺吓人的，结合他平时的脾气，我就不知道他原来还会道歉。”邵乾乾想了想，又道，“而且叶立其实蛮关心队员的。他给我们所有人都煮过夜宵，他竟然会煮东西哎。”

“稀奇吗？”林嘉措瞥了她一眼。

“发生在他身上，我觉得挺稀奇的，上回他给我煮的泡面可好吃了。”

林嘉措愣了一下，眼底闪出一点儿嫉妒的色泽，他眯了眯眼睛：“他还给你煮过泡面呢？”

“对啊，真的特别好吃，我一直想问他秘诀来着……”

林嘉措“哧”了一声：“煮泡面而已，谁不会。”

邵乾乾：“你不会。”

林嘉措一噎，顿时从沙发上站了起来：“谁说我不会的？”

邵乾乾好笑地看着他：“呀，我们林大少爷会煮泡面的吗？煮饭这个技能……你没有吧？”

林嘉措脸色一阵黑一阵红：“邵乾乾，你等着啊，我现在、马上给你做一份出来，保证你好吃得叫爸爸。”说着，转身就进了厨房。

邵乾乾瞠目：“爹、爹、爹，你别真去啊，我们这厨房很贵的，你可别烧了！”

过了一会儿后，外卖送到了，而林嘉措林大少爷第一次的成品——煮泡面也出来了。

“吃一口，试试好不好吃。”林嘉措把方便面放到她面前，冷着脸说道。

邵乾乾看了看桌上的美味佳肴，再看一眼普通得不能再普通的泡面：“我……一定要这么傻地选择吃这一份吗？”

林嘉措：“……一口就行。”

邵乾乾故意噎他：“那你这是在浪费我们这儿的泡面啊。”

林嘉措直直地看着她。

“行吧，行吧，我吃一口。”邵乾乾闷笑，夹了一口，“嗯，还不错，真是一碗非常……标准的泡面。”

林嘉措得意地扬了扬眉：“所以说这玩意儿其实很简单，我要认真起来，不会做得比叶立差。”

邵乾乾：“那你这一碗一定没认真。”

林嘉措：“……邵乾乾。”

“哎，开玩笑开玩笑，好吃，特别好吃。”邵乾乾哈哈大笑，小腹的不舒服感也早被她忽略了，“我都鉴定过这个好吃了，我们能吃外卖了吗？”

林嘉措戳了戳她的脑门，哭笑不得：“吃吃吃，撑死得了。”

吃完饭后，邵乾乾便回房间洗了个澡，然后躺着休息了。她今天的状态，还是直接躺着来得痛快。

林嘉措替她掖好被子，坐在床边看着她。

邵乾乾：“你回酒店去休息，今天也累了。”

林嘉措没动：“我真的不能睡这儿？”

邵乾乾一阵脸热：“基地规定不能留人……”

“偷偷留也不行？”

“不行。”

“真不行？”

“嗯……”

“那……躺一会儿总行吧。”说着，林嘉措直接隔着被子，躺在了她边上，“你睡了我就走。”

邵乾乾是肯定会遵守基地规则的，可心里也是真的舍不得他走。

他们确实挺久没见了，沉淀了许久的思念越发浓厚，此时她对上他的目光，只觉他戏谑的神色下含着满满的可以溺毙她的温柔。

“你这么看着我，我怎么睡？”邵乾乾轻声道。

林嘉措微微一怔，笑着闭上了眼睛：“那我不看了。”

邵乾乾勾了下嘴角，借着床头一点儿昏黄的灯光看着他的样子。眉毛很浓，睫毛很长，皮肤很好，简直吹弹可破。邵乾乾一边嫌弃又一边贪婪地看着他，看到最后，就像受到了什么蛊惑一样，轻轻地凑上前在他的嘴角吻了一下。

林嘉措睁开眼睛，他身体没动，只是浅淡的眼眸荡漾着水光，仿佛要将人吸进去。

“你干什么呢？”他开了口，声音微磁微哑，像羽毛一样拂过心口。

邵乾乾耳尖微微发红：“我，我就是……”

林嘉措没让她说完，翻身压在了她的身上。他垂着眸子看着她，有些无奈地道：“只能看不能吃，你说我难不难受。”

邵乾乾自然知道他在说什么，不过她这亲戚来了就是来了，也送不走。

“难受你就赶紧走……”

林嘉措眸光一深，伸出拇指在她唇上压了压：“果然还是我认识的小白眼狼。”说着，他就将唇压了上去。

林嘉措很轻松地撬开她的牙关，深深地卷住了她的舌头，炽热缠绵，还带着一丝半点儿的狠决。沉默的空气中，两人对彼此的想念终于在这个吻中爆发出来。

林嘉措在她的唇上肆虐，邵乾乾也不退缩，藤蔓般地缠住他，急切地攫取属于他的气息。呼吸交错，暧昧麻痒的浪潮翻涌而来，这种亲密的缠绵让人上瘾迷恋。林嘉措知道，再这么下去，他肯定就把持不住了。

他急喘着气拉开了一点儿距离，闷声道：“乾乾，下次你得补偿我。”

邵乾乾靠在他的肩头，只觉自己完全笼罩在他的气息之下：“……下次再说。”

“不能再说，”林嘉措捏了捏她发烫的脸颊，“就这么定了。这段时间我在上海，能天天来看你。”

邵乾乾诧异地抬眸看他：“你在上海？为什么？”

“因为公事。”

“真的？”

林嘉措笑了：“这次是真的，我发誓。”

最后林嘉措还是离开了，邵乾乾听到车子启动的声音时，赶忙跑到阳台上去观望，她看到车子渐行渐远，然后消失不见……

她在阳台上站了一会儿，肚子实在不怎么舒服，就又回去躺着了。只不过，刚才还满是温情的房间，此刻显得有点儿空荡了。

几天后，叶立过生日，DSG 整个基地，还有一些其他工作人员一同出去为他庆生。

在酒店大吃了一顿后，大家转场 KTV。今天是难得的放纵日，大家自然也就玩嗨了，唱歌的唱歌，喝酒的喝酒，骰子摇得比铃铛还响。

叶立平日里对大家都很严格，喝酒这种事是绝对不允许的。所以今天能喝酒了，大家不仅自己喝得开心，也毫不客气地开始灌他。

“队长，你没事吧？”邵乾乾见叶立后仰着靠在沙发背上，伸手拍了拍他的肩。

眼皮动了动，叶立睁开眼睛看着她，突然道：“其实我早就知道你了。”

皮哥和小垒正拿着话筒鬼哭狼嚎，邵乾乾听不清他说什么，于是微微倾身把耳朵送过去一点儿：“啊？你说什么？”

叶立看着眼前粉粉嫩嫩的耳朵，视线慢慢往下滑了滑，落在她纤细白皙的脖颈上：“邵乾乾，三年前我在直播里看到过你，无意刷到的。你……那会儿是个刚开直播的新人。”

邵乾乾意外地瞪大眼睛：“是吗？那你之前怎么没说过啊？”

“只是注意到，后来，我就忘记了。”

“呵。”

“我很后悔。”叶立半眯着眼睛，迷迷糊糊地道，“我很后悔当时没有跟经理提议把你挖过来，或者……去认识你。”

邵乾乾“嘿嘿”一笑，随意地拍了拍他的肩：“没事没事，反正到头来我还是来你的队了。我跟你讲，你当时要是想挖我过来，我说不定还不同意呢，那会儿还太小了。”

“嗯……是吗？”

“是啊，你那会儿也很小啊，才刚进圈吧？”邵乾乾笑嘻嘻地道，“小屁孩啊。”

叶立眉头皱了一下：“谁是小屁孩？”

邵乾乾：“按年龄来说，我其实是可以这么叫你的。”

叶立不满，酒气一上来，伸手就去掐她的脸：“你这样子就像未成年，我可不觉得我比你小！”

“啊！疼疼疼！好好好，你不小，你不小。”邵乾乾挥开了他的手，捂着脸颊控诉地看着他。

叶立被邵乾乾拍开手后有点儿蒙，他慢慢垂下脑袋，有些迷茫地看着刚才捏着她脸的手。指腹上，滑滑嫩嫩的触感依稀还在，他混沌的脑子里只剩下一个念头：原来，她跟看起来一样软。

“喂，我警告你啊，别乱发酒疯。要不然我就拿手机给你录下来，让明天的你后悔！”

叶立没听清她说什么，只是沉默片刻后突然伸出手摊在她面前：“礼物。”

邵乾乾不知道他的思维怎么跳得这么快：“什，什么礼物啊？”

“生日礼物，我的生日礼物呢？”

“给了啊，放边上呢。”

“拿过来，我要看。”

邵乾乾：“哎呀，回去再看嘛。”

“我现在就要看！”

邵乾乾哭笑不得，平日里严肃又毒舌的叶大队长喝醉酒后原来也跟小孩子似的：“行了行了，我去给你拿还不行吗？”

邵乾乾没办法，只好从旁边堆着的礼物盒中找出自己准备的，然后拿过来递到他手上：“喏，给你买的，耳机。”

叶立打开盒子，目不转睛地看着。

邵乾乾见他没表态，便以为他不喜欢：“那个，我可是花了重金的啊。他们说，用这个玩游戏效果可好了，你、你不喜欢也别嫌弃。”

“没有，”叶立看了她一眼，低声道，“我很喜欢。”

“真的吗？那就好，那就好。”邵乾乾拍拍胸脯，松了口气。

生日狂欢一直到午夜十二点多才结束，邵乾乾被林嘉措接走了，而 DSG 剩下的队员则坐了保姆车回去。

叶立难得一次喝这么醉，小垒死命拉才把他拉上后座。上车后，叶立就靠在窗户边上睡了过去，小垒拉过一旁的毯子给他盖上，然后伸手去拿他怀里抱着的东西。

可他拽了两下都没拿出来。

“别动……”叶立突然嘟囔了一声。

小垒：“队长，这礼物我帮你收着，拿来拿来。”

然而叶立不仅没有松手，还嘟囔了一句，然后歪过头去了。小垒只好凑上前：“什么，你说什么啊？”

“邵乾乾……”

“乾乾啊，乾乾她跟林嘉措走了，明天会回来的。”

“我喜欢你。”

小垒猛地一滞。

邵乾乾被林嘉措拉上车的时候，手里还拿着一罐啤酒，她边喝边唱歌，坐在副驾驶座上手舞足蹈，宛如一个神经病。

“难忘今宵，难忘今宵，无论天涯与海角，神州万里同怀抱！

“共祝愿祖国好！祖国好！共祝愿，祖国好……”

林嘉措看着前方，无奈地将一只手递了过去：“把酒给我。”

邵乾乾看了他一眼，立刻宝贝似的把酒抱在怀里：“不给！要酒没有，要命一条！”

林嘉措拗不过她，只好把手收回去好好开车：“邵乾乾，等会儿收拾你。”

邵乾乾不屑地哼了一声，继续对着窗外开演唱会：“五星红旗迎风飘扬，胜利的歌声多么响亮，歌唱我们亲爱的祖国，从今走向繁荣富强！”

……

终于开到了酒店，林嘉措直接把她从车里抱了出来，坐电梯上了顶楼的套间。

“行了，行了，别唱了，祖国很开心有你这样的爱国青年。”林嘉措把邵乾乾放在沙发上，问她，“晕不晕啊，我让人送点儿醒酒药上来。”

“不要，我不晕。”邵乾乾搂着他的脖子没让他站直，“林嘉措，我没喝醉，真的。”

林嘉措侧着脑袋笑了一下：“是吗？我可真是看不出来。”

邵乾乾压着他的脖子把他拉近了：“真的没醉，我就是想唱歌，不信你闻闻有没有酒味。”

林嘉措垂着眸，十指穿入她的发间，略一使劲，便把她往自己这里拽了拽，然后顺势在她唇上吮吸了一口：“有。”

“让你闻！没让你亲！”

“一样。”

“不一样！”

“反正就是喝多了，别狡辩。”林嘉措又低下头在她唇上轻咬了一口，“除了一瓶啤酒，还喝了别的什么，红酒？”

“你是什么种类的狗狗，”邵乾乾抵着他的额头，惊讶地道，“鼻子还真灵。”

林嘉措气得把她压在沙发上，恶狠狠地道：“你说呢，我是什么种类？”

邵乾乾被他压得动弹不得，急忙讨好道：“最……最可爱的那一种！”

“就知道马后炮。”林嘉措起身，伸手去拉她，“过来，去洗个澡。”

林嘉措给浴缸里放了水，邵乾乾迷迷糊糊地站着，一下子就被扒光丢了进去。

“自己能洗吗？”林嘉措看着眼前玲珑有致、白得炫目的身体，喉间有些发紧。

邵乾乾拍了拍水面：“你要不要一起洗？”

林嘉措：“你确定？”

邵乾乾歪着脑袋，似单纯又似诱惑：“这里好大，可以一起洗的呀。”

林嘉措嘴唇轻轻地抿着，眼睛里似燃着一簇火。他看着邵乾乾，丢了外套，扯掉了领带，然后慢慢地解开衬衫的扣子。

邵乾乾趴在浴缸边，看戏似的看着他：“林嘉措，你可真好看。”

衣衫尽褪，林嘉措长腿一迈便进了浴缸，他将邵乾乾搂入怀里，浅声道：“好看你就看个够。”

“嗯……好啊。”

林嘉措勾唇笑了笑，又道：“这里确实很大，两个人……绰绰有余。”

他就在她耳边说话，气息喷在她的肌肤上，激起了一片战栗。邵乾乾往边上躲了躲：“你别一直抱着我呀，这样怎么洗？”

“那就先别洗了。”说着，他滚烫的吻一点一点落在她的颈后，双手伸到她的身前……

浴室里的温度节节攀高，邵乾乾被他撩得浑身发软……

后来，他直接将她翻身过来，邵乾乾微眯着眼睛看着他：“我在上面。”

林嘉措的声音已经染上了浓厚的欲念，他一边抚摸着她的腿，一边玩味似的道：“你喜欢的话，也不是不可以。”

邵乾乾目光一亮，寻着什么好玩的事似的跨坐到他的身上。摩擦间，林嘉措感觉整个人又燥又热。

“别折腾人，坐下来。”

邵乾乾看着他，突然学着霸道总裁小说里的情节，勾起他的下巴道：“想要啊。”

邵乾乾不理林嘉措的黑脸，继续作死：“你这迷人的小妖精。”

林嘉措喘息声更重了，忍无可忍地将她压了下来。

“啊！”

“邵乾乾，到底谁是妖精？”

“你啊……啊！我！我我我！”

第二天中午，小垒一个人坐在餐桌边吃午饭，皮哥已经吃完了，正坐在电脑前玩游戏。

这时，二楼的房门响了，小垒抬眼看去，是昨晚醉得一塌糊涂的叶立。他看着叶立按着太阳穴走了下来，然后坐到了他边上的位置。

“队、队长，我去给你盛碗饭啊。”小垒脑子里都是昨天听到的某句不该听的话，他跌跌撞撞地跑过去盛饭，一脸慌张地走了回来。

叶立拿起筷子，默不作声地吃了一口。

“队长。”

“嗯？”

“昨天……你喝得挺醉的。”

叶立闻言看了他一眼：“你觉得怪谁？”

小垒干干一笑：“都，都怪皮哥！老是灌你酒，不道德。”

叶立勾唇冷笑了一声：“这缺德事你也没少干。”

小垒挠挠后脑勺：“这不难得生日吗？咯，队长，你还记得你昨天说了什么不？”

叶立顿了一下，偏头看他：“什么？”

“在车上的时候。”小垒目光炯炯地看着他，想从他的眼睛里寻到一丝半点儿的痕迹。

然而叶立只是皱了皱眉头：“我说什么了？”

“你、你说我送你的生日礼物你很喜欢，下次我生日的时候，你会给我买个最贵最好的游戏机！”小垒发现，那句话他最终还是问不出口。

叶立轻轻地笑了一下：“我昨天给你这种承诺了？”

小垒支吾了一声，拿着筷子戳碗里的饭：“你说了啊……”

“看来以后还是不能随便喝多，”叶立扬了扬眉，“尽被你这臭小子占便宜。”

小垒“嘿嘿”一笑，不说话了。

就在这时，大门“嘀”的一声打开了，接着，邵乾乾的声音传了过来。

“好饿啊，皮哥，你吃饭了吗？”

皮哥的脑袋从电脑前抬了一下：“吃了，你饿就去吃饭吧，正好小垒和队长也还没吃完。”

“哦！好嘞。”

皮哥：“怎么呢，林少这么抠吗？连一顿饭都不给你吃啊。”

邵乾乾晃悠着走向餐桌：“他一大早就开会去了。”

小垒看到邵乾乾过来，下意识地看了叶立一眼，可后者平静地吃着饭，仿佛一切都没什么区别。邵乾乾开始吃饭后，叶立还跟她说了一些训练的安排，邵乾乾点点头，跟叶立说笑了几句。叶立一如既往地面无表情，在她的玩笑下，还飞了几记眼刀过去，毫不留情。

一切都没有变化，一切都跟以往的每一个瞬间一样。

这一刻，小垒突然很庆幸刚才他没将那句“你是不是喜欢邵乾乾”问出口。

因为有些东西，它一开始是秘密，也永远只是一个秘密。

仅此而已。

在一个人漫漫的人生中，那个名叫“暗恋”的秘密或许就是内心深处一个发着光的亮点，它刺痛着你，慰藉着你，让你为它喜、为它悲。可终有一天，它会因为另外一个人的出现慢慢熄灭光芒，它依然会存在于你的内心深处，只是，它不会再亮了。

论文答辩开始了，邵乾乾回了学校。

只是短短几个月没回来，大家却似乎都有了变化。

时瑜闻不再租原来和她合租的那个房子了，她近段时间生意很好，再加上之前默默存下来的钱，已经有了一套属于她自己的房子。柯小唯在本市找到了工作，目前正在实习，据她所讲，那个公司很不错，而且青年才俊特别多。至于方潭，她开了一家自己的餐厅，倒不是为了赚多少钱，毕竟她家一点儿也不缺钱，而是她喜欢烹饪，终于在说服她爸之后，开始了自己梦想的事业。

论文答辩这天，方潭和柯小唯都回了学校。

三个人坐在学校附近的咖啡店里，诉说着各自的故事。直到时间差不多了，三人才拿着资料一起去了学校。

答辩是按照班级的顺序来的，看前面的排队情况，轮到邵乾乾他们班，大概还有半个多小时。邵乾乾拿出准备好的资料又过了一遍，她还是非常紧张的。

“看得怎么样了？”林嘉措跟吴远等人说了一声后，便朝邵乾乾这儿走过来，“等会儿进去，可别紧张到说不出话来。”

“我才不会。”邵乾乾瞪了他一眼，“你自己呢？那么忙，有时间准备答辩？”

“你还操心我。”林嘉措笑着戳了戳她的脸，“管好自己才是正事。”

邵乾乾：“嘿嘿。”

“请问一下。”突然，有人戳了戳林嘉措的背。

林嘉措回头望去，只见一个个头小小的女孩子正看着他。邵乾乾也顺着他的视线看去，看到是个可爱的女孩后，低声笑了下：“林嘉措……”

林嘉措回头看向邵乾乾，一脸“我什么都不知道”的表情：“我不认识。”

邵乾乾眯了眯眼，怪声怪气地道：“哦，人家认识你。”

“请问一下。”后面那个小姑娘又点了点林嘉措的背。林嘉措咳了声，转过去：“有什么事？”

小姑娘脸红红的，有些害羞地道：“请问一下你能让让吗？我，我想跟瓜瓜合个影。”

难得啊，竟然不是来跟林嘉措表白的。邵乾乾尴尬地看了林嘉措一眼，后者勾勾唇，笑道：“邵乾乾，行情很不错啊。”

邵乾乾跟那个可爱的女孩合影后，突然就有源源不断的学妹和学弟过来合影。看来都是电竞粉，得了大四要回来答辩的消息，在这里蹲点了。

林嘉措的学号在前面，他跟邵乾乾打了个招呼之后，就先进了答辩教室。还没轮到邵乾乾，所以她留在了外面跟粉丝们合影。

“这位女同学，麻烦你帮我跟她合个影吧。”这时，一个戴着帽子的女人挤了进来。

被点到的女同学惊讶道：“老师？”

“我不是这学校的老师，我是从外面进来的。”

“哇，阿姨，您也是电竞粉啊。”

“我？我当然是了，我很喜欢她的。”

来找她合影的都是学校的学弟学妹，突然冒出一个阿姨级别的人物，邵乾乾有点儿惊讶。她忙打了个招呼：“您好。”

“你好，小姑娘。”帽檐下有张精致漂亮的脸，虽然看得出来上了一点儿年纪，但是依然不损她那种优雅的气质。

“谢谢您喜欢我。”

“应该的，应该的。”女人搂着她的胳膊，“多合几张影吧。”

邵乾乾忙点头：“嗯！好的。”

合完影后，女人并没有走，而是突然将手里提着的小袋子递给她：“乾乾，来，这个送给你。”

邵乾乾连忙摆手：“不用了阿姨，心意我领了。”

“没事儿，收着。”

邵乾乾名声大噪后，很多粉丝喜欢寄礼物到DSG去，经理也帮她拿回来了很多，可现在毕竟是在学校，她不可能收下粉丝的东西。

“真的不用了，阿姨。”

“那可不行啊，我是千里迢迢过来看你的，你一定得收下。”

“不是，我……”

“收下收下。”戴帽子的女人硬是把袋子递到了她的手上，然后急急忙忙从人群里挤了出去。

邵乾乾没拦住，最后十分无奈地拎着袋子走到答辩教室外。方潭见她终于过来了，笑道：“电竞明星就是不一样，你拎着什么呢？”

邵乾乾：“粉丝送的礼物。”

“什么呀？”

“不知道啊，一个阿姨，很快就走了，我都叫不住人。”

方潭：“看看。”

邵乾乾刚才也没打开过，听了方潭的话后，她伸手从袋子里掏出一个长条形的盒子，打开……邵乾乾和方潭看着盒子里的东西，皆是好几秒没说话。

“真是粉丝送的？”方潭瞪眼。

邵乾乾：“是啊……”

“这很像之前我在拍卖会上看到的那一条。”

邵乾乾：“不会吧？”

方潭：“看着成色……很像真的啊。”

“那你在拍卖会上看到的，多少钱啊？”

方潭伸出手比了个数字：“七位数。”

邵乾乾：“啊？”

邵乾乾在狐疑和不安中进了答辩教室，十多分钟后，她从里面出来了。

“怎么样？”林嘉措第一时间走了上来。

邵乾乾想了想，道：“我觉得还行。你跟我说过的问题我都改了，而且你之前模拟的那几个问题老师竟然都问到了。”

林嘉措松了口气：“那就好，应该能过。”

邵乾乾点点头，轻轻拍了拍他的肩：“做得很好哦兄弟，请你吃饭。”

林嘉措笑了一下，伸手搭在她的肩膀上：“吃饭还早，在吃饭之前，我想先带你去见一个人。”

“见谁啊？”

“我奶奶。”

“什么？！”

邵乾乾自从去了DSG之后确实很忙，林嘉措其实早就想带她去见最疼爱他的人，可一直找不到时间。这次邵乾乾回来，他就想让两人见一面。

去医院的路上，邵乾乾全身心都开始紧张：“我、我是不是要准备点儿什么？总得买点儿礼物给奶奶带过去。”

“我都准备好了，”林嘉措安抚地看了她一眼，“我怕时间来不及，所以提前把礼物准备好了，在后备厢，等会儿你直接拿上去就好。”

“啊？这样多没诚意。”

“反正以后还要再见面的，等你有空了，再亲自去挑你的诚意，怎么样？”

邵乾乾“哦”了一声，有些不安地道：“你奶奶，会不会不喜欢我？”

“不会。”

“为什么啊？”

“你这么可爱，她怎么会不喜欢你？”

邵乾乾横了他一眼：“喂，我认真的！”

林嘉措轻笑一声：“我也很认真。放心，她会喜欢你的。”

车开到一家私立医院，两人坐电梯到顶楼后，有护士引着他们去了一个病房。

“嘉措啊，你来了。”靠在病床上的何文华往他后面看了一眼，眼睛一亮，“是乾乾吗？是不是带乾乾来了？”

邵乾乾本跟在林嘉措后面，听到何文华有些虚弱的声音叫她的名字时顿时愣住了。林嘉措回身拉住了她的手：“是啊，奶奶，上回答应您要带她来的，今天正好我们学校答辩，有空就一起来了。”

这是邵乾乾第一次见何文华，老人躺在病床上，满目尽是慈爱。她忙向她鞠了一躬，认认真真地道：“奶奶好，我叫邵乾乾。”

“乾乾啊，你过来你过来，坐奶奶边上来。”

邵乾乾点点头，乖巧地坐了过去。她一坐下，何文华便拉住了她的手：“嘉措每回来都跟我提你，他说，你特别特别好，说我一定会喜欢你的。”

邵乾乾有些害羞和不知所措：“没有……我没他说的那么好。”

“我相信嘉措的眼光。”何文华拍了拍她的手，“我知道，之前让你受委屈了。乾乾，你别怪他父亲，那家伙就是迂腐，不过他也就只能吓吓你，现在还轮不到他做主呢。你看现在，你和嘉措也好好的，是不是？咱不理他。”

邵乾乾红了眼睛，可又莫名有些想笑：“奶奶，我……我还是会好好努力的，我也希望林叔叔能接受我。”

“你啊，已经很优秀了。”何文华笑道，“上回嘉措还给我看了你拿奖杯的照片呢。听说在澳洲拿奖了？”

邵乾乾瞥了林嘉措一眼，后者笑呵呵的，满脸写着“我老婆就是棒”几个字。邵乾乾咳了一声：“那是团队，也不是我一个人的。”

“一样一样。”

优秀吗？也许吧，但她相信，去过林家的女孩子，优秀的数不胜数。

邵乾乾想，这就是最典型的爱屋及乌吧。何文华有多疼爱林嘉措，就会有多相信他、相信他爱的人。

邵乾乾觉得很感动，她一路上的惶恐不安在何文华亲昵慈爱的注视下荡然无存，她也很高兴，能在林嘉措最爱的奶奶眼中看到认可，看到鼓励。

两个人相爱，有家人的祝福，才是最完美的。

在病房待了半个小时后，林嘉措和邵乾乾出来了。

“怎么样？我说奶奶会喜欢你吧。”

邵乾乾抬眸看着他：“你在你奶奶面前说了我多少好话啊，她刚才夸得我都不好意思了。”

“我就是随便说说啊，而且，我说的也都是事实。”

邵乾乾轻笑，心情突然变得很好。就在这时，她突然看到不远处有个熟悉的身影走过：“哎，那个人！”

林嘉措：“嗯？”

“那个粉丝！”邵乾乾大惊，“刚才给我项链礼物的粉丝在那里。”

林嘉措顺着她的视线看去：“在这儿？”

邵乾乾立刻跑了上去：“你在这里等我一会儿，我马上回来！”

林嘉措：“邵乾乾……”

眼前那个女人从走廊穿了过去，邵乾乾急急忙忙地追上了她：“阿姨！你等一下！”

一把拉住了她的胳膊，邵乾乾低着头喘气：“阿姨，那个，咯咯，那个项链我得还您。”

戴帽子的女人见到她，也是一脸惊异：“你怎么在这儿？”

邵乾乾顺了一口气，道：“我是来医院探望病人的。阿姨，我知道您喜欢我，送我礼物也是心意。可是……可是这礼物太贵重了，我朋友说这项链价值不菲，我真的不能收。”

“哎呀，没事，这就是一个见面礼。”

“见面礼？”邵乾乾摆摆手，“不用不用，我和粉丝合影从来不收什么见面礼的。”

女人失笑：“你这孩子，这么耿直做什么，别人送你礼物，你收下就是了。”

邵乾乾：“可这个收下，我良心不安。”

“有什么好良心不安的，我送你东西，天经地义。”

“啊？”

女人拍了拍邵乾乾的手：“没事，你要是真觉得良心不安，以后多陪我说说话，我们还会再见面的。”

邵乾乾：“啊？”

“不过现在我还有急事儿，得先走了，这礼物你拿着就是了。”说罢，戴帽子的女人转身便想离开。可就在这时，一道沉沉的声音从两人身后传来：“你有什么急事？”

戴帽子的女人一怔，立刻装作什么也没听见似的往前走。

“站住！”

那女人背对着，还真停住了。

邵乾乾愣了愣，回头看向出声的林嘉措：“怎么了？”

林嘉措没说话，只皱着眉盯着那个戴帽子的女人：“什么时候回来的？也不吭一声。”

邵乾乾：“你认识？”

“认识，还挺熟。”林嘉措眉头微微一挑，“你说是不是啊？妈。”

邵乾乾瞪眼：“妈？”

戴帽子的女人终是演不下去了，她回过头来，一脸惊讶地道：“哎呀，嘉措，你怎么在这儿呢？”

林嘉措嘴角微微一抽：“这话不是我在问你吗？”

“我当然是回来看你奶奶的，现在正打算去主治医生那儿了解情况呢。”戴帽子的女人，也就是林嘉措的母亲杨姿雨有些尴尬地道，“难怪在这儿碰到乾乾，原来是你在这儿。”

“你回来了怎么也不说一声，还跑去学校假装什么粉丝，你在搞什么？”

杨姿雨睨了他一眼：“我低调点儿还不是为了不让你爸知道，还有乾乾，我确实是她的粉丝啊，我去看看我偶像怎么了？”

林嘉措差点儿翻白眼：“你知道什么叫电竞吗？还偶像……”

前面两个人左一句右一句地互噎着，后面的邵乾乾直接蒙了。

妈……这是林嘉措的妈？

会不会太跳脱了点儿？虽说外貌看着确实很有贵妇人的感觉，可言行举止一点儿都不搭边。总之，再给她几个脑子，她都不会想得出林嘉措他妈是这种风格。

“乾乾啊，今天我确实是刚回国，所以只能偷偷见你一面，其实我是准备过几天咱们隆重地吃个饭的。”邵乾乾还在茫然中，杨姿雨已经上前来解释了一番，“我就是不想让这小子和他爸那么早知道，然后过来唠叨我。”

邵乾乾讪讪道：“阿姨，不好意思，我之前不知道您是……”

“没事没事，真没事。”杨姿雨拍了拍她的肩，“哦，对了，我还要去医生那儿，我们下次聊。”杨姿雨回头，对着自家儿子道：“时间不早了，你带乾乾去吃饭吧，我就先走了。”

林嘉措：“哎，你……”

“行了，你们小两口赶紧去吧！”

到了餐厅之后，邵乾乾一坐下便道：“真是……你妈？”

林嘉措笑着看了她一眼：“我可没有大马路上随便叫人妈的癖好。”

邵乾乾：“可是……”

“不像是吧？”

邵乾乾默默地“嗯”了一声。

林嘉措招呼服务员拿了菜单过来，递给邵乾乾后道：“我妈不喜欢束缚，所以不太喜欢一直待在家里。从我记事起，她就在四处跑了。”

“好酷。那她怎么突然回来了？还给我这么贵重的东西。”邵乾乾把项链放在桌上，“要不你帮我还给她吧，我觉得这样很不好意思，我都没给她准备礼物。”

林嘉措往后一靠，意味深长地看着她：“没关系，送未来儿媳一点儿东西，应该的。”

回校答辩也算是给自己一个假期，邵乾乾在家里待了一周左右，日常就是吃吃睡睡和陪家人。

临行前一天，邵乾乾想见见林嘉措，但她也知道，林嘉措最近忙得脚不沾地，可能都空不出时间来。于是她便挑了个中午休息的时间，买了一些点心去公司找他。

她从来没进过林氏公司，但作为地标性建筑的林氏公司，她平时还是有路过的。走进大厅后，她给林嘉措打了个电话，但他没有接，邵乾乾想着，他大概是在开会。

“你好，小姐，请问有什么需要帮忙？”前台工作人员见她走了过来，扬着标准的笑容询问道。

邵乾乾：“有点儿东西想交给……交给你们公司的人，但是我打电话他没有接，可不可以先放在这儿，然后到时候我告诉他，让他来拿。”

前台：“请问是要给哪位呢？”

邵乾乾：“林……呃，杰森，对，叫杰森。”

“您说的是林少的特助吗？”

“对对，就是他。”

“好，那请您留一下您的姓名和联系方式吧。”

“行。”

邵乾乾接过纸笔，刚想写的时候，突然有人拍了拍她的肩。

“乾乾。”

邵乾乾吓了一跳，还没来得及转过头看来人，就见两个前台恭恭敬敬地朝她后面道：“林先生。”

邵乾乾回头：“啊……林先生您好！”来人是林嘉措的小叔，林秋迟。

林秋迟微微点头：“怎么在这儿，没打电话给嘉措？”

邵乾乾指了指两袋东西：“他可能在忙，我是来送吃的，放下就走了。”

林秋沉吟了一会儿，道：“你跟我上来吧。”

“啊？”

“直接去他办公室就好了。”说着，林秋迟往前走去。

邵乾乾这下连拒绝的话都来不及说了，她放下手上的笔，跟前台说了句“抱歉”，提上东西跟了上去。

前台看着两人的背影，疑惑道：“林先生的……女朋友？”

“什么呀，别乱说，没听到刚才问有没有打电话给少爷吗？”

“啊……你是说，她是林少的女朋友？”

“八成是。”

林秋迟带着邵乾乾到了一个办公室门口，随手推开门，说：“进来吧，在这儿等着就好。”

“谢谢林先生。”

林秋迟难得勾了一下唇：“下次见面，可能就可以换个称呼了。”

邵乾乾：“嗯？”

林秋迟但笑不语，走进去后却停在了原处：“大哥？”

林嘉措的办公室里竟然已经有人了，他坐在沙发上，好似也在等林嘉措。邵乾乾看到那人的时候愣了一愣，虽然已经过了很久，但她一直没忘记之前在那家餐厅他跟她说过的话。

邵乾乾下意识地退后了一步，可那人已经转过头来了，看到她的时候，他也微微愣了一下。

邵乾乾知道避无可避，于是客客气气地道：“林叔叔好。”

林阅顿了一下，开口：“嗯。”

邵乾乾正不知该继续站着还是走时，林阅突然道：“你过来坐吧。”

邵乾乾抬头望去，见他是在跟自己说话，只好硬着头皮抬脚走了过去。林秋迟也走了过来，可刚要坐下，就听林阅道：“秋迟，你去一下财务部，去把这季度的报表拿过来。”

林秋迟皱了皱眉头：“大哥？”

“去拿。”

什么报表，这种东西放平时怎么可能让他去拿，林秋迟知道林阅是有意要支开自己。他看了邵乾乾一眼，道：“好。”只不过关上门后，他马上拨了一个电话：“嗯，大嫂，是我，我在嘉措这儿……”

“这次是回来答辩的？”林阅突然发话了。

邵乾乾“嗯”了一声。

“你很怕我。”林阅喝了一口茶，淡淡道。

邵乾乾抿了抿唇：“其实也没有，只是面对您的时候，我不知道该说些什么。”

林阅笑了笑：“你也不用怕我，你和嘉措的事，这会儿我也说不了什么。”

邵乾乾眼眸亮了亮：“您的意思是，您不会再阻拦了？”

林阅：“那小子和他爷爷做了约定，只要他能把公司做好，我们谁也动不了你。这家伙，就是专门来针对我的。”

邵乾乾沉默片刻：“叔叔，我想他也不是想要针对您，只是想要获得您的谅解。”

“你们年轻人，我管不了，也不想管了。”林阅继续喝他的茶，边喝边道，“有空的时候跟嘉措说说，没必要那么拼，我是放了狼在后面追他吗？忙成那个样子。”

邵乾乾："好。"

然后两人便没有再说些什么，只是各自默默地坐着。

几分钟后，办公室的门突然开了，邵乾乾以为是林嘉措忙完回来了，可没想到来的竟然是他的母亲。

"乾乾啊，正想找你一起逛街呢，没想到你在这儿。"杨姿雨一进门，就风风火火地坐到了邵乾乾边上，"听说你就快回基地了，我们要不晚上一起吃顿饭？"

邵乾乾下意识地看了林阅一眼，然后笑道："好啊。"

"姿雨，你怎么来公司了？"林阅在她出现的那一刻神色就变了，眼神一直落在她身上，有些温柔，有些严厉，但更多的是无奈。

杨姿雨闻言，瞥了他一眼："我来怎么了？你都能来，我就不能来啊。"

"你……我又没这么说。"

"哼，你跟乾乾单独待在一块儿我能不来吗？你别以为我不知道你之前做了什么，我可不会再让你欺负我儿媳妇了。"

邵乾乾微微瞠目："那个……阿姨啊，没有。"

"乾乾，你放心，阿姨站你这边。"杨姿雨打断她，继续对着林阅道，"你这高高在上的作风什么时候能改改？我可真是看不下去。"

林阅噌的一下放下茶杯，但雷声大雨点小，看着杨姿雨的时候，声音也不见多凌厉："我什么时候对你高高在上了？"

杨姿雨："你就是有！"

"我什么时候有了！你爱去哪里玩就去哪里玩，爱做什么就做什么，我有命令过你，有对你指手画脚过吗？！"

杨姿雨："这本来就是我自己的事，你命令什么啊，你敢指手画脚吗？"

"你！"

"你什么！我就是看不惯你们林家那副趾高气扬的样子，全世界在你们面前都低一等似的！还好我儿子没被你教坏。"

一来二去，不知道怎么就变成杨姿雨单方面怼林阅，且林阅很无力回复的局面。

邵乾乾夹在两个长辈之间，全程蒙，想说点儿什么吧，插不进去嘴，想阻止吧，杨姿雨这火力，她还真的阻止不住。

就在这时，手机响了。

邵乾乾看到屏幕上显示出林嘉措的名字时，整个人都仿佛得到了解放："那个，我出去接个电话！"

两人还在吵吵闹闹，邵乾乾悄悄地溜出了办公室，关上门的那一刻，她立刻接通了电话：“喂。”

“小叔说你来公司了？我刚才在忙，一直没看手机，你等着我啊。”

邵乾乾忙道：“你在哪儿呢？我过来吧。”

“我刚从会议室出来，马上就到。”

“好。”

林嘉措挂了电话后，将手里的文件交给了边上的下属。

“林总，XK 那边的事还要继续跟进吗？”

林嘉措闻言看了他一眼：“你说呢？上回因为疏忽错失了一个项目，这次如果再被别人抢走，你们知道后果的。”

几个下属顿时心口一凛：“好、好的。”

“杰森。”

“下午的会议移到明天。”

“您确定？”

林嘉措回头看了他一眼，杰森一愣，忙垂下头：“是。”

林嘉措微微颔首，朝前走去。见到邵乾乾，原本面无表情的林嘉措突然眉眼带笑，上前将她搂在了怀里。片刻后，林嘉措松开她，拉着她的手朝办公室走去。邵乾乾犹豫了下道：“你爸和你妈在里面吵架呢。”

林嘉措顿了一下：“他们都在？”

“是啊。”邵乾乾道，“我刚从里面出来。”

“小叔说你跟我爸刚才单独在里面，他有没有为难你？”

“没有没有，我感觉他好像也不怎么反对我们了。”邵乾乾道，“不过阿姨一进来，就跟林叔叔吵起来了，还维护我来着……”

林嘉措：“看来我妈是以为我爸又犯蠢了，算了，这两人吵起来就没完没了，我们出去吃饭，别理他们。”

“可你不是很忙吗？我其实只是来给你送点儿东西的。”

“我不忙啊。”林嘉措一脸真诚，“正好下午一点儿事情都没有。”

邵乾乾：“真的？”

“千真万确。”林嘉措拉着她转了个方向往电梯那边走，途中正好遇到森杰和那几个下属，见邵乾乾依然不相信的模样，他道，“不信你问杰森，我们下午是不是没什么事。”

邵乾乾疑惑地看向他助理。

杰森看了林嘉措一眼，然后对着邵乾乾扬起了一抹标准的微笑：“是的，林总下午放假。”

第二天，邵乾乾便回了基地，训练，出国，比赛，行程满满，忙碌非常。

同年五月底，邵乾乾请假回了学校，这一次，是她作为学生的身份最后一次回校。

“乾乾，我穿这一身好不好看啊？”柯小唯揪起学士服两端，跟自己穿着婚纱似的原地转了一圈。

邵乾乾正在研究学士帽怎么戴不压着她的刘海，闻言说：“好看好看，都瘦了十斤了，穿什么都好看。”

减肥成功的柯小唯听罢，咯咯直笑。

方潭：“你们俩好了没？好了我们就下楼拍照吧，摄影社的学弟在楼下等着呢。”

“好了，好了。”邵乾乾用两枚发卡卡住了摇摇欲坠的学士帽，“走吧。”

今天是大四所有学生回校开毕业典礼和拍毕业照的日子，路上到处可见穿着学士服拍照的学生。邵乾乾三人也不例外，携手前往校园的各个地标性建筑，留下自己待了四年的学校影像。

“快到拍集体照时间了，我们走吧。”方潭道。

“行。”

方潭：“学弟，谢谢你来帮忙拍照。”

学弟憨憨一笑：“不用客气的，学姐，回头修好之后我把图发给你。”

“好啊，麻烦了。”

“不会不会。”

学弟拎着相机走了，邵乾乾三人便一起赶到学校东门方向，和班级的大部队集合。

“你怎么没找林嘉措来拍照啊？”柯小唯道。

“他哪喜欢东奔西跑瞎拍照，而且他有事晚点儿才能到，”邵乾乾看了眼手表，“这会儿应该也到东门了。”

“那我等会儿能不能找他合张影啊？”柯小唯满眼放光。

邵乾乾失笑：“你要合影去找他就好了，干吗问我？”

柯小唯戳了戳她的胳膊：“这不是为了礼貌起见，先征求一下女朋友的同意吗？”

“说得跟我多限制他似的……”

“谁不知道林嘉措宠你宠到天上去了，我猜啊，他肯定事事都听你的。他平时要是外出应酬什么的，会不会跟你报备？”

邵乾乾：“我哪有空天天听他报备。”

“啧，你这女人，外面花花世界，你也不看着点儿。”

“有些人看是看不住的，而有些人呢，不用看也放心。”

“哟，瞧你得意的。”柯小唯说罢，突然推了推她，指着前面道，“你看你老公这招蜂引蝶的体质，得亏是个坐怀不乱的柳下惠。”

老公？怎么就老公了。

坐怀不乱？说林嘉措呢？他是乱得不能再乱了好吗？！

邵乾乾嗤笑了一声，顺着柯小唯指的方向看了过去。林嘉措果然踩着点到了，他大概是刚换上学士服，帽子还随意地拿在手上。此时，源源不断的女生正凑上前跟他合影。同系的、隔壁系的，还有没穿学士服大概是大二、大三的学妹们。总之，一批又一批，一个个好似抓住最后这么一点儿时间，鼓足了勇气。

林嘉措本来也不是什么高冷的人，在这样的毕业季，他当然是保持着很好的脾气和耐心。此时，正被当成毕业打卡景点的他双手交叠在身前，笔直地站着，一个姿势一个表情，稳如泰山。

“嘿，林嘉措，合个影呗。”走近了，柯小唯拔高了音量，对他挥了挥手。

“学姐，排下队嘛……”边上一小学妹嘟囔了一句。

“排队啊，对不起，对不起。”柯小唯边道歉边笑，最后挂在邵乾乾身上笑得直不起腰，“乾乾，你能不能帮我走个后门啊，这么多人，我得排到猴年马月啊。”

邵乾乾咳了一声：“文明排队，从我做起。”

柯小唯：“哈哈哈，滚啊你，要你何用！”

林嘉措也看到邵乾乾了，本来刚到的时候他就要打电话给她，谁知道班上的同学缠着他合影，后来莫名其妙地人越来越多，他也不好直接走掉，只好就在这儿等着邵乾乾。此时，看着眼前笑得正欢的三个女孩子，他回头对边上的人说了句“抱歉”，然后抬脚朝邵乾乾走去。

“笑够了。”到了她边上，林嘉措伸手拍了一下她的学士帽，于是那一点儿都不稳当的学士帽一下就歪了。

邵乾乾“啊”了一声，反身便揍了他一拳：“你干吗呢！我好不容易才戴好的！”

林嘉措戳了戳她气呼呼的脸蛋：“是不是头太大了才戴不下？”

“你才头大。”邵乾乾瞪了她一眼，扶正了帽子，“你怎么过来了，不合影了？”

林嘉措："合啊，不知道知名电竞选手邵乾乾，您愿不愿意跟我合个影？"

邵乾乾挑着眉看他："跟我合影啊，我收费的。"

林嘉措微微俯身，低声道："多少钱啊，我都给。"

邵乾乾转身朝大合照的地方走去："我想想啊，想好告诉你。"

林嘉措跟在她后面："要想这么久吗？"

"我不收费，我也不用想，林嘉措，要不咱们合个影吧？"柯小唯笑嘻嘻道。

"那你先把你姐妹搞定。"

"你自己都搞不定还要我去搞定，男神啊，你还是男神吗？！"

林嘉措苦着一张脸："在她面前还叫什么男神。"

再后来，毕业班集体大合照。

当摄影师从"一"喊到"三"后，所有人将学士帽往天上一扔，一时间，帽子跳跃飞出，谁也不认识谁的。邵乾乾看着欢呼的众人，突然百感交集。以后，他们这帮人就会到天南海北各座城市去，这一段青春，到此画上了句号。

有些人可能这一生都见不到面了，高考把他们集合在了一起，而长大，让他们就此分离。但幸好，有些人还有后续，比如她和方潭、柯小唯，再比如……她和林嘉措。

"哎！"一众人站在阶梯上拍照，推推搡搡地，邵乾乾一不小心就跳过了一阶，扭了一下脚。

方潭拉了她一把："小心点儿。"

邵乾乾蹲下去摸了摸脚踝："等下等下，有点儿疼。"

"扭伤了吗？"方潭也蹲下来看。

"哪有那么夸张。"邵乾乾龇牙咧嘴道，"没事。"

"怎么了？"林嘉措站在最后一排，看到人都散了，邵乾乾还蹲在地上，便走了过来，"摔了？"

邵乾乾扶着方潭的手站了起来："没事，不小心被推了一下，脚扭了。"

林嘉措皱了皱眉头，俯下身去看了看："动动看。"

邵乾乾："让我缓缓，咝……还挺疼。"

林嘉措起身敲了敲她的脑袋，然后转过去，微微俯下身："上来。"

邵乾乾往四处看了看，拒绝道："不要。"

林嘉措也不理会，直接把她背了起来。邵乾乾吓了一跳，只好伏在他背上稳住身体。

"放我下来。"

林嘉措："没少背你，害羞什么？"

阳光正烈，不少同学侧目看了过来，邵乾乾随手用学士帽遮住脸：“我才没害羞，哎，你背我去哪儿啊！”

“去医务室涂点儿药酒。”

“没那么严重！”

“能不能听我的，嗯？”

东门到医务室不算远，林嘉措坚持要去，邵乾乾便也不折腾了。她安静地伏在他的背上，看着边上熟悉的建筑和环境。穿过林荫大道，走进走廊……这里的每一个地方，似乎都有回忆。

“林嘉措，之前你也抱着我去过医务室。”邵乾乾伸手蹭了蹭他的下巴，“你记不记得啊？”

“我记忆力没那么差。”林嘉措笑了一下，“有个人把脸遮得严严实实的，一副绝对不跟我牵扯上关系的模样，你觉得我能忘记？”

邵乾乾低笑了一声：“谁让你是学校的稀有动物啊，我这不是怕自己成为别人的攻击对象吗？”

“怎么，不相信我能保护你？”

“那个时候……我怎么知道你会不会保护我。”邵乾乾看着远处，道，“那时，我都不知道我们会在一起啊。”

是啊，明明所有的一切都有了前兆，可是那时的我们一点儿都不知道，原来未来的某一天，我们会这么喜欢彼此。

……

林嘉措扶着邵乾乾从医务室出来时，不远处的学生中心响起了礼炮声。

“毕业典礼快开始了吗？”

“嗯。”林嘉措道，“我背你过去。”

邵乾乾摇头：“我能走，我们一起走过去吧。”

林嘉措深深地看了她一眼，最后淡淡一笑：“好，一起走。”

从开始，到结束，这条叫作生命的长途，我们从此，都一起走。

番外
游戏重要还是我重要？ &“表弟”的真实身份

1.

邵乾乾退役后并没有离开电竞这个圈子，她经常上线直播，也经常被 DSG 邀请去给年轻选手们做指导，更经常给国内外各种比赛做业余解说。说是业余，但邵乾乾做得很好，网友们都特别喜欢她专业又不乏搞笑的解说风格。

春季那段时间，正值国内“QC 电竞杯”邀请赛，邵乾乾又被举办方邀请，前往比赛城市当解说嘉宾。她很忙，那一两个月四处跑，弄得林嘉措一直见不到她。

五月中旬，赛季告一段落，邵乾乾终于能得空回趟家。到家后，林嘉措还在公司，所以邵乾乾在沙发上短暂休息了会儿后，决定去公司找他。

他们已经快两个月没见面了，她自然很想他。

现如今，林氏企业已经没有人会不认得他们的老板娘，邵乾乾一进公司大厅，立马就有专人带着她往楼上走去。

“林嘉措在干吗呢？”

引领的员工恭恭敬敬道：“还在开会，具体结束时间不确定。”

“没事，我去办公室等他就行。”

“好的。”

林嘉措开会的会议室就在他办公室的边上，全方位的落地玻璃，里面的场景一目了然。

邵乾乾经过时，便看到了坐在主位上的林嘉措，他穿着衬衣西装，打着藏蓝色领带，一副威严不可侵犯的模样。

他现在大概是遇着了什么事，眉头微皱地跟下属说着话。虽然听不到他在说什么，但光这么看着，也知道他说的不是什么好话。

看着可真凶啊……一群人都被他训得灰头土脸。

也不知道是不是有所感应，邵乾乾正看热闹不嫌事大，突然就见他往外看了过来。那一瞬，林嘉措的眼神冰冷，被那视线一盯，邵乾乾顿时就僵住了。

两秒后，她才讪讪地抬起手挥了挥，指指他的办公室，示意自己去那里等他。

邵乾乾识趣地扭头溜之大吉，而此时的会议室内，气氛还是非常紧张。

本来很有优势的一个项目因底下人玩忽职守搞得一团糟，项目经理和部门负责人自然是难辞其咎。林嘉措劈头盖脸一通教训，大伙儿个个心知肚明，羞愧得连眼神都不敢和他对上。

他们想着，这场训话肯定还得持续好一会儿，都做好了打持久战的准备。然而突然一个卡壳，一腔怒火的老板一言不发了。

怎么回事？众人心里虽然疑惑，却也不敢表现出来。

有胆大的，悄悄抬头打量主位上那人的脸色，一看之下，顿时愣住了。怎么刚才还严肃冰冷的人突然柔和了这么多……没看错的话，嘴边还挂着一丝笑意。

“都发什么愣？”众人忽听林嘉措道，“你们还有什么要补充的？”

销售部门的经理讪讪道：“林总，情况都已经汇报完毕。呃……这事儿我们部门确实有很大责任，我……”

“既然都汇报完毕了，就散会吧。”林嘉措突然起身。

众人一愣，散、散会……就这么散会了？！训话就这么简单地结束了？！难以置信啊！

所有人稍稍松了一口气，可与此同时，也是疑惑不解。这好像不太符合他们林总的行事作风吧……放在平时，不训晕几个，他都肯定不会善罢甘休的。

今天怎么这么善良？！

林嘉措推开会议室的门径自出去了，等他出去后，一帮人瞬间炸开了锅。

“什么情况？不说了？”

“林总会不会太生气了，连说都不想说了？”

“各位经理，别想得太复杂了。”同林嘉措一起参加会议的助理笑了一下。

“怎么说？杨助是不是知道内情？”

“对啊，林总现在到底是怎么想的，他要怎么处置我们，好歹透个口风啊。”

杨助把桌上的材料和电脑收拾好，起身道：“放心吧，各位，林总刚才没想那么多，也没想要处置什么。”

“那他连训都懒得训了……”

杨助微微扬眉：“你们刚刚是没看到谁来了吧？”

“啊？谁啊？”刚才大家都低着脑袋，谁敢四处观望。

杨助又是悠悠一笑，意味深长地道：“今天大家是走运了，正好赶上林总心情大好。”

邵乾乾对林嘉措的办公室那是再熟悉不过了，进去后，她轻车熟路地给自己倒了杯茶，悠闲地坐到了他的办公椅上。

“椅子是不是又换了……够舒服的啊。”邵乾乾转了一圈，面向窗外。林嘉措的办公室在顶层，坐在这儿看出去，整座城市最辉煌的景色便一览无余。

邵乾乾摸了摸下巴，感叹：“资本主义就是懂得享受。”

“享受什么？”身后传来了一个熟悉的声音。

邵乾乾愣了一下，顿时把椅子转了回去：“你怎么这么快就结束了？”

林嘉措站在门口，目光沉沉地看着她：“还知道回来？”

邵乾乾嬉皮笑脸地走过去：“当然知道回来。这不，一回来就来找你啦。”

林嘉措对她离开这么久怨念极重：“上次说好不会出门那么久，你又食言了。”

“那不是正值赛季吗……我也没办法呀。”

“以后不许。”

“这我可不能保证啊。”邵乾乾道，“接下来还有夏季赛，总决赛，而且……”

话没说完，林嘉措扭头就要走。邵乾乾从椅子上跃下来，几步跑过去，一把拉住他，讨饶道：“哎呀，跟你开玩笑的，接下去的比赛我没受邀，不用一直跟。”

林嘉措睨着她，闷闷道：“真的？”

“真的真的。”

林嘉措脸色这才好了些。

邵乾乾打量了他几眼：“林少爷，你脾气也太大了吧，你以前出差回来，我可没给你脸色看。”

林嘉措：“我是出差几个月没人影了？还总不接电话，查无此人？”他轻轻捏住她的脸，幽怨道：“你呀，压根儿就不把我放在心上。”

“冤枉啊。”邵乾乾委屈道，“真的是太忙了，而且你知道我去比赛现场也接不了电话，不是故意的。”

林嘉措冷哼了一声。

邵乾乾也清楚自己这次出门时间确实太久了，于是又哄道：“那这样吧，为了补偿你，我决定今天晚上请你吃好吃的，你想吃什么都行！”

“还有呢？”

“还有……我之后一个月都不出远门了！我要做一个好老婆。”

林嘉措眯了眯眼：“还有呢？”

邵乾乾朝他勾勾手指："你过来。"

"什么？"

"你过来，还有一个最好的礼物送你。"

虽然有些生气，但林嘉措还是配合着微微弯下腰靠近了她。邵乾乾动作极快，在他弯下腰的瞬间，一把勾住他的脖子把嘴唇送了上去。

"送你最美老婆亲亲一枚，怎么样，这礼物好不好？"邵乾乾笑得狡黠。

林嘉措眼底有了些笑意，然而面上还是强装正经道："一枚不太够。"

"那我再来几下！"

说着，她又想去亲他的嘴，结果林嘉措突然站直，且抬高了下巴。邵乾乾才不管，她搭着他的肩，在他面前又蹦又跳，虽然一下都没亲到，但她还是坚持不懈地对他又拉又拽。

林嘉措由着她，嘴角有点儿绷不住了："小矮子。"

"长得高了不起啊。"

"嗯，了不起。"

"林嘉措！"

"在。"

"……你给我下来点儿。"

"你上来点儿。"

"你，你低头！"

林嘉措嘴角扬了扬，心早就软得一塌糊涂。他叹了口气，伸手扶在了她的颈后："你好好抬头。"说着，低头寻到了她的唇……

两人在办公室温存了好一会儿后，决定出去吃饭。

"林总。"门外的助理迎了上来。

林嘉措道："晚上的视频会议改到明天。"

助理看了一眼邵乾乾，了然一笑："好的。"

林嘉措和邵乾乾进了电梯，邵乾乾牵着他的手，兴致勃勃地讲着比赛里各种好玩的事，林嘉措认真听着，跟着她一块儿笑。

"叮——"电梯在二十层停住，门打开后，五六个穿着西装的人走了进来。

来人都是方才跟林嘉措一块儿开会的部门经理，几人正要去七层大会议厅再一同开个会，没想到……跟林嘉措遇上了。

"林总……"几人现在对林嘉措怵得很，项目出了问题，他们压根儿就不敢在林嘉措面前乱晃，生怕自己又被逮着骂一通。然而出乎意料的是，林嘉措压根儿没想理他们。除了在他们问候时点了点头示意，眼神都没往他们身上放过。

电梯继续往下降——

经理们连大气也不敢出，安静地站着，只听电梯里唯一的姑娘开心地说着：“林嘉措，你知道那局有多惊险吗？差一点儿我们 DSG 就要输给 EP 了。”

又听他们家大老板应和：“DSG 新来的那个是挺厉害的。”

“是吧！跟我当年有的一拼……嗯？你笑什么，你不觉得啊？！”

“不觉得。”

“你再说一遍！”

“就是不觉得。”

“你……”

“你比他厉害。”

经理们只见他们家老板弯转得十分迅速，于是那姑娘眼睛也顿时亮了：“真的吗？”

大老板肯定地点点头：“我骗你干什么，我夫人，当然是最厉害的。”

“叮——”七层到了，经理们迅速鱼贯而出。门关上后，电梯里满是宠溺意味的交谈声这才彻底消失，经理们面面相觑，都是一副劫后余生的表情。

“我说咱们林总今天心情怎么这么好，原来是这位回来了。”

“久闻林总宠妻，果然名不虚传……”

“刚才那说话的语气要是放在平时开会的时候，我们的日子都不知道要好过多少。”

“哈哈哈，你倒是想得美啊！”

忙碌的时间告一段落后，邵乾乾便一直待在家里。林嘉措去公司时，她就在家直播游戏，他回来，她便跟他腻歪在一起，嘻嘻哈哈，打打闹闹，十分甜蜜。不过这样惬意的日子也没持续多久，半个月后，邵乾乾接到了 DSG 俱乐部的电话，夏季赛在即，她被邀请去俱乐部做一些指导。

邵乾乾本是从 DSG 出来的，她对这个战队和战队的所有人都有着不一样的情感，以往每次赛季前期，有需要她的时候，她都会鼎力相助。

“我可能就不回来吃晚饭了哦。”吃中饭时，邵乾乾说道。

林嘉措：“去哪儿？”

“战队经理给我打电话，让我过去一趟。”

林嘉措顿了一下：“关于比赛的？”

“嗯，战队那些小屁孩的优势和劣势我研究得最透了，这次夏季赛战术上，还得调整调整。”

林嘉措也没拦，他知道DSG对她的意义，只说：“几点结束？我去接你。”

“那我说不准……要不我到时给你打电话？”

“好。”

邵乾乾吃了几口饭，又说：“你今天就乖乖在家休息！”

林嘉措笑了笑：“嗯。”

邵乾乾离开后，林嘉措在家里处理一些文件。中途，正好接到了DSG俱乐部幕后大老板何渊的电话，两人是关系不错的朋友，这次他打电话来，是为了生意上的一点儿事。

聊完后，何渊本要挂了，忽听林嘉措冷不丁地说了句：“你们DSG是不是不舍得花钱请教练啊？”

何渊一顿：“什么？”

林嘉措：“每逢比赛都喊我老婆，能不能行了？”

何渊反应过来了，原本这人是不忿这事。他无声地弯了弯嘴角：“怎么，邵乾乾又为了比赛把你一个人撂家里了？”

“明知故问，那是你的俱乐部。”

“我最近在忙别的事，俱乐部的事我暂时交给底下人了。”何渊道，“不过邵乾乾是DSG的人，她本来就放不下，即便我们不喊她来，她也会来的。嗯……这叫电竞精神和团队精神，你这个外行人应该不会明白。”

林嘉措：“你闭嘴。”

“林总，电子竞技没有爱情。”何渊幽幽道，“千万别跟它比重要性，因为你永远比不过。”

何渊这人嘴毒起来无人能敌，林嘉措不想再听他瞎扯，愤愤地挂了电话。

晚上，临近晚餐时间，邵乾乾还没打电话回来。林嘉措知道这人一定又忙得不知道吃饭了，于是订了餐，直接开车去了DSG俱乐部。他没少来这个地方，进门后，一眼就看到了站在一群男孩之中的邵乾乾。她就站在那里，一边看着电脑上的操作，一边和旁边的教练交流着什么。

“林总，您来了。”俱乐部经理看到他，率先打了个招呼。

邵乾乾听到声音，扭过头看了过来，真的是林嘉措，她眼睛一亮，连忙走了过来：“你怎么来了？”

林嘉措：“没什么事过来看看，你们吃饭了吗？”

“还没呢，嘉措哥！”后面几个小鬼连忙道，“都快饿死了。”

林嘉措笑了笑，示意后面餐厅的人把吃的带进来：“那正好，我给你们叫了晚餐。”

“哇！德阳楼！！嘉措哥果然是嘉措哥！”

“我就知道每次乾乾姐过来，我们都会有好吃的。”

……

一群十八九岁的男孩纷纷起身朝食物奔去，邵乾乾无奈摇头：“你们少贫嘴了，赶紧去吃饭，吃饭后继续！”

“是！！”

众人陆陆续续围到餐桌边吃东西，邵乾乾夹了块肉，坐到了林嘉措边上：“林先生吃过没呀？”

林嘉措看了她一眼：“你自己先吃。”

邵乾乾强制性地把肉递到他嘴边：“啊——”

林嘉措拗不过她，只好乖乖张嘴把那块肉吃进去。

邵乾乾：“好好吃对吧？你买的晚餐果然棒！”

林嘉措拍拍她脑袋：“那你赶紧去吃。”

“没事，让他们先吃吧，我其实也不太饿。”邵乾乾道，“我还得先去把资料整理一下。”

林嘉措皱眉：“你——”

“你在这儿坐着啊，乖！”

林嘉措拿她没办法，只好在一旁等，眼看着邵乾乾一边整理资料，一边训那群正吃饭的小鬼。

“小风，你之后自己注意一下，别老是那么冒进，听指挥知道吗？”

“吃慢点儿，我没赶你……经理说最近你还熬夜，有没有谱儿，临近比赛作息正常点儿，别让人操心。”

“这是我跟你们教练列出来的注意事项，每个人都要好好看，老洋！尤其是你！不想换替补，你就给我打起精神！”

她是真心实意地在为俱乐部、为这群小鬼付出。这样严厉又不乏关心的语气，林嘉措听得都有些吃醋。虽然说不该有这种想法，但他脑子里莫名想起之前何渊说的话：千万别跟电子竞技比重要性，因为你永远比不过。

林嘉措看了眼邵乾乾——呸！他才不信！

邵乾乾在俱乐部那边跑了好几天，后来北京赛区的比赛开始，战队过去，她才闲了下来，终于得空宅在家里。不过，一闲下来她就发现，她这个月的直播任务还没完成。

眼看就要到月末了，“赶工”必须提上日程！

于是月底前一天，邵乾乾直接赶了个通宵，然后凌晨三点被林嘉措强制性关了直播抱回去睡觉。

一觉醒来，已经是第二天下午两点了。

“你怎么没叫我？！”邵乾乾从房间冲出来的时候，林嘉措正在煮东西。

他瞥了她一眼：“醒了，正好，过来吃面吧。”

邵乾乾哪来得及吃东西，她冲进浴室稍微洗漱了下便去开电脑。她现在虽然已经退役，但是人气丝毫没有退败，直播刚开不久，就有一批批的粉丝赶来。

月底了，果然某瓜又勤奋了起来。

瓜瓜，你不会是刚睡醒吧？

……

弹幕密密麻麻地刷了过去，邵乾乾一边开游戏一边同网友们说话：“可不是刚睡醒吗？昨天几点下播的你们也不看看……唉，还有好几个小时得赶，我知错了，前面几天不该浪……”

粉丝早习惯了，打了一排“哈哈哈”嘲笑她。

林嘉措转头，就见邵乾乾又坐去了电脑前打游戏，他皱着眉头，把面端到了电脑桌上：“吃。”

邵乾乾：“游戏开始了，等会儿啊。”

“面放久了不好吃。”林嘉措不满道，“你这么着急干吗，先吃完不行吗？”

邵乾乾：“我赶时间嘛，今天最后一天了，再不播要违约了。”

林嘉措哪里舍得她这么累，劝道：“那就违约吧，吃饭。”

这句过后，弹幕飞速飘过一片“霸道总裁就是不一样”。

“林嘉措，你这个败家子啊。”邵乾乾失笑，“我才不要违约！玩游戏要讲信用的好吧！”

“游戏重要还是身体重要？”

“……游戏！”

林嘉措：“你……那游戏重要还是我重要？”

邵乾乾顿住，手里操作的人物直接跑偏了：“啊？”

林嘉措把筷子撂下，直直地盯着她。

邵乾乾被盯得游戏都玩不下去了，哄道：“咯咯，你重要，当然是你重要了。”

林嘉措冷哼一声，勉强满意：“那你过来吃面，我帮你玩这局。”

“你？”

“快点儿。”

“……哦。”邵乾乾拗不过他，只好跟他换了个位。

镜头里的人换成林嘉措后，粉丝们更激动了。平时很少见瓜瓜秀恩爱，今天这波操作真是绝了。而且林嘉措是什么人啊，那可是商圈鼎鼎有名的人物，就这样的人，竟然还能问出“游戏重要还是我重要”这种问题，果然身处爱情里的男人都一样！

“石头后面，石头后面！”

“快快快，先别救队友了，打死那人再说……西 200 的地方！对对对！”

邵乾乾一边吃面一边盯着屏幕指导，林嘉措技术也很不错，虽然比不上职业选手，但在业余里算是大神级别了。

一局结束后，邵乾乾面也吃完了：“下局我来吧！”

林嘉措心不甘情不愿地给她让了位置：“今天真的要一直打游戏啊？”

邵乾乾：“看时间大概得打到晚上七点。”

“说好战队那边结束后就陪我，现在又多出了一个直播……”林嘉措说着说着还挺委屈，听得邵乾乾都要觉得自己是个世纪大罪人了。

“我错了，我以后一定不会这样！今天这是无奈之举啊。”邵乾乾哄道，“要不你先回房间休息一下，晚上等我结束了，我们一块儿出去吃大餐，怎么样？”

林嘉措敲了敲她的脑袋，突然道：“那游戏和我哪个重要？”

“嗯？刚不是问过了吗？”

林嘉措正色：“再说一次。”

邵乾乾心中有愧，也不管三七二十一了，直接道：“你你你！绝对是你，什么都比不了你在我心里的位置！”

林嘉措嘴角微微一扬，满意了：“哦，那你玩吧，我去书房。”

这人情绪来得快，去得也快啊。邵乾乾失笑：“好，那你去吧。”

林嘉措来到书房，在椅子上坐下后，就打开微信给何渊发了条消息：“谁说电子竞技没有爱情，你个没见识的。”

何渊回了个问号。

林嘉措一脸得意地把方才偷偷录下的语音发了过去：“自己好好品品，在我老婆心里，我比游戏重要不知道多少倍。”

何渊想把他拉黑。

2.

表弟的真实身份一直是一个谜。

在邵乾乾的老粉中，大家伙都知道曾经有一段日子，有一个叫“表弟”的人是邵乾乾游戏直播中常常出现的人物。他一开始技术不太好，总是跟在邵乾乾后面求保护。

“表弟”给邵乾乾的直播间吸引了很多粉丝，很多人都是在微博的剪辑视频里见过两人的搞笑对话，然后寻到邵乾乾的直播间，从此便成了邵乾乾的游戏迷。可是后来“表弟”就消失了。一开始，粉丝们还哀号邵乾乾有了男神男朋友就不要“表弟”了，后来哀号着哀号着，又被这对情侣甜到了，于是便渐渐淡忘了可怜的“表弟”，跳入了这对情侣的狗粮坑。

有一天，邵乾乾在家里直播，林嘉措从公司回来的时候，她和网友们正聊得开心。

“吃了吗？”

邵乾乾听到声响，抬起来看了他一眼，没好气地道：“吃过了。”

“我带了你喜欢吃的甜点回来，先放这儿了。”外面天气回暖，林嘉措脱了外套，放下甜点后先进屋去洗澡了。

邵乾乾哼了哼，继续玩游戏，没理他。

邵乾乾没好脸色是有原因的：昨天林嘉措跟她说出去不会喝多，结果回来的时候竟然是被魏潇和张天临扛回来的。

这不是骗人吗？于是邵乾乾今天一整天都不理他，也不回他消息。

过了一会儿，林嘉措洗完澡换了身衣服出来，不动声色地坐到了她边上，支着脑袋看着她。

然而，邵乾乾并不理他。

林嘉措故作难过地叹了一口气，想吸引她的注意，可邵乾乾还是连眼神都不给他一个。林嘉措苦恼了，于是趴在边上拿出手机上网搜索：惹女朋友生气了怎么办？

网友们的答案花样百出：讨饶，跪键盘，买口红，买包包，买衣服……

林嘉措觉得有道理，于是立马发短信，让助理去把邵乾乾喜欢的品牌新出的口红包包买过来，至于讨饶跪键盘，那也得她先理他。

“乾乾，乾乾？”

“安静，游戏呢！”

林嘉措“哦”了一声，又低下头去搜索：家有网瘾少女怎么办？

答案花样百出，但中心思想一致：买装备哄着；有女朋友了还啰嗦什么；废物，你不会跟着一起玩吗；除了宠着你只能宠着……

林嘉措又觉得非常有道理，于是开了边上那台电脑，登上了游戏。

邵乾乾玩完一局退出来的时候，看到一个 ID 邀请她，她看了一眼后点了接受。呵，还知道陪她玩游戏。爱陪陪，虐死你。

邵乾乾不开口说话，于是两人很平静地开始四人排位，可观众突然炸开了锅。

我没看错吧，这不是表弟吗？

等下……表弟咋突然出现了？

……

邵乾乾不小心点出弹幕的时候也是一愣，她默默地关了对外语音，冷声冷气地道：“你怎么登的是表弟的账号？”

林嘉措也愣了一下：“忘了。”

“那你退出去吧……”

林嘉措怎么愿意退出去，于是立刻道：“没事儿，玩吧。”

“呵。”

邵乾乾其实是无所谓这件事会不会被别人知道，但她觉得林嘉措肯定会在意。他在外的形象维护得多好啊，业界精英，高高在上，彬彬有礼，怎么看都是一个高素养的男神级人物。

“表弟”这样的黑历史，他一定不会愿意让别人知道。

“表弟今天怎么出现了啊？就……就我们其实有联系，只是他忙，最近没有时间上游戏。”邵乾乾一边跳伞，一边面无表情地给观众解释，“表弟为什么不说话啊？我不知道他为什么不说啊，可能是他自己有问题吧。”

落地后，邵乾乾也不跟大家说这个问题了，自己玩游戏去了。而此时，另外两个系统自动填充的队友一跳下来就死了一个，邵乾乾暗暗骂了一句：“喂，一号，听得见吗？别走太远，走近点儿。”一号是系统匹配的另一个队友。

“妹子啊。”一号队员听到邵乾乾开语音后十分激动，“真是妹子啊，变声器？”

邵乾乾翻了个白眼：“土不土啊，我才不用变声器，变声器都是一些心里有鬼的人用的。”说罢，不咸不淡地看了边上的某人一眼。

被看的某人一脸无语。

“哈哈哈，妹子你多大了呀？”

“我十八了呀。”邵乾乾面不改色地说着假话，“大哥，你多大？”

“我？我二十多。”

“哇，好厉害哟。”

林嘉措偏头看了她一眼，二十多怎么就得出好厉害这个结论的，他也二十多啊。

“嘿嘿，也没有啦，我玩这个游戏才几个月。”一号笑呵呵地道，“不过我玩得挺好的。”

“哇，这么厉害的吗，那小哥哥一定要带我吃鸡啊。”

“好啊，我尽力，妹子你跟着我啊。”

“嗯呢。”

林嘉措嘴角微微一抽，看来这丫头今天是故意来硌硬他的，还嗯呢，对着谁嗯呢？

游戏开始了，全程邵乾乾都在冷落林嘉措，并且跟一号队员聊得很开心。

“一号小哥哥，你快点儿来我这边，有三级头。

“有人，你快过来……啊？二号那边也有人啊，别管二号，快过来快过来。

“哎呀，我也没有很厉害啊，你刚才没打中，都是因为你位置不好。对对对，其实你很厉害。

“你比二号厉害啊，二号杀得比你多啊？那是他运气好。”

话里话外都在挤对身为二号的林嘉措，林嘉措十分委屈，偏偏他又有错在先，一时没法怼回去。

一局结束后，又开了一局，邵乾乾把之前那一号拉了过来。游戏开始不久后，她突然有点儿尿急：“我想去一趟洗手间，我躲屋子里啊，你们继续。”

一号小哥十分热情：“去吧去吧，我来你边上保护你。”

“好的。”

邵乾乾起身，一路小跑去洗手间。

一号小哥还真的一直守在邵乾乾边上，那殷勤劲儿，看得林嘉措想打人。于是他还真的就打人了，椅子一动，一路平移到邵乾乾的电脑前，一只手拿键盘一只手拿鼠标，操纵着邵乾乾的人物往楼下跳。

“哎？你回来啦，这么快吗？”一号小哥见邵乾乾的人物动了，连忙出声。

林嘉措没吭声。

一号小哥跟着跳下窗子：“对了，妹子，你……有男朋友了吗？

“哥哥这次带你吃鸡，我们就加个好友呀，怎么样？

“要不，加个男朋友也行啊。”

林嘉措勾了下唇，嘲讽一笑，端起手里的枪就是一顿扫射。

“哎哟！”一号小哥瞬间被打趴下来，“妹子，你干吗打我呀？！”

林嘉措眉头一压，半冷笑半讽刺："加个男朋友？给你加个祖坟你要不要？"

"林嘉措！"邵乾乾一出来，就听到他抑扬顿挫的"你要不要"，她火速地跑过来，拽起他按在键盘上的手，"你干吗玩我的账号，你杀队友干吗？！"

林嘉措从她出来那会儿就换了一个表情，此时看她指责他，脸色就更委屈了："不小心杀掉的。"

"我信你才有鬼！坐回你自己位置去。"

"不去。"

"什么？"

"把这人踢了，不想跟他玩。"

邵乾乾："不想玩你就退出！"

"我不退。"林嘉措笔直地坐在她电脑前，"要退也是他退。"

邵乾乾故意硌硬他："我就不。"

林嘉措要被她气死了："邵乾乾，你要造反是不是？"

"谁造反！谁昨天说不喝酒的，结果呢？！"

提起这茬，林嘉措还是心虚的，顿时说话都弱了："都怪魏潇他们……"

"呸，你可闭嘴吧，你玩你自己的账号去。哎，你人都快被毒死了，你快回去跑毒好不好？！"

两人僵持着，趴在地上已经快死的一号小哥气若游丝："两位……能不能先救救我？"

后来，林嘉措还是回到自己电脑前了，只是等邵乾乾坐下后，一号小哥已经彻底死了。林嘉措补完血后开了车过来，邵乾乾在前面跑着没上车。于是林嘉措就在边上一下一下地跟着，跟了半天，终于出声哄道："快点儿上来，乖，安全区很远。"

邵乾乾哼了哼："你管我。"

林嘉措："行，那我也下车，咱们一起跑，一起死行不行，嗯？"

现实里两个人哼哼唧唧撒狗粮，弹幕也在一片问号中炸开了花。

林嘉措就是表弟啊！

所以那么早两人就已经暗度陈仓了？

在所有人以为表弟表白失败的时候，其实人家早就在一起了。（微笑）

……